马茂元 选注

唐诗选

典藏版 上

图书在版编目(CIP)数据

唐诗选:典藏版 / 马茂元选注. —上海:上海古籍出版社,2021.6
 ISBN 978-7-5325-9964-6

Ⅰ.①唐… Ⅱ.①马… Ⅲ.①唐诗—诗集 Ⅳ.
①I222.742

中国版本图书馆 CIP 数据核字(2021)第 075115 号

国家普及类古籍整理图书专项资助项目

唐诗选(典藏版)

(全二册)

马茂元 选注

上海古籍出版社出版发行

(上海瑞金二路 272 号 邮政编码 200020)

(1) 网址:www.guji.com.cn
(2) E-mail:guji1@guji.com.cn
(3) 易文网网址:www.ewen.co

上海丽佳制版印刷有限公司印刷

开本 890×1240 1/32 印张 28.25 插页 11 字数 882,000
2021 年 6 月第 1 版 2021 年 6 月第 1 次印刷
印数:1—3,100

ISBN 978-7-5325-9964-6

I·3558 定价:168.00 元

如有质量问题,请与承印公司联系

马茂元先生

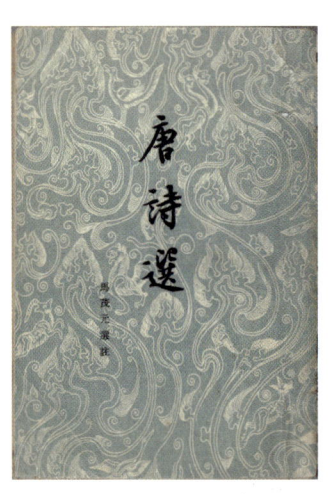

《唐诗选》初版
人民文学出版社
1960 年 4 月

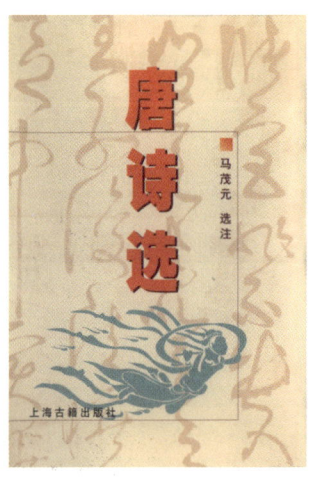

《唐诗选》修订版
上海古籍出版社
1999 年 10 月

序

赵昌平

离先生《唐诗选》初版之时，已经整整四十年过去了；离先生仙去，也已十个年头。今天，当我看到1987年前已完成的修订本的校样终于问世，不禁长长地吁了一口气。这不仅因为终于了却了先生的遗愿，更因为明珠——唐诗学研究的一颗明珠——终于未遭沉埋。

60年代的读书界，尤其是大学文科生，鲜有不知道马茂元《唐诗选》者。我还清楚地记得，1963年秋，我考入北大中文系，在图书馆捧读这本书时的惊喜。那种流溢于楮墨之间的、常人所未易有的、触处生春的新鲜感觉，是这本新中国成立后第一本《唐诗选》最吸引人的特点。

感觉，对诗歌艺术的敏锐鲜活的独特感觉，是诗人，也是诗歌研究者不可缺少的最可贵的素质，缺乏感觉而来论诗，正用得到王夫之的一个比喻，如钝斧子斫栎木，皮屑纷飞，又何尝动得半分纹理。诗歌的生命本在于诗人对周遭生活及诗歌艺术因素的独特的感觉领会，它绝非单凭任何理论所可条分缕析，唯有敏于感觉者方可以心会心，得其仿佛。由此，我更相信，读任何一种书籍，对理论的关注固然也重要，但第一义的是体味作者鲜活的感觉或感受，从而启发、磨炼自己的独特的感觉能力。因为仅按现成的理论架构来研究撰文，只能似按图索骥，成为调换例证的说明文，只有具备独特的个性化的感觉，方可用理论而不为理论桎梏，从而丰富与发展理论。当然，这些看法，这些已成为我作为一个出版社总编衡文取舍的首要标准的看法，是在后来数十年间逐步形成的，但其萌蘖，却正是在北大图书馆捧读茂元先生的《唐诗选》时。

感觉能力固然得之于先天的禀赋，但也必待后天的学习磨炼，如葛洪所说"质本在我，而成之于彼"。先生于先天与后天两方面，都可称得天独厚。师从过先生的人，无不为他惊人的记忆力与对文本的穿透力所感慨：他能够将一大堆毫无序列关系的电话号码记在脑子里；他所能背诵的诗文，自己谦称"五千，五千吧"，而他的一位资深助手告诉我实际逾万。1982年先生主持我的硕士论文答辩后，我便有幸出入门下，并逐渐成为他的助手之一。当时先生已沉疴在身，然而每每论及一义，即随机应发，旁征博引，真有"口若悬河"、"花烂映发"之感。先生曾自述学诗经历。原来他幼年失怙，从小随祖父桐城派后期大师马通伯先生习文，以记诵为第一层功夫。通伯先生手选前人诗成帙，以为家学，督责课吟，问难应答。在这种长年累月的训练中，先生将天赋的对文本的感觉能力，磨炼得越益敏锐。

"观千剑然后识器"。大量记诵基础上的出色的感觉能力，是先生唐诗研究的个性特征，也是他最为雄厚的"资本"。

记得先生曾谆谆告诫过我："你要练就这样的本领，看到一首陌生的诗，能马上大体分辨出它的家数传承。这要从立意上求，从气脉上寻，从韵味中辨。这样，诗中的词句典实方能活起来，你也才能看出同样的词句典实，在不同人笔下的不同作用。能如此，才能会通，才能提高识力。"我想这是先生的经验之谈，是他以自己卓异的感觉博览强记所形成的一条诗史研究的独特门径，即：感觉——识力——会通。这一门径在《唐诗选》的初版本中就已有鲜明的体现。

撰成于50年代末期的《唐诗选》初版本，固然免不了有某些时代的印记。从前言与选目可以看出，出身于旧学世家的先生，当时是真诚地希望从辩证唯物论与历史唯物论中吸取新的营养。正是这种真诚，使他在总体上避免了当时普遍存在的机械唯物论倾向。先生从新思想吸取的养分主要是两点：一是批判精神，先生在前言中对历代重要唐诗选本的利弊得失，特别是它们的门户偏见，作了简明而中肯的论析；二是引入了为旧诗学所忽视的对时代背景与时代精神的研究。而难能可贵的是，先生并未随波逐流地以文学作为政治经济的附庸。前言在勾勒了唐诗产生的时代轮廓之后，着重指出："当然，文学作品不同于历史文献记录；文学艺术的发展，有它自身的特点。"因此先生给自己规定的任务就不仅是选一部"适应今天的要求"的唐诗选，而且是一部"比较真实地反映唐代诗歌面貌，在各方面能概括唐诗最高成就的新选本"。于是《唐诗选》便在这样一种宏阔的视野中展开：诗史的"变革"——"沿与革"，"创与因"，是它一以贯之的红线，这变革一以中国古典诗歌的深厚的历史积淀为源头，以唐代的时代背景为土壤，而对诗篇艺术精髓诗人创作个性的发掘，对前后诗人风格上的异同比较，则成为展演这变革之情状、线索的主要手段。今天当我们回观这部在新中国唐诗研究史中有开辟意义的选本初版本时，也许会感到入选的反映民生疾苦的诗篇比重大了一些。但是当我们看到前言中所强调的唐人对六朝诗歌艺术精神的继承，所细致论述、热情礼赞的初盛中晚唐诗各自的艺术价值与不衰的创新精神时，就不仅会佩服先生在那个时代的艺术勇气，也会感到，对文学研究中机械唯物论、庸俗社会学表现的抗争，实际上已胎息于此。

《唐诗选》初版本在当时的巨大成功，并未使先生满足，事实上，他一直在反思着这部选本的得失。80年代中期，当先生命我协助修订这部选集时，其主体工作已大抵完成，给我印象最深的有两件东西：

一是先生手自圈阅的《全唐诗》，其中朱红的○、○○、○○○，载录了先生三复这部浩繁总集的心得；二是一大包修订资料，有先生自己博收旁取所积累的，也有各地热心读者寄来的，记得先生曾特意检出两位乡村中学教师的来信说："意见很好，要吸纳进去。"尽管先生当时已是唐诗学界屈指可数的几位权威之一。

修订工作主要集中在四个方面：

（1）对入选诗人与具体篇目的调整：在总数五百馀篇大体不变的前提下，修订本所调整的篇目约占 35%，家数亦有所增删。增收的主要是一些在诗史上有一定地位，却为人们长期忽视的中小诗人的代表作。对大诗人的作品，则依突出其主体风格与诗史意义的原则作了增删。反映民生疾苦的诗篇比重有较大幅度的下降，但仍保持了相当的比重，尤其是反映一时风尚及与乐府民歌渊源深切的优秀篇章，因为这一部分，事实上也是唐诗史上不容忽视的精华。从中我们可以看到一位有根基、有良知的研究者对研究工作的态度。当一种新思潮涌来之时，他会有所吸纳，甚至可能有所偏颇，但这种吸纳绝非趋附，他不会放弃自己的根底与个性，不会放弃自己积年心力形成的对研究对象的根本理解。而一旦当这种思潮为世俗诟病而另一种新思潮涌来时，他也决不会随风变向，轻易否定前一次业经消化而丰富了其研究个性的营养，而只是冷静地比较反思，作出以我为主的判断，去其偏颇，存其精粹，并以同样的态度对待那后起的新思潮。这一存本纳新的过程，既有总体的稳定性，又非一成不变。修订本《唐诗选》的五百多首选篇，应视作先生在 80 年代中期，对唐诗演进史的看法。如果先生能生活到今天，相信这篇目仍会有一定幅度的调整。

篇目调整工作，先生交我协助修订时，记得已完成了四百馀篇，并已写成文稿。最后近百篇，由我提出，经先生推敲确认，往往权衡再三，反复论议，最后由我写成，先生改定。回想起来，这与其说是我在协助先生修订，无宁说是先生为我作"硕士后"的教导。

(2) 诗人小传的修订与增写：从 1964 年起，先生就开始作撰写《唐诗史》的准备，而对诗人行事的系统考订，是其中的基础工作。至"文革"前夕，先生已积累了数十万言文稿，可惜为"造反派"抄没，劫后馀烬的是留存在《晚照楼论文集》中的数十则。主要是凭着超人的记忆力，先生对《唐诗选》中的大部分小传作了修订与增写。80 年代中期，以傅璇琮先生的《唐代诗人丛考》为代表，唐诗学界考订成果集中地大量涌现，病中的先生命我尽可能地吸取新的成果，对他的成稿作审订，并放手让我增写了若干后补入的诗人小传。此后，我曾担任《诗学大辞典》（安徽文艺出版社）的编委与唐诗部分撰稿人，较广泛地吸纳了 80 年代后期至 90 年代中期的有关考订成果。这次修订本发稿时，由上海古籍出版社副编审、挚友丁如明兄作了比勘，将有关的新成果，再次补订入文稿之中。

(3) 注释的补订：这部分工作，也主要由先生亲自完成。我应命通读已成的文稿并作了些补苴的工作，后补的约百篇注释，虽由我执笔，但也经先生过目改定。注释，是这部《唐诗选》极见功夫与特色的部分，除通常的释义外，先生每于全诗关节与疑难处作提挈点拨，有一语中的、通体透脱之妙，最能见出先生卓越的艺术感觉能力。

(4) 增加了总评部分：初版本未有独立的评述。修订的过程中，先生采纳了我的建议，由我在每一选篇后加上总评。既与注释中随机生发的点评呼应，以显示全诗精要，也借此作前后左右的对照，以凸现演进之轨迹。所有的总评，都经先生审定认可，可以视作先生对我"硕士后"作业的辅导，使我得益非浅。

事实上，先生在《唐诗选》初版后的十馀年中不仅在着手准备唐诗史的撰写，也在对唐诗学乃至整个中国古典诗学的理论架构作缜密的思考。关于后一部分的成果，保留在《晚照楼论文集》有关篇章之中。其中有关诗人研究的篇章，显示了对文本的超卓的感觉能力与由感觉到识力的出众的分析能力。这是先生一切诗歌研究的基础。而在有关诗论的篇章中，先生历来对"通变"问题的心解得到了系统的阐发。同时，在《唐诗选》初版本前言中业已涉及的对诗人个性、心态的重视，也得到了进一步的深化。这两点相辅相成，其实是他构想中的《唐诗史》的理论骨架。关于后者，先生在《论九歌》一文中有一段极好的分析。在列举历来有关《九歌》是忠君爱国之作的观点后，先生论述道：

> 其实《九歌》究竟是祭歌，有它实际的用途。它所描写的内容，受到它原来题材的限制，不可能与作者身世有直接关联，和《离骚》、《九章》是不同体制的。《九歌》格调的绮丽清新，玲珑透彻，集中地提炼了民间抒情短诗的优美精神；但另一方面，也不能否认，在《九歌》的轻歌微吟中，却透露了一种似乎是微漠的而又是不可掩抑的深长的感伤情绪。它所抽绎出来的坚贞高洁、缠绵哀怨之思，正是屈原长期放逐中的现实心情的自然流露。

这段论述，已在本质上揭示了诗人心态对于诗体的虽非直接，却至关重要的影响，回答了当前古典诗歌理论界一个尤其关注的问题：诗歌的外部因素（时代文化、个人经历等因素）进入诗歌内部成为其艺术构成因素的中介是什么。《论九歌》中所表现的这一观点，其实也是先生唐诗文本研究的核心思想。在他有关四杰、杜甫、李商隐的研究中都有鲜明表现，当然也渗透在眼前这本修订版的《唐诗选》中。因此，虽然先生编撰《唐诗史》的宏愿不幸为"文革"摧毁，但这部《唐诗选》修订本，却已勾勒了前者的主线与主要构架，必将沾溉后来从事此一工作的人们。

由于修订本进入后期工作时，先生病势已相当沉重，我协助修订完成后，先生已无力再通读全稿，也由于当时某出版社要稿甚急，而现在由我社出版已时隔十数年，这本修订本在个别篇章的取舍，与各篇内部各部分的衔接上尚有些缺憾,注释、小传也容有个别疏漏。我本想再代为修订一过,但恐怕会更多地加入自己的意见——毕竟,当时协助修订时,有先生的耳提面命,而现在先生已远去了。因此,我想还是让它保持当时的面貌奉献给读者。只是请如明兄对小传部分作了上述的比勘补订,如明兄在阅稿过程中还对某些注释提出了专家眼光的意见,在此谨表谢忱。已故刘初棠兄,是先生的一位高足,曾通读修订本全稿,提出过不少很好的意见。今天当修订本终于面世之时,初棠兄当相伴先生含笑九泉。先生未及为修订本作序,也是一大缺憾。由于事实上先生的观念较初版时已有很多发展,故将初版前言附于书后,并作此序对先生的学术思想与风格作一概要介绍,而将我所撰写的当时得先生首肯的《唐五代诗概述》录于先生初版前言之后,供读者参考。

1995 年 5 月

目 录

序 / 赵昌平　　　　　　　　　　　　　1

魏　徵 一首
　　述　怀　　　　　　　　　　　　　1

王　绩 三首
　　春　日　　　　　　　　　　　　　4
　　野　望　　　　　　　　　　　　　5
　　在京思故园见乡人问　　　　　　　6

王　勃 三首
　　采莲曲　　　　　　　　　　　　　8
　　滕王阁　　　　　　　　　　　　　10
　　送杜少府之任蜀川　　　　　　　　12

杨　炯 一首
　　从军行　　　　　　　　　　　　　13

卢照邻 一首
　　长安古意　　　　　　　　　　　　15

骆宾王 二首
- 在狱咏蝉 21
- 于易水送人 22

苏味道 一首
- 正月十五日夜 24

李峤 二首
- 中秋月 二首 26

陈子昂 七首
- 感遇 三十八首选五 28
- 登幽州台歌 34
- 送魏大从军 35

杜审言 五首
- 和晋陵陆丞早春游望 37
- 登襄阳城 38
- 夏日过郑七山斋 39
- 春日京中有怀 40
- 赠苏绾书记 41

沈佺期 三首
- 杂诗 三首选一 43
- 夜宿七盘岭 44
- 独不见 45

宋之问 二首
- 度大庾岭 47

渡汉江 48

张若虚 一首
　　　春江花月夜 49

郭　震 一首
　　　塞　上 52

金昌绪 一首
　　　春　怨 54

张九龄 四首
　　　感　遇 十二首选二 56
　　　湖口望庐山瀑布水 58
　　　望月怀远 59

王　翰 一首
　　　凉州词 二首选一 61

王　湾 一首
　　　江南意 63

孙　逖 一首
　　　宿云门寺阁 65

贺知章 二首
　　　咏　柳 67
　　　回乡偶书 二首选一 68

张　旭 一首
　　桃花溪　　　　　　　　　　　　　　69

孟浩然 九首
　　夏日南亭怀辛大　　　　　　　　　70
　　晚泊浔阳望香炉峰　　　　　　　　71
　　临洞庭湖赠张丞相　　　　　　　　72
　　广陵别薛八　　　　　　　　　　　73
　　宿桐庐江寄广陵旧游　　　　　　　74
　　过故人庄　　　　　　　　　　　　75
　　岁暮归南山　　　　　　　　　　　76
　　舟中晓望　　　　　　　　　　　　77
　　春　晓　　　　　　　　　　　　　78

王　维 二十七首
　　渭川田家　　　　　　　　　　　　80
　　宿郑州　　　　　　　　　　　　　81
　　西施咏　　　　　　　　　　　　　82
　　桃源行　　　　　　　　　　　　　83
　　　　附录　陶潜《桃花源记》　　　85
　　陇头吟　　　　　　　　　　　　　86
　　老将行　　　　　　　　　　　　　87
　　观　猎　　　　　　　　　　　　　90
　　使至塞上　　　　　　　　　　　　91
　　辋川闲居赠裴秀才迪　　　　　　　92
　　汉江临泛　　　　　　　　　　　　94
　　过香积寺　　　　　　　　　　　　95
　　冬晚对雪忆胡居士家　　　　　　　96
　　山居秋暝　　　　　　　　　　　　97

终南山　　　　　　　　　　　　　　　　97
　　奉和圣制从蓬莱向兴庆阁道中留春雨中春望之作
　　　应制　　　　　　　　　　　　　　　　99
　　春日与裴迪过新昌里访吕逸人不遇　　　100
　　送方尊师归嵩山　　　　　　　　　　　101
　　积雨辋川作　　　　　　　　　　　　　102
　　鸟鸣涧　　　　　　　　　　　　　　　103
　　鹿　柴　　　　　　　　　　　　　　　104
　　木兰柴　　　　　　　　　　　　　　　105
　　息夫人　　　　　　　　　　　　　　　106
　　相　思　　　　　　　　　　　　　　　107
　　少年行　四首选一　　　　　　　　　　108
　　九月九日忆山东兄弟　　　　　　　　　109
　　送元二使安西　　　　　　　　　　　　110
　　送沈子福归江东　　　　　　　　　　　111

储光羲 五首
　　牧童词　　　　　　　　　　　　　　　112
　　田家杂兴　八首选三　　　　　　　　　113
　　效　古　二首选一　　　　　　　　　　116

常　建 一首
　　题破山寺后禅院　　　　　　　　　　　118

刘眘虚 一首
　　阙　题　　　　　　　　　　　　　　　120

祖　咏 二首
　　望蓟门　　　　　　　　　　　　　　　122

　　　　终南望残雪　　　　　　　　　　123

丘　为 一首
　　　　题农父庐舍　　　　　　　　　　124

王昌龄 十一首
　　　　塞下曲 四首选一　　　　　　　　126
　　　　从军行 七首选四　　　　　　　　127
　　　　出　塞 二首选一　　　　　　　　130
　　　　西宫春怨　　　　　　　　　　　131
　　　　长信秋词 五首选一　　　　　　　132
　　　　青楼曲　　　　　　　　　　　　133
　　　　闺　怨　　　　　　　　　　　　134
　　　　芙蓉楼送辛渐 二首选一　　　　　135

王之涣 二首
　　　　登鹳雀楼　　　　　　　　　　　136
　　　　凉州词 二首选一　　　　　　　　137

李　颀 四首
　　　　古从军行　　　　　　　　　　　139
　　　　别梁锽　　　　　　　　　　　　140
　　　　送刘昱　　　　　　　　　　　　143
　　　　送魏万之京　　　　　　　　　　144

崔　颢 六首
　　　　雁门胡人歌　　　　　　　　　　146
　　　　黄鹤楼　　　　　　　　　　　　147
　　　　长干行 四首　　　　　　　　　148

崔国辅 一首
    小长干曲   151

民　歌 二首
    哥舒歌   153
    神鸡童谣   154

李　白 四十三首
    古　风 五十九首选三   157
    远别离   160
    蜀道难   163
    乌栖曲   166
    将进酒   167
    行路难 三首选一   169
    日出入行   170
    关山月   171
    登高丘而望远海   173
    长干行 二首选一   174
    玉阶怨   176
    塞下曲 六首选二   177
    丁督护歌   179
    静夜思   180
    春　思   181
    扶风豪士歌   182
    横江词 六首选一   184
    峨眉山月歌   184
    赠何七判官昌浩   185
    闻王昌龄左迁龙标遥有此寄   186
    庐山谣寄卢侍御虚舟   187

梦游天姥吟留别	189
渡荆门送别	192
送友人	194
送友人入蜀	195
宣城谢朓楼饯别校书叔云	196
答王十二寒夜独酌有怀	197
陪侍郎叔游洞庭醉后 三首选一	201
陪族叔刑部侍郎晔及中书贾舍人至游洞庭　　五首选三	202
望天门山	204
望庐山瀑布水 二首选一	205
早发白帝城	206
宿五松山下荀媪家	207
夜泊牛渚怀古	208
访戴天山道士不遇	209
独坐敬亭山	210
忆东山 二首选一	211
听蜀僧濬弹琴	212

高　适 九首

自淇涉黄河途中作 十三首选二	213
别韦参军	216
封丘县	218
燕歌行	219
使青夷军入居庸 三首选一	222
营州歌	223
送李侍御赴安西	223
人日寄杜二拾遗	224

岑　参 十一首
　　逢入京使　　　　　　　　　　　　227
　　与高适薛据同登慈恩寺浮图　　　　228
　　青门歌送东台张判官　　　　　　　230
　　走马川行奉送封大夫出师西征　　　232
　　白雪歌送武判官归京　　　　　　　234
　　热海行送崔侍御还京　　　　　　　235
　　火山云歌送别　　　　　　　　　　237
　　行军九日思长安故园　　　　　　　238
　　陕州月城楼送辛判官入秦　　　　　239
　　春　梦　　　　　　　　　　　　　240
　　虢州后亭送李判官使赴晋绛　　　　241

张　巡 一首
　　闻　笛　　　　　　　　　　　　　242

张　谓 二首
　　代北州老翁答　　　　　　　　　　244
　　杜侍御送贡物戏赠　　　　　　　　245

杜　甫 六十五首
　　望　岳　　　　　　　　　　　　　248
　　房兵曹胡马　　　　　　　　　　　249
　　送孔巢父谢病归游江东兼呈李白　　250
　　同诸公登慈恩寺塔　　　　　　　　252
　　兵车行　　　　　　　　　　　　　254
　　丽人行　　　　　　　　　　　　　257
　　自京赴奉先咏怀五百字　　　　　　259
　　月　夜　　　　　　　　　　　　　266

春　望	268
哀江头	269
北　征	271
羌村三首	278
九日蓝田崔氏庄	281
赠卫八处士	283
新安吏	285
潼关吏	287
石壕吏	288
新婚别	289
垂老别	291
无家别	293
佳　人	295
秦州杂诗　二十首选二	297
梦李白二首	299
天末怀李白	302
野　望	303
乾元中寓居同谷县作七歌	304
蜀　相	308
野　老	309
戏题王宰画山水图歌	310
春夜喜雨	312
江畔独步寻花七绝句　七首选二	313
茅屋为秋风所破歌	314
闻官军收河南河北	315
送路六侍御入朝	316
桃竹杖引赠章留后	317
阆水歌	319
丹青引	320

倦　夜	323
旅夜书怀	324
白帝城最高楼	325
秋兴八首	326
即　事	333
登　高	334
观公孙大娘弟子舞剑器行	335
短歌行赠王郎司直	338
登岳阳楼	339
小寒食舟中作	341

刘长卿 六首

逢雪宿芙蓉山主人	342
送灵澈上人	343
送李中丞归汉阳	344
穆陵关北逢人归渔阳	345
秋日登吴公台上寺远眺	346
长沙过贾谊宅	346

李嘉祐 二首

南浦渡口	349
自常州还江阴途中作	350

贾　至 二首

初至巴陵与李十二白裴九同泛洞庭湖 三首选一	352
送李侍郎赴常州	353

严　武 一首

军城早秋	354

元 结 三首
- 喻瀼溪乡旧游　　356
- 舂陵行　　358
- 贼退示官吏　　360

孟云卿 一首
- 古别离　　363

刘 湾 一首
- 出塞曲　　365

韦应物 八首
- 杂 体 五首选一　　367
- 郡斋雨中与诸文士燕集　　368
- 幽 居　　370
- 赋得暮雨送李胄　　371
- 寄李儋元锡　　372
- 滁州西涧　　373
- 观田家　　374
- 鼙鼓行　　374

钱 起 三首
- 裴迪书斋玩月之作　　377
- 衔鱼翠鸟　　377
- 归 雁　　378

郎士元 二首
- 送李将军　　380
- 柏林寺南望　　381

张 继 二首
  枫桥夜泊　　　　　　　　　　　　382
  阊门即事　　　　　　　　　　　　383

韩 翃 二首
  送冷朝阳还上元　　　　　　　　　384
  寒食即事　　　　　　　　　　　　385

刘方平 一首
  夜　月　　　　　　　　　　　　　387

张 潮 一首
  江南行　　　　　　　　　　　　　388

顾 况 三首
  囝　　　　　　　　　　　　　　　390
  公子行　　　　　　　　　　　　　391
  过山农家　　　　　　　　　　　　392

戎 昱 二首
  桂州腊夜　　　　　　　　　　　　394
  移家别湖上亭　　　　　　　　　　395

卢 纶 四首
  晚次鄂州　　　　　　　　　　　　397
  腊日观咸宁郡王部曲婆勒擒虎歌　　398
  塞下曲 六首选二　　　　　　　　　400

司空曙 三首
  云阳馆与韩绅宿别   402
  峡口送友人   403
  江村即事   404

畅　当 一首
  登鹳雀楼   405

柳中庸 一首
  征人怨   407

李　益 八首
  边　思   408
  从军北征   409
  过五原胡儿饮马泉   410
  春夜闻笛   411
  夜上受降城闻笛   411
  喜见外弟又言别   412
  江南曲   413
  写　情   414

皎　然 一首
  观王右丞维沧洲图歌   415

李　端 一首
  胡腾儿   417

戴叔伦 二首
  女耕田行   419

除夜宿石头驿　　　　　　　　　　420

张　碧 三首
　　　野田行　　　　　　　　　　　　422
　　　农　父　　　　　　　　　　　　423
　　　秋日登岳阳楼晴望　　　　　　　424

袁　高 一首
　　　茶山诗　　　　　　　　　　　　426

李　约 二首
　　　从军行 三首选一　　　　　　　430
　　　观祈雨　　　　　　　　　　　　431

孟　郊 八首
　　　古薄命妾　　　　　　　　　　　433
　　　古别离　　　　　　　　　　　　435
　　　游子吟　　　　　　　　　　　　435
　　　织妇词　　　　　　　　　　　　436
　　　长安早春　　　　　　　　　　　437
　　　寒夜百姓吟　　　　　　　　　　437
　　　秋　怀 十五首选一　　　　　　439
　　　游终南山　　　　　　　　　　　440

韩　愈 十三首
　　　醒　醒　　　　　　　　　　　　443
　　　雉带箭　　　　　　　　　　　　444
　　　山　石　　　　　　　　　　　　446
　　　答张十一　　　　　　　　　　　447

湘中酬张十一功曹	449
谒衡岳遂宿岳寺题门楼	450
秋　怀 十一首选一	453
调张籍	454
奉酬卢给事云夫四兄曲江荷花行见寄并呈上钱七兄阁老张十八助教	457
听颖师弹琴	459
华山女	460
左迁至蓝关示侄孙湘	463
柳州罗池庙诗	464

柳宗元 十二首

江　雪	468
渔　翁	468
南涧中题	469
行路难 三首选一	470
田　家 三首选二	472
登柳州城楼寄漳汀封连四州刺史	474
与浩初上人同看山寄京华亲故	475
柳州峒氓	476
柳州二月榕叶落尽偶题	478
别舍弟宗一	479
酬曹侍御过象县见寄	480

卢　仝 一首

走笔谢孟谏议寄新茶	481

刘　叉 一首

雪　车	484

王　建 十二首

田家留客	488
精卫词	489
望夫石	490
簇蚕词	491
当窗织	492
田家行	493
水夫谣	494
羽林行	495
江陵即事	496
新嫁娘词 三首选一	497
宫　词 一百首选二	498

张　籍 十六首

野老歌	501
牧童词	502
采莲曲	503
贾客乐	504
节妇吟	505
江南曲	506
山头鹿	507
废宅行	508
江村行	509
西　州	511
没蕃故人	512
寄西峰僧	513
蛮　州	513
蛮　中	514
秋　思	514

  酬朱庆馀 515

崔 护 一首
  题都城南庄 517

张仲素 二首
  春闺思 519
  秋闺思 520

刘禹锡 十七首
  再授连州至衡阳酬柳柳州赠别 521
  插田歌 523
  松滋渡望峡中 525
  竹枝词 九首选四 526
  竹枝词 二首选一 529
  杨柳枝词 九首选三 530
  浪淘沙 九首选三 532
  西塞山怀古 534
  金陵五题 五首选二 536
   石头城 537
   乌衣巷 537

元 稹 八首
  和李校书新题乐府 十二首选一 539
   西凉伎 540
  乐府古题 十九首选二 542
   织妇词 542
   估客乐 544
  连昌宫词 547

遣悲怀三首 551
行　宫 554

白居易 二十七首

赋得古原草送别 556
采莲曲 557
自河南经乱关内阻饥兄弟离散各在一处因望月
　有感聊书所怀寄上浮梁大兄於潜七兄乌江十
　五兄兼示下邽弟妹 558
秦中吟　十首选二 559
　　轻　肥 559
　　买　花 560
长恨歌 561
观刈麦 569
李都尉古剑 570
新制布裘 571
同李十一醉忆元九 572
新乐府　五十首选九 573
　　上阳白发人 575
　　新丰折臂翁 578
　　缚戎人 581
　　两朱阁 583
　　杜陵叟 584
　　缭　绫 586
　　卖炭翁 588
　　母别子 589
　　井底引银瓶 591
琵琶行 593
暮江吟 597

问刘十九　　　　　　　　　　598
画竹歌　　　　　　　　　　599
钱塘湖春行　　　　　　　　601
杭州春望　　　　　　　　　602
西湖晚归回望孤山寺赠诸客　　603
酬李二十侍郎　　　　　　　604

李　绅 二首
悯　农 二首　　　　　　　606

李　贺 十一首
李凭箜篌引　　　　　　　　608
雁门太守行　　　　　　　　610
梦　天　　　　　　　　　　611
浩　歌　　　　　　　　　　613
南　园 十三首选二　　　　　614
金铜仙人辞汉歌　　　　　　616
老夫采玉歌　　　　　　　　618
致酒行　　　　　　　　　　619
感　讽 五首选一　　　　　　621
苦昼短　　　　　　　　　　622

薛　涛 三首
罚赴边有怀上韦令公 二首选一　625
送友人　　　　　　　　　　626
筹边楼　　　　　　　　　　627

贾　岛 三首
题李凝幽居　　　　　　　　629

宿山寺　　　　　　　　　　　　　　　630
　　　渡桑乾　　　　　　　　　　　　　　631

姚　合 二首
　　　庄居野行　　　　　　　　　　　　　633
　　　赠刘叉　　　　　　　　　　　　　　634

雍裕之 一首
　　　农家望晴　　　　　　　　　　　　　636

李德裕 一首
　　　登崖州城作　　　　　　　　　　　　637

朱庆馀 二首
　　　宫中词　　　　　　　　　　　　　　639
　　　闺意献张水部　　　　　　　　　　　640

李　涉 二首
　　　竹枝词 四首选一　　　　　　　　　　642
　　　润州听角　　　　　　　　　　　　　643

张　祜 三首
　　　宫　词 三首选一　　　　　　　　　　644
　　　题金陵渡　　　　　　　　　　　　　645
　　　听　筝　　　　　　　　　　　　　　646

杜　牧 十四首
　　　题宣州开元寺水阁　　　　　　　　　648

早　雁	650
商山麻涧	651
沈下贤	652
闻庆州赵纵使君与党项战中箭而死辄书长句	652
过华清宫 三首选一	654
江南春	655
寄扬州韩绰判官	656
泊秦淮	657
山　行	658
题村舍	658
金谷园	659
赤　壁	660
郑瓘协律	661

许　浑 二首

秋日赴阙题潼关驿楼	663
咸阳城西楼晚眺	664

李商隐 十九首

富平少侯	666
行次西郊作一百韵	669
宿骆氏亭寄怀崔雍崔衮	679
安定城楼	680
哭刘司户蕡	682
贾　生	683
夜雨寄北	684
筹笔驿	685
二月二日	686
龙　池	687

隋宫	689
马嵬	690
常娥	692
霜月	693
无题	694
即日	695
春雨	696
流莺	697
锦瑟	698

赵嘏 三首
汾上宴别	700
长安秋望	701
江楼感旧	702

温庭筠 四首
侠客行	703
过陈琳墓	704
苏武庙	705
商山早行	707

雍陶 三首
送蜀客	708
西归出斜谷	709
题君山	710

薛逢 一首
猎骑	711

马 戴 二首
　　楚江怀古 三首选一　　　　　　713
　　送僧归金山寺　　　　　　　　714

李群玉 四首
　　感 兴 四首选一　　　　　　　716
　　湖 阁　　　　　　　　　　　717
　　黄陵庙 二首　　　　　　　　718

曹 邺 二首
　　四望楼　　　　　　　　　　　720
　　官仓鼠　　　　　　　　　　　721

刘 驾 二首
　　早 行　　　　　　　　　　　723
　　弃 妇　　　　　　　　　　　724

于 濆 三首
　　古宴曲　　　　　　　　　　　725
　　富 农　　　　　　　　　　　726
　　山村叟　　　　　　　　　　　727

邵 谒 一首
　　岁 丰　　　　　　　　　　　729

聂夷中 二首
　　咏田家　　　　　　　　　　　730
　　公子行 二首选一　　　　　　731

李昌符 三首
  边行书事   733
  秋晚归故居   734
  旅游伤春   735

皮日休 四首
  正乐府 十首选二   737
    橡媪叹   738
    哀陇民   739
  奉和鲁望渔具十五咏 十五首选一 741
    种 鱼   741
  汴河怀古   742

陆龟蒙 五首
  五 歌 五首选一   744
    放 牛   744
  新 沙   745
  怀宛陵旧游   746
  自遣诗 三十首选一   747
  白 莲   748

黄 巢 一首
  题菊花   749

曹 松 一首
  己亥岁 二首选一   751

司空图 三首
  塞 上   753

花　上　二首选一　　　　　　　　754
　　河湟有感　　　　　　　　　　　755

郑　谷 二首
　　淮上与友人别　　　　　　　　757
　　席上贻歌者　　　　　　　　　758

章　碣 一首
　　焚书坑　　　　　　　　　　　760

唐彦谦 一首
　　宿田家　　　　　　　　　　　762

秦韬玉 一首
　　贫　女　　　　　　　　　　　764

崔　涂 一首
　　巴山道中除夜书怀　　　　　　766

来　鹄 二首
　　云　　　　　　　　　　　　　768
　　蚕　妇　　　　　　　　　　　769

罗　邺 二首
　　秋　怨　　　　　　　　　　　770
　　雁 二首选一　　　　　　　　　771

罗　隐 四首
　　雪　　　　　　　　　　　　　772

魏城逢故人　　　　　　　　　　773
　　　登夏州城楼　　　　　　　　　　774
　　　别池阳所居　　　　　　　　　　774

韩　偓 三首
　　　故　都　　　　　　　　　　　　776
　　　自沙县抵龙溪县值泉州军过后村落皆空因有一绝 778
　　　春　尽　　　　　　　　　　　　779

吴　融 二首
　　　金桥感事　　　　　　　　　　　781
　　　途中阻风　　　　　　　　　　　782

韦　庄 三首
　　　汧阳县阁　　　　　　　　　　　783
　　　送人游并汾　　　　　　　　　　784
　　　稻　田　　　　　　　　　　　　785

杜荀鹤 六首
　　　春宫怨　　　　　　　　　　　　786
　　　送人游吴　　　　　　　　　　　787
　　　旅泊遇郡中叛乱示同志　　　　　788
　　　山中寡妇　　　　　　　　　　　789
　　　乱后逢村叟　　　　　　　　　　789
　　　题所居村舍　　　　　　　　　　790

贯　休 一首
　　　晚泊湘江作　　　　　　　　　　792

齐　己 三首
　　寄华山司空图　　　　　　　　794
　　舟中晚望祝融峰　　　　　　　795
　　登祝融峰　　　　　　　　　　796

张　泌 一首
　　寄　人　二首选一　　　　　　798

葛鸦儿 一首
　　怀良人　　　　　　　　　　　800

乐府诗 五首
　　突厥三台　　　　　　　　　　802
　　金缕衣　　　　　　　　　　　803
　　啰唝曲　六首选三　　　　　　804

附　录
　　《唐诗选》初版前言 / 马茂元　　807
　　唐五代诗概述 / 赵昌平　　　　854

魏　徵　一首

魏徵（580—643），字玄成，魏州曲城（今河北曲周）人。好读书，涉猎广博。隋末，曾一度为道士。后佐唐高祖李渊、太宗李世民，官至左光禄大夫，封郑国公。

魏徵在《群书治要序》里说："近古皇王，时有撰述。……竞采浮艳之词，争驰迂怪之说，骋末学之传闻，饰雕虫之小技，流荡忘返，殊途同致。"（见《全唐文》卷一四一）对六朝淫靡的文风，曾正面提出批评。其诗文深厚雅健，有河朔清刚之气，在初唐不可多得。惟作品不多，影响不大。

《全唐诗》录存其诗一卷。

述　怀

《新唐书·魏徵传》载：魏徵初居李密幕，李密失败归唐，徵随至长安。"久之，未知名。自请安辑山东，乃擢秘书丞，驰驿至黎阳"，说降了李勣。这诗是奉命东行时所作。题一作《出关》。

中原初逐鹿，投笔事戎轩①。
纵横计不就②，慷慨志犹存。
杖策谒天子，驱马出关门③。
请缨系南粤，凭轼下东藩④。

郁纡陟高岫,出没望平原⑤。
古木鸣寒鸟,空山啼夜猿。
既伤千里目⑥,还惊九折魂⑦。
岂不惮艰险⑧,深怀国士恩⑨。
季布无二诺,侯嬴重一言⑩。
人生感意气⑪,功名谁复论!

【注释】

① 中原二句:隋末,李密据洛口,称魏公。武阳郡丞元宝藏起兵响应,魏徵为之起草书檄,受到李密的赏识,因入参军幕(见《新唐书》本传)。逐鹿,比喻争夺政权。《六韬》:"取天下者若逐野鹿。"《史记·淮阴侯列传》:"秦失其鹿,天下共逐之。"中原地区,是争夺政权的焦点,故云中原逐鹿。投笔,东汉班超少时为小吏,替官府钞写文书,感到苦闷。曾投笔长叹:"大丈夫无他志略,犹当效傅介子、张骞立功异域,以取封侯,安能久事笔砚间乎!"(见《后汉书·班超传》)事戎轩,从事于战阵之间,即从军之意。戎轩,战车。初,一作"还"。按:这里是追溯往事,以"初"为是。

② 纵横句:魏徵在李密幕下,曾进十策,未被采用(见《新唐书》本传)。后李密为王世充所败。句意指此。战国时,苏秦主张合六国以抗秦,称为"纵";张仪主张连六国以事秦,称为"横"。后世称策士为"纵横家"。纵横计,指为人策划筹谋天下大事。

③ 杖策二句:意谓自己在戎马之中投奔唐朝,很快地就受到任使。杖策和驱马为互文。策,马棰,用以打马前进。天子,指李渊。关,指潼关。

④ 请缨二句:上句用终军的典故,下句用郦食其的典故,表示此行的决心和任务的重大。汉武帝时,终军奉使南越,行前向武帝曾说:"愿请长缨(绳),必羁南越王而致之阙下。"结果说服南越王降附了汉朝(见《汉书·终军传》)。古五岭以南,通称为百越之地。粤,字同"越"。南粤,即南越,百越之一。秦末,楚、汉相争,郦食其奉汉高祖刘邦命出使齐国,说降了齐王田广(见《史记·郦生陆贾列传》)。《史记·淮阴侯列传》:"且郦生一士,伏轼掉三寸之舌,下齐七十馀城。"凭轼,"伏轼",意谓乘车出使。轼,车前横木。下,降服。东藩,东方的属国,即齐国。

⑤ 郁纡二句:郁纡,形容崖谷深险,山路萦回。陟(zhì),登。岫(xiù),山峰。因为山岭忽高忽低,故远望之际,平原时出时没。

⑥ 既伤句:语本《楚辞·招魂》:"目极千里兮伤春心。"时关东一带,正在战乱之中,残破不堪,故云。

⑦ 还惊句:言路途艰险,为之心惊。九折,本形容山路崎岖不平。邛崃山有九折坂,汉王阳行至其处,为之回车。此暗用其意,即下句所云"惮艰险"。九折魂,一作"九逝魂"。《楚辞·九章·抽思》:"惟郢路之辽远兮,魂一夕而九逝。"

⑧ 惮(dàn):惧怕。

⑨ 国士恩:指受到统治者重视的知遇之恩。春秋末,晋大夫智伯为赵襄子所灭,智伯的门客豫让舍身报仇。有人问他为什么这样效忠于智伯,他说:"智伯国士遇我,

我故国士报之。"(见《史记·刺客列传》)国士,在一国范围内的杰出人才。
⑩ 季布二句:意谓将坚决完成使命。季布,秦末人,慷慨重然诺,当时有"得黄金百斤,不如得季布一诺"之语(见《史记·季布栾布列传》)。无二诺,说一句,算一句。侯嬴,战国时魏公子信陵君的门客,为信陵君划策救赵。信陵君临行时,他因年老不能随从,表示将自杀以报恩,后来果然实践了诺言(见《史记·魏公子列传》)。
⑪ 人生句:乐府《白头吟》:"男儿重意气,何用钱刀为?"卢谌《赠刘琨》诗:"意气之间,靡躯不悔。"意气,意志与气概。

【评】

　　此诗自述生平抱负和身世遭遇。笔力劲健开拓,于直起直落中表现出一种豪迈激动的气概,风格和左思《咏史》颇相近似。"感意气"是全诗的核心,中间有关路途难险的描写,正见出感激怀恩,以身许国,不仅深化了主题思想,而且使得诗的意境更加沉郁深厚,而不流入浮浅叫嚣。

王　绩　三首

王绩（约589—644），字无功，绛州龙门（今山西稷山）人。隋大业（605—616）中，举孝悌廉洁科，授秘书省正字。出为六合县丞。因嗜酒被劾去职。唐初，以前朝官待诏门下省。曾为太乐丞。不久，即弃官而去。

他早年有用世志，遭逢乱世，曾三度出仕，都因失意而归隐。寄情于酒，著《五斗先生传》及《醉乡记》等文以见意。其诗多以田园山水为题材，抒写闲适自得之情；于故为旷达之中，往往流露出抑郁之感。思想虽较狭隘，缺乏积极的社会意义，而诗风清新朴素。《四库全书总目提要》说他的诗"意境高古"，"气格遒健"，"皆能涤初唐排偶板滞之习"（卷一四九），这在当时是不可多得的；对后来唐诗的健康发展，有一定的影响。

有《王无功集》五卷。其中诗约一百二十馀首。

春　日

前旦出园游，林华都未有①。
今朝下堂来，池冰开已久。
雪被南轩梅，风催北庭柳。
遥呼灶前妾，却报机中妇②：
年光恰恰来，满瓮营春酒③！

【注释】

① 林华：即林花。华，古"花"字。
② 机中妇：正在纺织的妻子。鲍照《拟行路难》："看妇机中织。"
③ 年光二句：意谓韶华景物之来，好像有意为人凑兴，应该酿酒满瓮，吟赏春光。恰恰来，犹言着意而来。恰恰，用心的意思（见《广韵》卷三一入声）。

【评】

　　诗写早春眼前景物，信手拈来，略无藻绘，而能恰到好处地表现出自然界蓬勃融和的生意和季节更新时诗人的敏感与喜悦的心情。开头四句，隔句相对，"前旦"与"今朝"，"都未有"与"开已久"，交叉映带，用笔极为流畅生动。

野　望

东皋薄暮望①，徙倚欲何依②！
树树皆秋色③，山山唯落晖④。
牧人驱犊返⑤，猎马带禽归。
四顾无相识，长歌怀采薇⑥。

【注释】

① 东皋：王绩隐居故乡时游息之地。《新唐书·王绩传》说他"有田十六顷，在河渚间。……欲见兄弟，辄渡河还家，游北山东皋，著书自号东皋子。"按阮籍云："方将耕于东皋之阳，输黍稷之税，以避当涂者"（《奏记诣太尉蒋济》）；陶潜云："登东皋以舒啸，临清流而赋诗"（《归去来兮辞》）。王绩把自己游息之地叫做东皋，有追慕阮、陶之意。皋，水边高地。
② 徙倚：犹言徘徊。　欲何依：意谓心情怅惘空虚，无所着落。
③ 树树句：就是《楚辞·九辩》所说"萧瑟兮草木摇落而变衰"的意思。秋色，憔悴枯黄之色。

④ 山山句：空旷的秋山，在落日映照下更加给人以冷寞荒凉之感，故云。后来王维的"落日满秋山"（《归嵩山作》），刘长卿的"千峰共夕阳"（《移使鄂州次岘阳馆怀旧居》），与此同一意境。
⑤ 牧人：一作"牧童"。 犊（dú）：小牛。
⑥ 长歌句：殷亡后，伯夷、叔齐隐居首阳山，采薇而食。作歌曰："登彼西山兮，采其薇矣。以暴易暴兮，不知其非矣！神农虞夏，忽焉没兮，我适安归矣？吁嗟徂兮，命之衰矣！"（见《史记·伯夷列传》）怀采薇，怀念采薇的人，即伯夷、叔齐。这里借用典故，表示自己避世隐居、山林长往之意和孤独寂寞之感。它是从上一句生发出来的。既然"四顾无相识"，在现实生活中没有谁了解自己心事，那就只能尚友古人，寄情旷代了。薇，羊齿类草本植物。嫩叶尖端为卷涡状，可食。

【评】

王绩集中有不少完全成熟的五言律诗，这是其中最为脍炙人口的一篇。诗写秋原野望，寂寞怅惘的心情，给眼中景物涂上一层黯淡荒寥的色彩。中间四句是景语，也是情语。从结句看，当作于隋亡之后。

在京思故园见乡人问

这诗当为王绩入唐后待诏门下，或任太乐丞时所作。

旅泊多年岁，老去不知回①。
忽逢门前客，道发故乡来②。
敛眉俱握手，破涕共衔杯。
殷勤访朋旧，屈曲问童孩③：
衰宗多弟侄，若个赏池台？
旧园今在否，新树也应栽？
柳行疏密布，茅斋宽窄裁？

经移何处竹,别种几株梅?
渠当无绝水,石计总生苔?
院果谁先熟,林花那后开④?
羁心只欲问,为报不须猜。
行当驱下泽,去剪故园莱⑤。

【注释】
① 旅泊二句:总摄全诗。因旅居多年,老而未归,思乡情切,故有以下一连串的问话。旅泊,旅居。泊,留止之意。
② 忽逢二句:陆机古乐府《门有车马客行》:"门有车马客,驾言发故乡。念君久不归,濡迹涉江湘。"似为此诗所本。
③ 敛眉四句:写悲喜之状。敛眉,蹙眉。破涕,破涕为笑。殷勤访,屈曲问:急切周详地打探。
④ 衰宗十二句:打听家园情况。这种连缀排比的句式,也来自古乐府,可参看《陌上桑》、《孔雀东南飞》等;而全用问句,则是王绩的独创。十二句一气呵成,表现出心情的急切。衰宗,犹言寒家,敝族。谦词。
⑤ 羁心四句:总收全诗。前二句意谓因羁居得久,故动问得频,请乡人不要顾虑,据实作答;后二句说自己不久也想驱车归田,所以早晚会得知家园实际情况,故不须隐瞒。二层意思看似有些矛盾,却生动地体现出客游者的真实心理。下泽,下泽车,一种适于沼田行驶的短毂车。莱,即藜,新叶与嫩苗可食。

【评】

　　这诗继承古乐府的传统,质而不俚,浅而能深,真切感人。诗中连问十二句,而不作答,构思之奇,出人意表。前面提到的陆机《门有车马客行》等,在叙述遇乡人后,都正面描写故乡之萧条,乡思之悲切。这里只问不答,却给读者留有无穷回想馀地。

王　勃　三首

王勃（650—676），字子安，绛州龙门（今山西河津）人。隋末大儒王通之孙，唐初诗人王绩之侄孙，年十四，举幽素科，授朝散郎，为沛王府修撰。因故去职，客游蜀中。后补虢州参军，犯死罪，遇赦，革职。父福畤，官雍州司功参军，受到连累，贬谪南疆。他渡海省亲，溺水，惊悸而死。

王勃与杨炯、卢照邻、骆宾王以诗歌骈文著名，并称"初唐四杰"。《新唐书·文艺传》云："唐有天下三百年，文章无虑三变。高祖、太宗，大难始夷，沿江左馀风，缔句绘章，揣合低卬，故王、杨为之伯。"他们的诗虽未尽脱六朝词藻馀习，但流丽婉畅之中，有宏放浑厚的气象，显示出唐代诗风正朝着新的方向发展。同时，对于五言律诗格律的建设和七言歌行的提高，有很大的贡献。杜甫在《戏为六绝句》里说："王、杨、卢、骆当时体，轻薄为文哂未休。尔曹身与名俱灭，不废江河万古流。"给以很高的历史评价。

"四杰"诗风不尽相同，就中王勃才气较高。明人陆时雍说："王勃高华，杨炯雄厚，照邻清藻，宾王坦易。子安其最杰乎！调入初唐，时带六朝景色。"（《诗镜总论》）

有《王子安集》，清人蒋清翊有注本。

采 莲 曲

采莲归，绿水芙蓉衣①。秋风起浪凫雁飞②。

王 勃

桂棹兰桡下长浦③,罗裙玉腕轻摇橹。
叶屿花潭极望平④,江讴越吹相思苦⑤。
相思苦,佳期不可驻⑥。
塞外征夫犹未还,江南采莲今已暮。
今已暮,采莲花,渠今那必尽倡家⑦?
官道城南把桑叶,何如江上采莲花⑧?
莲花复莲花,花叶何稠叠!
叶翠本羞眉⑨,花红强似颊⑩。
佳人不在兹⑪,怅望别离时。
牵花怜共蒂,折藕爱连丝⑫。
故情无处所⑬,新物徒华滋⑭。
不惜西津交佩解⑮,还羞北海雁书迟⑯。
采莲歌有节,采莲夜未歇。
正逢浩荡江上风,又值徘徊江上月⑰。
徘徊莲浦夜相逢,吴姬越女何丰茸⑱!
共问寒江千里外,征客关山路几重?

【注释】

① 绿水句:写莲舟归去时的景象。芙蓉,即荷。衣,意同披。舟行绿水之中,芙蓉载满舟上,披覆波面,故云。
② 起浪:吹起了波浪。 凫(fú):野鸭。
③ 桂棹兰桡:桂和兰(木兰)都是香木,棹和桡都是拨水的工具。《方言》卷九:"楫,谓之桡,或谓之棹。"《韵会》:"短曰楫(楫),长曰棹。"《楚辞·九歌·湘君》:"桂棹兮兰枻。"下长浦:沿着水边向下游。浦,水边之地。
④ 叶屿(yǔ)句:言江南水国,放眼望去,都是荷叶和莲花。屿,水中洲渚。潭,水边。叶屿与花潭为互文。平,连成一片的意思。
⑤ 江讴越吹(读去声):泛指南方地区的民间歌调。徒歌称讴,有音乐伴奏的称吹。
⑥ 佳期:这里指聚会的日子。 驻:留。
⑦ 渠今句:《古诗十九首》:"昔为倡家女,今为荡子妇。荡子行不归,空床难独守。"这里变化其意是说采莲者不一定都是倡家女,其中有不少已嫁而丈夫远行的思妇。渠,她们。倡家,乐妓之家。倡,同

"娟"。
⑧ 官道二句：汉乐府《相和歌》有《陌上桑》，写罗敷采桑的故事，这里以采莲花与把桑叶作比，意谓采莲可借以排遣相思之情。但事实上这情怀是无法排遣的，故下文云云。官道，大道。把，采。
⑨ 叶翠句：意谓双眉凝翠，使荷叶为之失色。古代女子的装饰，有"惊翠眉"，见崔豹《古今注》。
⑩ 花红句：萧绎《采莲曲》："莲花乱脸色。"此云"强似颊"，则更进一层，谓莲花尚不及双颊的红艳。
⑪ 佳人：理想中的人，即上面说的"塞外征夫"。沈德潜《说诗晬语》卷下："苏蕙称窦滔云：'非我佳人，莫之能解。'"即以佳人称夫。
⑫ 折藕句：用藕丝影射两心相连的情思。"丝"谐"思"音，是双关语。
⑬ 故情：旧日的欢情。 无处所：无处寻觅。
⑭ 新物：指上文所说的花和藕。因为是别离后生长的，故曰新物。 华滋：长得很繁盛。古诗："庭中有奇树，绿叶发华滋。"
⑮ 交佩解：《楚辞·九章·思美人》："解萹薄与杂菜兮，备以为交佩。"王逸《章句》："交，合也。……合而佩之。"解佩赠给对方，是爱情的表示。古代神话：江妃二女出游汉水之滨，遇郑交甫，解佩以赠。见《列仙传》。
⑯ 羞：这里有忧的意思。 北海雁书：汉时，苏武使匈奴，被囚于北海无人处，音讯断绝。后来汉朝派人交涉，要求把他放回，诡言皇帝在上林苑射猎，得雁足系书，知苏武住处。事见《汉书·苏武传》。这里借用典故，指边地寄来的书信。
⑰ 徘徊江上月：指移动的月影。
⑱ 吴姬越女：泛指江南地区的采莲女。姬本是周代的大姓，指姬姓的女子，后来用作美女的通称。 丰茸：繁盛貌。形容采莲女的年轻美艳。

【评】

　　《采莲曲》是乐府旧题，《江南弄》七曲之一。它的内容多描绘江南地区的水国风光、采莲女郎的生活情况和相思离别之情。此诗杂用三、五、七言与复沓的句式，语言活泼，节奏和谐。明代的何景明曾说，初唐四杰的诗，"音节往往可歌"（见《明月篇序》），就是指这类作品而言。

滕 王 阁

　　滕王阁故址在今江西南昌（唐时为洪州州治），唐太宗贞观十三年（639）滕王李元婴为洪州都督时所建。前临赣江，为游览胜地。高宗时,洪州官吏于滕王阁大宴宾客,王勃路过其间,参预宴会,即席作《秋日登洪府滕王阁饯别序》,序后系以此诗。序文词采绚丽,才气宏放,是王勃骈体文的代表作,历代传诵的名篇。因篇幅过长,故不录。关于序和诗的写作时间,旧有二说:王定保《唐摭言》以为是王勃十四岁时所作;辛文房《唐才子传》及《名胜志》据《新唐书》本传以为是王福畤谪海南时王勃前往省亲途中所作。以后说为是。

滕王高阁临江渚①,佩玉鸣鸾罢歌舞②。
画栋朝飞南浦云,珠帘暮卷西山雨③。
闲云潭影日悠悠,物换星移几度秋④。
阁中帝子今何在⑤?槛外长江空自流⑥!

【注释】

① 渚(zhǔ):水中小洲。
② 佩玉句:想象滕王建阁时宴游的盛况,是即景即事而触发的思古之情。佩玉鸣鸾,指滕王及其宾从而言。《洪范五行传》:"古者圣王垂则,天子穆穆,诸侯皇皇,登舆则有鸾和之节,降车则有佩玉之度。"(见《隋书·五行志》引)古人佩玉,因而有撞击声,可以节行止,保持一种雍容华贵的风度。鸾(luán),车铃,像鸾鸟形,取其鸣声之和。罢,停歇。是说当时佩玉鸣鸾之盛,歌舞宴游之乐,过眼都成陈迹,亦即结尾处"阁中帝子今何在"的意思。
③ 画栋二句:既写了滕王阁楼宇的高峻华美,风景的秀丽佳胜,而朝和暮,云和雨,两两相照,又显示了一种不尽的时空观念,一抹淡淡的怅惘之感,赋中有兴。诗意承上一联的追怀,又为下一联的转折作了铺垫。
④ 闲云二句:以闲云潭影之不变与人物岁星的变换推移相对照,很自然地触发了诗人江山依旧而人物已非的感慨,是诗人从想象回到现实的转折点。星移,岁星在移动着。古天文学以木星为岁星,岁星运行一周天,为十二年。
⑤ 帝子:指滕王,他是高祖李渊之子。《楚辞·九歌·湘夫人》:"帝子降兮北渚",王逸注:"帝子,谓尧女也。"按:古代"子"可兼指男女。
⑥ 槛外句:承上收束,以感慨作结。句意本孔子"逝者如斯夫,不舍昼夜"(《论语·子罕》),而为宋苏轼的名句"大江东去,浪淘尽千古风流人物"(《念奴娇·赤壁怀古》)之先声。槛(jiàn),栏杆。

送杜少府之任蜀川

这诗是王勃供职长安时所作。杜少府,名不详。唐人称县尉为少府。宋人周煇《清波杂志》卷一〇:"古治百里之邑,令拊其俗,尉督其奸,故令曰明府,尉曰少府。"按:府谓一府之主,对府吏而言。尉的职位低于县令,故称少府。之,往,赴。蜀川,犹言蜀地。

城阙辅三秦[1],风烟望五津[2]。
与君离别意,同是宦游人[3]。
海内存知己,天涯若比邻[4]。
无为在歧路,儿女共沾巾[5]。

【注释】

[1] 城阙句:城阙,指长安。宫门前的望楼叫阙。辅三秦,以三秦为辅,言在三秦的中枢。今陕西省一带地区,古为秦国。项羽灭秦,分其地为雍、塞、翟三国,故称三秦。这句说长安,是自己的宦游地;下句说蜀,是杜少府宦游地。因宦游而两地相隔,故三、四句云云。
[2] 风烟:指自然景色。 五津:蜀中长江自湔堰至犍为一段,有白华津、万里津、江首津、涉头津、江南津,合称五津。
[3] 宦游人:远游以求仕宦或任官他乡的士人。
[4] 海内二句:曹植《赠白马王彪》:"丈夫志四海,万里犹比邻。恩爱苟不亏,在远分日亲。"此化用其意,而语言更凝炼,意境更宏阔、旷达。比邻,犹言近邻。古五家相连为比。
[5] 无为二句:劝杜不要像伤离惜别的青年男女那样,分手时哭得泪水沾湿佩巾。无为,不用的意思,无,同"毋"。歧路,岔路,指分手之处。

【评】

明胡应麟评此诗谓:"终篇不著景物,而兴象婉然,气骨苍然,实首启盛、中妙境。"颇切此诗的特色与历史地位。

杨　炯　一首

杨炯（650—692后），华阴（今陕西华阴）人。幼有文名。显庆六年（661）举神童，授校书郎。永隆二年（681）与宋之问同为宏文馆学士。迁詹事司直。因诋毁朝士，见忌同列。武后时，左转梓州司法参军。官终盈川令。世称杨盈川。

"四杰"之中，杨炯和王勃年辈相若，交谊最深，诗文风格也较为接近。杨炯诗绝大部分是五言律体。才气宏放，而语言精丽严整，是其特色。胡应麟谓："盈川近体，虽神俊输王，而整肃雄浑，究其体裁，实为正始。"（《诗薮》）较确切地道出了杨、王风格的异同。

有《盈川集》。

从 军 行

《从军行》是乐府《相和歌·平调曲》旧题，内容叙写军旅、战争之事。

烽火照西京①，心中自不平。
牙璋辞凤阙，铁骑绕龙城②。
雪暗凋旗画，风多杂鼓声③。
宁为百夫长④，胜作一书生。

【注释】

① 烽火句：《汉书·匈奴传》："胡骑入代，句注边，烽火通于甘泉、长安。"此化用其意，言敌军侵扰边塞，警报至京。古于边防要地筑高土台，台上作桔槔，桔槔头上有笼，中置柴草，胡骑至则燃以报警，称为烽火。东汉都洛阳，称长安为西京或西都。
② 牙璋二句：言将军奉命出征，大军深入敌境。《周礼·典瑞》："牙璋以起军旅。"郑康成注："若今时以铜虎符发兵。"凤阙，指长安宫阙。《史记·封禅书》："（建章宫）其东则凤阙，高二十余丈。"铁骑，精锐的骑兵。骑，读去声。龙城，顾炎武《京东考古录》："《汉书·匈奴传》：'匈奴诸王长少，五月大会龙城，祭其先、天地、鬼神。'《武帝本纪》：'元光五年（前130），车骑将军（卫）青至龙城，获首虏七百级。'……六朝以下，文人多用龙城。隋炀帝《与史祥书》：'望龙城而冲寇，盼狼居而发愤。'自此递相祖述，皆《匈奴传》之龙城耳。"
③ 雪暗二句：写边地战争的艰苦。言外之意，是说只有在这艰苦的环境里才能建立功名，故下两句云云。阴云朔雪，白日无光，旗画的色彩，显得黯淡而不鲜明，故曰"凋"。
④ 百夫长：西周时有"千夫长"、"百夫长"的官名（见《尚书·牧誓》）。此泛指低级武职。

【评】

　　这诗以高昂的情调、奇丽的词采，歌唱出对辽阔边疆的向往，反映了年轻士人投军请缨、立功报国的壮志。

卢照邻 一首

卢照邻（生卒年不详），字昇之，自号幽忧子，幽州范阳（今北京）人。曾为邓王府典签及新乡尉。一生不得志，又染风疾，手足痉挛，成为残废。作《五悲文》自明遭遇。后因不胜病痛，投颍水自杀。

他的诗以歌行体为最佳。词采富艳，内容广阔，意境清迥，以韵致取胜。胡震亨说他"领韵疏拔，时有一往任笔不拘整对之意"（见《唐音癸签》卷五）。

有《卢昇之集》（一称《幽忧子集》）。

长安古意

这诗，作者通过自身感受，借用历史题材，描绘出当时首都长安现实生活的形形色色。从繁华景象的渲染中，揭露了统治集团的横暴和骄奢淫佚，具有一定的批判意义。"古意"是六朝以来诗歌中常见的标题，和"拟古"一样，内容非常广泛；总的说来，都是托古意以抒今情的。

长安大道连狭斜①，青牛白马七香车②。
玉辇纵横过主第③，金鞭络绎向侯家。
龙衔宝盖承朝日，凤吐流苏带晚霞④。
百丈游丝争绕树⑤，一群娇鸟共啼花。

啼花戏蝶千门侧,碧树银台万种色。
复道交窗作合欢⑥,双阙连甍垂凤翼⑦。
梁家画阁天中起⑧,汉帝金茎云外直⑨。
楼前相望不相知,陌上相逢讵相识⑩?
借问吹箫向紫烟⑪,曾经学舞度芳年。
得成比目何辞死⑫,愿作鸳鸯不羡仙。
比目鸳鸯真可羡,双去双来君不见?
生憎帐额绣孤鸾⑬,好取门帘帖双燕。
双燕双飞绕画梁,罗帏翠被郁金香⑭。
片片行云著蝉鬓⑮,纤纤初月上鸦黄⑯。
鸦黄粉白车中出,含娇含态情非一。
妖童宝马铁连钱⑰,娼妇盘龙金屈膝⑱。
御史府中乌夜啼,廷尉门前雀欲栖⑲。
隐隐朱城临玉道,遥遥翠幰没金堤⑳。
挟弹飞鹰杜陵北㉑,探丸借客渭桥西㉒。
俱邀侠客芙蓉剑㉓,共宿娼家桃李蹊㉔。
娼家日暮紫罗裙,清歌一啭口氛氲㉕。
北堂夜夜人如月㉖,南陌朝朝骑似云。
南陌北堂连北里㉗,五剧三条控三市㉘。
弱柳青槐拂地垂,佳气红尘暗天起。
汉代金吾千骑来㉙,翡翠屠苏鹦鹉杯㉚。
罗襦宝带为君解㉛,燕歌赵舞为君开㉜。
别有豪华称将相,转日回天不相让㉝。
意气由来排灌夫㉞,专权判不容萧相㉟。

专权意气本豪雄，青虬紫燕坐春风㊱。
自言歌舞长千载，自谓骄奢凌五公㊲。
节物风光不相待㊳，桑田碧海须臾改㊴。
昔时金阶白玉堂，即今唯见青松在。
寂寂寥寥扬子居㊵，年年岁岁一床书㊶。
独有南山桂花发㊷，飞来飞去袭人裾㊸。

【注释】

① 狭斜：迫狭斜出的僻径，与"大道"相对而言。汉乐府《相和歌·长安有狭斜行》："长安有狭斜，狭斜不容车。"
② 青牛句：言往来的都是贵人之车。古时驾车，牛马并用。《旧唐书·舆服志》："内命妇夫人乘厌翟车，嫔乘翟车，婕妤已下乘安车，皆驾二马；外命妇、公主、王妃乘厌翟车，驾二马；自馀一品乘白铜饰犊车……驾以牛。"梁简文帝萧纲《乌栖曲》："青牛丹毂七香车。"此化用其语。七香车，用多种香木制成华美的小车。魏武帝《与杨彪书》："今赠足下……画轮四望通幰七香车一乘，青牸牛二头。"
③ 玉辇（niǎn）：本来是皇帝用车的称号，这里泛指贵人所乘的车。用人拉着走的车叫辇。主第，公主家。第，皇帝所赐的住宅。因有甲乙等之分，所以叫做第。
④ 龙衔二句：古时车上张有圆形的盖，晴以障阳光，阴以御雨。宝盖安装在支柱上，支柱刻作龙形，故曰"龙衔宝盖"。凤，指车幔上所绣的花纹。车幔下垂流苏，故曰"凤吐流苏"。流苏，用彩色羽毛或丝绸结成球，缀以丝缕，如同现在的彩缕子。苏，下垂之意。
⑤ 游丝：春天虫类所吐在空中飞扬的丝。
⑥ 复道：即阁道，宫苑中架木空际以通车的道路。 交窗：用木条横直相错而制成的窗。 作合欢：指窗棂的图案。合欢，即马樱花，又名合昏或夜合。羽状复叶，一个大叶由多数小叶组合而成，小叶到夜间就聚合起来，故名。
⑦ 阙：宫门前的望楼。 甍（méng）：屋脊。 垂凤翼：是说双阙两相对峙，有如凤凰两翅的下垂。一说垂凤翼与上句"作合欢"对，亦应指饰物。《关中记》："建章宫圜阙，临北道，凤在上，故曰凤阙也。"《汉官典职》："偃师去宫三十五里，望朱雀阙，郁勃与天连。"朱雀一说即凤。繁钦《建章凤阙赋》："筑双凤之崇阙。"
⑧ 梁家句：写豪门第宅的崇丽。梁冀是东汉王朝的外戚，他在洛阳穷治第宅，以豪侈著名。按：本篇有关历史题材的描写，都以长安为背景，只有这句事涉洛阳。因洛阳自东汉以来即为东都，故连类而及。
⑨ 汉帝句：言宫廷建筑的宏伟。汉武帝刘彻好神仙，于宫中立铜柱，上置铜盘，名仙人掌，以承天露。班固《西都赋》："抗仙掌以承露，擢双立之金茎。"李善注："金茎，铜柱也。"
⑩ 陌上句：意谓士女如云，不易辨识。讵，义同岂。
⑪ 吹箫向紫烟：传说春秋时秦穆公女弄玉，嫁给善吹箫的萧史，后来夫妻双双乘凤凰飞去，成了神仙（见《神仙传》卷四）。江淹《班婕妤咏扇》："画作秦王女，乘鸾向烟雾。"这里借以指怀春的少女。紫烟，紫云，仙云。
⑫ 比目：鱼名。《尔雅·释地》："东方有比

目鱼焉，不比不行，其名谓之鲽。"
⑬ 生憎句：意思是说，最怕过孤单的生活。生憎，偏憎，最厌恶，是当时口语。帐额，帐前所挂的横幅，即帐檐。鸾，旧传是凤一类的神鸟。五色而多赤者曰凤，五色而多青者曰鸾（见《太平御览》卷九一六引《决录》注）。又同卷引南朝宋范泰《鸾鸟诗》序云，罽宾王获一鸾鸟，三年不鸣，后置镜照之，"鸾睹影感契，慨焉悲鸣，哀响中宵，一奋而绝"。下句"双燕"，与本句，一正一反，表达同一情感。
⑭ 罗帏句：意谓罗帏翠被熏以郁金香。翠被，以翡翠鸟羽毛为饰的华美的被。《楚辞·招魂》："翡翠珠被，烂齐光些。"郁金香，异香名。多年生草本植物，春天开花，其香在花，出大秦国（见《本草纲目》）。
⑮ 片片句：把鬓发梳成蝉翼般的式样，叫做蝉鬓。《古今注》卷下："魏文帝宫人……（莫）琼树乃制蝉鬓，缥缈如蝉。"行云，形容鬓影蓬松，有如流动的云彩。
⑯ 纤纤句：古代妇女额上涂鸦黄色，以为美观。初月，是说涂作弯弯的月牙形。萧纲《美女篇》："约黄能效月，裁金巧作星。"
⑰ 妖童：泛指市井间的轻薄少年。 铁连钱：指马毛色斑驳，有一个个连钱式的花纹。
⑱ 盘龙金屈膝：盘龙，钗名，东汉梁冀妻所制。屈膝，同屈戌，门窗等物每扇相连处的铰。盘龙金屈膝，犹言金屈戌的盘龙钗，可能是指这钗制作精细复杂，是用金屈戌把若干零件连缀而成的。旧说金屈膝指屏风，疑与盘龙不能连属成句。本句与上句为对文，上句的铁连钱亦指宝马。
⑲ 御史二句：意谓长安城中虽设有御史和廷尉（御史专司弹劾，廷尉为执法之官）但权贵骄恣不法，游侠横行，他们并无实际权力，不被人重视。《汉书·朱博传》："（御史）府中列柏树，常有野乌数千，栖宿其上，晨去暮来，号曰朝夕乌。"又《史记·汲郑列传》："始翟公为廷尉，宾客阗门；及废，门外可设雀罗。"这里的乌夜啼、雀欲栖，都是借用典故来形容冷

落荒凉的景象。
⑳ 翠幰（xiǎn）：贵妇所乘的车。《旧唐书·舆服志》："（外命妇）一品乘白铜饰犊车，青通幰。……四品青偏幰。"翠幰即青幰。幰，车幔。
㉑ 挟弹飞鹰：指打猎。《西京杂记》记汉武帝佞幸韩嫣好弹，此暗用其意。 杜陵：地名，在长安东南，秦时为杜县，汉宣帝的陵墓在此，改称杜陵。
㉒ 探丸借客：汉代长安少年有谋杀官吏的组织。事前，为赤、黑、白三色丸混在一起，让参加的人暗中探取。探得赤丸的杀武吏，得黑丸的杀文吏；如有一人因而被杀，则探得白丸的负责料理丧事（见《汉书·尹赏传》）。又《汉书·朱云传》有"借客报仇"的话，犹言代人报仇。这里的借客，即"借客报仇"的略文。 渭桥：本名横桥，又名中渭桥，在长安西北，秦始皇时所造。横跨渭水，故名。
㉓ 芙蓉剑：即古纯钩剑。春秋时，越王允常聘欧冶子铸宝剑五，其一名纯钩。秦客薛烛善相剑，越王以纯钩示之。他赞叹说："光乎如屈阳之华，沉沉如芙蓉始生于湘；观其文如列星之芒，观其光如水之溢塘，观其色如冰将释，见日之光，此纯钩者也！"（见《吴越春秋》）
㉔ 桃李蹊：指妓女所居之处。蹊，路径。《史记·李将军列传》："桃李不言，下自成蹊。"这里是借用，和后来说妓女住处为"花街柳巷"用意相同。
㉕ 氛（fēn）氲（yūn）：气盛貌。这里指妓女歌唱时所散发出来的浓郁的口脂香。
㉖ 北堂：言豪贵人家，夜夜召客宴饮。北堂，犹言高堂。堂屋坐北朝南，故称。
㉗ 北里：即平康里。孙棨《北里志》："平康里。入北门，东回三曲，即诸妓所居之聚也。……其南曲、中曲门前通十字街，初登馆阁者，多于此窃游焉。"
㉘ 五剧句：意谓长安城里街道纵横，市面繁荣。交错的道路叫做剧。《尔雅·释宫》郭璞注："今南阳冠军乐乡，数道交错，俗呼之为五剧乡。"通达的道路叫做条。班固《西都赋》："披三条之广路。"商业

㉘ 繁盛的大街叫做市。左思《魏都赋》:"廓三市而开廛。"这里的五剧、三条、三市都是用成语,五、三、三并非实数。
㉙ 汉代金吾:以汉代唐。唐人多如此。而此处更有深一层含义。自汉至唐,金吾子多由贵子弟充任。汉辛延年《羽林郎》是第一篇描写金吾子跋扈淫佚的作品,唐人诗,如后来顾况《少年行》、王建《羽林郎》都有所反映。金吾,执金吾的简称,汉代禁卫军军官名。唐置左、右金吾卫,有金吾大将军。　千骑来:形容结队而来的人数之多。骑,读去声。
㉚ 翡翠句:意谓鹦鹉杯里盛着绿色的屠苏酒。屠苏,美酒名。据说,最初造这种酒的人住在屠麻(字同"屠苏"),因以名酒。一说,屠苏本是一种草,古人常把它画在屋上,因以名屋,后又借以名酒。鹦鹉杯,印度洋与菲律宾等处出产的一种鹦鹉螺,可以作杯。《太平御览》卷七五九引《南州异物志》:"鹦鹉螺状以(似)覆杯,形如鸟,头向其腹视,似鹦鹉,故以为名。
㉛ 罗襦句:《史记·滑稽列传》:"日暮酒阑,合尊促坐,男女同席,履舄交错,罗襦襟解,微闻芗(香)泽。"这里化用其意。
㉜ 燕歌赵舞:泛指美妙的歌舞。古燕、赵地区以歌舞著名。
㉝ 转日回天:极言势力之大,连皇帝的意志都在其掌握之中,可以改变。"日"和"天"借指最高统治者。东汉时宦官左悺擅权,封上蔡侯,时号为左回天。
㉞ 排灌夫:指排除异己。灌夫,汉武帝时人。好任侠使酒。他和魏其侯窦婴相交结,被丞相武安侯田蚡构陷,族诛。事见《史记·魏其武安侯列传》。
㉟ 判不:犹言决不。　萧相:指萧望之。望之受汉宣帝遗诏辅元帝,录尚书事。后为弘恭、石显等所排挤,饮鸩自杀。他临死时曾说:"吾尝备位将相,年逾六十矣,老入牢狱,苟求生活,不亦鄙乎!"(见《汉书·萧望之传》)。
㊱ 青虬:《楚辞·九章·涉江》:"驾青虬兮骖白螭。"虬,本是有角的龙,因为起了马的作用,所以这里借作马的代称。青虬一作"青虹"。　紫燕:骏马名。《文选》颜延之《赭白马赋》:"将使紫燕骈衡,绿虵卫毂。"李善注引《尸子》曰:"我得而民治,则马有紫燕、兰池。"　坐春风:在春风中驰骋,言其得意。春,一作"生"。
㊲ 五公:张汤、杜周、萧望之、冯奉世、史丹,都是汉代著名的权贵(见《文选》班固《西都赋》:"冠盖如云,七相五公。"李善注)。古代官僚中最高的一级称公。
㊳ 节物句:意谓时间的流逝,风物的变迁是无情的,它不会等待人;也就是说,盛时一去而不可复返。
㊴ 桑田句:《神仙传》卷五:麻姑谓王方平曰:"接待以来,已见东海三为桑田。"
㊵ 寂寂句:左思《咏史》:"寂寂扬子宅,门无卿相舆。"扬子,指汉代的扬雄。扬雄字子云,在长安时,仕宦不得意,闭门著《太玄》。这里作者用以自况。
㊶ 一床书:意谓惟以图史自娱。语本庾信《寒园即目》:"隐士一床书。"古代称坐榻为床。
㊷ 南山桂花:南山,指长安附近的终南山。按:《楚辞》淮南小山《招隐士》:"桂树丛生兮山之幽,偃蹇连蜷兮枝相缭。"这诗以"南山桂花"结尾,寓有避世隐身之意。
㊸ 袭:钻进的意思。此指花的香气。　裾:衣前襟。

【评】

闻一多《宫体诗的自赎》一文评此诗结末云:"末四句有点突兀,在诗的结构上既嫌蛇足,而且这样说话也暴露了自己态度的褊狭。"但是,"一点点艺术的失败，并不妨害《长安古意》在思想上的成功。他是宫体诗中一个破天荒的大转变。一手挽住了衰老的颓废，教给他如何回到健全的欲望，一手又指给他欲望的幻灭。这诗中善与恶都是积极的，所以二者似相反而相成"。闻氏指出本诗思想上的"破天荒的大转变"，是十分有见地的。但说结构上"突兀"、"蛇足"则可论议。首先，这四句前"节物风光"二句，已为结末的转意作了过渡，并不怎么"突兀"。"寂寂"四句后，戛然而止，不仅宾主分明，而且警省有馀味，表现出卢照邻的匠心独运。如再大段铺叙，倒真成了"蛇足"。其次，七言歌行的体格，在鲍照手中就是以跳宕排阖为特点的，但在六朝宫体七言歌行中，这种风格得不到发展。"宫体"内容的"自赎"，必然引起体格的改变，卢照邻此诗前部已表现出纵横驰骋的特点，结末更作一大跳荡，正是一种大胆而成功的创新。如果说唐人七言歌行的体格特点是开阖排宕，那么此诗正是它的先声。

骆宾王　二首

骆宾王（640？—684？），婺州义乌（今浙江义乌）人。唐高宗时供职道王府。历武功、长安两县主簿，迁侍御史。因上书论朝政，触怒武后，谪临海丞。郁郁不得意，弃官而去。徐敬业起兵扬州，反对武后，宾王参与其谋，为记室。敬业兵败，被杀。一说，亡命不知所终。

有《骆丞集》（一称《骆临海集》）。清人陈熙晋有笺注本。

在狱咏蝉

　　这诗写于狱中，因蝉寄慨，并非单纯咏物。陈熙晋曰："郗云卿《骆宾王文集序》：'骆宾王仕至侍御史。后以天后即位，频贡章疏讽谏，因斯得罪，贬授临海丞。'《旧（唐）书·文苑传》：'骆宾王高宗末为长安主簿，坐赃左迁临海丞。'合二说观之，盖因为侍御时讽谏得罪，而坐以前为长安主簿时之赃。《畴昔篇》所云'适离京兆谤，还从御史弹'是也。"系狱之年，据他考证，是仪凤三年（678）冬，此诗作于调露元年（679）秋（见《骆临海集笺注》卷四《宪台出絷寒夜有怀》题下注）。诗前原有序，因过长不录。

西陆蝉声唱①，南冠客思侵②。
那堪玄鬓影，来对白头吟③！

露重飞难进，风多响易沉④。
无人信高洁，谁为表余心⑤！

【注释】

① 西陆：《隋书·天文志》："日……行西陆谓之秋。"《太平御览》卷二四引《易通统图》："日行西方白道曰西陆。"这里用作秋天的代称。
② 南冠：指囚系。《左传》成公九年："晋侯观于军府，见钟仪，问之曰：'南冠而絷者，谁也？'有司对曰：'郑人所献楚囚也。'"思：读去声。侵：一作"深"。首二句分切题"在狱"与"蝉"。
③ 那堪二句：承咏蝉生发。那堪、来对，互文见义。上句写见蝉的意态，下句言听蝉的吟声。意谓身在狱中，望蝉影之缥缈，而听蝉声之哀怨。玄鬓影即蝉鬓影，玄谐蝉声，见卢照邻《长安古意》注⑮。玄鬓、白头吟，意均双关。玄，黑色。以白头而对玄鬓，此一不堪也。又汉乐府《相和歌·楚调曲》有《白头吟》，原辞与后代文人如宋鲍照、陈张正见、唐虞世南拟作，均如《乐府解题》所云"自伤清正芳馥，而遭铄金砧玉之谤"。来对白头吟，谓秋蝉悲鸣，正唱出了自己胸怀皎洁而蒙冤屈之意。此二不堪也。望形、听声均不堪，因此可伤。
④ 露重二句：《礼记·月令》："孟秋之月……凉风起，白露降，寒蝉鸣。"二句紧扣节令，风、露、寒蝉三事，以喻世路险恶，自己被拘狱中，心声如同蝉声而"难进""易沉"，即诗序"失路艰虞，遭时徽缠"之意。咏蝉而暗切"在狱"。
⑤ 无人二句：总绾全诗，慨叹无人相知相援，为之昭雪。高洁，蝉栖于树，吸露餐风，故比附见义。

于易水送人

战国时，燕太子丹遣荆轲刺秦王，行时，曾在易水上为之饯别。此诗着重描写荆轲的豪侠精神，把思古之情和别离之感结合起来，当与所送之人有关，惜本事已不可考。易水，发源于今河北易县。题一作《易水》。

此地别燕丹，壮士发冲冠①。
昔时人已没，今日水犹寒②。

【注释】

① 壮士句：易水饯别时，送行的人对燕国局势的危迫和荆轲的义勇行为非常感动，"士皆瞋目，发尽上指冠"（见《史记·刺客列传》）。

② 水犹寒：意指荆轲在历史上所遗留下来的壮烈精神给予这一环境的气氛感染。荆轲临行时，作歌曰："风萧萧兮易水寒，壮士一去兮不复还。"

苏味道 一首

苏味道（648—705），赵州栾城（今河北栾城）人。幼时就以文章知名。年不满二十，试进士，及第。武后时，官至宰相。处事无决断，摸棱两可，人号为"苏摸棱"。因阿附张易之，中宗时，贬为郿州刺史，死于任所。

《全唐诗》录存其诗一卷。

正月十五日夜

正月十五日为上元，即后来的元宵节。刘肃《大唐新语》："神龙之际，京城正月望日，盛饰灯影之会。金吾弛禁，特许夜行。贵族戚属及下俚工贾，无不夜游。车马喧阗，人不得顾。王主之家，马上作乐，以相夸竞。文士皆赋诗一章，以纪其事。作者数百人，惟中书侍郎苏味道、吏部员外郭利贞、殿中侍御史崔液三人为绝唱。"按：现存初唐诗中，有关歌咏上元的还很多，内容都是写节日欢娱，反映了统治集团生活的豪华和都会繁荣的一面。此诗格律精切，而风调清新，最为人所传诵。题一作《元夕》。

火树银花合①，星桥铁锁开②。
暗尘随马去③，明月逐人来④。
游妓皆秾李⑤，行歌尽《落梅》⑥。

金吾不禁夜,玉漏莫相催⑦。

【注释】

① 火树句:写灯火繁盛。树间缀以明灯,吐出灿烂的光华,故曰"火树银花"。傅玄诗(无题):"枝灯若火树,庭燎继夜光。"灯光四望相连,故曰"合"。
② 星桥句:言城门大开,任人通行。崔液《上元夜》:"玉漏铜壶且莫催,铁关金锁彻明开。"城关之外为城河,这里的桥,即指城河上的桥。灯影照耀,城河望去有如天上的星河,故把桥说成"星桥"。张正见《秋河曙耿耿》:"天路横秋水,星桥转夜流。"铁锁,指城关上锁。
③ 暗尘:指马蹄下扬起的尘土。因在夜间,故曰"暗"。
④ 明月句:上元夜明月满轮,月光照到了人们活动的每一角落,故曰"逐人来"。
⑤ 妓:一作"伎",字同。一作"骑"。 秾李:形容姿色服装的艳丽。《诗经·召南·何彼秾矣》:"何彼秾矣,华如桃李。"
⑥《落梅》:乐曲名,即《梅花落》。唐大角曲有《大梅花》、《小梅花》。
⑦ 金吾二句:写游人留恋良宵佳节的心情。《太平御览》卷三〇引《唐两京新记》:"正月十五日夜,敕金吾弛禁,前后各一日,以看灯。"金吾,指京城里的禁卫军(详见前卢照邻《长安古意》注㉙)。漏,古代滴水计时器。玉为修饰词。

李峤 二首

李峤（644—714），字巨山，赵州赞皇（今河北赞皇）人。龙朔三年（663）进士。武后时，累官至同凤阁鸾台平章事，封赵国公。后贬庐州别驾。

他早年负文名，与王勃、杨炯相接，中年与崔融、苏味道、杜审言齐名，为文章四友，晚年，诸人皆死，号称文章老宿。其诗大半为五言律体，多应制和咏物之作。

有集五十卷。《全唐诗》录存诗五卷。

中 秋 月

二首

其 一

盈缺青冥外[①]，东风万古吹。
何人种丹桂[②]，不长出轮枝[③]？

【注释】

[①] 青冥：犹言青空。《楚辞》屈原《九章·悲回风》："据青冥而攄虹兮，遂倏忽而扪天。"
[②] 何人句：传说月中有桂树，故云。《太平御览》卷四引虞喜《安天论》："俗传月中仙人桂树，今视其初生，见仙人之足渐已成形，桂树后生焉。"丹桂，桂的一种。《南方草木状》："叶如柏叶皮赤者为丹桂。"
[③] 出轮枝：伸出月轮外的枝条。

【评】

　　这诗写对月时的遐想,篇幅短小而意境阔远,能见出作者奇特的构思。

其　二

　　圆魄上寒空,皆言四海同^①。
　　安知千里外,不有雨兼风?

【注释】

① 圆魄二句:古时认为:中秋之夜,一处晴,到处皆晴;一处阴,到处皆阴。宋苏轼《中秋月》亦云:"尝闻此宵月,万里同阴晴。"可见此说流传甚久。魄,月未盛明时之光,通常代指月。圆魄则指望日之月,此指中秋月,杨炯《盂兰盆赋》"太阴望兮圆魄皎",可与此互参。

陈子昂　七首

陈子昂（661—702），字伯玉，梓州射洪（今四川射洪）人。唐睿宗文明元年（684）进士。武后时，官右拾遗。直言敢谏，所陈多切时弊。后解职归里，为县令段简所害，死于狱中。世称陈拾遗。

他论诗提倡汉、魏风骨，主张作诗要有兴寄，强调文学的社会现实意义，反对齐、梁以来偏重形式的倾向和绮靡颓废的作风。所作《感遇》、《登幽州台歌》等诗，词意激昂，风格高峻。后来许多大诗人如李白、杜甫、白居易等，对他都很推崇；韩愈曾说："国（唐）朝盛文章，子昂始高蹈。"（《荐士》）正指出了他在唐代诗歌革新运动中的启蒙作用。

有《陈子昂集》，其中诗一百一十多首。

感　遇
三十八首选五

《感遇》是抒写生活感受的诗篇的总标题，非成于一时一地。《旧唐书》本传说是陈子昂少年成名之作，和诗的内容不相符合，不足据。

其　一
原第二首

兰若生春夏①，芊蔚何青青②。

幽独空林色③，朱蕤冒紫茎④。
迟迟白日晚，袅袅秋风生⑤。
岁华尽摇落⑥，芳意竟何成！

【注释】

① 兰：香草，一名蕳。多年生草本，高三四尺，夏秋间开花。属菊科，和现在说的兰花不同。 若：杜若的简称，一名杜蘅，水边香草。
② 芊蔚：指花叶的密茂。 青青："菁菁"的借字，繁盛貌。
③ 幽独句：言兰若生于林中，有着空绝群芳的秀色。幽独，犹言幽姿逸韵。
④ 朱蕤（ruí）句：红花开在紫茎的上面。曹植《公宴诗》："朱华冒绿池。"句法本此。蕤，花下垂貌。这里指下垂的花。
⑤ 袅袅：微弱细长貌。《楚辞·九歌·湘夫人》："袅袅兮秋风。"
⑥ 岁华：华，古"花"字。草木一年一度枯荣，故曰岁华。 摇落：动摇，脱落。意指为秋风所摧折。《楚辞·九辩》："草木摇落而变衰。"

【评】

诗用《楚辞》以来借香花香草比拟情怀的传统艺术手法，描绘兰草和杜若欣欣向荣的生意以及秋风摇落的悲哀，抒写岁月迁流、事业无成的人生感慨，当是陈子昂政治失意后，归隐故乡时所作。

其 二

原第十九首

圣人不利己①，忧济在元元②。
黄屋非尧意③，瑶台安可论④！
吾闻西方化，清净道弥敦⑤；
奈何穷金玉⑥，雕刻以为尊⑦？
云构山林尽⑧，瑶图珠翠烦⑨。

鬼工尚未可，人力安能存⑩！
夸愚适增累，矜智道逾昏⑪。

【注释】

① 圣人：指古代贤明的帝王。又，唐时口语，称皇帝为圣人。
② 忧济：思念救助的意思。 元元：指老百姓。《战国策·秦策》："制海内，子元元。"
③ 黄屋句：古代天子所乘车，车盖以黄缯为里，叫做黄屋。尧以俭德著名，这里意谓如此考究的车子，决非尧意中所有。
④ 瑶台句：瑶，像玉一样的文石。瑶台，以瑶为饰的台。《淮南子·本经训》："纣为璇室、瑶台。"安可论，哪值得一说。意谓不足为法。
⑤ 吾闻二句：西方化，指来自西方的佛教。佛教以清净慈悲为主，愈是清净，愈见大道的尊严。敦，厚。这里有"尊"意。
⑥ 穷金玉：尽量用金玉等宝物作为材料或装饰。
⑦ 雕刻：指佛像的塑造，庙宇的装修。
⑧ 云构句：言高耸云霄的建筑结构，用尽了山林中的木材。《史记·秦始皇本纪》索隐述赞："阿房云构，金狄成行。"
⑨ 瑶图：华美的图案花纹。 烦：多。《汉武故事》："上起神屋……以琉璃、珠玉、明月夜光错杂天下珍宝为甲帐，其次乙帐。甲以居神，乙上自御之。"
⑩ 鬼工二句：鬼工，指人所不能想象的巧妙工程。《史记·秦本纪》："由余观秦，秦穆公示以宫室积聚。由余曰：'使鬼为之，则劳神矣；使人为之，亦苦民矣。'"王充《论衡·谴告篇》："孝成皇帝好广宫室，扬子云上《甘泉颂》，妙称神怪，若曰非人力所能为，鬼神力乃可成。"鬼工未可，是进一层的形容。
⑪ 夸愚二句：上句谓崇奉佛教，大兴建筑，用以夸耀"愚民"，必然有奸人乘机，伪造符箓图谶之类以求爵赏，适足自增其累而已。下句言玩弄聪明的结果，徒然使治道更加昏乱。愚，这里指淳朴的人民。

【评】

这是一首讽刺时政的诗。陈沆曰："武后尝削发感应寺为尼。及临朝称制，僧法明等又撰《大云经》，称后为弥勒化身，当代唐主阎浮提天下。故敕诸州并建大云寺，为僧怀义建白马寺。又使作夹纻大像，小指尚容数十人，于明堂北为天堂以贮之。初成，为风所摧，复重修之。采木江岭，日役万人，府库为耗竭。久视元年（700），欲造大像，令天下尼僧日出一钱，以助其功。狄仁杰上疏曰：'今之伽蓝，制过宫阙。功不使鬼，祗在役人；物不天来，终须地出。如来设教，以慈悲为主，岂欲劳人以存虚饰？'长安四年（704）张廷珪谏造大像曰：'以释教论之，则宜救苦厄，灭诸相，崇无为。愿陛下行佛之意，以理

为上。'并同斯旨。"(《诗比兴笺》卷三)

其 三
原第二十九首

丁亥岁云暮,西山事甲兵①。
赢粮匝邛道②,荷戟争羌城③。
严冬阴风劲④,穷岫泄云生⑤。
昏曀无昼夜⑥,羽檄复相惊⑦。
拳跼竞万仞,崩危走九冥⑧。
籍籍峰壑里⑨,哀哀冰雪行⑩。
圣人御宇宙⑪,闻道泰阶平⑫。
肉食谋何失⑬,藜藿缅纵横⑭!

【注释】

① 丁亥二句:垂拱三年(687)丁亥,武后准备开凿蜀山道路,由雅州进攻羌人。陈子昂时为麟台正字,上《谏雅州讨生羌书》云:"窃闻道路云,国家欲开蜀山,自雅州道入讨生羌,因以袭击吐蕃。执事者不审图其利害,遂发凉、凤、巴、蜒兵以徇之。……"所指即此。西山,又名雪岭,在成都之西。事甲兵,从事于甲兵,犹言发动战争。
② 赢粮句:写运输军粮的艰苦情况。赢,裹负。匝邛道,环行在邛崃山的山道中。邛,邛崃山,现名大关山,在今四川西南大渡河附近。
③ 争:一作"惊"。 羌城:指羌人所居之地。
④ 阴风劲:一作"岚阴劲"。《纂要》:"冬风曰阴风。"
⑤ 穷岫(xiù)句:左思《魏都赋》:"穷岫泄云,日月恒翳。"穷岫,深山。山有穴曰岫。泄云,这里作名词用,指冒出来的云气。
⑥ 昏曀(yì):昏暗。《说文》:"昏,日冥也。"《尔雅》:"阴而风曰曀。"无昼夜:分不出昼夜。
⑦ 羽檄:用于军事上紧急征调的文书。上插鸟羽,取其急速之意。一称羽书。
⑧ 拳跼二句:意谓邛崃山高峻险隘,下临深渊,军队十分困难地在上面行进,时时有崩塌的危险在威胁着。拳跼(jú),即卷曲,蹙缩貌。万仞,万仞的高山。八尺叫仞(rèn)。一说七尺。九冥,即深谷,义同九幽。谢庄《与袁颛书》:"德洞九幽。"
⑨ 籍籍句:意谓兵士在高山深壑里乱成一片。籍籍,通作"藉藉",挨挨挤挤的样子。

⑩ 冰雪行：在冰天雪地里行军。
⑪ 御宇宙：犹言统治天下。
⑫ 泰阶平：泰阶是三台星的别名。古人认为天上泰阶平则天下太平。《汉书·东方朔传》应劭注引《黄帝泰阶六符经》曰："泰阶者，天之三阶也……三阶平则阴阳和，风雨时，社稷神祇咸获其宜，天下大安，是为太平。"
⑬ 肉食句：意谓这次攻打羌人，是执政大臣谋国的失误。《左传》庄公十年："齐师伐我（鲁），公将战，曹刿请见，其乡人曰：'肉食者谋之，又何间焉？'刿曰：'肉食者鄙，未能远谋。'"按陈子昂《谏雅州讨生羌书》有云："臣闻乱生必由怨起，雅之边羌，自国初以来，未尝一日为盗，今一旦无罪受戮，其怨必甚。"谋何失，指此。
⑭ 藜藿句：藜藿，野菜。这里指吃野菜的穷苦老百姓。缅纵横，犹言横尸于边远地区。缅，远的意思。

【评】

　　唐代前期实行府兵制，士卒都是从民间征调来的。这里所说横尸于边远地区的穷苦老百姓，也就是指被征调来参加这次战役的兵士。《说苑·善说》：（东郭）祖朝对（晋献公）曰："设使食肉者一旦失计于庙堂之上，若臣等之藿食者宁得无肝胆涂地于中原之野与？"此化用其语。

其　四

原第三十四首

朔风吹海树，萧条边已秋。
亭上谁家子，哀哀明月楼①。
自言幽燕客，结发事远游②。
赤丸杀公吏③，白刃报私仇④。
避仇至海上，被役此边州。
故乡三千里，辽水复悠悠⑤。
每愤胡兵入，常为汉国羞。
何知七十战，白首未封侯⑥！

【注释】

① 亭上二句：写月明之夜，征人在戍楼上远望而生哀。亭，即指戍楼。
② 自言二句：今河北、辽宁一带，古为幽州、燕国地。幽燕地处东北边陲，在长期战斗环境的锻炼中，习尚武勇，游侠之风极盛。结发，义同束发。古人过了童年即将分散的头发聚总梳在一起，上面加冠，标志成年。
③ 赤丸句：赤丸杀吏，即"探丸杀吏"，详见前卢照邻《长安古意》注㉒。
④ 白刃：一作"白日"。
⑤ 辽水：又名大辽水，即辽河。有东西二源：东源出今辽宁西安平顶山，西源出内蒙古自治区白岔山，至辽源合流，称辽河，至营口西南入海。
⑥ 何知二句：用李广故事，言有功不赏，在军中受到压抑。李广是汉武帝时名将，生平和匈奴七十馀战，立下许多功勋，但始终没有受到封侯的爵赏（见《史记·李将军列传》）。

【评】

　　这诗写幽燕少年英勇豪迈的气概，慷慨报国的精神和抑郁不平的感叹。陈子昂少好任侠，曾两度投笔从戎，最后却受到武攸宜的打击，终于辞官退隐。本篇虽非自叙平生，但可能是联系自身遭遇，有感而发的。《新唐书》本传载，子昂于武后召见时奏曰："今或勤劳死难，名爵不及；偷荣尸禄，宠秩妄加：非所以表庸励行者也。"可与此诗结尾二句相印证。

其　五

原第三十七首

　　武后垂拱二年（686），陈子昂以麟台正字，从左补阙乔知之、护左豹韬卫将军刘敬同军北征金微州都督仆固始，这诗是路经云中时所作。当时，东突厥雄踞大漠南北，势力强盛，不断侵扰边疆。诗中慨叹将领无能，边地人民长罹战争之苦。

　　　　朝入云中郡①，北望单于台②。
　　　　胡秦何密迩③，沙朔气雄哉④！

籍籍天骄子，猖狂已复来⑤。
塞垣无名将，亭堠空崔嵬⑥。
咄嗟吾何叹⑦？边人涂草莱！⑧

【注释】

① 云中郡：古郡名。起于战国，秦汉因之，郡治在今内蒙古自治区托克托。唐时改为云州，治今山西大同。
② 北望句：赋中含兴，总领全诗，抚今追昔，故以下云云。单（chán）于（yū）台，在今内蒙古呼和浩特市西。《元和郡县图志》卷一四："单于台，在（云中）县北四十馀里。"《汉书·武帝纪》："元封元年，冬十月。（武帝）出长城，北登单于台，至朔方，临北河，勒兵十八万骑，旌旗千馀里，威震匈奴，遣使者告单于曰：'……单于能战，天子自将待边；不能，亟来臣服。何但亡匿幕北寒苦之地为！'匈奴詟焉。"
③ 胡秦：此借指突厥和唐朝。密迩：靠近。参注②。
④ 沙朔：北方沙漠之地。
⑤ 籍籍二句：由上文北望单于台，缅怀汉武武功生发。公元前121—前119年，武帝发动了三次对匈奴的大决战，大败之，卫青、霍去病等深入漠北二千馀里。长期间，匈奴不敢至漠南立王庭。唐代突厥为匈奴后裔，故云"籍籍天骄子，猖狂已复来"。按匈奴自称"天之骄子"（《汉书·匈奴传》）。籍籍，众多貌。
⑥ 塞垣二句：承前慨叹今非昔比，已无卫、霍、李广那样的名将抵御边患。参上注。又《史记·李广传》："广居右北平，匈奴闻之，号曰'汉之飞将军'，避之。数岁不敢入右北平。"塞垣，关塞城墙。亭堠，边疆瞭望哨所。《后汉书·光武帝纪》"筑亭候"，李贤注"伺候望敌之所"。堠，通候。崔嵬，高峻貌。
⑦ 咄嗟：犹言咄咄嗟嗟。叹息声。
⑧ 涂草莱：言死于战祸，血染草野。草莱，荒芜之地。

【评】

全诗于伤今中怀古，追缅汉武故事，包蕴特深，意境苍凉，骨力遒劲。末二句与开首"单于台"遥相照应，以今昔对比作结，无限沉痛。

登幽州台歌

万岁通天元年（696），武后派建安王武攸宜进兵契丹，陈子昂以右拾遗随军参谋。这诗是从军时失意之作。卢藏用《陈氏别传》云："（子昂）自以官在近侍，又参预军谋，不可见危而惜身苟容。他日又进谏，言甚切至。建安谢绝之，乃署以军曹。子昂知不合，因箝默下列，但兼掌书记而已。因登蓟北楼，感昔乐生（毅）、燕昭之事，赋诗数首，乃泫然流涕而歌曰：'前不见古人……'时人莫之知也。"蓟北楼即幽州台，故址在今北京市西南。唐幽州治蓟。

前不见古人，后不见来者①。
念天地之悠悠，独怆然而涕下②。

【注释】

① 前不见二句：是说像燕昭王那样能任用贤才的人，古代曾经有之，但不及见；后来当亦有之，但也不能见。即《楚辞·离骚》"哀朕时之不当"的意思。
② 怆（chuàng）然：伤感貌。

【评】

　　以无穷无尽、无际无涯的时空作为背景，寥寥数语，勾勒出高台独立，怆然涕下的抒情诗人的自我形象。他是孤独的，又是与时代、人民息息相通的。诗的艺术感染力就在于这种矛盾的统一。《楚辞·远游》："惟天地之无穷兮，哀人生之长勤。往者余弗及兮，来者吾不闻。"与此用意略同。

送魏大从军

匈奴犹未灭①，魏绛复从戎②。

怅别三河道③,言追六郡雄④。
雁山横代北⑤,飞塞接云中⑥。
勿使燕然上,惟留汉将功⑦。

【注释】

① 匈奴句:汉霍去病曾说:"匈奴未灭,无以家为也。"(见《史记·卫将军骠骑列传》)此处借用成语。
② 魏绛句:魏绛,春秋时晋国的大夫。他主张晋国与附近的外族联合,曾说"和戎有五利",晋悼公听从其言。事见《左传》襄公四年。这里以魏绛比魏大(名不详)。变"和戎"为"从戎",是反用典故,承上句而言边事紧急,从戎志坚。
③ 三河:黄河流域中段平原地区,包括当时的东都洛阳(武后时,朝廷常在洛阳)在内。《史记·货殖列传》:"昔唐人都河东,殷人都河内,周人都河南。夫三河在天下之中,若鼎足,王者所更居也。"
④ 言:句首助词。 六郡雄:指汉代立功边疆的赵充国。《汉书·赵充国传》:"赵充国字翁孙,陇西上邦人也。……始为骑士,以六郡良家子,善骑射,补羽林。为人沉勇有大略。少好将帅之节,而学兵法,通知四夷事。武帝时,以假司马从贰师将军击匈奴。官至后将军。"六郡,金城、陇西、天水、安定、北地、上郡。
⑤ 雁山句:雁山,即雁门山,在今山西代县(唐时为代州,一称代郡)的西北。
⑥ 飞塞:即飞狐塞,又称飞狐口,在今河北涞源(唐飞狐县)之北。 云中:郡名,即云州。详见《感遇》其五注①。
⑦ 勿使二句:燕(yān)然,山名,即今蒙古人民共和国杭爱山。《后汉书·窦宪传》载,窦宪出塞,"与北单于战于稽落山,大破之。……宪、(耿)秉遂登燕然山,去塞三千馀里,刻石勒功,记汉威德,令班固作铭"。

杜审言 五首

杜审言（645？—708？），字必简，巩县（今河南巩县）人。高宗咸亨元年进士，累官转洛阳丞，坐事贬吉州司户参军。武后时，授著作郎。因与张易之有交往，中宗神龙初，流峰州。不久，起复为国子监主簿，修文馆直学士。卒年六十馀。

他少年时与李峤、崔融、苏味道共称"文章四友"，又与较晚的沈佺期、宋之问齐名，他们同是今体诗形式的奠定者。沈、宋以工致精丽见长，他则气魄较为宏伟；创意造言，不落凡近。风格比沈、宋高。他是大诗人杜甫的祖父。杜甫曾说："吾祖诗冠古。"（见《赠蜀僧闾邱》）在创作上，曾受到他的一些启发和影响。

《全唐诗》录存其诗一卷。

和晋陵陆丞早春游望

陆丞，一作陆丞相。闻一多《唐诗大系》："唐宰相有陆元方与审言同时，然诗中语气殊不类。晋陵陆丞者，晋陵县丞也。唐江南常州有晋陵县。"这诗一说是韦应物所作（见《能改斋漫录》引顾陶《唐诗类选》），但风格和韦不相似，当系误入。

独有宦游人，偏惊物候新①。
云霞出海曙，梅柳渡江春②。

淑气催黄鸟③,晴光转绿蘋④。
忽闻歌古调,归思欲沾巾⑤。

【注释】

① 独有二句:有感于年光易逝,又是新春。节物的转换是缓慢的,一般人往往容易忽略过去;而对久客他乡的宦游人来说,则特别敏感,故云"独有","偏惊"。物候,应时节气候而呈现的景物。梁简文帝萧纲《晚春赋》:"嗟时序之回斡,叹物候之推移。"首二句是全诗总纲。下二联紧扣"物候新",由情入景展开。
② 云霞二句:上句说,海边清晨的云霞,辉映成彩;下句说,梅柳枝头的春意,渐渐由江南吹渡到江北。
③ 淑气句:意谓和暖的气候,催促着黄莺的鸣声一天天地活跃起来。
④ 晴光句:从江淹"东风转绿蘋"(《咏美人春游》)化出。意谓在春阳照射下,蘋草的绿色愈来而愈鲜艳。蘋(pín),水草,茎柔软细长,上生四瓣小叶。
⑤ 忽闻二句:由景入情,结出"偏惊"的原因在于"归思"。古调,指陆丞原唱之作。思,读去声。

【评】

千锤百炼,而又通体浑成。"独有","忽闻",首尾呼应,唤出一篇精神;中二联设色的变化,尤其是"出""渡""催""转"四个动词的运用,最能见出诗人的艺术匠心。后来杜甫的五律,多得力于此。胡应麟《诗薮》曾说审言这类五言律诗,"皆极高华雄整。少陵继起,百代楷模,有自来矣。"

登襄阳城

襄阳城,襄阳郡(即襄州,今湖北襄樊)的城楼。

旅客三秋至①,层城四望开。
楚山横地出②,汉水接天回③。

冠盖非新里，章华即旧台④。
习池风景异，归路满尘埃⑤。

【注释】
① 三秋：此指九月（秋天第三个月），王勃《滕王阁诗序》："时维九月，序属三秋。"
② 楚山：在襄樊西南，即马鞍山，一名望楚山。　横地：横亘地上。
③ 汉水句：汉水发源于陕西宁强北之嶓冢山，东南流，经老河口而至襄阳，会白河，东流至汉阳入江。襄阳城正当汉水之曲，故云接天回。接天，状水势浩淼。回，回转。
④ 冠盖二句：冠盖，里名。据《襄阳耆旧传》说，冠盖里得名于汉宣帝时。因当时襄阳的卿士、刺史及二千石（相当于刺史的官阶）多至数十人。冠（弁冕总名）和盖（车盖）都是官宦的标志，故名。章华，台名，春秋时楚灵王所筑。"非新"与"即旧"为互文，是说冠盖里、章华台仅仅遗留下历史上的陈迹而已。
⑤ 习池二句：言归路所见，尘埃满目，无复当年习池风景的清幽。汉侍中习郁曾在岘山南作养鱼池，池中栽满荷花，池边长堤种竹和长楸，是襄阳名胜之区，后人称为习池。

夏日过郑七山斋

郑七，名不详。

共有樽中好①，言寻谷口来②。
薜萝山径入，荷芰水亭开③。
日气含残雨，云阴送晚雷④。
洛阳钟鼓至，车马系迟回⑤。

【注释】
① 樽中好：饮酒的嗜好。
② 言：语气词。　谷口：借指郑七山斋。汉时郑朴字子真，隐居谷口。谷口，谓仲山之口，在今陕西省泾阳西北（见皇甫谧

《高士传》卷中)。
③ 薜萝二句：上句言相访时循薜萝山径而入，下句言主人邀客至荷芰水亭开樽宴饮。薜萝，蔓生植物。荷芰（jì），即芰荷。《楚辞·招魂》："芙蓉始发，杂芰荷些。"王逸注："芰，菱也。"
④ 日气二句：阵雨初收，太阳被包围在潮湿的云气中，光线模糊，四围生晕，故曰"含残雨"。阴云未消，间或传来一两声雨后之雷，故曰"送晚雷"。
⑤ 洛阳二句：写山居之乐。唐汝询曰："夜色凉爽，令人易于淹留，是以夜鼓既动，忽不觉车马之迟回耳。"（《唐诗解》卷三一）系，系而不发。

【评】

　　夏雨初霁，水亭宴集，平平而起，顺序写来，于明净自然之中，见刻画入微之妙。其遣词造语，皆极洗炼而不露痕迹。"日气"一联，状难写之景如在目前。宋人陈与义《雨晴》诗中的"楼外残雷气不平"，就是从这里脱化出来的。

春日京中有怀

　　今年游寓独游秦①，愁思看春不当春②。
　　上林苑里花徒发，细柳营前叶漫新③。
　　公子南桥应尽兴，将军西第几留宾④？
　　寄语洛城风日道⑤，明年春色倍还人！

【注释】

① 游寓：义同羁旅。　秦：指长安。
② 愁思：思，读 sì。　不当春：不当作春天。当，读 dàng。
③ 上林二句：上林苑，秦建，汉武帝时增广，旧址在长安近郊。苑，养禽兽的草地。长安昆明池南有细柳聚，又名柳市。汉将周亚夫屯兵其地，后人称为细柳营。花徒发，叶漫新，承上句，意谓尽管长安城郊春色鲜妍，自己却无心玩赏。
④ 将军句：意谓贵人不重文士，自伤客游落拓。东汉马融有《梁大将军西第颂》。梁大将军即顺帝梁皇后之兄梁冀。这里的

"将军西第"是借用,泛指贵人第宅。几,几曾,何曾。

⑤ 寄语句:杜审言家河南巩县,在洛阳附近,故云。洛城,洛阳城。

【评】

　　写羁旅春愁,以"今年游寓"起,是实境;以"明年春色"结,是悬想;中间一气旋折,包孕无限感慨。末联透过"洛城风日",微露倦客思归之意,用笔尤妙远不测。句法劲健挺拔,跌宕自喜,下开子美之先河,和同时沈、宋诸人也是各异其趣的。王得臣《麈史》曰:"杜审言诗有'绾雾青条弱,牵风紫蔓长',又有'寄语洛城风日道,明年春色倍还人'之句。若子美'林花着雨胭脂落,水荇牵风翠带长',又云'传语风光共流转,暂时相赏莫相违',虽不袭取其意,而语脉盖有家法矣。"

赠苏绾书记

　　书记,官职名称。唐时元帅府及节度使府僚属中均有掌书记一职,掌管书牍奏记,简称书记。这诗是送人从军之作。

　　知君书记本翩翩,为许从戎赴朔边①?
　　红粉楼中应计日②,燕支山下莫经年③!

【注释】

① 知君二句:意谓苏本文士,为什么要远赴北边从戎。书记翩翩,是有关书记的成语。阮瑀字元瑜,为曹操管记室,才思敏捷,文檄多出其手。曹丕《与吴质书》云:"元瑜书记翩翩,致足乐也。"翩翩,鸟飞轻快貌,这里用以形容人的风度潇洒,才情出众。为许,义同为甚。朔边,北边。

② 红粉句：古代妇女用铅粉或米粉涂面，以为装饰，染为红色的叫红粉。红粉楼，少妇所住的楼，这里指苏书记的妻子。计日，计算着丈夫归来的日期，极言相思之切。
③ 燕支句：燕支山，即焉支山，又名大黄山，在今甘肃山丹东。这里说燕支山，可能有两层意思：汉时霍去病伐匈奴，乘胜追击，过焉支山下千馀里。从这个意义来说，是祝他早日胜利归来。又，焉支山水草肥美，多产美女。匈奴人曾有"失我焉支山，使我妇女无颜色"的歌谣（见《河西旧事》）。从这个意义来说，是叮嘱苏不要被燕支山下的美色迷恋住了，忘掉家中的妻子。

沈佺期　三首

沈佺期（656—713），字云卿，相州内黄（今河南内黄）人。唐高宗上元二年（675）进士。武后时，官至考功员外郎。后因谄事张易之，流驩州。中宗时，历官修文馆直学士、中书舍人、太子少詹事。

佺期和宋之问齐名，并称沈、宋。《新唐书·文艺传》云："魏建安后迄江左，诗律屡变。至沈约、庾信以音韵相婉附，属对精密。及（宋）之问、沈佺期又加靡丽。回忌声病，约句准篇，如锦绣成文。学者宗之，号为沈、宋。"元稹也说："沈、宋之流，研练精切，稳顺声势，谓之为律诗。"（《唐故工部员外郎杜君墓志铭并序》）律诗发展到沈、宋手里，才完成体制。沈、宋的律体中一部分是长篇排律；五言而外，也有七言。而佺期在七律发展史上更有突出定位。他今存七律十六首，是初唐诗人中创作七律最多的一个。胡应麟誉之为初唐七律之冠（《诗薮·内编》）。但沈、宋都是宫廷诗人，集中有不少格律精工而内容空洞无聊的应制诗。

《全唐诗》编其诗为三卷。

杂　诗

三首选一

汉魏以来，文人诗歌中多有用《杂诗》标题的。其内容颇为广泛，一般都是描写人生感慨，离别相思等。它不同于宴游、赠答之各有专题，但又不袭用乐府旧题，故题为《杂诗》。梁萧统《文选》有"杂诗"一类。李善注："杂者，不拘流例，遇物即言，故云杂也。"（《文选》王粲《杂诗》注）本篇描写征戍之情。前四句曾被截成乐府歌辞，见郭茂倩《乐府诗集》卷七九《近代曲词·伊州歌》。

闻道黄龙戍，频年不解兵①。
可怜闺里月，长在汉家营②。
少妇今春意，良人昨夜情③。
谁能将旗鼓，一为取龙城④！

【注释】

① 闻道二句：指契丹入侵事。唐初，奚、契丹臣服于突厥。贞观初，归附于唐，其后时服时叛。武后时，曾深入河北，杀戮吏民。边防重镇营州以北为其攻陷。玄宗即位前后，曾两度出兵企图收复营州，均告失败。《文苑英华》卷六四七，樊衡《为幽州长史薛楚玉破契丹露布》云："然自黄龙举烽，无岁不战。惊骇我城栅，虔刘我亭戍，劳轶我师徒，糜耗我广输，实已四年于兹矣。"可与参证。黄龙戍，即黄龙冈，在今辽宁开原西北。东连巨岭，西抵辽河。山势芊绵，宛如龙形，故名。唐时为东北要塞，称为"黄龙戍"。频年，多年。解兵，撤兵。

② 可怜二句：意谓深闺寂寂，清夜永永，少妇怀念丈夫的心情，常随明月的光影飞逝到遥远的边疆。汉家，借指唐朝。长在，一作"偏照"。长在义长。

③ 少妇二句：分承上联"闺里月""汉家营"。言两地相思之苦。良人，古代妻子对丈夫的称谓。昨，对今而言，指离家征戍之长远，与上文"频年"相应。

④ 取龙城：用汉代卫青抗击匈奴事，意指平靖边氛（参前杨炯《从军行》注②）。末二句以希望作结，"一为"与"频年"遥相呼应，更显相思之苦。

夜宿七盘岭

一作《宿七盘岭》。这诗是沈佺期南流驩州时途中所作。七盘岭，又名七盘山，唐时属巴州，在今陕西褒（bāo）城北。

> 独游千里外，高卧七盘西。
> 晓月临窗近，天河入户低①。
> 芳春平仲绿②，清夜子规啼③。
> 浮客空留听④，褒城闻曙鸡。

【注释】

① 晓月二句：写高山独宿，深宵不寐的情景。夜深月亮和星河渐渐向西沉没，人宿在岭的西面，故曰"近"，曰"低"。说"临窗"，"入户"，是因为岭高的缘故。
② 平仲：木名，即公孙树，一名银杏，俗称白果。
③ 子规：鸟名，一名杜宇，又名杜鹃。子规春暮出现，夜间鸣声尤为哀怨动人。据说它鸣时朝向北方，声音好像是说"不如归去"。
④ 浮客：无所归宿的行客。

【评】

此诗为沈佺期五律代表作。胡应麟评曰："气象冠裳，句格鸿丽。"（《诗薮·内编》卷四）

独 不 见

《独不见》，乐府杂曲歌辞旧题（见《乐府诗集》卷七五）。《乐府解题》："《独不见》，伤思而不见也。"本诗的形式是完整的七律。七律在初唐还处于萌芽状态，作者寥寥。这是一首最早出现的优秀的作品。题一作《古意呈乔补阙知之》。乔于武则天时官右补阙。

卢家少妇郁金堂①，海燕双栖玳瑁梁②。
九月寒砧催木叶③，十年征戍忆辽阳④。
白狼河北音书断⑤，丹凤城南秋夜长⑥。
谁为含愁独不见，更教明月照流黄⑦。

【注释】

① 卢家句：萧衍《河中之水歌》："河中之水向东流，洛阳女儿名莫愁。莫愁十三能织绮，十四采桑东陌头。十五嫁为卢家妇，十六生儿字阿侯。卢家兰室桂为梁，中有郁金苏合香。……"(《艺文类聚》卷四三引作《古歌》）语本此。郁金堂，以郁金香浸酒和泥涂壁（参看前卢照邻《长安古意》注⑭）。堂，一作"香"。
② 海燕：又名越燕，燕的一种。躯体轻小，胸紫色，产于南方滨海地区（古百越之地），故名。海燕春季北飞，于室内营巢。张九龄《咏燕》："海燕何微眇，乘春亦暂来。" 玳（dài）瑁（mào）梁：以玳瑁为饰的屋梁。沈约《望秋月》："九华玳瑁梁。"玳瑁，水产动物。甲光滑，有文彩，可制装饰品。以双栖起兴，反衬以下独宿相思之苦。
③ 九月句：砧（zhēn），捣衣用的工具。唐代妇女，每于秋夜捣衣。捣法不可考。从有关诗歌的描写和宋人所绘的捣衣图来看，知所捣为未经缝制的衣料，所以捣衣又称捣练（帛的一种）。这里说"寒砧"，意指准备赶制冬服，寄给征人。寒砧催木叶，是说在急切的砧声中木叶纷纷下落。
④ 辽阳：今辽宁省一带地区。秦为辽东郡。唐置辽州，治辽阳，派重兵驻守，为东北边防要地。
⑤ 白狼河北：即上句所说的辽阳。白狼河，又名大凌河，在今辽宁省南部，流经锦州入海。
⑥ 丹凤城句：丹凤城，指长安。汉武帝于长安造凤阙（见杨炯《从军行》注②），故称长安城为凤城。凤，赤色，故曰丹凤。唐时长安城的建筑，宫廷在城北，住宅在城南，故云。
⑦ 谁为二句：写对月怀人，夜不成寐的情景。与《古诗》"明月何皎皎，照我罗床帏"意同。谁为，是为谁的倒文。流黄，黄紫相间的丝织品。指帷帐。为，读去声。一作"谓"，一作"知"。教，读平声。更教，一作"使妾"。

【评】

　　此诗描写相思离别，以海燕双栖起兴，从环境气氛的渲染，表现出思妇孤独的心情。中间两联，于笔法纵横、意境阔远中见出思妇愁思之浩渺。沈德潜评曰："骨高气高，色泽情韵俱高。"（《说诗晬语》）

宋之问　二首

宋之问（636—710），一名少连，字延清，汾州（今山西汾阳）人，一说虢州弘农（今河南灵宝）人。高宗上元二年（675）进士。武后时，官尚方监丞、左奉宸内供奉，与沈佺期等谄事张易之。及易之败，坐贬泷州参军。中宗时，官考功员外郎，知贡举。因受贿，贬越州长史。后流钦州，被杀。

他的诗和沈佺期齐名，并工律体。沈尤长七言，宋则五言精丽缜密，篇什特富。胡应麟《诗薮》称其五言排律为初唐之冠。

《全唐诗》录存其诗三卷。

度大庾岭

这诗是作者南流泷州（今广东罗定东）途中所作。大庾岭，五岭之一，在今江西大庾之南，广东南雄之北。《元和郡县图志》卷三五："岭南道韶州始兴县：大庾岭，一名东峤山，即汉塞上也，在县东北一百七十二里。……本名塞上，有监军姓庾，城于此地，众军皆受庾节度，故名大庾。"

度岭方辞国①，停轺一望家②。
魂随南翥鸟③，泪尽北枝花④。
山雨初含霁，江云欲变霞。
但令归有日，不敢恨长沙⑤。

【注释】

① 辞国：离开京城。古称京城为国。《左传》隐公元年："大都不过参（三）国之一，中五之一，小九之一。"
② 轺（yáo）：旅行用的轻便车。
③ 翥（zhù）：鸟向上飞。
④ 泪尽句：大庾岭多梅，又称梅岭。由于南北气候寒暖迥异，据说岭上梅花，南枝已落而北枝犹开（见《白氏六帖·梅部》）。宋之问家在北方，看到大庾岭上梅花北枝，触动思乡之感，故对花而流尽了眼泪。
⑤ 恨长沙：《史记·屈原贾生列传》："乃以贾生为长沙王太傅。贾生既辞往行，闻长沙卑湿，自以寿不得长，又以適（谪）去，意不自得。"语本此。恨，憾，怨。

渡 汉 江

这诗是作者由泷州北归途中所作。汉江即汉水中游之襄河。一说此诗为晚唐李频所作，误。

岭外音书断，经冬复历春。
近乡情更怯，不敢问来人^①。

【注释】

① 近乡二句：远客思乡，音书隔绝，当快要到家的刹那间，心情异常紧张，惟恐从家乡来的人，带来什么不幸的消息，证实自己脑海中最坏的设想。杜甫《述怀》诗中的"自寄一封书，今已十月后。反畏消息来，寸心亦何有！"和这里的"情更怯""不敢问"同一笔意。近乡，渡过汉江后，再经南阳，即可入洛而指长安，故云。

【评】

　　诗以不加雕饰的语言，写流自肺腑的至情，因而弥见真切。清人袁枚称此诗"善写客情"（《随园诗话》卷九）。这种写法，多为后代诗人所借鉴。

张若虚　一首

张若虚（生卒年不详），扬州（治所在今江苏扬州）人。曾官兖州兵曹。唐中宗时，和贺知章、贺朝、万齐融、邢巨、包融同以吴越文士驰名京都，又与贺知章、张旭、包融并称"吴中四士"。唐玄宗开元时还在世。

有关他的生平事迹，不可详考，诗篇也多散佚，《全唐诗》仅录存二首。

春江花月夜

《春江花月夜》是乐府《清商曲·吴声歌》旧题。曲调创始于陈后主，后主和宫中女学士及朝臣唱和为诗，《春江花月夜》是其中最艳丽的曲调（见《乐府诗集》卷四七）。现存的歌辞，最早的有隋炀帝杨广所作二首。

春江潮水连海平，海上明月共潮生①。
滟滟随波千万里②，何处春江无月明！
江流宛转绕芳甸③，月照花林皆似霰④。
空里流霜不觉飞，汀上白沙看不见⑤。
江天一色无纤尘，皎皎空中孤月轮。
江畔何人初见月？江月何年初照人？

人生代代无穷已，江月年年望相似⑥。
不知江月待何人，但见长江送流水。
白云一片去悠悠⑦，青枫浦上不胜愁⑧。
谁家今夜扁舟子⑨，何处相思明月楼⑩？
可怜楼上月徘徊⑪，应照离人妆镜台。
玉户帘中卷不去，捣衣砧上拂还来⑫。
此时相望不相闻，愿逐月华流照君。
鸿雁长飞光不度，鱼龙潜跃水成文⑬。
昨夜闲潭梦落花，可怜春半不还家。
江水流春去欲尽，江潭落月复西斜。
斜月沉沉藏海雾，碣石潇湘无限路⑭。
不知乘月几人归，落月摇情满江树⑮。

【注释】

① 春江二句：写新月初出时的景象。月亮从地平线升起，水边望去，就好像从浪潮中涌出一样，故云。海，指宽阔的江面。按：张若虚是扬州人，故本篇所描写的背景，以他的家乡长江下游为起点。
② 滟滟（yàn）：动荡闪光貌。　里：一作"顷"。
③ 芳甸：春天的原野。郊外之地叫做甸。
④ 霰（xiàn）：雪珠。此用来形容在洁白月光照映下的花朵。
⑤ 空里二句：言月色笼罩空间，铺满天地。上句以霜拟月，即后来李白《静夜思》中"床前明月光，疑是地上霜"，李益《夜上受降城闻笛》"受降城外月如霜"的意思。因空中月色朦胧动荡，故曰"流霜"。下句写月沙一色。汀（tīng），水边沙地。
⑥ 望：一作"只"。
⑦ 白云句：隐喻客子远去。曹丕《杂诗》：

"西北有浮云，亭亭如车盖。……吹我东南行，行行至吴会。"
⑧ 青枫浦：一名双枫浦，在今湖南浏阳浏水中。这里泛指遥远荒僻的水边之地。
⑨ 扁舟子：飘荡江湖的客子。
⑩ 明月楼：指月夜楼中的思妇。
⑪ 可怜句：曹植《七哀》："明月照高楼，流光正徘徊。上有愁思妇，悲叹有馀哀。"徘徊，谓月影移动。
⑫ 卷不去，拂还来：意谓月光带着离愁渗进思妇的心头，无法排遣。
⑬ 鸿雁二句：上句仰望长空，下句俯视江面，都是写夜景寂寞，望月怀人的心情。说"鸿雁"，说"鱼"，取鱼雁传书之意，"龙"是因"鱼"连类而及。乐府《饮马长城窟行》："客从远方来，遗我双鲤鱼。呼儿烹鲤鱼，中有尺素书。"雁足传书，见前王勃《采莲曲》注⑯。

⑭ 碣石句：碣石，东北海边的山。汉时还在陆上，六朝时已没入渤海中。潇湘，本二水名。潇水源出湖南宁远九疑山，湘水源出广西兴安海阳山。二水在湖南零陵合流，称为潇湘，北入洞庭湖。这里以碣石指北，潇湘指南，极言相距之远。
⑮ 落月句：缭乱不宁的别绪离情，伴随着残月馀辉散落在江边的树林里。

【评】

　　这诗以春江月夜为背景，细致地形象地描绘在乐府民歌中经常看到的相思离别之情。其中虽流露出些许消极感伤的情绪，但应看到这是出于对自然美景和自身存在的深切感受和珍视，出于对自身存在的有限性的无可奈何的感伤、惆怅和留恋，是永恒的江山、无边的风月给予了诗人以人生哲理的启示。这种感伤怅惘中夹有激励和欢愉。它在艺术上初步洗净六朝宫体的浓脂腻粉，词清语丽，韵调优美，一向为人们所传诵。

郭 震 一首

郭震(656—713),字元振,魏州贵乡(今河北大名)人。年十八,举进士,及第。任通泉尉。武后时,为凉州都护,立有战功,是著名边将之一。中宗时,迁安西大都护。玄宗初,封代国公,命为朔方大总管。因军容不整,流配新州,起复为饶州司马,途中病死。

《全唐诗》录存其诗十八首。

塞 上

《塞上》,即《塞上曲》。《塞上曲》和《塞下曲》都是古代歌曲名,唐时特别流行,成为乐府新词。题一作"塞下"。

塞外虏尘飞①,频年出武威②。
死生随玉剑③,辛苦向金微④。
久戍人将老,长征马不肥。
仍闻酒泉郡,已合数重围⑤。

【注释】
① 虏尘飞:言敌军侵扰,古称北方民族为虏。
② 武威:即凉州(州治在今甘肃武威)。隋时为武威郡。唐于其地置都督府,督凉、甘、肃、伊、瓜、沙、雄七州,有重兵驻扎。
③ 死生句:意谓在出生入死的战斗中,惟有玉剑随身。玉剑,即玉具剑。东汉光武帝曾以玉具剑赐冯异,命之领兵出征(见《东观汉记》)。此云"随玉剑",和后来

刘长卿《献淮宁军节度李相公》诗中所说"身留一剑答君恩",《送李中丞归汉阳别业》诗中所说"轻生一剑知",用意相同。
④ 金微:后汉永元三年耿夔围北单于于金微山,大破之,单于走死。山在漠北,去朔方五千馀里,唐置金微都督府。
⑤ 仍闻二句:慨叹长期征战,仍未能平息边患。酒泉郡,即肃州,州治在今甘肃酒泉。其地东临弱水,北跨长城,南阻祁连山,西倚嘉峪关,为凉州都督府辖区内的边防要塞。

【评】

用乐府诗题抒写怀抱,自陈转战疆场,以身许国;而对边地兵连祸结、局势动荡不安,又怀有深长忧虑。情真意切,气韵深厚,非徒作豪言壮语者所可比拟。

金昌绪　一首

　　金昌绪，馀杭（今浙江馀杭）人。年代及生平事迹均不详。所存诗仅下面选的一首。计有功编入《唐诗纪事》卷一五，列在苏晋、张九龄之前，推知当是开元、天宝时人。

春　怨

　　题一作《伊州歌》。按：《伊州歌》是唐乐府曲调，来自西域（唐伊州州治在今新疆维吾尔自治区哈密），玄宗时西凉府都督盖嘉运所进（见洪迈《万首唐人绝句》卷五八）。和《凉州曲》一样，都是以地方声调作为歌曲之名。这诗写春闺少妇离别之情，原题当是《春怨》。后谱入乐府，故又作《伊州歌》。

　　　　打起黄莺儿①，莫教枝上啼②。
　　　　啼时惊妾梦③，不得到辽西④。

【注释】

① 打起：一作"打却"。儿，古音读倪（ní），与下"啼""西"叶韵。
② 教：读平声。
③ 啼时：一作"几回"。
④ 辽西：秦郡名，辖辽河以西地。这里指征人戍边之处。

【评】

冯延巳《菩萨蛮》:"浓睡觉来莺乱语,惊残好梦无寻处。"说的正是这诗里所写情景。少妇怀念征人,积思成梦,梦被啼莺惊醒,所以要赶走它。刻骨相思,从侧面着笔,以怨嗔出之,语愈痴而情愈深。乐府《吴声歌·读曲歌》云:"打杀长鸣鸡,弹去乌臼鸟,愿得连暝不复曙,一年都一晓。"当为此诗之所本。晚唐令狐楚《闺人赠远》云:"绮席春眠觉,纱窗晓望迷。朦胧残梦里,犹自在辽西。"又是从此诗脱化出来的。把三诗联系起来读,可以看出民歌和文人诗从语言到表现手法的各自特色;而此诗则处于前者向后者过渡的中间状态。

张九龄　四首

张九龄（678—740），一名博物，字子寿，韶州曲江（今广东韶关市）人。唐中宗景龙初年进士。玄宗时，官至同中书门下平章事，中书令。立朝正直不阿，是开元时代贤相之一。

他早年以文学为张说所激赏，比之为"轻缣素练，实济时用"。其诗词采富艳，而情致深婉。晚年遭受谗毁，身世感慨，寄托于诗，风格转趋朴质遒劲。其中《感遇》十二首，后人以之与陈子昂的《感遇》相提并论。把他作为继陈子昂之后，开启盛唐诗风的诗坛领袖。

著有《张曲江集》。

感　遇
十二首选二

开元二十五年（737），张九龄由尚书右丞相贬荆州长史。《感遇》十二首是他在荆州时所作。

其　一
原第一首

兰叶春葳蕤^①，桂华秋皎洁^②。

欣欣此生意，自尔为佳节③。
谁知林栖者，闻风坐相悦④。
草木有本心，何求美人折⑤！

【注释】

① 兰叶：兰，指兰草（详前陈子昂《感遇》其一注①）。兰草的叶有香气，故与下文"桂华"对举。叶，一作"蕊"。葳（wēi）蕤（ruí）：纷盛披拂貌。
② 桂华：即桂花。华，古花字。
③ 欣欣二句：言春、秋之所以被人称为美好的季节，正是由于兰叶和桂华（花）的欣欣生意。自尔，犹言自然。佳节，美好的季节。陶潜《移居》："春秋多佳日。"
④ 谁知二句：意谓兰桂生于幽深之处，想不到为林栖者所采折。林栖者，山林栖隐之士。即下文所说的"美人"。坐，因。相，一作"见"。
⑤ 草木二句：意谓兰桂不会因无人采折而不发散其芬芳。《孔子家语》："芝兰生于深林，不以无人而不芳；君子修道立德，不为穷困而改节。"本心，犹言本性。

【评】

　　托物言志，与前选陈子昂《感遇》其一（兰若生春夏）略同，可参看。陈诗感伤岁华摇落，此则强调自我进修，取义各别，正反映了作者不同的身世遭遇。张九龄执政有年，晚遭谗毁，诗中自明穷通得失，不变初衷，和子昂怀才不遇，沦落自伤的心情，不尽相同。屈原《离骚》有云："不吾知其亦已兮，苟余情其信芳。"全诗化用其意。

其　二

原第七首

江南有丹橘，经冬犹绿林。
岂伊地气暖？自有岁寒心①。
可以荐嘉客②，奈何阻重深③！

运命惟所遇，循环不可寻④。
徒言树桃李，此木岂无阴⑤？

【注释】

① 岂伊二句：意谓橘林之所以经冬常绿，并不是由于南方气候的温暖，而是因为橘的特性不怕风霜。伊，语助词。岁寒心，犹言耐寒的特性。语本《论语·子罕》："岁寒然后知松柏之后凋也。"
② 可以句：《尚书·禹贡》："淮海惟扬州，厥苞橘柚，锡贡。"诗语本此。谓橘本可贡于人主，以喻己本可为人主信用。荐，进奉。
③ 阻重深：被阻在隔绝深远之地。重，读 chóng。
④ 运命二句：由橘到人，感慨自己的政治遭遇。循环，指命运否泰的交替。不可寻，找不出它的道理。玄宗对张九龄最初很信任，后来逐渐变化，故云。
⑤ 徒言二句：《说苑·复恩》："夫树桃李者，夏得休息，秋得食焉。"此化用其意，言人们只知树桃李可以成荫，而不知丹橘经冬不凋，远胜桃李。树，种植。

【评】

张九龄贬荆州后，李林甫、牛仙客等人在朝当政，极受玄宗宠信，正人君子均遭排挤打击。张九龄是南方人，橘是南方植物；而荆州的州治江陵（今湖北县名），即古代楚国的郢都，又是著名的产橘之区。屈原曾作《橘颂》，歌咏橘树"独立不迁"的特性。这诗有感于朝政的紊乱和个人的身世遭遇，故因物寓志，以橘自比，而以桃李影射当权得势的小人。

湖口望庐山瀑布水

庐山古名南嶂山，又名匡山，总称匡庐，在今江西九江市南。湖口在九江隔江之东，本为彭泽县地，唐时置湖口戍。以其在鄱阳湖之口，故名。水从高处倾泻，望去如下垂的布疋，称为瀑布水。

万丈红泉落①，迢迢半紫氛②。
奔流下杂树，洒落出重云③。
日照虹霓似，天清风雨闻。
灵山多秀色④，空水共氤氲⑤。

【注释】

① 红泉：瀑布水在日光照映下，发出璀璨的色彩，故云。谢灵运《入华子岗是麻源第三谷》诗云："铜陵映碧涧，石磴泻红泉。"
② 紫氛：与上句"红泉"为互文。氛，指水气。
③ 奔流二句：周景式《庐山记》："泉在黄龙南数里，即瀑布水也。土人谓之泉潮。其水出山腹，挂流三四百丈，飞湍于林，出峰表，望之若悬索。"（《太平御览》卷七一引）
④ 灵山：犹言仙山。
⑤ 空水句：意谓瀑布水从山上奔泻，远望如挂在空中，水气和烟云融成一片。氤（yīn）氲（yūn），气盛貌。

【评】

瀑布是庐山的奇景，见诸唐人歌咏，名作甚多，这是其中的一首。沈德潜云："任华爱（李）太白瀑布诗，系'海风吹不断，江月照还空'二语，此诗正足相敌。"（《唐诗别裁集》卷九）

望月怀远

海上生明月，天涯共此时①。
情人怨遥夜②，竟夕起相思。
灭烛怜光满，披衣觉露滋③。
不堪盈手赠④，还寝梦佳期⑤。

【注释】

① 海上二句：谢庄《月赋》："隔千里兮共明月。"此用其意。
② 怨遥夜：即《古诗》"愁多知夜长"的意思。遥夜，漫长的夜。
③ 灭烛二句：写望月怀人，深宵久立的情景，是"怜光满而灭烛，觉露滋而披衣"的倒文。光满，谓月光分外明亮皎洁。觉露滋，因夜露滋多而感到阴冷。
④ 不堪句：明月有影无形，不可把握，难寄相思之情，故云。曹操《短歌行》："明明如月，何时可掇。"陆机《拟古诗》："照之有馀晖，揽之不盈手。"此化用其意。
⑤ 还寝句：意指寻梦。佳期，会见之期。《楚辞·九歌·湘夫人》："与佳期兮夕张。"

王 翰 一首

王翰（生卒年不详。《旧唐书》作王澣，此从《新唐书》及《唐才子传》），字子羽，并州晋阳（今山西太原）人。景云元年（710）进士。受知于张说，由昌乐尉内召为秘书正字，擢通事舍人。累官至驾部员外郎。性豪迈，生活奢靡，穷极声妓之乐。张说罢相，出为汝州长史。后贬道州司马。

《全唐诗》录存其诗一卷。

凉 州 词
二首选一

《凉州词》，依凉州地方乐调制作的歌词。《新唐书·礼乐志》："而天宝乐曲，皆以边地名，若《凉州》、《伊州》、《甘州》之类。"凉州州治在今甘肃武威。

葡桃美酒夜光杯①，欲饮琵琶马上催②。
醉卧沙场君莫笑，古来征战几人回！

【注释】
① 葡桃：即葡萄。凉州一带所产葡桃，用以酿美酒。太宗时传自西域。钱易《南部新书》丙卷："太宗破高昌，收马乳蒲桃（葡萄）种于苑，并得酒法，仍自损益之，造酒绿色，芳香酷烈，味兼醍醐，长安始识其味也。" 夜光杯：周穆王时，西方

献夜光常满杯。其杯用白玉之精制成，光可照夜（见《十洲记》）。这里借以泛指精美的酒杯。
② 欲饮句：意谓正当想喝酒的时候，听到马上弹奏琵琶声，更增加了酒兴，故下文写痛饮尽醉。琵琶马上，马上琵琶的倒文。琵琶是马上之乐（参看后李颀《古从军行》注④）。

【评】

　　这是一首反映边地将士矛盾心情的诗。语调豪迈，高唱入云，而悲慨之意自见。明人王世贞《艺苑卮言》卷四称此诗是"无瑕之璧"。

王　湾　一首

王湾（生卒年不详），洛阳（今河南洛阳）人。先天间（712—713）进士（《唐才子传》作开元十一年〔723〕进士。此从《唐诗纪事》）。官荥阳主簿，调洛阳尉。是开元时著名诗人之一。

他的诗多已散佚。《全唐诗》录存十首。

江　南　意

题一作《次北固山下》。

南国多新意，东行伺早天①。
潮平两岸阔②，风正一帆悬③。
海日生残夜④，江春入旧年⑤。
从来观气象，惟向此中偏⑥。

【注释】

① 南国二句：写江行的感受。南国，犹言南方。新意，指春意。东行，沿江东下。伺早天，趁早起程。伺，谓察看天色。二句一作"客路青山外，行舟绿水前"。
② 潮平句：潮平，犹言潮满。凡潮落则岸边之地尽见，故觉其狭；潮满则岸边之地为水所没，故曰"两岸阔"。阔，一作"失"。
③ 风正句：贺裳曰："'悬'字与'正'字相应。若使斜风，则帆欹侧不似悬矣。"（《载酒园诗话》）
④ 海日句：破晓时，看到红日从江心涌出，故云。海，指宽阔的江面。
⑤ 江春句：江南气候和暖，旧年未过，春意已萌，故云。

⑥ 从来二句：意谓在同一季节里，自然界的景象，江南江北从来有所偏异。此，指长江。二句一作"乡书何处达？归雁洛阳边"。

【评】

　　这诗是王湾的代表作。殷璠《河岳英灵集》卷下云："湾词翰早著，为天下所称，最者不过一二。游吴中，作《江南意》诗云：'海日生残夜，江春入旧年。'诗人以来，少有此句。张燕公（说）手题政事堂，每示能文，令为楷式。"

孙 逖 一首

孙逖（696—761），博州武水（今山东聊城西南）人，迁居河南巩县（今河南巩县）。开元二年（714），举哲人奇士隐沦屠钓及文藻宏丽等科，以第一人登第。授左拾遗。官终太子少詹事。他和颜真卿、李华、萧颖士同时，工古、近体诗，颇负时名。真卿为其集作序。《全唐诗》录存其诗一卷。

宿云门寺阁

云门寺，在今浙江绍兴市云门山上。《水经注·渐水》："又有玉笋、竹林、云门、天柱精舍，并疏山创基，架林裁宇，割涧延流，尽泉石之好。"《舆地纪胜》卷八："云门山在绍兴南三十一里，有雍熙寺，为州之伟观。昔王子敬居此，有五色祥云，诏建寺，号云门。"

香阁东山下①，烟花象外幽②。
悬灯千嶂夕，卷幔五湖秋③。
画壁飞鸿雁，纱窗宿斗牛④。
更疑天路近，梦与白云游⑤。

【注释】
① 香阁：佛阁。 东山：云门山的别称。 ② 烟花句：极言意境清幽。烟花，犹言烟

景，指晴明景色。物形曰象。不停留在形状上而领会其旨趣，曰象外。
③ 悬灯二句：寺在丛山之中，下临湖水，傍晚暝色四合，香阁明灯高悬，窗外可以总揽五湖秋色。像屏风一样高峻的山峰叫嶂。障，通嶂。幔（màn），窗幕。古以洞庭、彭蠡、太湖、巢湖、鉴湖为五湖，这里是指鉴湖。
④ 画壁二句：上句写寺中壁画精彩，下句写山阁地势高峻。鸿雁形象生动，故曰"飞"。斗牛临近纱窗，故曰"宿"。宿，停留的意思。斗和牛都是星宿名。飞，一作"馀"。
⑤ 更疑二句：《庄子·天地》："乘彼白云，至于帝乡。"此化用其语意。

【评】

　　刻画山寺夜景，琢句精湛，而笔力陡健，意境开阔。收处有浩然不尽之胜。

贺知章 二首

贺知章（659—744），字季真，会稽（今浙江绍兴）人。武后证圣元年（695）进士。官至太子宾客，秘书监。天宝初，请度为道士，回到故乡。

他性情放诞，自号四明狂客。好饮酒，善诗歌及草隶书。在长安时，和李白一见为忘形之交。

《全唐诗》编存其诗一卷。

咏　柳

碧玉妆成一树高①，万条垂下绿丝绦②。
不知细叶谁裁出，二月春风似剪刀。

【注释】

① 碧玉：古美女名。乐府《吴声歌曲》有《碧玉歌》。其词云："碧玉破瓜时，相为情颠倒。"按：这里以碧玉比柳，有两重用意：碧玉的碧，影射柳色，碧玉年轻，切早春嫩柳。高：有苗条的意思。
② 绿丝绦（tāo）：绿丝带，比柳丝。绦，字同"縧"。

回乡偶书
二首选一

少小离家老大回,乡音无改鬓毛衰^①。
儿童相见不相识,笑问"客从何处来"?

【注释】

① 少小二句:贺知章考取进士时年三十七岁。在这之前,他早就离开故乡。等到回来时,已是老翁。这二句诗生动地表现了久客回乡悲喜交集的感慨。少小离家而至于老是悲,但终于回来则喜。"鬓毛衰",则今非昔比;而乡音未改,则今犹同昔,错互言之,感慨万千。衰(cuī),疏落。

张　　旭　一首

张旭（生卒年不详），苏州吴（今江苏苏州）人，曾官常熟县尉。他是一位狂士，更是著名的书法家，被称为"草圣"。文宗时，诏以张旭草书和李白的诗歌、裴旻的剑舞为三绝。

《全唐诗》录存其诗六首，都是描写自然景物的作品。

桃 花 溪

桃花溪，水名，在今湖南桃源西南，源出桃花山。晋朝陶潜著名的寓言《桃花源记》就是借这个地方作为描写环境的蓝本。

隐隐飞桥隔野烟，石矶西畔问渔船①。
桃花尽日随流水，洞在清溪何处边②？

【注释】
① 矶（jī）：水中的石头。
② 桃花二句：陶潜《桃花源记》："晋太元中，武陵（郡名，郡治在今湖南常德，桃源属武陵）人捕鱼为业。缘溪行，忘路之远近，忽逢桃花林。夹岸数百步，中无杂树，芳草鲜美，落英缤纷，渔人甚异之。复前行，欲穷其林。林尽水源，便得一山。山有小口，仿佛若有光；便舍船从口入。"此暗用其意，描写沿溪一带，风景优美，境界深幽。桃花溪的附近有桃花洞，又名秦人洞（洞的得名，当然是由于附会"桃花源"而来的）。

孟浩然　九首

孟浩然（689—740），以字行（一说名浩），襄州襄阳（今湖北襄樊）人。曾隐居鹿门山。年四十，赴长安应进士举，失意而归。张九龄镇荆州时，招致幕府，后病疽死。

他一方面泉石鸣高，自居隐逸；另一方面又不无盛世沉沦之感。其诗多写山水闲情和羁旅愁思。用清微淡远的笔意，表现狷介郁抑的情怀。佳处在于伫兴造思，出入幽微，不落凡近，略无雕琢藻绘的痕迹，故能在盛唐诗坛上独树一帜，与王维并称。杜甫说他"清诗句句尽堪传"（《解闷》）；又说"赋诗何必多，往往凌鲍谢"（《遣兴》），都是就其艺术上独特造诣而言的。但气魄不宏，风格也少变化。苏轼曾说："浩然韵高而才短，如造内法酒手，而无材料。"（见《苕溪渔隐丛话》前集卷一五引）所谓"无材料"，苏轼原意是指书卷典实；然而归根结底，是个内容贫乏的问题。没有广阔的社会内容，作者的艺术才能，就必然被限制在一个狭窄的领域里，而显得"才短"了。

有《孟浩然集》，共诗二百余首，绝大部分都是五言短篇。

夏日南亭怀辛大

题一作《夏夕南亭怀辛大》。高步瀛曰："浩然有《西山寻辛谔》诗，疑即辛大。"（《唐宋诗举要》卷一）

山光忽西落①，池月渐东上。
散发乘夕凉②，开轩卧闲敞③。
荷风送香气，竹露滴清响。
欲取鸣琴弹，恨无知音赏④。
感此怀故人，中宵劳梦想。

【注释】

① 山句：傍晚红日衔山，山光西落，即指日影西沉。
② 散发：打开头发。古人束发加冠。谢灵运《石门岩上宿》："美人竟不来，阳阿徒晞发。"孟诗意本此。
③ 轩：有窗槛的长廊。这里是指窗。
④ 欲取二句：言无知心朋友共谈。《淮南子·修务训》："是故钟子期死，而伯牙绝弦破琴，知世莫赏也。"这里化用成语，借弹琴以见意。

【评】

夏夜清景和幽居寂寞怀人之情，交递而下，相互渗透，融为一体。景愈清而思愈深，自然宽舒中极清深悠远之趣，能见出孟诗的特色。其中"荷风""竹露"一联，历来传为名句。

晚泊浔阳望香炉峰

浔阳，县名，即今江西九江，唐属江南道江州，是江州州治所在地。因在浔水之阳，故名（见《元和郡县图志》卷二八）。香炉峰，在庐山东南，孤峰秀起，是庐山著名的山峰之一。题一作《望庐山》。

挂席几千里①，名山都未逢。

泊舟浔阳郭,始见香庐峰。
尝读远公传②,永怀尘外踪。
东林精舍近③,日暮但闻钟。

【注释】

① 挂席:扬帆。见《文选》谢灵运《游赤石进帆海》"挂席拾海月"句五臣注。
② 远公:晋高僧慧远,本姓贾,雁门楼烦人。曾在庐山与佛教徒百二十三人结白莲社,同修净业,著有《法性论》,倡涅槃常住之说。后世奉为莲宗初祖,事迹见慧皎《高僧传》卷六。
③ 东林精舍:即东林寺,在庐山山麓。慧远在庐山时曾住东林。精舍,即佛舍。释迦牟尼曾在祇园精舍说法,故后世相沿称佛舍为精舍。

【评】

　　从望香炉峰生出缅怀高僧之想。一往任笔,若即若离,淡到看不见处。尾联就东林钟声,信手拈来作结。馀韵悠然,挹之不尽。王士祺曰:"诗至此,色相俱空,政如羚羊挂角,无迹可求,画家所谓逸品也。"(《带经堂诗话》)

临洞庭湖赠张丞相

　　张丞相,即张九龄。题一作《临洞庭》。

八月湖水平①,涵虚混太清②。
气蒸云梦泽③,波撼岳阳城④。
欲济无舟楫,端居耻圣明⑤。
坐观垂钓者,徒有羡鱼情⑥。

【注释】

① 湖水平：湖水与天相接。按：杨慎《升庵诗话》卷二，谓此诗起首二句与王维"风劲角弓鸣，将军猎渭城"一样，"虽律也，而含古意"，"起句之妙，可以为法"。
② 涵虚句：意谓洞庭湖含蕴元气，混一太空。虚，太虚，即元气。《庄子·知北游》："不过乎昆仑，不游乎太虚。"注："太虚不能无气，气不能不聚而为万物。"太清，犹言太空。《文选》左思《吴都赋》刘渊注："太清，谓天也。"
③ 气蒸句：意谓洞庭湖附近都在水气笼罩之中。古云梦泽范围很广，是现在湖北省南部、湖南省北部一带低洼之地的总称。蒸，蒸腾。
④ 波撼句：宋人范致明《岳阳风土记》："盖（岳阳）城据湖东北，湖面百里，常多西南风，夏秋水涨，涛声喧如万鼓，昼夜不息，漱齿城岸，岁常倾颓。"故云。岳阳城，在洞庭湖东岸。
⑤ 欲济二句：以上句兴起下句。意谓想渡洞庭湖而没有舟楫，犹之欲出仕而无人汲引。《论语·泰伯》："邦有道，贫且贱焉，耻也；邦无道，富且贵焉，耻也。"端居句本此。端居，犹言独处，闲居。圣明，圣明时的略文，即太平时之意。古代认为皇帝圣明，则天下太平，生在太平时代，而不能有所建树，所以感到愧耻。《尚书·命上》殷高宗命傅说道："若济巨川，用汝作舟楫。"欲济句，化用其语。
⑥ 坐观二句：伸足上文，表示自己愿意出仕。言外之意，希望得到张丞相援引，不要使这种愿望落空。《淮南子·说林训》："临河而羡鱼，不如归家织网。"徒，一作"空"。

【评】

　　托兴观湖，表现积极用世的心情，希望张丞相在政治上予以援引。这诗和《彭蠡湖中望庐山》，在孟浩然诗中气象较为开阔，而此篇尤为世所传诵。其中"气蒸云梦"一联，与杜甫之"吴楚东南坼，乾坤日夜浮"（《登岳阳楼》）同为咏洞庭名句。方回《瀛奎律髓》云："余登岳阳楼，此诗大书左序球门壁间，右书杜诗，后人自不敢复题也。刘长卿有句云：'叠浪浮元气，中流没太阳。'世不甚传，他可知也。"

广陵别薛八

　　薛八，名未详。孟集中有《云门寺西六七里闻符公兰若最幽与薛八同往》、《夜泊牛渚趁薛八船不及》等诗，知二人交谊颇深，往还甚密。又钱起有《送薛八谪居》，可和这诗说的"不得志"相印证。

> 士有不得志，栖栖吴楚间①。
> 广陵相遇罢，彭蠡泛舟还②。
> 樯出江中树，波连海上山③。
> 风帆明日远，何处更追攀！

【注释】

① 栖栖：不能安居的意思。《论语·宪问》："微生亩谓孔子曰：'丘何为是栖栖者与（欤）？'"　吴楚：泛指长江流域。长江流域，古为吴楚二国地。
② 广陵二句：言刚在广陵与薛相遇，他又离开广陵，泛舟而还彭蠡。广陵，唐郡名，即扬州。郡治在今江苏扬州。彭蠡（lǐ），湖名，即鄱阳湖。在今江西北部。
③ 樯出二句：写送行时的情景。长江波浪相连，有如海上奇山涌现，行客的船渐渐没入其中，看到的只有一根耸出水面像树一样的樯影。江中本无树，因为把"波"比作"山"，所以把"樯"说成"树"。樯，桅杆。

宿桐庐江寄广陵旧游

这诗是孟浩然由广陵入浙途中所作。桐庐江，即桐江，在今浙江桐庐县境。广陵，即扬州。旧游，犹言旧交。

> 山暝听猿愁，沧江急夜流。
> 风鸣两岸叶，月照一孤舟。
> 建德非吾土①，维扬忆旧游②。

还将两行泪，遥寄海西头③。

【注释】

① 建德：县名，即今浙江建德。桐庐江上著名的风景区——七里濑，在建德东北十里（见《元和郡县图志》卷二六）。 非吾土：不是我的家乡。王粲《登楼赋》："虽信美而非吾土兮，曾何足以少留。"
② 维扬：《尚书·禹贡》："淮海维扬州。"后人遂截取"维扬"二字作为扬州的别称。
③ 海西头：指扬州。古扬州幅员广阔，东滨大海，在海之西，故云。

【评】

桐庐江一带本是著名的风景区，但诗人因远离维扬旧友而独游，故前四句写月色清幽景色，添人愁绪。后四句一气贯注，更见出旧情之挚，思念之深。而"月照一孤舟"句过渡自然，遂使全诗浑然一体。皮日休称孟诗"涵涵然有平大之风"（《郢州孟亭记》），正于此等处见出。

过故人庄

故人具鸡黍①，邀我至田家。
绿树村边合②，青山郭外斜。
开轩面场圃③，把酒话桑麻④。
待到重阳日⑤，还来就菊花⑥。

【注释】

① 鸡黍：指农家招待客人丰盛的饭菜。《论语·微子》："子路从（跟随孔子）而后，遇丈人，以杖荷蓧（竹器）……止（留）子路宿，杀鸡为黍而食之。"范云《赠张徐州谡》："恨不具鸡黍，得与故人挥。"黍，粮食名。有黏性的叫秫，是酿酒原

② 绿树句：村庄隐在林中，望去四围都是绿树，故曰"合"。后司空图《独望》诗："绿树连村暗。"句似脱胎于此。
③ 轩：这里指窗。　场：打谷的场地。圃：这里指菜园。
④ 把酒句：边喝酒，边谈家常。把酒，端着杯酒。话桑麻，闲谈农事。陶潜《归田园居》："相见无杂言，但道桑麻长。"
⑤ 重阳日：即重阳节。古人认为九是阳数，所以称九月九日为重阳。
⑥ 还来句：古代风俗，重阳节，登高饮菊花酒，故云。杨慎《升庵诗话》卷六："'还来就菊花'之句，刻本脱一'就'字。有拟补者，或作'醉'，或作'赏'，或作'泛'，或作'对'，皆不同。后得善本，是'就'字，乃知其妙。"

岁暮归南山

北阙休上书^①，南山归敝庐^②。
不才明主弃，多病故人疏。
白发催年老，青阳逼岁除^③。
永怀愁不寐，松月夜窗虚。

【注释】

① 北阙：《汉书·高帝纪》："萧何治未央宫，立东阙、北阙、前殿、武库、太仓。"颜师古注："尚书奏事，谒见之徒，皆诣北阙。"
② 敝庐：破房子，指贫穷的家园。
③ 青阳句：青阳，指春天。青，是春天的颜色；阳，指和暖的气候。季节不停地运转着，春天一到，新年就毫不容情地代替了旧岁，故云。

【评】

　　感慨自身的坎坷遭遇，向往于山林隐居；而在隐居生活中，又感到年华易逝，事业无成，未能忘怀于现实。这种复杂而微妙的矛盾心理状态，以咏叹出之，有吞吐含茹，不迫不露之妙。关于这诗，旧有轶事流传。王定保《唐摭言》卷一二："襄阳诗人孟浩然，开元中，颇为王右丞（维）所知。……维待诏金銮殿。一旦，召之商较风雅。忽遇上幸维所，浩然错愕，伏床下，维不敢隐，因之奏闻。上欣然曰：'朕素闻其人。'因得召见。上曰：'卿将得诗来耶？'浩然奏曰：'臣偶不赍所业。'上即命吟。浩然奉诏拜舞，念诗曰：'北阙休上书……'上闻之，怃然曰：'朕未尝弃人，自是卿不求进，奈何反有此作？'因命放归南山。终身不仕。"

舟中晓望

挂席东南望①，青山水国遥②。
舳舻争利涉③，来往接风潮④。
问我今何去，天台访石桥⑤。
坐看霞色晓，疑是赤城标⑥。

【注释】

① 挂席：即扬帆。见前《晚泊浔阳望香炉峰》注①。
② 水国：犹言水乡，指河流纵横的地带。
③ 舳（zhú）舻（lú）：长方形的船。舳，船尾。舻，船头。这里用作船的泛称。利涉：意指航行。《周易·需卦》："利涉大川。"
④ 接风潮：一作"任风潮"。
⑤ 天台句：天台，山名，在今浙江天台。《太平寰宇记》："江南东道台州天台县天台山。《启蒙记》注云：'天台山去天不远，路经油溪水，深险清泠。前有石桥，路径不盈尺，长数十丈，下临绝涧。惟忘其身然后能济。'"
⑥ 赤城标：赤城山的顶巅。赤城山，在天台北，是往天台必经之地。《文选》孙绰《游天台山赋》："赤城霞起而建标。"李善注："支遁《天台山铭序》曰：'往天台，当由赤城山为道径。'孔灵符《会稽记》曰：'赤城山石色皆赤，状似云霞。'"

【评】

　　舳舻争涉，风潮相接中，独自作访名山，坐看朝霞之想，清旷冲远中微见狷介之怀。诗境如白云在空，舒卷自如；而"问我"一联，则为全篇关捩之所在。

春　晓

　　春眠不觉晓，处处闻啼鸟。
　　夜来风雨声，花落知多少！

【评】

　　这诗写的虽是暮春之景，也有惜花之意，但情调却清新活泼，绝无颓废感伤气息，展现在我们面前的是一幅充满着生活乐趣的画图。王维《田园乐》诗云："桃红复含宿雨，柳绿更带朝烟。花落家僮未扫，莺啼山客犹眠。"意境与此诗略同，但韵致略逊。可对读。

王　维　二十七首

王维（约690—761），字摩诘，原籍太原祁州（今山西祁县），寄籍为蒲州（今山西永济）人。开元九年（721）进士，为太乐丞。因伶人舞黄狮子受累，贬济州司仓参军。张九龄为相，擢为右拾遗，转监察御史，迁给事中。安史之乱，两京陷落，唐玄宗奔蜀。他随从不及，为叛军所俘，被迫署伪职。长安收复后，以陷贼官论罪，降太子中允。官终尚书右丞。世称王右丞。

王维早年在政治上接近张九龄，颇有用世之志。所作诗歌，内容广阔，气象高华，对社会生活矛盾，有所揭露和批判。后经变乱，心情便消极下去。他一方面尸位朝列，另一方面却究心禅理，寄情山水，把个人和现实隔绝起来，过着优游自得的生活。他诗里所表现的往往是这种徘徊于仕隐间的闲适情趣。

王维在诗歌艺术上的独特造诣，主要在描绘自然景物方面。他是杰出的画家，又擅长音乐，能以绘画、音乐之理通之于诗。善于运用自然而又精炼、准确富于特征性的语言，着墨无多，而能塑造出完美鲜明的形象，有写意传神之妙，把晋、宋以后发展起来的山水诗的艺术向前推进了一步。殷璠称其"词秀调雅，意新理惬，在泉为珠，着壁成绘"（《河岳英灵集》）。苏轼说："味摩诘之画，画中有诗；味摩诘之诗，诗中有画。"（《题蓝田烟雨图》）正指出了其诗情画意相结合的特点。

王维在诗歌史上影响极大。中唐前期大历十才子主宰诗坛，就是王维诗风的直接延续与发展。唐代宗誉之为"天下文宗"，正是这一情况的最好说明。以后贾岛、姚合……直至清代王士禛，均受其重大影响，形成诗史上一个以清淡雅秀为特点的绵延千年之久的诗歌流派。

有《王右丞集》。清人赵殿臣有笺注本。

渭川田家

斜光照墟落①，穷巷牛羊归②。
野老念牧童，倚杖候荆扉。
雉雊麦苗秀③，蚕眠桑叶稀。
田夫荷锄立，相见语依依④。
即此羡闲逸，怅然吟《式微》⑤。

【注释】

① 墟落：村庄。
② 穷巷：僻巷。陶渊明《归园田居》之二："穷巷寡轮鞅。"
③ 雉雊（gòu）：野鸡啼叫。雉，野鸡。雊鸣叫雊。
④ 依依：依恋不舍貌。
⑤ 吟《式微》：意谓作归隐田园之想。《式微》，《诗经·邶风》篇名。诗中有句云："式微，式微，胡不归！"此取其义。

【评】

这诗用简淡自然的笔意，勾勒出一幅春末夏初傍晚农村的画面。城市的喧嚣，官场的纷扰，宦海浮沉的苦闷失意，使得作者在向往农村的同时，把农村生活理想化了。诗中所表现的宁静闲逸的意境，正反映出他内心的寂寞与怅惘。

宿　郑　州

这诗是开元九年（721）王维贬济州司仓参军时由长安赴济州途中所作。唐河南道郑州荥阳郡治管城，在今河南郑州市。

朝与周人辞①，暮投郑人宿。
他乡绝俦侣②，孤客亲僮仆。
宛洛望不见③，秋霖晦平陆④。
田父草际归，村童雨中牧。
主人东皋上⑤，时稼绕茅屋⑥。
虫思机杼鸣⑦，雀喧禾黍熟。
明当渡京水⑧，昨晚犹金谷⑨。
此去欲何言，穷边徇微禄⑩！

【注释】

① 周：即下文说的"宛洛"，古为东周旧地（东周故城在今河南洛阳市），唐属河南道河南府河南郡。周，在郑之西。
② 绝俦侣：没有同伴，没有亲人。阮籍《咏怀》："羁旅无俦匹。"
③ 宛洛：宛，南阳（今河南省市名）；洛，洛阳。
④ 秋霖句：意谓秋雨连绵，原野为之晦暗。连续三天以上的雨叫霖。平陆，平原。
⑤ 主人：指投宿的这人家。　皋（gāo）：水边高地。
⑥ 时稼：秋天的庄稼。
⑦ 虫思句：意谓天气渐寒，农村人家都在从事纺织劳动。虫思，虫在悲鸣。思，义同悲。张华《励志》："吉士思秋。"李善注："思，悲也。"
⑧ 京水：又名黄水，发源于郑州荥阳东二十里（见《太平寰宇记》），东北流入济水。
⑨ 金谷：谷名，在洛阳西北，金水流经其地。
⑩ 此去二句：慨叹自己之去济州，仅仅是为了求得微禄以养家而已。唐济州在今山东长清西南，是偏远的东方，故曰"穷边"。以身从物曰徇。谢灵运《登池上楼》："徇禄及穷海。"

【评】

　　于征途愁思中，写出村野宁静景物，立意略同上诗，而组织则别出机杼。"秋霖晦平陆"承上"望不见"，启下村景描写，由情事入景物；"虫思""黍熟"见时令变化，启下更续征程，复由景物入情事，转换无痕。

西 施 咏

　　题一作《西施篇》。西施，春秋时越国苎萝山的民间美女。越王勾践为吴所败，把西施献给了吴国，成为吴王夫差的宠妃。

艳色天下重，西施宁久微①？
朝为越溪女②，暮作吴宫妃③。
贱日岂殊众？贵来方悟稀④。
邀人傅脂粉，不自着罗衣⑤。
君宠益骄态，君怜无是非。
当时浣纱伴⑥，莫得同车归⑦。
持谢邻家子⑧，效颦安可希⑨！

【注释】

① 微：寒微。指处于下层的社会地位。
② 为：一作"仍"。
③ 吴宫妃：一作"吴王姬"。
④ 贱日二句：慨叹于一贵一贱改变了人们的看法。意谓西施的绝世姿容，只有在她成为吴宫妃以后，才被人们所普遍发觉、承认。与首句相应，把意思推进一层。
⑤ 邀人二句：意谓随着社会地位的上升，也改变了西施的主观心理和生活作风。"邀人""不自"为互文，是说连傅粉和穿衣都不肯亲自动手。下文所云的"骄态"即指此。邀，一作"要"，字通。脂，一作"香"。

⑥ 浣纱伴：曾经和西施在一起浣纱的女郎们。今浙江诸暨苎萝山下石迹水，有浣纱石，传说是西施浣纱之处。
⑦ 同车归：《诗经·郑风·有女同车》："有女同车，颜如舜华。"此化用其语。
⑧ 持谢：以言词告人的意思。一作"寄言"。子：一作"女"。
⑨ 效颦句：《庄子·天运》："西施病心而颦其里。其里之丑人见而美之，归亦捧心而颦其里。其里之富人见之，坚闭门而不出；贫人见之，挈妻子而去之走。彼知颦之美，而不知所以美。"颦，字同"矉"，因病痛而愁眉的意思。此化用其意，是说邻家女子，即使学西施的样子，也不可能希冀到她那幸运的遭遇。效颦，指仿效西施捧心愁眉的姿态。

【评】

歌咏西施遭遇，寄寓穷达升沉之感。"贱日"、"贵来"二句是全诗主脑，随题发挥，于人情世态之炎凉冷暖，慨乎其言之。是议论，却不落言诠。沈德潜谓此诗面对前人久经论定的史实，能"别寓兴意"，"以避雷同剿说，此别行一路法也"（《说诗晬语》）。

桃 源 行

这诗取材于陶潜《桃花源记》（见附录），故以"桃源行"名篇。桃源，即桃花源，相传在今湖南桃源西南。题下原注："时年十九。"

渔舟逐水爱山春①，两岸桃花夹古津②。
坐看红树不知远③，行尽青溪忽值人④。
山口潜行始隈隩⑤，山开旷望旋平陆⑥。
遥看一处攒云树⑦，近入千家散花竹⑧。
樵客初传汉姓名⑨，居人未改秦衣服⑩。

居人共住武陵源⑪，还从物外起田园⑫。
月明松下房栊静，月出云中鸡犬喧。
惊闻俗客争来集，竞引还家问都邑。
平明闾巷扫花开，薄暮渔樵乘水入。
初因避地去人间，更问神仙遂不还。
峡里谁知有人事，世中遥望空云山⑬。
不疑灵境难闻见，尘心未尽思乡县⑭。
出洞无论隔山水，辞家终拟长游衍⑮。
自谓经过旧不迷，安知峰壑今来变⑯。
当时只记入山深，青溪几度到云林。
春来遍地桃花水，不辨仙源何处寻⑰。

【注释】

① 渔舟句：意谓渔人被山中春景吸引，乘船顺水漂流。春，即下文的"桃花"、"红树"。
② 古津：一作"去津"。津，渡口。
③ 坐：因为。
④ 忽值：一作"不见"。值，遇到。
⑤ 隈（wēi）隩（ào）：山崖的幽深曲折处。
⑥ 旷望：犹言展望。旷，空阔。 旋：忽然间。 平陆：平坦的原野。
⑦ 遥看句：谓远看树木攒集在一起，如云彩屯聚。攒，聚集。
⑧ 近入句：意谓近看见人家繁庶，都莳花种竹。
⑨ 樵客句：意谓这儿的居民第一次听到樵客告诉他们的汉以下朝代的名称。樵客，这里指渔人。古时渔樵并称，可以通用。后面"薄暮渔樵乘水入"的"渔樵"是偏义复词，也指渔人。
⑩ 居人句：谓当地居民还穿着当初秦朝时避地来此的衣服。
⑪ 武陵源：即桃花源，晋属武陵郡（郡治在今湖南常德市），故称。
⑫ 物外：世外。
⑬ 峡里二句：意谓桃源和外面隔绝，哪里知道人世间事；而人世也不知有此仙境，遥遥望到的只是云山而已。
⑭ 不疑二句：意谓渔人深知仙境是难以见到的，理应留下，无奈尘心未尽，思念家乡，还是离开了。灵境，仙境。闻见，这里偏义复词，偏用"见"义。
⑮ 出洞二句：意谓渔人出去之后，却又想念桃花源，于是不管山水远隔，他终于辞家来游，打算在那儿长期留下。游衍，犹言留连不去。
⑯ 自谓二句：言自以为旧径容易寻觅，然而山水改观已无从问径。
⑰ 春来二句：含无尽惋叹之意。

【评】

　　这是一首叙事诗。诗中情节和陶潜《桃花源记》略同，却给涂上了一层神仙色彩。苏轼《和桃花源诗序》云："世传桃源事多过其实。考渊明所记，只言先世避秦乱来此，则渔人所见，似是其子孙，非秦人不死者也。又云杀鸡作黍，岂有仙而杀者乎？"把桃源说成仙境，始于唐代。和王维同时的孟浩然《武陵泛舟》亦云："莫测幽源里，仙家信几深。"随着道教的发展，到了中唐，这种说法就更加流行，所以韩愈在《桃源图》里慨叹说："神仙有无何渺茫，桃源之说诚荒唐！"此诗结体娴整，而韵致清新；叙次宛曲，而气机流畅，已开元白叙事歌行之先河。

附录

陶潜《桃花源记》

　　晋太元中，武陵人捕鱼为业。缘溪行，忘路之远近。忽逢桃花林，夹岸数百步，中无杂树，芳草鲜美，落英缤纷。渔人甚异之，复前行，欲穷其林。林尽水源，便得一山，山有小口，仿佛若有光，便舍船从口入。初极狭，才通人。复行数十步，豁然开朗。土地平旷，屋舍俨然，有良田美池桑竹之属，阡陌交通，鸡犬相闻。其中往来种作，男女衣着，悉如外人；黄发垂髫，并怡然自乐。见渔人，乃大惊，问所从来，具答之。便要回家，设酒杀鸡作食。村中闻有此人，咸来问讯。自云先世避秦时乱，率妻子邑人来此绝境，不复出焉，遂与外人间隔。问今是何世，乃不知有汉，无论魏晋。此人一一为具言所闻，皆叹惋。馀人各复延至其家，皆出酒食。停数日，辞去。此中人语云："不足为外人道也。"既出，得其船，便扶向路，处处志之。及郡下诣太守说如此。太守即遣人随其往，寻向所志，遂迷，不复得路。南阳刘子骥，高尚士也。闻之，欣然规往，未果，寻病终。后遂无问津者。

陇　头　吟

　　《陇头吟》，汉乐府《横吹曲》旧题。陇头，即陇山，又称陇坂、陇首或陇坻。起今陕西陇县，西南跨甘肃天水，山高而长，地形回曲。下有陇关，即大震关，是西北边防要塞。

　　　　长安少年游侠客①，夜上戍楼看太白②。
　　　　陇头明月迥临关，陇上行人夜吹笛③。
　　　　关西老将不胜愁④，驻马听之双泪流。
　　　　身经大小百馀战，麾下偏裨万户侯⑤。
　　　　苏武才为典属国，节旄空尽海西头⑥。

【注释】

① 长安：一作"长城"。
② 看太白：意指关心边警，向往于在战争中破敌立功。太白，即金星，又名启明或长庚。古人认为太白星的星象，与战争有关。《太平御览》卷七引《河图稽耀钩》："太白散为天狗，主兵。"
③ 陇头二句：上句说，明月高高地照着陇关，见环境气氛之苍凉。迥，高而远的意思。下句以行人笛声为少年与下文老将过渡的关锁。按乐府有《陇头歌辞》三首，据《秦川记》，乃"北人升此而歌者"。均抒写行役之悲，声辞酸楚。《元和郡县图志》载有此歌，可知为唐人所习唱。这里说"陇上行人夜吹笛"，从《陇头歌》可以想见笛声之哀怨，故老将触动愁怀，为之流泪。
④ 关西老将：函谷关以西，古为秦地，习尚武勇，有"关西出将，关东出相"的谚语（见《后汉书·虞诩传》），故云。胜：读平声。
⑤ 身经二句：写老将的不幸遭遇。暗用汉李广故事。《史记·李将军列传》记，李广自结发与匈奴战，身历大小七十馀役，而一直不得志，终于因军中排挤而自刎身死。广尝自言"自汉击匈奴，而广未尝不在其中，而诸部校尉以下，才能不及中人，然以击胡军功取侯者数十人，而广不为后人，然无尺寸之功以得封邑者，何

也?岂吾相不得封侯耶?"身,一作"曾"。麾下,犹言部下。大将用以指挥的旌旗叫麾。偏裨,偏将与裨将,从属于大将,非独当一面的军官。万户侯,古代封爵有食邑,食邑的大小,按照功勋,以户口为计算单位。万户侯是食邑最大的侯。汉文帝曾对李广说:"惜乎,子不遇时!如令子当高帝时,万户侯何足道哉!"

⑥ 苏武二句:申足上意,慨叹于功大赏小,埋没人才,古今一例。言外之意是说这关西老将的遭遇,安知不成为少年异日的哀愁。汉武帝时,苏武出使匈奴,被扣留十九年,始终不屈。他曾在北海杖汉节牧羊,卧起操持,节旄尽落。回国后仅被封为典属国(见《汉书·苏武传》)。典属国,掌管藩属国家事务的官。节旄,使臣所持信物,一称旄节。张守节《史记正义》:"旄节者,编毛为之,以象竹节。"(《秦始皇本纪》注)空尽,一作"零落",一作"落尽",一作"空落"。

【评】

　　这诗写长安少年守卫边关的壮志和关西老将沉沦失意的悲哀。诗中通过月夜笛声把二者绾合起来,对照见意。用笔之妙,正如殷璠所说"一句一字,皆出常境"(《河岳英灵集》)。它一方面表现了这个时代年轻人昂扬向上的立功报国心情,同时也反映了封建统治者爵赏不公,压抑人才的客观现实,具有一定的揭露和批判意义。

老 将 行

　　《老将行》是唐代流行的乐府诗题。见《乐府诗集》卷九〇《新乐府辞·乐府杂题》。

少年十五二十时,步行夺得胡马骑①。
射杀山中白额虎②,肯数邺下黄须儿③?
一身转战三千里,一剑曾当百万师。
汉兵奋迅如霹雳,虏骑崩腾畏蒺藜④。

卫青不败由天幸⑤，李广无功缘数奇⑥。
自从弃置便衰朽⑦，世事蹉跎成白首。
昔时飞箭无全目⑧，今日垂杨生左肘⑨。
路旁时卖故侯瓜⑩，门前学种先生柳⑪。
苍茫古木连穷巷⑫，寥落寒山对虚牖。
誓令疏勒出飞泉⑬，不似颍川空使酒⑭。
贺兰山下阵如云⑮，羽檄交驰日夕闻⑯。
节使三河募年少⑰，诏书五道出将军⑱。
试拂铁衣如雪色，聊持宝剑动星文⑲。
愿得燕弓射大将⑳，耻令越甲鸣吾君㉑。
莫嫌旧日云中守，犹堪一战立功勋㉒。

【注释】

① 步行句：《史记·李将军列传》："(李)广以卫尉为将军，出雁门，击匈奴。匈奴兵多，破败广军，生得广。……胡骑得广，广时伤病，置广两马间，络而盛卧广(使李广睡在用绳索结成的络子里)。行十余里，广佯死。睨其旁有一胡儿，骑善马，广暂(忽)腾而上胡儿马，因推堕儿，取其弓。鞭马南驰数十里，复得其余军，因引而入塞。"这里化用其意，借似表现年轻人的机智勇敢。
② 射杀句：李广为右北平太守时，曾多次射杀山中猛虎。见《史记·李将军列传》。又，周处曾射杀南山白额虎，为民除害。见《晋书·周处传》。白额虎，虎中最凶猛的一种。按：有关古代射虎的事迹，流传颇多，这里可能不是专用某一典故。
③ 肯数：意谓不让。邺下黄须儿：曹彰字子文，曹操第二子。性刚猛，胡须色黄。征代郡乌桓，建立大功。曹操曾说："我黄须儿可用也。"见《世说新语》刘孝标注引《魏略》。魏都邺(今河北临漳)，故云"邺下黄须儿"。儿，古读倪，与上"骑"，下"师""藜""奇"叶韵。
④ 蒺藜：指铁蒺藜，战地所用的防御工具。《埤雅》卷一七："蒺藜布地蔓生，子有三角刺人，状如菱而小……今兵家乃铸铁为之，以梗敌路，亦呼蒺藜。"《六韬·虎韬·军用篇》："狭路微径张铁蒺藜。芒高四寸，广八寸，长六尺以上。千二百具。败走骑。"
⑤ 卫青句：卫青，汉武帝皇后卫子夫之弟，以征伐匈奴，官至大将军。又卫青姊子霍去病也以征匈奴立大功，封骠骑将军。《史记·卫将军骠骑列传》："骠骑所将常选。然亦敢深入，常与壮骑先其大将军。军亦有天幸，未尝困绝也。"语本此。按："不败由天幸"本霍去病事；卫、霍并称，这里属之卫青，当是作者误记。
⑥ 李广句：李广是汉朝名将，身经百战，威震匈奴。但往往由于某种偶然失误，论功

行赏总是轮不到他，始终未得封侯，曾被汉文帝认为数奇。见《史记·李将军列传》。缘，因为。奇，与偶为对词，孤单的意思。数奇，犹言运气不好。参《少年行》注⑤。
⑦ 弃置：丢在一旁，不加任用。
⑧ 飞箭无全目：《文选》鲍照《拟古》："惊雀无全目。"李善注引《帝王世纪》："帝羿有穷氏与吴贺北游，贺使羿射雀。羿曰：'生之乎？杀之乎？'贺曰：'射其左目！'羿引弓射之，误中右目。羿抑首而愧，终身不忘。故羿之善射，至今称之。"无全目，是说射艺之精，能够分辨左右目。
⑨ 垂杨生左肘：《庄子·至乐》："支离叔与滑介叔观于冥伯之丘，昆仑之虚，黄帝之所休。俄而柳生其左肘，其意蹶蹶然恶之。"王先谦《集解》："瘤作柳声，转借字。""柳生左肘"，是说手拐弯处生了个瘤。按：杨和柳是同类植物，这里因诗歌平仄声调的关系，又改柳为杨。杨谐"疡"声，用意与"柳"相同。
⑩ 故侯瓜：《史记·萧相国世家》："召平者，故秦东陵侯，秦破，为布衣，贫，种瓜于长安城东。瓜美，故世俗谓之东陵瓜，从召平以为名也。"
⑪ 先生柳：晋陶潜门前种有五株杨柳，因著《五柳先生传》以自况。
⑫ 苍茫：一作"茫茫"。
⑬ 疏勒出飞泉：疏勒，古西域国名，在今新疆维吾尔自治区。后汉时，耿恭与匈奴作战，据疏勒城，涧水被敌人断绝。穿井十五丈，不得水。他仰叹曰："闻昔贰师将军（李广利）拔佩刀刺山，飞泉涌出，今汉德神明，岂có穷哉？"于是向天虔诚祈祷，果然得水。事见《后汉书·耿恭传》。
⑭ 颍川：指灌夫。汉景帝时为将军，家住颍川。使酒：借酒使气。《史记·魏其武安侯列传》："灌夫为人刚直使酒。……诸所与交通，无非豪桀大猾。家累数千万，食客日数十百人，陂池田园，宗族宾客为权利，横于颍川。"
⑮ 贺兰山：在今宁夏回族自治区贺兰西。山有树木青白，望如駮（同驳）马。北人呼驳为贺兰，故名（见《元和郡县图志》卷四）。按：贺兰山是西北边防重要据点之一。《全唐诗》卷六八八卢汝弼《和李秀才边庭四时怨》："朔风吹雪透刀瘢，饮马长城窟更寒。夜半火来知有敌，一时齐保贺兰山。"可见从唐代前期到后期，在这里经常发生战争。
⑯ 羽檄：军用紧急文书。
⑰ 节使：节度使的简称。任职时，皇帝赐以旌节，授予节制调度之权，故称节度使。唐初边境诸州设总管（后改称都督）总揽数州军事。景云二年（711）置河西节度使。开元中，朔方、陇右、河东、河西沿边诸镇均置节度使。　三河：指黄河中段的平原之地。详见前陈子昂诗《送魏大从军》注③。
⑱ 诏书句：意谓征集大军，分途并进，开赴前方。出，出兵。《汉书·常惠传》："汉大发十五万骑，五将军分道出。"语本此。
⑲ 宝剑动星文：春秋时，伍子胥有一宝剑，上有七星文（见《吴越春秋》）。《全梁诗》吴均《边城将》："刀含四尺影，剑抱七星文。"动，闪光。星文，七星文的省略。
⑳ 燕弓：燕地所产的角弓，以坚劲著名。《文选》左思《魏都赋》："燕弧盈库而委劲。"李周翰注："燕弧，角弓，出幽、燕地。"　大将：指敌方将领。大，一作"天"，因字形相近而误。
㉑ 耻令句：刘向《说苑·立节篇》："越甲（越国的武装部队）至齐，雍门子狄请死之。齐王曰：'鼓铎之声未闻，矢石未交，长兵未接，子何务死之为？……'对曰：'臣闻之，昔王田于囿，左毂鸣，车右请死之。王曰：子何为死？车右曰：为其鸣吾君也。……今越甲至，其鸣吾君，岂左毂之下哉？'遂刎颈而死。是日，越人引师而退七十里。""左毂鸣"的"鸣"，意指车毂制造装备不善，行走时发出声响。"越甲鸣"的"鸣"系借用，指敌军的威胁。
㉒ 莫嫌二句：用汉文帝重新起用魏尚的故事，表示渴望为国立功。汉文帝时，魏尚

为云中太守，镇守北边，深得军心，匈奴不敢犯境。后因上功首虏差六级，削爵为民。有一次，冯唐曾和文帝说起这事，为他抱不平，文帝乃命冯唐持节赦魏尚罪，复其官职（见《史记·张释之冯唐列传》）。

【评】

　　诗写老将身世之感，着重在于表现烈士暮年激昂慷慨的报国之心。全诗两次转韵，随着音节变化自然地分成三段。首段忆昔年战功，末段抒伏枥壮志，中间插入被弃置的沉沦之感。首尾健笔腾挐，而中间则回旋顿挫，形成全诗盘礴浩瀚的气势。"卫青不败"，"李广无功"，是过去遭遇的结束语，而又不犯痕迹地引出现今"蹉跎白首"的悲哀。"苍茫古木"，"寥落寒山"，全用景语，不言感慨而无穷感慨尽在其中，有"此时无声胜有声"之妙。"誓令""不似"突出壮语作结，冲破郁闷气氛，为下文开拓出新的意境。"贺兰山下阵如云"以下，用笔有如骏马注坡，一气贯下，直至篇终。

观　猎

风劲角弓鸣①，将军猎渭城②。
草枯鹰眼疾，雪尽马蹄轻③。
忽过新丰市④，还归细柳营⑤。
回看射雕处⑥，千里暮云平。

【注释】

① 角弓鸣：指拉弓发箭。以兽角制成的弓叫角弓。《汉书·韩安国传》颜师古注："（弓）以角曰角弓。"弓硬风紧，射箭时有声如鸣。

② 渭城：即咸阳故城，在长安西北渭水北岸。汉高祖时改咸阳为新城，汉武帝时又

③ 草枯二句：上句说，雪后原野，百草凋枯，动物无所掩蔽，猎鹰很快地就发现搏击的目标；下句说猎人立刻追踪而至。
④ 新丰市：地名。汉置新丰县，故址在今陕西临潼东。这里的新丰市和下句的细柳营都是泛指长安附近。市，一作"戍"。
⑤ 细柳营：长安附近昆明池南有细柳聚，又名柳市。因汉代名将周亚夫的军营在此，故称细柳营。
⑥ 射雕处：即射猎处。雕是健飞的猛禽，不易射得。北魏斛律光校猎时，曾射落一只大雕，被人称为射雕手（见《北史·斛律光传》）。

【评】

　　破空而来，笔势矫健，极尽控纵弛张之妙。以"风劲弓鸣"起，接着反插点明出猎，作一控勒蓄势，再写驰逐猎物，便有腾踔飞动之意。"草枯""雪尽"一联，刻画精警，既穷极物理，而又以少总多，意见言外。"忽过""还归"一联用流动之笔写猎罢归来。"回看"句是勒马，也是勒住全诗作一顿，兜转笔来，与篇首相照应。然后放眼辽阔，千里云平。收处之宏大阔远，正为将军胸怀气魄写照。

使至塞上

　　开元二十五年（737），王维以监察御史赴凉州，居河西节度使幕府。这诗是出塞途中所作。

单车欲问边①，属国过居延②。
征蓬出汉塞③，归雁入胡天。
大漠孤烟直④，长河落日圆⑤。
萧关逢候骑⑥，都护在燕然⑦。

【注释】

① 问边：到边疆去察看。
② 属国句：是"过居延属国"的倒文。汉时称归附的地区为属国。《汉书·卫青传》颜师古注："不改其本国之俗，而属于汉，故号属国。"《后汉书·郡国志》："凉州有张掖，居延属国。"
③ 征蓬：被风卷起远飞的蓬草。蓬草一干分枝数十，枝上又生小枝，密排细叶。枯时往往在近根处折断，每因风起即到处飞。诗人以"单车问边"，不无孤独飘荡之感，故此句实景中有情。
④ 大漠句：内蒙接近河套一带，自秋初至春末，经常为高气压中心盘踞之地，晴朗无风，日光强烈，近地面处，温度较高，向上则气温急剧下降。烟在由高温到低温的空气中，愈飘愈轻，又无风力搅动，故凝聚不散，直上如缕。钱锺书《管锥编·毛诗正义》："虚空之辽广者，每以有事物点缀而愈见其广。"……如鲍照《芜城赋》之'直视千里外，唯见起黄埃'。……或王维《使至塞上》之'大漠孤烟直'，景色有埃飞烟起而愈形旷荡荒凉。"
⑤ 长河句：河套一带，是平坦的大高原，人在高处，视野辽阔，可以看到落日如轮在黄河上渐渐下降的壮丽景象。按：这一联的妙处在于写出了"动"的过程，这一点是连绘画艺术也无法达到的。《红楼梦》四十八回，香菱说："这'直'字似无理，'圆'字似太俗，合上书一想，倒像见了这景的……似乎无理的，想去竟是有理有情的。"可移作这二句的注脚。
⑥ 萧关：在今宁夏回族自治区固原东南。候骑：在前方担任侦察通讯的骑卒。
⑦ 都护：边疆最高的统帅。这里借指河西节度使。唐置安东、安南、安西、安北、单于、北庭六大都护府。 燕然：山名。后汉窦宪击匈奴，破北单于，曾至燕然山，勒石纪功而还。这里用作前线的代称。

【评】

　　以简净的自然形象的勾勒，表达了极为丰富的思想感情。"征蓬出塞"，万里从军，固不免有羁旅之愁；然而为国奉使，"单车赴边"，内心深处的自豪感，又是不言而喻的。这种复杂矛盾的心理状态，都凝聚在"大漠孤烟直，长河落日圆"的旷荡荒凉、悲壮而奇丽的景象中得到完满的表现。末联候骑遥指前程，与首联相呼应，诗虽尽，而远景馀意伸展无穷。

辋川闲居赠裴秀才迪

　　辋川，水名。在今陕西蓝田终南山下。宋之问在这里建有蓝田别墅，后为王维所得。李肇《国史补》卷上："（王维）得宋之问别业，山水绝胜，今清源寺是也。"《陕西通志》卷九引《雍大记》："辋谷在（蓝田）县西南二十里……二谷并有细路通上洛。商岭水流至蓝桥，复流至辋谷，如车辋环凑落，叠嶂入深潭，有千圣洞、茶园、栗岭，唐右丞王维庄在焉，所谓辋川者也。"裴迪，关中人，与王维友善，和杜甫、李颀、孟浩然等人均有交往。安史乱后，为蜀州刺史。秀才，这里是士子的泛称。

寒山转苍翠①，秋水日潺湲②。
倚杖柴门外，临风听暮蝉③。
渡头馀落日，墟里上孤烟④。
复值接舆醉⑤，狂歌五柳前⑥。

【注释】

① 寒山：指秋山，秋天气候转凉，故称。苍翠：青绿色。
② 潺湲（chán yuán）：流水声。
③ 暮蝉：指寒蝉，蝉的一种，据说可以叫到深秋。《礼记·月令》："孟秋之月……寒蝉鸣。"
④ 渡头二句：渡头，渡口。墟里，村落。陶渊明《归田园居五首》之一："暖暖远人村，依依墟里烟。"这里将陶诗二句紧缩成一句，与"渡头馀落日"相对，构图更为鲜明。二句又与前录《使至塞上》"大漠孤烟直，长河落日圆"构图形式相类，而格调迥异，可见王维写景之善于变化。
⑤ 接舆：春秋时楚国隐士陆通，字接舆，佯狂避世，这里借指裴迪。
⑥ 五柳：指陶渊明。详见王维《老将行》注。这里王维借以自指。

【评】

以"柴门"为定点，摄取眼中所见农村景物，随意点染，涉笔成趣，构成一幅清淡的水墨画。篇终以"接舆狂歌"作结，给寂静的画面带来了动感和生气。

汉江临泛

楚塞三湘接，荆门九派通①。
江流天地外，山色有无中②。
郡邑浮前浦③，波澜动远空。
襄阳好风日，留醉与山翁④。

【注释】

① 楚塞二句：是"三湘接楚塞，九派通荆门"的倒文，言三湘之水到楚塞与汉水相连，九派之水在荆门与汉水相通。险要之地曰塞。楚塞，犹言楚地。三湘，湘水的总称（湘水合沅水称沅湘，合潇水称潇湘，合蒸水称蒸湘）。荆门，长江南岸山名，在今湖北宜都西北。九派，指长江。古代传说，大禹治水，凿荆门，通九派。
② 江流二句：江流望不到尽头，故曰"天地外"；山色若隐若现，故曰"有无中"。
③ 郡邑句：言波澜远与天连，郡邑好像浮在水面上。浦，水边之地。
④ 襄阳二句：意谓愿和山翁一样，留醉在襄阳风景佳处。山翁，指晋朝的山简。他性好饮酒，为征南将军镇守襄阳时，常在习氏园池（襄阳名胜之地。见前杜审言《登襄阳城》注④）游赏，每置酒尽醉，名其池为高阳池。襄阳，在汉水北岸，即今湖北襄樊市。与，共。

【评】

陈子昂《渡荆门望楚》云："巴国山川尽，荆门烟雾开。"李白《渡荆门送别》云："山随平野尽，江入大荒流。"此诗云："江流天地外，山色有无中。"三诗均写荆门山水，意境均极宏阔，而子昂于宏阔中见雄劲，太白于宏阔中见豪逸，摩诘于宏阔中见淡远。风格即人，于此可见一斑。

过香积寺

香积寺，故址在今陕西省西安市南子午谷正北。本篇《文苑英华》作王昌龄诗，不知何据。就诗的风格言，不相类似，当系流传之误。香积，原意为佛教所说的众香世界，《维摩诘经·香积品》："有国名众香，佛号香积，其国香气，比于十方诸佛世界人天之香最为第一。"此取为寺名。

不知香积寺，数里入云峰。
古木无人径，深山何处钟①。
泉声咽危石，日色冷青松②。
薄暮空潭曲，安禅制毒龙③。

【注释】

① 古木二句：意谓进入子午谷数里后，在古木丛林、人迹罕到的深山里，忽然传来了钟声，才知道那儿有个寺庙，就是香积寺。"何处"和起句的"不知"相呼应。
② 泉声二句：写香积寺四周所见所闻之声色。松林深密幽暗，太阳照射在上面，泛出一层冷冷的青光，故曰"冷青松"。
③ 安禅句：意谓悟得禅理，身心安然进入清寂宁静之境。释道世《法苑珠林》："西方山中有池，毒龙居之。昔五百商人止宿池侧，龙怒，泛杀商人。槃陀王学婆门咒，就池咒龙，龙悔过向王，王乃舍之。"这里以毒龙象征妄念。制毒龙，谓降伏妄念。

冬晚对雪忆胡居士家

胡居士，名不详。只知他家境清寒，信奉佛教，住处距王维不远。《王右丞集》中有《胡居士卧病遗米因赠》、《与胡居士皆病寄此诗兼示学人》等诗。佛教称在家修道的为居士。居，一作"处"。

寒更传晓箭，清镜览衰颜①。
隔牖风惊竹，开门雪满山。
洒空深巷静，积素广庭闲。
借问袁安舍，翛然尚闭关②？

【注释】

① 寒更二句：谓寒更报晓时，对镜自伤岁月蹉跎。箭是古代计时的工具，上面刻有时刻的度数，把它安装在漏壶之中，漏水不断下滴，箭上时刻的度数依次显露出来，依据这时刻报更。
② 借问二句：袁安字劭公，东汉汝阳人。他住在洛阳，家境贫困。一次，大雪深丈馀，穷人多出外乞食，他独闭门僵卧。洛阳令出去巡查，见袁安门为雪所封，无有行路，疑其已死，扫雪而入。问他，他说："大雪人皆饿，不宜干人。"令听了很钦佩，举为孝廉（见《汝南先贤传》）。这里借袁安卧雪的典故，由雪引出胡居士，以之相比拟，同时也是表达自身安贫乐道的信念，与首二句相呼应。

【评】

开头两句写山居静寂，微寓感慨；中二联是千古传诵的咏雪名句，其妙处不仅在笔意超脱，不粘滞于物象描写，还在于以"惊""满""静""闲"等词显示了作者思绪的发展变化。尾联怀人之情，就是从这里酝酿出来的。

山居秋暝

空山新雨后，天气晚来秋。
明月松间照，清泉石上流。
竹喧归浣女①，莲动下渔舟②。
随意春芳歇，王孙自可留③。

【注释】

① 竹喧句：谓竹林中传出一阵欢呼，知是浣衣女子归来。
② 莲动句：谓溪水荷花动荡，知有渔舟沿水下行。
③ 随意二句：《楚辞》淮南小山《招隐士》："王孙兮归来，山中兮不可以久留。"这里反用其意。是说春天的芳华虽歇，秋景也佳，王孙自可留在山中。《楚辞·九章·悲回风》："芳已歇而不比。"歇，消散。

【评】

　　首联"新""秋"二字是全诗的纲。颔联"明月""清泉"勾勒出一幅富于美感的月下秋山图。在这幅空明澄澈的自然图景中，又点染了与之谐调的人物形象；而妙在并不从正面着笔，却从"竹喧""莲动"中听出、看出。这样的诗，真可说是"有声的画"了。一结情趣盎然，饶有馀韵。

终 南 山

　　终南山即秦岭，又名中南山或南山。山脉西起今甘肃天水，东至今河南陕县。

> 太乙近天都①，连山到海隅②。
> 白云回望合，青霭入看无③。
> 分野中峰变④，阴晴众壑殊。
> 欲投人处宿，隔水问樵夫⑤。

【注释】

① 太乙：在长安（今西安市）南，是终南山的主峰，也是终南山的别名。太乙和终南可互用。 近天都：犹言高与天连。天都，天帝所居之处。
② 连山句：极言终南山之广。海隅，海边。
③ 白云二句：意谓远眺终南山峰，四望白云缭绕，青雾茫茫；逼近一看，云雾都不见了。回望合，四望如一。入看，即逼近看之意。这两句意在通过远近观山的不同感受，勾勒出终南山的高峻和雄伟。这种有层次的笔触和青白两种色彩的强烈对比，充分显示"诗中有画"的特色。
④ 分野句：意谓仅太乙主峰一山，已属于不同的分野，这就突出了终南山区的大。分野，古天文学名词。古人将天上星宿和地上区域联系起来，把地上某一区域划在某一星空的范围之内，称分野。
⑤ 欲投二句：人与樵夫隔水可见、可问，而不可知宿处，不可知途径，足见山水萦回，山区广阔、深邃。王夫之《薑斋诗话》卷下谓读这二句"则山之辽廓荒远可知"。

【评】

诗从主峰太乙起笔，总揽全山，以下移步换景，从各个方面写出终南山磅礴雄伟的气象。末联拈出"问樵夫"作结，化实为虚，遂使全诗意境空灵，阔大而不流于肤廓。

奉和圣制从蓬莱向兴庆阁道中留春雨中春望之作应制

这是一首应制诗。圣制，皇帝所作。蓬莱，宫名。因宫后有蓬莱池，故名，又称大明宫。兴庆，宫名。在长安城东南角，又称南内。原为隆庆坊，是玄宗为皇子时旧宅，玄宗即位后，置为兴庆宫（因玄宗名隆基，故改隆庆为兴庆）。自大明宫东夹罗城阁道可达曲江。阁道，即复道，高楼间架空的通道。留春，犹言赏春。留，留连的意思。应制，应皇帝之命而作。制，皇帝的命令。

渭水自萦秦塞曲，黄山旧绕汉宫斜①。
銮舆迥出千门柳②，阁道回看上苑花③。
云里帝城双凤阙④，雨中春树万人家。
为乘阳气行时令，不是宸游玩物华⑤。

【注释】

① 渭水二句：意谓长安是秦、汉故都，山环水绕，据形胜之地，风景优美。渭水，即渭河，源出甘肃渭源鸟鼠山，东流横贯陕西中部，至潼关流入黄河。秦塞，犹言秦地。古称秦地为"四塞之国"。黄山，一名黄麓山，在陕西兴平北。汉时有黄山宫。
② 銮舆句：意谓銮舆从垂柳夹道的重门中出宫。銮舆，皇帝的车驾。迥出，远出。千门，指重重宫门。《史记·封禅书》："作建章宫，度为千门万户。"
③ 上苑：泛指皇家园林。
④ 双凤阙：宫门前的望楼叫阙。汉建章宫有凤阙。《三辅黄图·建章宫》："古歌云'长安城西有双阙，上有双铜雀，一鸣五谷生'。按：铜雀即铜凤凰也。"
⑤ 为乘二句：意谓皇帝是为了顺应春天阳和之气出宫巡视，而不是玩赏美景。时令，适应季节的政令。《礼记·月令》说："季春之月……生气方盛，阳气发泄。……天子布德行惠，命有司发仓廪，赐贫穷，振乏绝。"行时令，意即指此。皇帝出游称宸游。

【评】

　　应制诗讲究高华典雅，一般作者往往镂金错彩，求之于音调色泽之间，因之最易流为肤廓板滞。此诗却能于气象宏阔中寓流动之感，理致深曲中得自然之妙。诗的前六句写景，"渭水""黄山"是远景，"云里帝城""雨中春树"是近景，中间用"銮舆迥出""阁道回看"流水对的句式作为枢纽，把两者连接起来而又分割成为两个部分，这样就使得全诗脉络舒通而章法富于变化。诗中没有刻意歌功颂德，但从景物描绘中，使读者形象地感受到大唐盛世长安城的雄伟庄严，社会生活的和平安定。结尾处微露规讽之意，也很得体；这在同类作品中，是不多见的。

春日与裴迪过新昌里访吕逸人不遇

　　《长安志》卷九："朱雀街东第五街从北第八为新昌坊，即新昌里也。"吕逸人，名不详。逸人，犹言高人，隐士。

桃源四面绝风尘①，柳市南头访隐沦②。
到门不敢题凡鸟，看竹何须问主人③？
城外青山如屋里，东家流水入西邻。
闭户著书多岁月，种松皆作老龙鳞④。

【注释】

① 桃源：即桃花源，注见前《桃源行》，这里用以比拟吕逸人的住处。　四面：一作"一向"。　绝风尘：与尘世隔绝。

② 柳市南头：指新昌里。柳市，长安地名。见《汉书·游侠传》。　隐沦：隐逸。

③ 到门二句：写访吕未遇的心情。三国时，

魏吕安访嵇康未遇,康兄嵇喜出迎,吕安于门上题"鳳"字而去(见《世说新语·简傲》)。"鳳"字拆写即成"凡鸟",原意为嘲讽嵇喜。上句说"不敢题凡鸟",则表示对吕逸人的敬仰。王维与裴迪访吕未遇,吕家自然有人出来接待他们。下句意谓虽然主人不在,而这里竹木深幽,也使人流连忘返。晋王徽之闻吴中某家有好竹,驱车直造其门,观赏良久而去(见《晋书·王羲之传》)。
④ 闭户二句:意谓吕逸人闭户著书,从其手种松树,就可见出他隐居时间之久。松树老则干皮皴裂,状如老龙鳞甲,故云。

【评】

前半篇访隐不遇,"看竹"句一笔荡开,丢下隐士,转入隐居景物的描写;结尾处却又拈出青松干老这一带有特征性的景物,仍然回到隐士。使读者想象高风逸韵,如见其人。诗境幽邃清深,气体宽闲舒缓,措注之妙,纯任自然,而波澜起伏,意态不穷。苏轼以"清且敦"评王维诗(见《王维吴道子画》),当于此等处领悟。

送方尊师归嵩山

方尊师,名不详。尊师,是道士的通称。嵩山,在今河南登封。

仙官欲住九龙潭①,旄节朱旛倚石龛②。
山压天中半天上,洞穿江底出江南③。
瀑布松杉常带雨④,夕阳彩翠忽成岚。
借问迎来双白鹤,已曾衡岳送苏耽⑤?

【注释】

① 仙官：有职位的神仙，这里作为对道士的尊称。 九龙潭：在登封东二十五里嵩山东峰太室山上。
② 旄节、朱幡（fān）：都是道士所用的法物。旄，一作"毛"。 石龛（kān）：石塔。
③ 山压二句：上句言山势之高，下句言潭水之深。《登封县志》："九龙潭在太室东岩之半山巅，众水咸归于此，盖一大峡也。峡作九叠，每叠结为一潭，递相灌输，水色洞黑，其深无际。"江，泛指水流。
④ 瀑布句：瀑布飞流溅沫，山中松杉常被淋湿，故云。
⑤ 借问二句：以苏耽比方尊师，以衡岳影嵩山，意谓白鹤将送他前往仙境。赵殿成曰："《水经注》、《洞仙传》所载苏耽事，皆无'衡岳'、'白鹤'之说，惟葛洪《神仙传》有苏仙公，所载事迹略同，当是一人也。其传有云：先生洒扫门庭，修饬墙宇。友人日：有何邀迎？答曰：仙侣当降。俄顷之间，乃见天西北隅紫气氤氲，有数十白鹤飞翔其中，翩翩然降于苏氏之门，皆化为少年，仅形端美，如十八九岁，怡然轻举。先生敛容逢迎。乃跪白母曰：某受命当仙，被召有期，仅卫已至，当违色养。即便拜辞云云。岂即此事耶？"（《王右丞集笺注》卷一〇）

积雨辋川作

辋川，在今陕西蓝田西南终南山下，王维有别业在此。参见前《辋川闲居赠裴秀才迪》题下注。

积雨空林烟火迟①，蒸藜炊黍饷东菑②。
漠漠水田飞白鹭，阴阴夏木啭黄鹂③。
山中习静观朝槿，松下清斋折露葵④。
野老与人争席罢，海鸥何事更相疑⑤？

【注释】

① 积雨句：烟火，指下句"蒸藜炊黍"的炊烟。因为积雨，空气潮湿，炊烟缓缓上升，故曰迟。
② 藜：藿一类的野菜。一年生草本植物，初夏开花，新叶及嫩苗可食。 黍：粮食的一种（详见前孟浩然《过故人庄》注①）。饷东菑（zī）：送饭到东边田里去。送食物叫饷。《尔雅·释地》："田一岁曰菑。"

③ 漠漠二句：相传李嘉祐诗有"水田飞白鹭，夏木啭黄鹂"二语，李肇《唐国史补》认为是王维窃取别人的文章佳句。叶少蕴《石林诗话》卷上说："诗下双字极难，须使七言、五言之间，除去五字、三字外，精神兴致全见于两言，方为工妙。……此两句好处全在'漠漠''阴阴'四字。此乃摩诘为嘉祐点化以自见其妙。"
④ 山中二句：上句言心情旷远，下句写饮食芳鲜。观，有观照、参悟之意。用佛经用语。朝槿（jǐn），即木槿。夏间开花，朝开暮落。观朝槿，是说从槿花的开落，悟到世事无常。李颀《别梁锽》："莫言富贵长可托，木槿朝看暮还落。"取义与此略同。露葵，带露的葵菜。葵，有秋葵、冬葵、春葵等，均可食。《诗经·豳风·七月》："七月亨（烹）葵及菽。"
⑤ 野老二句：《列子·黄帝篇》："杨朱南之沛，至梁而遇老子。老子曰：'而（尔）睢睢，而（尔）盱盱，而（尔）谁与居？大白若辱，大德若不足。'杨朱蹴然变容曰：'敬闻命矣。'其往也，舍者迎将家，公执席，妻执巾栉，舍者避席，炀者避灶。其反也，舍者与之争席矣。"又云："海上之人有好沤（鸥）者，每旦之海上，从沤（鸥）鸟游。沤鸟之至者百住而不止。其父曰：'吾闻沤鸟皆从汝游，汝取来，吾玩之。'明日至海上，沤鸟舞而不下也。"上句用争席事，下句用海鸥事，是说这里民风淳朴，不拘礼节，全无机心。言外之意，可长隐于此。

【评】

　　这诗描绘辋川景物，抒写静中情趣，意境极为澹雅幽寂。王维把辋川别业作为官场的退路。在这里，他可以暂时忘却宦海的风波险恶和城市的扰攘浮嚣，故诗中赞美山中民风的淳朴，流露出厌倦风尘之意。这正是他"晚年长斋，不衣文彩"生活与心情的写照。

鸟　鸣　涧

　　这是《皇甫岳云溪杂题》五首之一。皇甫岳，未详何人。《云溪杂题》当是他的原唱，这是王维的和作。

人闲桂花落，夜静春山空①。

月出惊山鸟，时鸣春涧中②。

【注释】

① 人闲二句：按桂花有春花、秋花之分。《尸子》："春华秋英曰桂。"杨慎《升庵诗话》引《尸子》文证王维此诗，且曰："秋花者乃木犀，岩桂耳。"这里是写春桂。

② 月出二句：写皓月初升，银光惊起栖宿的山鸟在幽谷中续续啼鸣。涧，山沟。

【评】

　　此诗写一种极静极幽的境界，却采用以动形静、以有声形无声的辩证手法。桂花殒落，是一种动态，但在深山静夜里，却别有一层空寂的意味；鸟鸣是有声，而在万籁俱寂中听来，反显出四周的阒静空旷。这道理前代诗人早已明白，（刘）宋王籍《若耶溪》诗有句云："蝉噪林逾静，鸟鸣山更幽。"后来王安石偏要说"一鸟不鸣山更幽"，就是不懂这个道理。

　　这诗表现了佛教所说的"必求静于诸动，故虽动而常静"（僧肇《物不迁论》），亦即万物本体归于空静的寂灭思想。胡应麟曰："太白五言绝是天仙口语，右丞却入禅宗。"就是指这类小诗而言的。

鹿　柴

　　这诗和下面选的《木兰柴》是《辋川集》二十首中的两首。《辋川集》是王维描写辋川别业附近景物小诗的单行诗卷。原有序云："余别业在辋川山谷。其游止有：孟城坳、华子冈、文杏馆、斤竹岭、鹿柴、茱萸沜、宫槐陌、临湖亭、南垞、欹湖、柳浪、栾家濑、金屑泉、白石滩、北垞、竹里馆、辛夷坞、漆园、椒园等。与裴迪闲暇各赋绝句云尔。"柴（zhài）就是栅。行军时在野扎营，立木为区落，叫柴。别墅有篱落的也叫柴。

　　空山不见人，但闻人语响。
　　返景入深林①，复照青苔上。

【注释】

① 返景：《初学记》引《纂要》："日光曰景……日西落，光反照于东，谓之反景，景在上曰反景，在下曰倒景。"

【评】

　　此诗所表现的思想与上一首相同，而艺术上更有独到之处。人迹不至处生青苔，茂密的林莽间，斜光一束，穿枝度叶，投射到一片青苔之上，也许百千年来，无数个黄昏，这里都日复一日地重现着同一的幽景。于是这空山中那若隐若现的人声显得倍加空荡。这样就于以声显静中表达了时空无尽而终归于空的思想。

木 兰 柴

　　木兰柴，《陕西通志》卷七三引《小辋川记》："聚远楼之东，有庑，庑南有楼台，绕以朱栏，植玉兰环之，题曰木兰柴。"

　　秋山敛馀照，飞鸟逐前侣。
　　彩翠时分明，夕岚无处所①。

【注释】

① 彩翠二句：夕阳将落，馀晖欲敛，山中岚光明灭不定，故曰"时分明"。岚（lán），山中云气。无处所，犹言无定处。

【评】

　　这诗所写，即陶潜《饮酒》"山气日夕佳，飞鸟相与还"之意，但它却像一幅着色的小画，把瞬间即逝的日落时的山中景色形象地描绘出来了。王维兼融陶、谢之长，在陶之淡远中参以谢之秀丽，而避免了谢诗的冗累。这诗正是一个例证。

息 夫 人

　　息夫人，春秋时息国国君的夫人。姓妫，一称息妫。息是小国，在今河南息县境内，南与楚邻。息夫人以美丽著名。楚文王为了她的缘故，灭掉息国，把她掳回。息夫人在楚宫生了两个儿子，但始终没有和楚王说过一句话。楚王感到非常奇怪，有次问她，她回答道："吾一妇人，而事二夫，纵不能死，其又奚言？"（见《左传》庄公十四年）题一作《息妫怨》。

莫以今时宠，宁忘旧日恩①？
看花满眼泪②，不共楚王言。

【注释】

① 宁：一作"能"，哪能的意思。
② 看花句：有双重涵义：一是以"看花"影射繁华锦绣的生活。意谓她虽处于这种生活中，但心情不是欢愉而是悲苦。二是因

息夫人又称桃花夫人,用"看花",词意更为贴切。眼,一作"目"。清人马位《秋窗随笔》:"最喜王摩诘'看花满眼泪,不共楚王言'、李太白'但见泪痕湿'不知心恨谁'及张祜'一声何满子,双泪落君前';又李峤'山川满目泪沾衣'得言外之旨,诸人用'泪'字,莫及也。"

【评】

　　歌咏历史题材,在唐人诗中经常可以见到,但王维此诗,据说是有所寄托的。孟棨《本事诗》载:唐玄宗兄宁王李宪,贵盛无比,已有王府美姬数十人,还不满足,又霸占了邻近一卖饼人的妻子。过了一年多,宁王问这女子:"汝复忆饼师否?"她默然不对。一次,王府举行宴会,宁王把饼师找来,让他夫妻会面,观察他们的表情。这女子注视着自己的丈夫,凄楚无言,泪垂双颊。座客十多人中有王维在,他当场就写成了这首诗。诗对处于强暴势力下无法挣脱魔掌的弱女子蕴藏在内心的哀怨,描写得颇为深刻。息夫人的身分和这饼师的妻子不同,但作为一个被迫害和被侮辱者,则她们所表现的那种沉默的反抗,是相类似的。由于息夫人的故事流传广泛,故作者借以示讽。

相　思

红豆生南国①,春来发几枝?
愿君多采撷②,此物最相思。

【注释】

① 红豆:草本而木质的豆科植物。开白色或淡红色小花,果实为荚,种子大如豌豆,色鲜红如珊瑚,有的有黑色斑点,也有全红的,可作饰物之用。一名相思子。
② 采撷(xié):犹言采取。捋取叫撷。《诗经·周南·芣苢》:"采采芣苢,薄言撷之。"

【评】

　　这是一首寄给南方友人的诗。诗因红豆寄兴,珍惜友情,表示长毋相忘之意。刘拜山曰:"问红豆,是表己之相思;劝采撷,是愿人之毋忘。一问一劝,托物抒情,言近意远,是右丞五绝独造之境。"(《唐人绝句评注》)

少 年 行

四首选一

　　《少年行》,乐府诗题,即《结客少年场行》。《乐府诗集》卷六六《杂曲歌辞》以《少年行》附入《结客少年场行》之后,引《乐府解题》曰:"《结客少年场行》,言轻生重义,慷慨以立功名也。"

一身能擘两雕弧①,虏骑千重只似无②。
偏坐金鞍调白羽③,纷纷射杀五单于④。

【注释】

① 一身句:言少年勇力技艺过人,能左右开弓。擘(pì),拉开。一作"臂",误。弧(hū),木弓。《汉书·韩安国传》颜师古注:"(弓)以木曰弧。"
② 虏骑:胡人的马队。骑,作名词,读去声。 重:一作"群"。
③ 偏坐:应上"两雕弧"句,谓其能侧身偏坐马上,忽左忽右发射,极写矫捷。 调白羽:调箭发射。白羽,白羽箭,箭杆上插有白色羽翎。
④ 五单于(chán yú):汉宣帝时,匈奴虚闾权渠单于死,内部分裂,五单于争立,此借指敌方首领。

九月九日忆山东兄弟

这诗据说是王维十七岁时所作。山东,泛指华山以东地区,王维故乡太原在华山东,故云。题一作《九日忆东山兄弟》。

独在异乡为异客,每逢佳节倍思亲。
遥知兄弟登高处,遍插茱萸少一人①。

【注释】

① 遥知二句:茱萸,一名越椒,有浓烈香味的植物。《风土记》:茱萸"九月九日熟,色赤,可采时也。"又曰:"九月九日……折茱萸房以插头,言避除恶气,而御初寒也。"又《续齐谐记》:"汝南桓景随费长房游学累年,长房谓之曰:'九月九日汝家当有灾厄,急宜去,令家人各作绛囊盛茱萸以系臂。登高饮菊花酒,此祸可消。'"景如其言而避祸。"今世人每至九日登山饮菊酒,妇人带茱萸囊是也。"唐时殆合二事为一,九日登高而插茱萸,屡见诗人吟咏。少一人,回扣首句"独"字。

【评】

千里外设想节日亲人状况,则愈见其思亲之倍切,客居之孤独。这诗千百年来之所以脍炙人口,正因为它表现了人人心中所有的典型环境中的典型情绪。后面选的韦应物《寒食寄京师诸弟》,与此诗意境略同,而微加蕴藉。可对读。

送元二使安西

这是一首送人赴边地从军的诗,后因谱入乐府,取首句二字题作《渭城曲》(见郭茂倩《乐府诗集》卷八〇"近代曲辞")。刘禹锡《与歌者何戡》诗云:"旧人惟有何戡在,更与殷勤唱《渭城》。"即指此。又名《阳关曲》或《阳关三叠》。白居易《晚春欲携酒寻沈四著作》诗云:"最忆《阳关》唱,珍珠一串歌。"自注:"沈有讴者,善唱'西出阳关无故人'词。"李商隐《赠歌妓》诗也有"断肠声里唱《阳关》"之句,苏东坡更有《阳关辞》三首……可见此诗入乐以后成为社会上普遍流行的歌辞,而由唐入宋更多为人仿作。元二,未详何人。安西,即安西都护府的治所,在今新疆维吾尔自治区库斯县境。

渭城朝雨裛轻尘,客舍青青柳色新①。
劝君更饮一杯酒,西出阳关无故人②。

【注释】

① 渭城二句:点明送别地点、节令,暗含惜别之意。按《诗经·小雅·采薇》:"昔我往矣,杨柳依依。"以融和之景,反衬离别之悲。这首诗暗用此意。又,柳谐"留"音,古人折柳赠别,以示离情。何焯曰:"首句藏行尘,次句藏折柳,两面皆画出,妙不露骨。"(《三体唐诗评》)渭城,地名,见前《观猎》注②。裛(yì),濡湿。

② 劝君二句:阳关,汉置关名,在今甘肃敦煌西南,自古与玉门关同为出塞必经之地。因在玉门关南,故称阳关(参见《元和郡县图志》卷四〇)。此用"西出阳关"有数重意,安西更在阳关之西,出阳关则隐示元二去向,此一层意;阳关以西,一片荒漠,王之涣诗有"春风不渡玉门关"(《凉州词》)之句,说"西出阳关"则与上联之渭城柳色相映照,此又一层意;出阳关已无故人,则愈行愈远,到了安西,就更加岑寂。有此三层意,临行劝酒之情,就更为深挚了。

【评】

　　李东阳曰："作词不可以意徇辞，而须以辞达意；辞能达意，可歌咏则可以传。王摩诘'阳关无故人'之句，盛唐以前所未道。此辞一出，一时传诵不足，至为三叠歌之；后之咏别者，千言万语，殆不能出其意之外。必如是，方可谓之达耳。"(《麓堂诗话》)

送沈子福归江东

　　沈子福，生平事迹不可考。江东，泛指长江下游今江苏省南部地带，唐开元中，分江南道置江南东道，简称江东。

　　杨柳渡头行客稀，罟师荡桨向临圻①。
　　惟有相思似春色，江南江北送君归。

【注释】

① 杨柳二句：写送别后渡头寂寥景象。行客渐稀，渔舟靠岸，天色快晚了。罟（gǔ）师，拉网的渔人。临圻（qí），近水曲岸。

【评】

　　乐府古辞《饮马长城窟行》："青青河畔草，绵绵思远道。"此祖其意而不袭其辞。前二句景中见情，后二句情中生景，中间用"惟有"二字连接，使情景融成一片，烘染无痕，尤见谋篇之妙。后选韦庄《古别离》，以"断肠春色"，抒酒后离情，就是从这诗脱化出来的。

储光羲　五首

储光羲（707—760），润州延陵（今江苏丹阳）人。《河岳英灵集》等称其为鲁国（或兖州）人，乃就郡望而言。开元十四年（726）进士。曾隐居终南山，后出任监察御史。安禄山攻陷长安，署伪职。乱平，贬死岭南。

储光羲是盛唐时著名的田园山水诗人之一。其诗多写封建士大夫的闲适情趣。部分作品反映了忧时念乱的苦闷矛盾心情。在艺术风格上，能寓缜密的观察于浑厚的气韵之中，在王、孟之外，独树一帜。《四库全书总目提要》说他："源出陶潜，质朴之中，有古雅之味。位置于王维、孟浩然间，殆无愧色。"（集部别集类二）。贺贻孙《诗筏》说："储于拙中藏秀，王于秀中藏拙；储于厚中有细，王于细中有厚；储于远中含淡，而王于淡中含远。"此论光羲与王维诗风异同颇为中肯。读者细味下选各诗，当可自明。

有《储光羲诗》。

牧 童 词

不言牧田远，不道牧陂深[①]；
所念牛驯扰[②]，不乱牧童心。
圆笠覆我顶，长蓑披我襟。
方将忧暑雨，亦似惧寒阴[③]。

大牛隐层坂，小牛穿近林。
同类相鼓舞，触物成讴吟④。
取乐须臾间，宁问声与音⑤？

【注释】

① 不言二句：上句和下句为互文。牧田、牧陂，都是指放牛的草地。山边或泽畔叫做陂。
② 念：爱、怜。 扰：也是驯的意思。
③ 方将二句：意谓牧童披蓑带笠，既用以御暑雨，也用以御寒阴。
④ 同类二句：上句写牛，下句写人。牛群互相追逐，故云"相鼓舞"。讴吟，指牧童所唱的山歌。
⑤ 取乐二句：意谓牧童自得其乐，信口歌唱，不一定能成腔调。《礼记·乐记》："声相应，故生变，变成方谓之音。"《诗大序》："声成文，谓之音。"

【评】

　　以民歌化的质朴语言，写出了牧童与耕牛真率的情感和放牧生活的情趣。"暑雨""寒阴"，放牧本是艰苦的。然而牛儿似乎懂得牧童的辛劳，非常"驯扰"，牧童也不辞"田远""陂深"，把牛放在最合适的地方。上半篇写人，写牛，说苦，说怜，错杂见意；下半篇牛欢人歌，融成一片，尤见自然浑成之妙。惟末二句以道家思想作结，游离于形象之外，不能说不是败笔。

田家杂兴

八首选三

　　这诗是储光羲隐居终南时所作。触物寄兴，即事成吟，杂写田园情景，故题作《田家杂兴》。

其 一

原第二首

众人耻贫贱,相与尚膏腴①。
我情既浩荡,所乐在畋渔②。
山泽时晦暝,归家暂闲居③。
满园植葵藿,绕屋树桑榆。
禽雀知我闲,翔集依我庐。
所愿在优游,州县莫相呼④。
日与南山老⑤,兀然倾一壶⑥。

【注释】

① 尚膏腴:追求奢侈的生活享受。
② 畋渔:打猎和捕鱼。指田园生活。
③ 山泽二句:以山泽晦暝影射时局混乱黑暗,有"天地闭,贤人隐"的意思。
④ 所愿二句:意谓自己乐于优游林泉,并无入仕之意。按:唐代士人仕宦失意,多隐居终南山。因终南邻近长安,易于流播声名,为朝廷所征召。司马承祯曾说终南是"仕宦之捷径"(见《新唐书·卢藏用传》)。朝廷起用山林隐逸,在野人才,多半出于州县官的荐举;其征召的诏命,则例由州县官送达。州县相呼,意即指此。
⑤ 南山老:终南山中的隐士。
⑥ 兀然:得意忘形貌。刘伶《酒德颂》:"兀然而醉,豁然而醒。"此用上句,而暗含下句意。

其 二

原第六首

楚山有高士,梁国有遗老①。
筑室既相邻,同田复同道②。
糗糒常共饭③,儿孙每更抱④。
忘此耕耨劳⑤,愧彼风雨好⑥。

蟪蛄鸣空泽，鹈鴂伤秋草。
　　日夕寒风来，衣裳苦不早⑦。

【注释】

① 楚山二句：上句的楚山高士，作者自称。储光羲延陵人，延陵古楚国地。下句的梁国遗老，当是指一位籍贯梁地（今河南开封一带）和储光羲一同隐居终南山的人。高士和遗老，是泛称隐士之词。
② 同田句：言同耕种，同出入。意谓旨趣相同。道，道路。
③ 糗（qiǔ）糒（bèi）：干粮。
④ 更抱：犹言互抱。更，读平声。
⑤ 耕耨（nòu）劳：泛指田间劳动。耨，耘草。
⑥ 愧：有感的意思。　风雨好：指处于乱世中彼此间的友情。《诗经·郑风·风雨》："风雨凄凄，鸡鸣喈喈。既见君子，云胡不夷。"
⑦ 蟪蛄四句：言春夏已过，秋冬将临，要早作御寒的准备。《楚辞》屈原《离骚》："恐鹈鴂之先鸣兮，使夫百草为之不芳。"按：古诗中经常用秋冬的寒冷，影射时局的昏乱。《诗经·邶风·北风》："北风其凉，雨雪其雱。"此云"寒风来"，也寓有变乱将临的意思。蟪（huì）蛄（gū），蝉的一种，秋季鸣声凄急。鹈（tí）鴂（jué），同鹈鴂，即子规鸟。

其　三

原第七首

　　梧桐荫我门，薜荔网我屋①。
　　超超两夫妇②，朝出暮还宿。
　　稼穑既自务，牛羊还自牧。
　　懒耕锄日旰③，登高望川陆。
　　空山足禽兽，墟落多乔木。
　　白马谁家儿，联翩相驰逐④。

【注释】

① 薜（bì）荔（lì）：桑科植物。　网屋：像网一样密密地蔓生在屋四周的墙上。《楚辞·九歌·湘夫人》"罔薜荔兮为帷"为此句所本，含高洁之意。

② 超超：远隔尘俗貌。一作"迢迢"。
③ 日旰（gàn）：日晚。
④ 白马二句：写登览时所见，借以寄意。感慨于都市少年奔竞驰逐，纵情游乐之中，不及乡村食力务农，悠然自得。

【评】

　　储光羲仕途失意，退隐山林，心情是复杂而苦闷的。在这些诗里，一方面自鸣清高，强调消极避世的思想；但另一方面对当时政局的昏乱黑暗，都市的奢靡浮嚣，有所忧虑和不满，对农村勤劳生活，也有着一定程度的向往。其抒情亲切简质，与陶潜《归园田居》五首格调尤近，其耐人寻味处，非王、孟所能范围。

效　古

二首选一

晨登凉风台，暮走邯郸道①。
曜灵何赫烈②，四野无青草。
大军北集燕，天子西居镐③。
妇人役州县，丁壮事征讨④。
老幼相别离，哭泣无昏早。
稼穑既殄灭⑤，川泽复枯槁。
旷哉远此忧，冥冥商山皓⑥。

【注释】

① 晨登二句：言离开长安，走上通向邯郸的大路。《三辅黄图》："凉风台，在长安故

城西建章宫北。"邯（hán）郸（dān），故城在今河北邯郸。
② 曜灵：太阳。　赫烈：赤红而炽热。
③ 大军二句：意谓安禄山身兼范阳、卢龙、河东三镇节度使，雄踞北边，叛乱之势已成，而远在长安的皇帝却毫无戒备。燕，指以范阳（今北京市）为中心的安禄山所控制的地区。镐（hào），镐京，在今陕西西安市西南，是西周故都，这里借指当时的首都长安。
④ 妇人二句：因为丁壮远征，所以妇女也得在当地州县服劳役。
⑤ 殄（tiǎn）灭：犹言绝灭。
⑥ 旷哉二句：意谓除了深山隐士而外，谁都不能无视于这种现实而不为之心忧。冥冥，深暗貌。秦末，东园公、甪里先生、绮里季、夏黄公四人隐居商山，称"商山四皓"。

【评】

　　以忧深思远的心情，关注着正在急剧发展中的现实。诗中所反映的安史之乱前夕黄河流域遭受旱灾和在繁重徭役下农村残破、人民生活痛苦的情况，可和杜甫同一时期所作《兵车行》、《后出塞》（献凯日继踵）等诗合读。

常　建　一首

常建（生卒年不详），长安（今陕西西安）人。开元十五年（727）进士。仕宦失意，往来山水间，过着长时期的漫游生活。后移家隐居鄂渚。大历中，曾任盱眙尉。

他仕途沉沦，不但交游中无达官贵人，即文字唱酬，除王昌龄外，也无知名之士。其诗有浓厚的山林隐逸气，艺术上有独到之处。善于用幽深的笔意，表现孤介的情怀。胡应麟云："储光羲闲婉真至，农家者流……常建语极幽玄，读之使人泠然如出尘表。"此论二家特点甚明。殷璠曾说："建诗似初发通庄，却寻野径，百里之外，方归大道。所以其旨远，其兴僻。佳句辄来，惟论意表。"更道出常诗的总体特色。过去多以之与孟浩然、王维、储光羲并称，惟内容较王、储二家更为狭隘。

有《常建诗》，共五十七首。

题破山寺后禅院

这诗描绘寺院清景，一向传为名作。其中"曲径"一联，尤为欧阳修所叹赏。破山寺即兴福寺，在今江苏常熟市虞山上。寺原为南齐倪德光住宅，倪后皈依佛教，遂舍宅为寺。

清晨入古寺，初日照高林。

曲径通幽处^①，禅房花木深。
山光悦鸟性，潭影空人心^②。
万籁此俱寂^③，但馀钟磬音。

【注释】

① 曲径：一作"竹径"，一作"一径"。
② 潭影句：意谓潭水空明澄澈，临潭照影，使人俗念消除。后人遂名此潭为空心潭。
③ 万籁（lài）：一切声响。凡能发出声响的孔窍叫籁。 俱：读平声。一作"都"。

【评】

  清人吴景旭《历代诗话》称此诗为"尽善"。评曰："劈头劈脑喝出'清晨'两字，次句云'初日照高林'，接得有力。竹与花木，皆从'高林'带出，而映之以'初日'，虽欲不幽且深，不可得也。此际声闻、色象，种种销灭，惟有一寺，与入寺者同摄入光影中。佛性、人性、鸟性，无动不静，无静不一，故结言'万籁此俱寂'。昔人所以美旦气、快朝来也。自首至尾，总是'清晨'两字，安得不为一篇尽善。"此论本诗艺术性甚精细。然而所称道的佛性，今天须正确看待。

刘眘虚　一首

刘眘虚（生卒年不详），字挺卿，江东（今长江下游江苏南部地带）人，一说嵩山人。八岁能文，拜童子郎。开元十一年（723）进士，官洛阳尉及夏县令。大约死于天宝初年。

他深于经史之学，于五经均有著述。诗多幽峭之趣，风格近似孟浩然、常建。和孟浩然交谊甚深，并为高适所推重。

《全唐诗》录存其诗一卷。

阙　题

这诗写深山里一个风景绝佳的清幽环境，这可能是刘眘虚自己的别业，也可能是他友人读书之处。原诗在辑录时已失去题目，故标作《阙题》。

道由白云尽①，春与青溪长②。
时有落花至，远随流水香。
开门向山路，深柳读书堂。
幽映每白日，清辉照衣裳③。

【注释】
① 道由句：山高入云，山路没入白云深处。　　按：第五句说，"开门（一作"闲门"）

向山路",故首联从门外所见之景写起。
② 春与句:是下联的提示。春,谓春意,指门前流水飘来远处的落花。

③ 幽映二句:意谓由于深柳掩映,每当白日里,太阳照在衣裳上发出清冷的幽光。

【评】

  这诗境界特幽深清远,颇得力于全诗的布局。诗中描写的中心是作者身在的读书堂。凡手写来,多从这一中心点起笔,再扩展开去;或者首联略作渲染,次联即入中心。然而刘氏则将这一中心位置于第三联。前二联先写入云山径,送春青溪,加以"尽"字、"长"字,遂开出一种延伸特远、情韵特长的"景深",然后再以"开门向山路"一句带转,勾出读书堂这中心点,末联"幽映"接上句"深柳",又以清辉照衣一笔荡开,则馀意更复无穷。

祖　咏　二首

祖咏（生卒年不详），洛阳（今河南洛阳）人。开元十二年（724）进士。际遇困顿。后移家汝水附近，终身未入仕。他和王维的交谊最深，王赠诗有云："结交二十载，不得一日展。贫病子既深，契阔余不浅。"（《赠祖三咏》）殷璠《河岳英灵集》评其诗曰："剪刻省净，用思尤苦，气虽不高，格颇凌俗。"

《全唐诗》录存其诗一卷。

望　蓟　门

这诗抒写远望蓟门时立功报国的激动心情。蓟门，即蓟丘，现名土城关，在今北京市德胜门外，是当时东北边防要地。清人方东树疑此诗为预感安禄山即将叛乱而作。玩全诗意脉，非是。参注释。

燕台一望客心惊①，箫鼓喧喧汉将营。
万里寒光生积雪，三边曙色动危旌②。
沙场烽火侵胡月，海畔云山拥蓟城③。
少小虽非投笔吏，论功还欲请长缨④。

【注释】

① 燕台：即传说中战国时燕昭王所筑的黄金台。客心惊：虽客居而犹怵目惊心。

惊，有惊怵激动之意。惊字突兀，是一诗之眼，下文俱由此生发。

② 万里二句：写望中所见之景。上句言万里积雪映出一片寒光，下句言边境上驻防军的大旗在曙色中飘动着。汉代以幽、并、凉三州为三边，蓟门为幽州首府，是三边之一。危旌，竖得很高，望去非常特出的大旗。吴乔《围炉诗话》卷一认为上句的"生"和下句的"动"，"能使诗意跃出，是造句之妙，非琢炼之妙也"。

③ 沙场二句：上句写东北边患未平，下句说蓟城地当险冲，合言之则同陈子昂《感遇》诗所说"胡秦何密迩"之意。蓟城，唐蓟州州治，在渤海之西，即今河北省蓟县。按：以上二联就"客心惊"之惊怵一面着墨。第二联虚写气氛之肃杀，第三联实状形势之危急。

④ 少小二句：投笔用后汉班超事。请长缨，用前汉终军事（见前魏徵《述怀》注④）。最后二句就"客心惊"之激奋一面落笔，由惊怵而激奋，意谓少年虽未投笔从戎，却怀请缨壮志。从而收束全诗，回扣首联"汉将营"。

终南望残雪

这诗据说是祖咏应试时所作。本来应该按照规格写成一首五言八韵的律体，但他作了这四句就交卷。有人问他，他说：意思已经完满了（见《唐诗纪事》卷二〇）。终南，长安附近山名。详见前王维《终南山》题下注。题一作《终南望馀雪作》。

终南阴岭秀①，积雪浮云端。
林表明霁色，城中增暮寒②。

【注释】

① 终南句：山的北面称为阴。终南山的主峰在长安之南，所以从长安城里看到的是终南阴岭的秀色。

② 林表二句：言终南山树林上的残雪在阳光照耀下闪映出一片晴明的景色。雪后天气分外寒冷，尤其是傍晚时候。这是长安城人在雪后所看到和所感觉到的，故云。

丘 为 一首

丘为，嘉兴（今浙江嘉兴附近）人。天宝元年（742）进士，历官至太子右庶子。

他大约生于武后长安（701—704）初年，一直到德宗李适贞元（785—805）年间还在世，活了九十六岁。但他在诗坛上活动，主要是开元、天宝时代。这一时期的诗人如王维、刘长卿都和他唱和往还。

《全唐诗》录存其诗十三首。

题农父庐舍

这诗写春天的农村，是以作者的家乡嘉兴为背景的。父，对老年人的尊称，读上声。

春风何时至？已绿湖上山①。
湖上春既早，农家日不闲。
沟塍流水处，耒耜平芜间②。
薄暮饭牛罢③，归来还闭关。

【注释】

① 春风二句：意谓春风在人们不知不觉中，已把湖边山上的草木吹绿了。何时二字，

点出作者惊喜的心情。湖，指嘉兴的南湖，一名鸳鸯湖。按：宋王安石的名句："春风又绿江南岸，明月何时照我还。"（《泊船瓜洲》）据洪迈《容斋续笔》载，曾经见到手稿，反覆改易，最后才定为"绿"字。后人谈诗中炼字，多举以为例。这里的"绿"字用法，与王诗完全相同，王可能是受到这诗的启发。

② 沟塍二句：写农事劳动，承上句"日不闲"。塍（chéng），田界。沟塍，田间的水沟。耒耜（sì），锄地的农具。这里的"沟塍"和"耒耜"都作动词用。芜，草地。平芜，犹言平原。

③ 饭牛：喂牛。

王昌龄 十一首

王昌龄（698—757?），字少伯，长安（今陕西西安）人，一说太原人。开元十五年（727）进士，授汜水尉。二十八年（740）又中博学宏词科，官校书郎，出为江宁令。晚年贬龙标尉。安史乱后，弃官居江夏，为刺史闾丘晓所杀。后世称为王江宁或王龙标。

他擅长五言古诗和五七言绝句，就中以七言绝句成就为最高。微婉多风，而又句奇格俊，雄浑自然。明代王世贞论盛唐七绝，认为只有他可以和李白争胜，列为"神品"（见《艺苑卮言》卷四）。叶燮称"李俊爽，王含蓄"（《原诗》）。沈德潜谓王"深情幽怨，意旨微茫，令人测之无端，玩之无尽"；李"只眼前景，口头语，而有弦外音，使人神远"（《唐诗别裁集》），则论二人偏胜处甚确。

现存诗近二百首，《全唐诗》编为四卷，其中绝句约占二分之一。

塞 下 曲

四首选一

这诗歌颂在边地艰苦环境中保卫祖国的战士，抒发少年立功边陲的壮志。结语转写都市少年的游乐生活，以两种游侠少年尚武的不同趋向相对比，揭出主题，寓意颇深。《塞下曲》，乐府诗题，一作《塞上曲》（见前郭震《塞上》题下注）。

蝉鸣空桑林①,八月萧关道②。
出塞复入塞③,处处黄芦草。
从来幽并客,皆向沙场老④。
莫学游侠儿⑤,矜夸紫骝好⑥。

【注释】

① 空桑林:一作"桑树间"。
② 萧关:在今甘肃固原西南。
③ 出塞复入塞:一作"出塞入塞寒"。
④ 从来二句:意谓从古以来幽并健儿的武勇精神,都表现在战场上。幽、并,古二州名,在今山西北部及河北一带也。幽、并地处边陲,有传统的习尚武勇的风气,经常抵抗外来侵略。曹植《白马篇》:"借问谁家子,幽并游侠儿。少小去乡邑,扬声沙漠垂。……捐躯赴国难,视死忽如归。"
⑤ 莫学:犹言不学。 游侠儿:此指另一种游侠儿,都市游侠少年。儿,读作倪。
⑥ 矜夸句:意谓考究服饰和装备,而不能为国家出力。古乐府诗题有《紫骝马》,歌辞多描写游侠少年鞍马的名贵,意气的跋扈。紫骝,紫红色的骏马。

从 军 行

七首选四

这组诗前二首写出征将士久戍边地的思归之情;后二首写他们扫净边尘,以身许国的壮志。《从军行》,乐府旧题(见前杨炯《从军行》题下注)。

其 一

原第一首

烽火城西百尺楼①,黄昏独坐海风秋②。

更吹羌笛《关山月》③,无那金闺万里愁④。

【注释】

① 百尺楼:即置烽火的戍楼。
② 独坐:一作"独上"。 海风秋:从青海吹来了一阵阵带着秋意的寒风。
③ 羌笛:一作"横笛"。《关山月》:乐府《鼓角横吹曲》十五曲之一。歌辞内容多写征戍离别之情。
④ 无那句:谓因笛声而触动乡思。无那,同"无奈",无可奈何的意思。一作"谁解"。金闺,这里指住在华美闺房里的少妇。

【评】

此诗作法,七盘九折,弥转弥深,所以感人至深。烽火戍楼本已孤清,又在象征着萧瑟之感的西方,置身于虚空相接的高处。第一句已含三层意。时间又在最易动人愁思的黄昏,且又独自一人,更面对瀚海砭骨的秋风。第二句又是三层意。"更吹"二字总上数层意,又引出哀愁欲绝的《关山月》笛声,则又加一层意,于是最终逼出第四句"无那金闺万里愁"的喟然长叹,至此揭出愁思之因。陆时雍《诗镜》评曰:"昌龄作绝句,往往襞积其意,故觉其情之深长。"此论甚是。

其 二
原第二首

琵琶起舞换新声①,总是关山离别情②。
缭乱边愁听不尽③,高高秋月照长城。

【注释】

① 换新声:另弹新的曲调。
② 离:一作"旧"。
③ 听:一作"弹"。

【评】

"换新声"本为拨愁,"总是"则依然拨不开,故曰"缭乱边愁听不尽"。于是只有独至长城,仰望秋月,末句一派无聊之情。无声之悲,胜于有声。嵇康《声无哀乐论》云:"和声无象,而哀心有主。夫以有主之哀心,因乎无象之和声,其所觉悟,唯哀而已。"本诗正是这一美学原理的形象说明。

其 三
原第四首

青海长云暗雪山①,孤城遥望玉门关②。
黄沙百战穿金甲,不斩楼兰终不还③!

【注释】

① 青海句:谓向前极目,天山一色,云雪迷漫。下句是回望故乡。青海,在今青海西宁市西。古名鲜水或仙海,一称卑禾羌海。北魏时始名青海。唐哥舒翰筑城其地,置神威军戍守。
② 玉门关:汉置关名,在今甘肃敦煌。汉时是中国和西域分界的关隘。《汉书·西域传》:"(西域)东则接汉,扼以玉门、阳关。"阳关为南道,玉门为北道(《元和郡县图志·陇右道》)。
③ 斩楼兰:楼兰,汉西域国名。汉武帝时,遣使通大宛,楼兰阻挡道路,攻击汉朝使臣。昭帝元凤四年(前77),大将军霍光派平乐监傅介子前往楼兰,用计斩其王。事见《汉书·傅介子传》。这里借用典故,意指平息边患。斩,一作"破"。终,一作"竟"。

【评】

关于这诗的主题,人说人异。唐汝询称:"苦战久矣,然不破楼兰,终无还期。"沈德潜曰:"作豪语看亦可,然作归期无日看,倍有味。"黄叔灿说是"悲从军之多苦……愤激之词也"。其实这诗的感情是复杂的。有久戍的悲苦,更有卫边的慷慨。而雪山长云、海天无际中的独立雄关,正形象地表达了这种复杂的感慨。所以还是李梦阳说得最好:"语亦悲壮。"

其 四
原第五首

大漠风尘日色昏，红旗半卷出辕门①。
前军夜战洮河北②，已报生擒吐谷浑③。

【注释】

① 辕门：即军门。古代行军，列车为阵，车辕相向如门，故称。
② 洮（táo）河：一名巴尔西河。发源于今甘肃临潭西北之西倾山，东北流至临县，注入黄河。
③ 吐谷浑：读作突浴魂。本鲜卑族，其酋长名吐谷浑，晋永嘉中率部建国于洮水西南。唐初时常侵扰边疆，被李靖击破。此借指敌方首领。

【评】

　　这是一首奏捷凯歌。全诗并没有对夜战与祝捷的情景作正面描写，然而从漫天昏尘中一角行进的红旗，从"已报"生擒敌酋中，读者自可对唐军的声威作出丰富的想象。风格含蓄而又劲健，节奏明快有跳跃性。明人周珽评曰："（末句）谓大寇既擒，馀不足论矣。横逸之气、壮烈之志合并出之。"（《唐诗选脉会通》）

出　塞
二首选一

　　《出塞》是乐府《横吹曲》旧题。唐人乐府中除《出塞》外，还有《前出塞》、《后出塞》、《塞上曲》、《塞下曲》等题，都是从这一曲调演变出来的。

秦时明月汉时关,万里长征人未还①。
但使龙城飞将在②,不教胡马度阴山③。

【注释】
① 秦时二句:意谓自秦、汉以来,边疆一直在无休止地进行战争。关塞荒凉,征人辛苦。秦和汉,明月和关,错举见义。长征,唐代戍边部队叫"长征健儿"。
② 龙城飞将:指抗击敌寇、扬威边地的名将。《汉书·武帝纪》:"元光五年(前130),匈奴入上谷,杀略吏民。遣车骑将军(卫)青出上谷。……青至龙城,获首虏七百级。"又李广为右北平太守,匈奴称为"汉之飞将军"(见《史记·李将军列传》)。这里说"飞将"而冠以"龙城",是把两个典故化合用在一起。
③ 教:读平声。 阴山:西起河套,绵亘于内蒙古自治区,与内兴安岭相接。汉时,匈奴常自此出动,侵犯边疆。

【评】
以追怀汉代名将而暗讽唐世边将不得其人,是唐人边塞诗中惯用的手法。而此诗则尤为人推崇,甚至誉为唐人七绝"压卷之作"(李攀龙)。

这是为什么呢?原因在于起句特佳。秦月汉关不仅孤高肃穆,更将人一下带入对往古的漫长忆念。加上二句的万里长征,遂造成"时亹亹而无穷,路漫漫其修远"的悲壮境界笼罩了全诗,这样三四的感喟就尤其深重了。

西宫春怨

西宫夜静百花香,欲卷珠帘春恨长。
斜倚云和深见月①,朦胧树色隐昭阳②。

【注释】

① 倚：一作"抱"。 云和：指瑟。《周礼·春官·大司乐》："云和之琴瑟。"云和是琴瑟出产之地（一说是山）。

② 昭阳：指皇帝住宿的宫殿。参见下一首注。

【评】

　　王尧衢评此诗云："君王不来故夜静。唯静，故闻帘外百花之香而撩动人思也。为花香月色所动，故欲卷帘。然欲卷者，为心动而未卷也。以春恨方长，故无力卷帘；帘不成卷，乃抱云和之瑟。抱而不弹，故斜抱，而深见帘外之月，无非是愁境也。以月在帘外，故曰深见。昭阳宫，赵昭仪得宠者所居也。今从帘内望月，似有朦胧树色隐着昭阳。只因心中想着昭阳，故所见无非昭阳也。"（《唐诗解》）

长信秋词

五首选一

　　这诗《乐府诗集》编入《相和歌·楚调曲》，题作《长信怨》。长信，汉宫殿名。汉成帝时，班婕妤（宫嫔的称号）美秀能文，受到成帝宠爱。后来，成帝又爱上了赵飞燕和赵合德。她感到赵氏姊妹骄妒毒辣，自己处境危险，请求到长信宫去奉侍太后。从此，她就在凄清寂寞的岁月里度过了一生（见《乐府解题》）。乐府诗中的《班婕妤》、《婕妤怨》、《长信怨》都是借上述历史题材的歌咏，表现封建帝王宠爱之不足恃，宫妃们精神生活的痛苦。

奉帚平明金殿开^①，暂将团扇共徘徊^②。
玉颜不及寒鸦色，犹带昭阳日影来^③。

【注释】

① 奉帚：捧着扫帚，意指打扫宫殿。
② 暂将句：乐府《相和歌·楚调曲》中《怨歌行》一首，一名《团扇诗》，相传是班婕妤所作。诗云："新裂齐纨素，鲜洁如霜雪。裁为合欢扇，团团似明月。出入君怀袖，动摇微风发。常恐秋节至，凉飚夺炎热；弃捐箧笥中，恩情中道绝。"通篇为比体，以秋扇见捐，喻君恩中断。这里说团扇，是暗用其意。将，拿起。徘徊，原作"裴回"，字同。暂，一作"且"。
③ 玉颜二句：沈德潜注："昭阳宫，赵昭仪（即赵合德）所居，宫在东方。寒鸦带东方日影而来，见己之不如鸦也。优柔婉丽，含蕴无穷，使人一唱而三叹。"（《唐诗别裁》卷一九）按：古人常以日喻君，日影象征君王的恩宠。

青 楼 曲

青楼，妇女所居华美的楼。曹植《美女篇》："青楼临大道，高门结重关。"

白马金鞍从武皇，旌旗十万宿长杨^①。
楼头小妇鸣筝坐^②，遥见飞尘入建章^③。

【注释】

① 白马二句：意谓随从皇帝出去打猎，住宿在长杨宫里。从，"扈从"之"从"，读去声。武皇，即汉武帝。唐人诗中多以武皇借指玄宗。长杨，秦离宫名。汉武帝时重加修建，内有射熊馆，其地在长安之西，周至东南三十里（见《三辅黄图》）。扬雄有《长杨赋》。
② 小妇：义同少妇。乐府《长安有狭斜行》："小妇无所为，挟瑟上高堂。"
③ 飞尘句：谓猎罢还宫。建章，汉宫名。

【评】

  这是一首描写闺情的诗，可和下面一首《闺怨》相参看。诗中少妇，独坐调筝，有寂寞之感；而夫婿贵盛，又有矜夸之意。诗从对面着笔，结以"遥见"显之，便觉点染生色。王夫之曾举以为"善于取影"的例子（见《诗绎》）。

闺　怨

闺中少妇不知愁①，春日凝妆上翠楼②。
忽见陌头杨柳色③，悔教夫婿觅封侯④。

【注释】

① 不知愁：一作"不曾愁"。
② 凝妆：犹言严妆，意指十分注意地打扮起来。
③ 忽见句：春天杨柳发青，正是欢乐的季节，看见柳色，就会意识到生活的孤单，触动离别之愁。故下句云云。古代风俗，折柳赠别（见《三辅黄图》卷六），因柳谐"留"音，寓有留恋之意。陌头，犹言大路上。
④ 觅封侯：指从军。古人多从边疆立下军功，以取得封侯的爵赏。

【评】

  上诗用对面着笔法，此诗则用反跌法。通过"不知"、"忽见"、"悔教"诸词，一句一曲折，最后才反跌出主题，便觉情致缠绵，加倍沉痛。黄生评曰"感时恨别，诗人之作多矣，此却以'不知愁'三字翻出。后二句语境一新，情思婉折。闺情之作，此为第一。"（《唐诗摘抄》）

芙蓉楼送辛渐

二首选一

芙蓉楼，在唐润州（今江苏镇江）城西北，筑于吴初。晋王恭为刺史时改创（《元和郡县图志》卷二六）。辛渐是王昌龄的好友。

寒雨连江夜入吴，平明送客楚山孤①。
洛阳亲友如相问，一片冰心在玉壶②。

【注释】

① 寒雨二句：夜间王昌龄在芙蓉楼为辛渐饯别，第二天早晨辛渐溯江西上，北赴洛阳。上句写饯别时的情景，下句写别后的寂寞心情。寒雨连江，言蒙蒙细雨，弥漫着整个江面。润州古为吴国地。按：夜入吴的"入"，写微雨渐渐到来，与杜甫《春夜喜雨》（见后选）中"随风潜入夜"的"入"字法相同。吴、楚两地相接，客去之后，极目西望，只能看到遥远的楚地山影，给人以孤独之感，故云"楚山孤"。吴，一作"湖"。

② 洛阳二句：洛阳点出辛渐此行目的地。则诗思随风帆由吴经楚而向洛阳。情中寓事，故诗脉于绵延不绝中又见层次。按：《河岳英灵集》卷中说王昌龄"晚节不矜细行，谤议沸腾"。此盖因送别而自明心迹。鲍照《白头吟》："清如玉壶冰。"下句化用其语。

王之涣 二首

王之涣（688—742），字季凌，原籍晋阳（今山西太原），迁居为绛郡（今山西新绛）人。开元初，做过冀州衡水县主簿，被人诬陷，去官。过了十五年的漫游生活，踪迹遍黄河南北。后因家贫，补文安县尉，死在文安[1]。

他是盛唐时代重要诗人之一，与高适、王昌龄等人相唱和，传说中有"旗亭画壁"的故事。靳能说他"歌《从军》，吟《出塞》……传乎乐章，布在人口"。可见诗名之盛。惜作品多已散佚，《全唐诗》仅录存六首。

登鹳雀楼

鹳雀楼在蒲州（今山西永济）城上。楼有三层，面对中条山，下临黄河，为登临胜地。鹳（guàn），鹤一类的水鸟。

白日依山尽，黄河入海流。
欲穷千里目，更上一层楼。

---

[1] 关于王之涣的年里和生平事迹，各书记载均甚简略，且多错误。此据靳能所撰《唐故文安郡文安县尉太原王府君墓志铭》。

【评】

　　历来评家论此诗，都赞叹其宏阔而富于哲理，然而仅有这点还不足以成为上乘之作。这诗更可贵的是，这种胸襟与哲理的表现是与诗歌表现的艺术特征完美地结合在一起的。诗的首二句写楼周围的景物，第四句是写登楼之人，而将这物与人连接在一起的是第三句。"欲穷千里目"，诗人的目光追随着依山夕照辉映下的滚滚黄水远去，于是自然产生了更上一层楼的迫切愿望。于是河海天地，都来入我胸怀，诗的宏阔高远就显得富有生命力了。唐诗雄浑，光雄不浑不足以成为好诗，就是这个道理。

凉 州 词
二首选一

　　《凉州词》，乐府诗题。见前王翰《凉州词》题下注。本篇《乐府诗集》编入《横吹曲词》，题作《出塞》。关于这诗，过去曾有一轶事流传。薛用弱《集异记》载：开元中，诗人王昌龄、高适、王之涣齐名，三人共诣旗亭饮酒。座中有伶人十数会讌。三人订约说："我辈各擅诗名，今观诸伶讴，若诗入歌辞多者为优。"一伶唱"寒雨连江夜入吴"，昌龄引手画壁曰："一绝句。"接着一伶唱"开箧泪沾臆"，高适引手画壁曰："一绝句。"接着又一伶唱"奉帚平明金殿开"，昌龄又画壁曰："二绝句。"之涣指诸妓中梳着双鬟的最美的一人说："此子所唱，如非我诗，终身不敢与争衡矣。"须臾，双鬟发声，果然是"黄河远上白云间"。三人大笑，竟醉尽日。这事虽不一定可靠，但它说明了这诗在唐代就已是脍炙人口的名篇；后人甚至评为唐人绝句压卷之作。

黄河远上白云间①，一片孤城万仞山。
羌笛何须怨杨柳？春风不度玉门关②。

【注释】

① 黄河远上：一作"黄沙直上"。
② 羌笛二句：写边地景物的荒寒。李白《塞下曲》："五月天山雪，无花只有寒。笛中闻折柳，春色未曾看。"与此同意。乐府《横吹曲》有《折杨柳》。怨杨柳，语意双关，说曲调哀怨，兼指杨柳尚未发青。又张敬忠《边词》："五原春色旧来迟，二月垂杨未挂丝。"此云"春风不度"说得更为斩钉截铁，诗意也就更怨。又杨慎《升庵诗话》卷二认为"春风不度玉门关"，是说"君恩不及于边塞"。此可备一说。玉门关，见前王昌龄《从军行》第三首注②。

李　颀　四首

李颀（生卒年不详），赵郡（今河北赵县）人，寄籍颍川（今河南许昌）。唐玄宗开元二十三年（735）进士。官新乡尉。长期未得升迁。后弃官归隐。

他和王维、王昌龄、高适等人相友善，是盛唐重要诗人之一。其诗内容和体裁都很广泛。由于仕宦失意，有消极遁世思想。殷璠说他"发调既清，修辞亦秀；杂歌咸善，玄理最长。"（见《河岳英灵集》）其实李诗也不乏激昂慷慨之音；其中部分优秀作品，风格秀丽而又雄浑。七言歌行及律诗，尤为后世所推重。

《全唐诗》录存其诗三卷。

古从军行

这首诗大概写于天宝年间，是讽刺唐玄宗对吐蕃长期用兵的作品，可和下面选的杜甫《兵车行》相参看。《从军行》为乐府《相和歌·平调曲》旧题，内容叙写军旅之情。此诗借歌咏汉武帝开边西域的史实，以寓今情，故题作《古从军行》。

白日登山望烽火①，黄昏饮马傍交河②。
行人刁斗风沙暗③，公主琵琶幽怨多④。
野云万里无城郭⑤，雨雪纷纷连大漠。

胡雁哀鸣夜夜飞，胡儿眼泪双双落。
闻道玉门犹被遮⑥，应将性命逐轻车⑦。
年年战骨埋荒外，空见蒲桃入汉家⑧。

【注释】

① 望烽火：瞭望边警。
② 交河：在今新疆维吾尔自治区吐鲁番。因河水分流绕城下，故名（见《汉书·西域传》）。
③ 刁斗：军中巡更用的铜器。形似锅，白天作炊具。
④ 公主句：言边地荒凉，使人愁惨。《宋书·乐志》引傅玄《琵琶赋》："汉遣乌孙公主嫁昆弥，念其行道思慕，故使工人裁筝筑，为马上之乐。欲从方俗语，故名曰琵琶，取其易传于外国也。"按：汉武帝时，以江都王刘建女细君遣嫁乌孙（西域国名），称乌孙公主。
⑤ 云：一作"营"。
⑥ 闻道句：汉武帝命李广利攻大宛（西域国名），期至贰师城取良马，号之为贰师将军。作战经年，死伤过多。广利上书请班师回国，徐图再举。武帝大怒，发使遮玉门关，曰："军有敢入，斩之！"（见《汉书·李广利传》）遮，拦阻。玉门关，在今甘肃敦煌。按："玉门犹被遮"，即杜甫《兵车行》所云"武皇开边意未已"之意。
⑦ 逐轻车：随着将军作战。轻车，古战车一种，汉武帝时有轻车将军李蔡，此借用。
⑧ 年年二句：意谓汉朝开边政策的结果，牺牲了大量的士兵，换来的只不过是蒲桃移植到中国而已。荒，穷边极远之地。蒲桃是西域特产，汉武帝时采其种归，遍种于离宫四周（见《汉书·西域传》）。

【评】

　　"闻道"以下四句，本可直接"幽怨多"，而中间插入"野云"四句，便觉意境开阔浩淼，笔法纵横顿挫。末二句总收而揭出诗旨，则"幽怨多"有几何，更在言语之外。

别董大

　　这首送别诗，主要不是抒写临歧惜别的离思，而是通过作者对梁锽遭遇的同情,着重地为这一人物写照。诗一开始就突出梁锽穷途落拓、雄迈不群的气概,然后层层深入地加以刻画、渲染,使得这一人物的形象和他的内心世界浮雕似地跃然纸上,鲜明而又生动。李颀有不少富有特色的人物素描诗,这是其中之一。梁锽天宝中人,曾官执戟,馀不详。

梁生倜傥心不羁①,途穷气盖长安儿。
回头转眄似雕鹗②,有志飞鸣人岂知③!
虽云四十无禄位,曾与大军掌书记④。
抗辞请刃诛部曲⑤,作色论兵犯二帅⑥。
一言不合龙额侯⑦,击剑拂衣从此弃⑧。
朝朝饮酒黄公垆⑨,脱帽露顶争叫呼⑩。
庭中犊鼻昔尝挂⑪,怀里琅玕今在无⑫?
时人见子多落魄⑬,共笑狂歌非远图。
忽然遭跃紫骝马,还是昂藏一丈夫⑭。
洛阳城头晓霜白,层冰峨峨满川泽⑮。
但闻行路吟新诗⑯,不叹举家无担石⑰。
莫言贫贱长可欺,覆篑成山当有时⑱;
莫言富贵长可托,木槿朝看暮还落⑲。
不见古时塞上翁,倚伏由来任天作⑳?
去去沧波勿复陈,五湖三江愁杀人㉑。

【注释】

① 倜(tì)傥(tǎng):爽朗,开阔,就是不羁的意思。 不羁:不受拘束。用绳络马头叫羁。

② 雕鹗:均为善搏击的猛禽。色浅黑而大的叫雕,鹗形似鹰而色土黄。按:以猛禽喻人,取其不与凡鸟为群之义。《楚辞·离

骚》："鸷鸟之不群兮，自前世而固然。"
③ 飞鸣：指惊人的表现。《史记·滑稽列传》："此鸟不飞则已，一飞冲天；不鸣则已，一鸣惊人。"以上四句总写梁锽途穷而气格"昂藏"。
④ 掌书记：唐代节度使及军帅的幕府中均设有掌书记一人，主管军中文书。这一职务，可由军帅指派人员担任，非朝廷命官。梁锽为大军掌书记事不可考，从上句所云"无禄位"，知他是以布衣的身分参加幕府的。
⑤ 抗辞：抗直地向主帅陈辞。　请刃：请求给予执行军令的生杀之权。诛部曲：意指对违令不驯者绳以军法。古大将军营有五部，部下有曲（见《后汉书·百官志》）。后通称部下为部曲。
⑥ 作色：变色。指意气激昂。
⑦ 龙额侯：借指当时军帅。汉韩说以校尉击匈奴，封龙额（一作额）侯。
⑧ 击剑：以击剑表达激情。鲍照《拟行路难》之六："拔剑击柱长叹息。"　拂衣：表示决绝。　弃：弃之而去。《宋书·王弘之传》："拂衣归耕。"
⑨ 黄公垆：即黄公酒垆。晋王戎常与嵇康、阮籍饮酒于此。见《晋书·王戎传》。这里借作酒家的通称。《世说新语·伤逝》刘孝标注引韦昭《汉书注》："垆，酒肆也。以土为堕，四边高，似垆也。"
⑩ 脱帽句：言醉后放浪形骸，不拘礼法。
⑪ 庭中句：言生活贫困。《世说新语·任诞》："阮仲容步兵居道南，诸阮居道北。北阮富，南阮贫。七月七日，北阮盛晒衣，皆纱罗锦绮。仲容以竿挂大布犊鼻裈于中庭。人或怪之，答曰：'未能免俗，聊复尔耳。'"犊鼻裈，操作时所用，相当于后来所说的围裙。
⑫ 怀里句：琅玕，一种似珠的宝石。《老子》第七十章："知我者希，则我者贵，是以圣人被褐怀玉。"语本此。
⑬ 落魄：不得意貌。《汉书·郦食其传》注："落魄，失业无次也。"
⑭ 昂藏：气度出群貌。以上三韵十四句分三个层次写梁锽的出处行藏，是首四句的具体化。本句是全诗关锁处。
⑮ 峨峨：高峻貌。形容冰块积累堆叠。
⑯ 但闻句：梁锽是诗人，现存诗十五首，见《全唐诗》卷二〇二。
⑰ 举家无担石：言略无粮食的储存。《后汉书·明帝纪》："生者无担石之储。"百斤为担，十斗为石。举家，全家。
⑱ 覆篑（kuì）句：把一篑一篑的土覆在地上，不断堆积，定有成山之时，比喻贫士也会有得志的一天。《尚书·旅獒》："为山九仞，功亏一篑。"这里化用其意。篑，盛土的竹器。
⑲ 木槿：锦葵科植物。花生在短柄上，有红、紫、白等色，朝开暮萎。
⑳ 不见二句：《淮南子·人间训》："近塞上之人有善术者，马无故亡而入胡。人皆吊之。其父：'此何遽不为福乎？'居数月，其马将胡骏马而归。人皆贺之。其父曰：'此何遽不能为祸乎？'家富良马，其子好骑，堕而折其髀。人皆吊之。其父曰：'此何遽不为福乎？'居一年，胡人大入塞，丁壮者引弦而战，近塞之人，死者十九。此独以跛之故，父子相保。故福之为祸，祸之为福，化不可极。"《老子》："福兮祸之所倚，祸兮福之所伏。"
㉑ 去去二句：意谓梁锽去到东南方，五湖三江的烟波，总不免引起客子飘零之感。勿复陈，不用再说。五湖、三江，过去有各种不同的说法，这里都是指今长江下游一带的江湖。《周礼·夏官·职方氏》："东南曰扬州……其川三江，其浸五湖。"以上十二句送别。

【评】

　　李颀的七言歌行与王维、高适、岑参齐名。代表着唐人七言歌行发展史中的一个过渡阶段,而其中李颀、岑参尤可瞩目。如果把本诗与上诗同前面所选的王勃《采莲曲》、卢照邻《长安古意》等对照起来读一下,就会感到,这两首诗的句格更恣肆,风格更跌宕,因而气势也更雄放。即以本诗论,题为送别,但直至全诗三分之二后才点题。前此则先总后分,曲折纵横以写梁锽之性格、遭遇,而归结到"还是昂藏一丈夫",然后作一大跳跃切入送别之意。而送别则仍从"昂藏一丈夫"着墨展开,故笔势似断复续,"昂藏"二字贯注于盘旋跳跃之中。

胡应麟《诗薮》云:"唐七言歌行,垂拱四子,词极藻艳,然未脱梁陈也。张、李、沈、宋,稍汰浮华,渐趋平直,唐体肇矣,然而未畅也。高、岑、王、李,音节鲜明,情致委折,浓纤修短,得衷合度,畅乎,然而未大也。太白、少陵大而化矣,能事毕矣……"这段话很确切地阐述了李颀、岑参等在唐七言歌行发展史上的地位。

送 刘 昱

刘昱(yù),生平事迹不详。

八月寒苇花,秋江浪头白。
北风吹五两①,谁是浔阳客②?
鸬鹚山头新雨晴③,扬州郭里暮潮生④。
行人夜宿金陵渚⑤,试听沙边有雁声⑥。

【注释】

① 五两：占风向的旗上的羽毛，又名绕（huán）。《文选》郭璞《江赋》："觇五两之动静。"李善注："《兵书》曰：'凡候风法，以鸡羽重八两，建五丈旗，取羽系其巅，立军营中。'许慎《淮南子》注曰：'绕，候风也。楚人谓之五两也。'"
② 谁是句：意谓刘昱将溯江而上，远客浔阳。唐江州浔阳郡治浔阳，在今江西九江市。下文的"鸬鹚山""扬州郭""金陵渚"都是刘途中经历之地。
③ 鸬（lú）鹚（cí）山：皎然《买药歌送杨山人》："夜惊潮没鸬鹚堰，朝看日出芙蓉楼。摇荡春风帆影乱，片云无数是扬州。"据此可知鸬鹚山与芙蓉楼相连，距扬州（今江苏省市名）不远。按：芙蓉楼故址在旧镇江（今江苏镇江）府城上西北角。
④ 扬州句：李绅《入扬州郭序》："潮水旧通扬州郭内。大历以后，潮信不通。"
⑤ 金陵渚：金陵（今江苏南京）江边的洲渚。
⑥ 试听句：唐汝询曰："雁集必有俦侣，故离别者兴思焉。"（《唐诗解》卷一七）

【评】

　　这诗写离情别绪，纯从季节景物、环境气氛着笔，结尾处，微微点出题意，愈含蓄，愈见情韵之美。

送魏万之京

　　魏万又名颢。上元（674—676）初进士。其家住王屋山（今山西阳城西南），自号王屋山人。李白有《送王屋山人魏万还王屋》诗。

　　朝闻游子唱离歌，昨夜微霜初渡河①。
　　鸿雁不堪愁里听，云山况是客中过②。
　　关城树色催寒近，御苑砧声向晚多③。
　　莫见长安行乐处，空令岁月易蹉跎④。

【注释】

① 朝闻二句：魏万家住王屋山，在黄河北岸。他此次赴长安，是在一个微霜下降的夜晚渡过黄河的。当他独唱离歌向西进发时，第二天早晨偶然与李颀途中相遇，故云。
② 鸿雁二句：写客中送客之感。过，读平声。
③ 关城二句：设想魏万行近长安，已是深秋时节。关，指潼关。树色枯黄，使人感到寒凉的秋意，故曰"催寒"。御苑，宫禁里的庭苑。这里借以泛指长安城。砧声，捣衣声（见前沈佺期《独不见》注③）。向晚，傍晚。砧声繁多，容易引起思乡之感，故云。树，一作"曙"。
④ 莫见二句：勉励魏及时努力，不要沉溺在都会欢娱的生活里，虚度年华。令，读平声。蹉（cuō）跎（tuó），失时的意思。

【评】

魏万渡河在前，朝歌在后，然李颀却先写闻歌，再补出夜渡事。这不仅是因为客中相遇，先闻歌，再询知前此之事。更重要的是这样写既使起句高壮，突出魏万形象，又从二句"微霜"进入三、四之"鸿雁"、"云山"，景物浑然一片，情韵尤长，气格尤高。

崔颢 六首

崔颢（？—754），汴州（今河南开封）人。开元十一年（723）进士。天宝中，官尚书司勋员外郎。

他以才名著称，早年好饮酒赌博，行为轻薄，为诗情致浮艳，为时论所不满。后游览山川，从军东北边塞，风格转为雄浑豪宕。殷璠说他"晚节忽变常体，风骨凛然"（《河岳英灵集》卷中）。

《全唐诗》录存其诗一卷。

雁门胡人歌

这诗描写当地带有特征性的景物和生活情调。诗的风调为短篇歌行，而体制则是七言律诗，与下选《黄鹤楼》及杜甫的《阆水歌》同例。雁门，县名，即今山西代县。唐代州治雁门，是北边之地，胡汉杂居。

高山代郡东接燕①，雁门胡人家近边。
解放胡鹰逐塞鸟，能将代马猎秋田②。
山头野火寒多烧③，雨里孤峰湿作烟④。
闻道辽西无斗战⑤，时时醉向酒家眠。

【注释】

① 高山句：言代郡有勾注山矗立，其地东与燕相连。勾注山，在雁门县。晋咸宁元年《勾注碑》："盖北方之险，有卢龙、飞狐、勾注为之首。"代郡，即代州。
② 解放二句：说胡人善于打猎，放鹰驰马的技术很熟练。解，善于。
③ 山头句：打猎经常在秋冬季节里进行。猎前，往往将山上枯黄的草木烧掉，使鸟兽无法隐藏。烧，读去声。
④ 雨：一作"雾"。
⑤ 辽西：指辽河以西今河北省东北部一带。当时是东北边防要地。

黄 鹤 楼

黄鹤楼，在今湖北武昌市西黄鹄矶（一称黄鹄山或黄鹤山）上，下临江汉，为游览胜地。《武昌府志》："黄鹤山自高冠山而至于江，黄鹤楼枕焉。"《南齐书·州郡志》谓曾有仙人子安驾黄鹤过此，因而得名。《太平寰宇记》说是费文祎乘黄鹤登仙，曾在此休息。这些当然都是附会之谈，但却流传久远。诗中即借以起兴，抒写登临吊古、思乡怀土的心情。据说李白登黄鹤楼，本拟题咏，见此搁笔，有"眼前有景道不得，崔颢题诗在上头"之叹。后作《登金陵凤凰台》，仿效其体（见《唐诗纪事》卷二、《唐才子传》卷一）。

昔人已乘黄鹤去①，此地空馀黄鹤楼。
黄鹤一去不复返，白云千载空悠悠。
晴川历历汉阳树，春草萋萋鹦鹉洲②。
日暮乡关何处是？烟波江上使人愁③。

【注释】

① 已乘黄鹤去：一作"已乘白云去"。高步瀛曰："起句云'乘鹤'，故下云'空馀'，

若作'白云',则突如其来,不见文字安顿之妙矣。"(《唐宋诗举要》卷五)

② 晴川二句:汉阳在武昌之西,距黄鹤楼甚近。由于天色晴明,故汉阳树影,历历在望。鹦鹉洲在汉阳西南长江之中,极目远眺,但见洲上的萋萋春草。《楚辞·招隐士》:"王孙游兮不归,春草生兮萋萋。"下句即景生情,化用成语,兴起下文"日暮乡关"之感。水边地曰川。春草,一作"芳草"。

③ 日暮二句:以江上乡愁结,与前四句仙去楼空白云悠悠照应,更有浩荡不尽之意。

【评】

　　本诗前四句用三"黄鹤"字蝉联而下,这种句式起自南朝乐府,唐人用之以入律,便形成七律的一种别调。试举其中较著者数例以与互参。前此有沈佺期《龙池篇》:"龙池跃龙龙已飞,龙德先天天不违,池开天汉分黄道,龙向天门入紫微。"同时稍后有李白《登金陵凤凰台》:"凤凰台上凤凰游,凤去台空江自流……"其后诗人时有仿作,而以晚唐郑谷《石城》诗为最著,其云:"石城昔为莫愁乡,莫愁魂散石城荒。江人依旧棹舴艋,江岸还飞双鸳鸯……"

长　干　行

四首

　　《长干行》是乐府《杂曲歌辞》旧题,来源于长干当地民歌,所有文人的仿制,都以这一地区作为描写的背景,多半是情歌。长干,地名,在今江苏南京秦淮河之南。其地为狭长的山岗,吏民杂居,号长干里。诗的第一首,殷璠选入《河岳英灵集》,题作《江南曲》。

其　一

"君家住何处?妾住在横塘①。"

停船暂借问，或恐是同乡[②]。

【注释】

① 君家二句：女郎问男子的话。下面两句叙述问答的缘由。横塘，长干附近地名。住何处，一作"定何去"。
② 或恐：一作"或可"。

其 二

"家临九江水，来去九江侧。
同是长干人，生小不相识[①]。"

【注释】

① 全诗四句：男子回答女子的话。意谓自己虽是长干人，彼此同乡，但从小就在外飘荡，所以相逢而不相识。九江，泛指长江下游一段。古时，大江流至浔阳（今江西省九江市），分成九派（支流）。

其 三

"下渚多风浪，莲舟渐觉稀[①]。
那能不相待，独自逆潮归[②]？"

【注释】

① 下渚二句：采莲女郎总是结伴而来的，这女子和男子攀谈很久，别的莲舟都已散去。下渚，一作"北渚"。渐觉稀，一作"欲暂稀"。
② 那能二句：女子要求男子和她连船归去。却以反语委婉道出，特切人物当时当地情状。逆潮，一作"送潮"。

其　四

"三江潮水急，五湖风浪涌①。
由来花性轻，莫畏莲舟重②。"

【注释】

① 三江二句：上下句为互文，即上首"下渚多风浪"的意思。三江和五湖是泛指长江下游宽阔的水面（参见前李颀《别梁锽》注㉑）。

② 由来二句：男子告诉女子在风浪中不要骇怕。花性轻，有双关义：花，指莲花，兼以影射貌美如花的女郎。

【评】

这四首诗写采莲女子和青年男子相恋的过程：两人偶然水上相逢，初不相识，女郎却找出话头和对方攀谈，终于并船而归。诗用对话体，通过一问一答，描绘出男女双方的情态和内心活动。用笔吞吐含茹，屈伸尽妙。王夫之曾指出它："墨气所射，四表无穷，无字处皆其意。"用以说明短诗而有"咫尺万里之妙"（见《夕堂永日绪论》）。

崔国辅　一首

崔国辅（生卒年不详），吴郡（今江苏苏州）人，一作山阴人。开元十四年（726）进士。曾官许昌县令，集贤院直学士，礼部郎中。天宝中，贬晋陵司马。

他工乐府小诗，殷璠评为："婉娈清楚，深宜讽味。"（见《河岳英灵集》卷中）

《全唐诗》录存其诗一卷。

小长干曲

《小长干曲》，乐府诗题，是《长干行》的别调。参看前崔颢《长干行》题下注。

月暗送潮风，相寻路不通[①]。
菱歌唱不彻，知在此塘中[②]。

【注释】

① 月暗二句：想去莲塘寻找意中人，但塘里起了随潮而至的晚风，月光昏暗，路走不通。

② 菱歌二句：意谓明知她在塘中，可是塘深风大，连歌声也不能彼此呼应。菱歌，长江中下游民歌的一种。

【评】

　　此诗写采莲女的爱情生活，笔意曲折，风致动人。《诗经·秦风》中的名篇《蒹葭》写道："蒹葭苍苍，白露为霜。所谓伊人，在水一方。溯洄从之，道阻且长，溯游从之，宛在水中央。"（按蒹葭即荻苇、芦苇。）崔国辅的这首小诗与《蒹葭》所描述的情景颇为相似，然而二诗的风味又不一样。《蒹葭》以深沉缠绵胜，而崔诗深挚中又略含俏皮，缠绵中又蕴有风趣。可以看出唐代吴声歌不同于先秦时中原民歌的艺术特色，也可看出诗人之善于用古，善于创新。

民　歌　二首

哥　舒　歌

这是西北边地的民歌。旧题西鄙人作。哥舒，指防守西北的将领哥舒翰。《通鉴》卷二一五天宝六载（747）："（哥舒翰）累功至陇右节度副使。每岁积石军麦熟，吐蕃辄来获之，无能御者。边人谓之'吐蕃麦庄'。翰先伏兵于其侧，虏至，断其后，夹击之，无一人得返者，自是不敢复来。"

北斗七星高①，哥舒夜带刀。
至今窥牧马，不敢过临洮②。

【注释】

① 北斗句：写夜景，兼以兴起哥舒翰威望的崇高。北斗，星宿名，即大熊座。七星聚于北方，成斗形，故称。北斗在星空里，显得特别明亮而高远。
② 至今二句：言战争胜利后，敌人不敢窥伺边疆，过临洮而牧马。古代游牧民族，往往趁南下牧马，进行骚扰。贾谊《过秦论》："胡人不敢南下而牧马。"与此意同。一说"窥牧"即偷牧，窥牧马谓偷牧之马。临洮（táo），在今甘肃岷县。

神鸡童谣

陈鸿《东城老父传》:"老父姓贾名昌,长安宣阳里人。……玄宗在藩邸时,乐民间清明节斗鸡戏。及即位,治鸡坊于两宫间。索长安雄鸡,金毫铁距高冠昂尾千数,养于鸡坊。选六军小儿五百人,使驯扰教饲。……帝出游,见昌弄木鸡于云龙门道旁,召入,为鸡坊小儿,衣食右龙武军。……举二鸡,鸡畏而驯,使令如人。护鸡坊中谒者王承恩言于玄宗。召试殿庭,皆中玄宗意。即日为五百小儿长。……金帛之赐,日至其家。开元十三年,笼鸡三百,从封东岳。父忠死太(泰)山下,得子礼奉尸归葬雍州。县官为葬器丧车,乘传洛阳道。十四年三月,衣斗鸡服,会玄宗于温泉。当时天下号为'神鸡童'。"贾昌活到宪宗元和年间还在世。因他住长安东城,故陈鸿作传称之为"东城老父"。谣,诗歌体裁的一种,指不合乐的歌词。《尔雅·释音》:"徒歌谓之谣。"后来诗与乐分,歌和谣并没有什么区别。

生儿不用识文字,斗鸡走马胜读书①。
贾家小儿年十三,富贵荣华代不如②。
能令金距期胜负③,白罗绣衫随软舆④。
父死长安千里外⑤,差夫持道挽丧车⑥。

【注释】

① 生儿二句:含有愤愤不平之意。封建时代,认为读书应试,是取得官禄的正当途径;而在贾昌,斗鸡却可以致身富贵荣华,故云。走马是因斗鸡连类而及的。

② 代不如:即世不如。言当时谁都比不上他。唐人避太宗李世民讳,往往改世为

"代"。
③ 金距:《淮南子·人间训》:"鲁季氏与邱氏斗鸡,邱氏介其鸡,而季氏为之金钜。"高诱注:"金钜,施金芒于距也。"此用作斗鸡的代称。 期胜负:犹言赌胜负。

④ 白罗绣衫:即斗鸡服。 软舁(yú):皇帝所乘的辇。舁,字同"舆"。
⑤ 长安千里外:五字连读。言贾昌之父贾忠死于泰山,在长安千里之外。
⑥ 持道:犹言夹道。持,一作"治"。

李　白　四十三首

李白（701—762），字太白，号青莲居士。祖籍陇西成纪（今甘肃天水），先世隋时因罪徙西域，至其父始迁居绵州彰明县（今四川江油）之青莲乡。

李白自青年时，即漫游全国各地。天宝初，因道士吴筠及贺知章推荐，曾一度至长安，供奉翰林，但不久即遭谗去职。安史乱起，因参加永王李璘幕府，被牵累，长流夜郎，途中遇赦。晚年飘泊东南一带，依当涂令李阳冰。世称李青莲或李翰林。

李白性格豪迈，向往于建立功业，对唐玄宗后期权贵当国，政治腐化，深为不满。其诗多抒写内心的苦闷和矛盾，表现了鄙夷世俗、蔑视权贵的精神；但也往往流露出一些饮酒求仙、放纵享乐的消极思想。风格奔放自然，色调瑰玮绚丽，善于从民间文学吸取营养和素材，用丰富的想象，表现出奇妙空灵的意境，为屈原以后，我国古代伟大的浪漫主义诗人。皮日休曾说："言出天地外，思出鬼神表，读之则神驰八极，测之则心怀四溟，磊磊落落，真非世间语者，则有李太白。"（《刘枣强碑文》）

他和杜甫交厚，二人齐名。杜甫曾说他"笔落惊风雨，诗成泣鬼神"（《寄李十二白二十韵》），对之极为倾服。中唐以来，李、杜优劣之论，聚讼纷纭。韩愈云："李杜文章在，光焰万丈长。"（《调张籍》）严羽《沧浪诗话·诗评》指出："子美不能为太白之飘逸，太白不能为子美之沉郁。"两人诗风不同，而各臻绝诣，不当有所轩轾。

有《李太白集》。其中诗九百馀首。有清人王琦及今人瞿蜕园、朱金城注本。

李 白

古 风

五十九首选三

其 一

原第十首

这诗歌咏鲁仲连却秦救赵的事迹，着重写出其倜傥豪迈的气概，功成不居的思想。这是封建社会里所称道的英俊磊落之士，也是李白生平祈向所在，故引以自况。古风，即古体诗。因内容广泛，非作于一时一地，而体制相同，故用以标题。

齐有倜傥生，鲁连特高妙①。
明月出海底②，一朝开光耀。
却秦振英声③，后世仰末照④。
意轻千金赠，顾向平原笑⑤。
吾亦澹荡人⑥，拂衣可同调⑦。

【注释】

① 齐有二句：《史记·鲁仲连列传》："鲁仲连者，齐人也。好奇伟俶傥之画策，而不肯仕宦任职。"语本此。倜傥，也可写作俶傥，形容气度昂扬，不受拘束的样子。倜傥生，犹言倜傥之士。
② 明月：即夜光珠。《淮南子·说山训》高诱注："珠有夜光、明月，生于蚌中。"
③ 却秦句：战国赵孝成王时，秦围攻赵首都邯郸（今河北市名）。魏安釐王派客将军新垣衍劝赵国投降，尊秦王为帝。时鲁仲连正在围城中，往见赵相平原君，反对帝秦，和新垣衍展开激烈的争辩，坚定了赵国抗秦的信心。恰好这时魏国的信陵君率兵救赵，秦兵解围而去。事见《史记·鲁仲连列传》及《魏公子列传》。
④ 末照：犹言馀光。
⑤ 意轻二句：邯郸解围后，平原君以千金酬谢鲁仲连。仲连笑曰："所谓贵于天下之士者，为人排患、释难、解纷乱而无取也。即（若）有取者，是商贾之事也，而

连不忍为也。"遂辞去，终身不复见平原君（见同前）。
⑥ 澹荡：澹静而放浪自适，意指不慕荣利。
⑦ 拂衣：超然高举的意思（参看前李颀《别梁锽》注⑧）。　可同调：恰同调。同调，谓志趣相合，有如曲调相同。谢灵运《七里濑诗》："谁谓古今殊，异代可同调。"句意本此。

其 二
原第十九首

唐玄宗天宝十四载（755）冬，安史乱起，叛军很快地攻陷洛阳。次年正月，安禄山就在洛阳自立为大燕皇帝。当时李白在江南过着隐居生活。这诗写巨大的变乱给予他精神上的震撼，使得他从超脱现实的心情中猛醒过来。诗用游仙体，前面写幻想中遗世独立的情趣，结尾从幻想回到现实，对叛军的残暴，人民的苦难，表示愤慨和悼念。

西岳莲花山①，迢迢见明星②。
素手把芙蓉③，虚步蹑太清④。
霓裳曳广带⑤，飘拂升天行。
邀我登云台⑥，高揖卫叔卿⑦。
恍恍与之去⑧，驾鸿凌紫冥⑨。
俯视洛阳川，茫茫走胡兵⑩。
流血涂野草，豺狼尽冠缨⑪。

【注释】

① 岳：一作"上"。　莲花山：《陕西通志》卷八："西峰曰莲花峰，一曰芙蓉峰。莲花峰为太上山，回峦四合，三峰峥嵘，上广十里。西峰东面窊隆如莲花，所谓西岳莲花峰也。"
② 迢迢：遥远貌。　明星：从明星峰联想到仙女明星玉女。《陕西通志》卷八："华岳三峰：芙蓉、明星、玉女也。""明星玉女

居华山服玉浆，白日上升。"
③ 把芙蓉：拿着芙蓉。芙蓉，莲花的别名。据说，华山上有池，生千叶莲花，服之可以成仙（见《华山记》）。
④ 虚步句：谓凌空而行。蹑，踏。太清，道家认为人天二界外别有玉清、太清、上清三天。均指神仙所居天。
⑤ 霓裳：以云霓为衣裳，仙人所服。《楚辞·九歌·东君》："青云衣兮白霓裳。"
⑥ 云台：华山东北的高峰。
⑦ 卫叔卿：汉武帝时中山人。传说服云母石成仙。曾降临宫殿，为武帝所见。武帝派人寻求他的踪迹。终于在华山绝岩之下，望见他和数仙人在石上下棋。事见《神仙传》卷四。《陕西通志》卷八："卫叔卿博台在岳顶东南隅。"
⑧ 恍恍：意同恍惚。
⑨ 紫冥：紫色的高空。
⑩ 胡兵：指安禄山的叛军。叛军多同罗、奚、契丹、室韦等少数民族人，故称胡兵。
⑪ 豺狼句：安禄山建立伪政权后，大封官职。唐朝官吏投降的极多。豺狼，指叛党和从逆的人。尽冠缨，都成为官员。缨，系冠的带子。

【评】

屈原《离骚》末章曾写到他听从巫师的劝告，驾云乘龙，"聊假日以媮乐"，但终于"陟升皇之赫戏兮，忽临睨夫旧乡，仆夫悲余马怀兮，蜷局顾而不行"。李白这诗显然受到屈原的影响。由此可以悟出，这诗前三分之二所写的游仙是陪衬，是以极乐反衬极悲，突出爱国主旨。诗的转接很自然。"俯视"，是转捩点，情景跳跃虽大，而意脉则从上句"凌紫冥"顺势接下，可以看出李白诗跳荡而浑成的特色。刘熙载《艺概·诗概》云："太白与少陵同一志在经世，而太白诗中多出世语者，有为言之也。屈子《远游》曰：'悲时俗之迫厄兮，愿轻举而远游。'使疑太白诚欲出世，亦将疑屈子诚欲轻举耶？"这诗十分典型地说明李白这一特点。

其 三
原第二十四首

唐玄宗后期，生活腐化，宠信贵戚、宦官和左右亲近，赏赐无时，他们的气焰日益嚣张。这诗就上述现象加以揭露、讽刺，是李白在长安时（742—744）所作。

大车扬飞尘,亭午暗阡陌①。
中贵多黄金②,连云开甲宅③。
路逢斗鸡者④,冠盖何辉赫⑤!
鼻息干虹霓⑥,行人皆怵惕⑦。
世无洗耳翁,谁知尧与跖⑧!

【注释】

① 亭午句:句意谓由于车尘飞扬,连阳光最明亮的中午,阡陌都为之昏暗。亭午,正午。阡陌,泛指大路。
② 中贵:中贵人的简称,即宦官。
③ 连云句:意谓一座座高大的建筑物矗立天空,望去像连绵相接的云彩一样。甲宅,即甲第。
④ 斗鸡者:见前《神鸡童谣》题下注。
⑤ 冠盖:指服饰和装备。盖,车盖。 辉赫:光彩照人貌。
⑥ 鼻息句:犹言气焰冲天。干,冲犯。《资治通鉴》卷二〇五:"内史李昭德恃(武)太后委遇,颇专权使气。……(丘愔上疏)曰:'臣观其胆,乃大于身。鼻息所冲,上拂云汉。'"
⑦ 怵(chù)惕(tì):恐惧。
⑧ 世无二句:意谓这些统治阶级的爪牙,都是残害人民的强盗,而一般人趋附之惟恐不及。世上没有像许由那样不慕荣利的人,谁又能辨清他们是尧是跖!洗耳翁,古代的隐士许由。相传尧曾想把帝位让给他,他不肯接受,逃于颍水之阳。尧又召为九州长,他认为这话玷污了他,洗耳于清泠之水。事见《庄子》、《史记》及《高士传》等书。跖(zhí),古代大盗。

远 别 离

《远别离》,乐府《杂曲歌辞》旧题,是《别离》十九曲之一。这诗通过有虞二妃和帝舜生离死别的故事,表现远别离的悲哀。传说古帝舜南行,死于苍梧(今湖南宁远)之野。他的两个妃子娥皇、女英追踪而至,在洞庭湖边听到舜死的消息,南望痛哭,自投湘水而死。因为这一传说具有动人的悲剧意义,后来就成了普遍歌咏的题材。本篇写作年代和背景,详不可考。陈沆认为作于安史乱起之时(见《诗比兴笺》卷三),其说近是。按:唐玄宗天宝末年,荒于政事,内任杨国忠,外用安禄山。随着大权旁落,统治阶级内部矛盾不断发展,终于爆发安史之乱,以至玄宗逃往蜀中,马嵬兵变,杨妃惨死。当变乱中,消息阻隔,道路传言,谓玄宗生死不明(见《新唐书·张巡传》)。这诗一再强调"君失臣""权归臣"的问题,又说"重瞳孤坟竟何是",都寓有很深的感慨,显然不仅仅是歌咏历史题材,而是联系到现实来说的。

胡震亨《李诗通》曰:"其词闪幻可骇,增奇险之趣。盖体于于楚《骚》,而韵调于汉《铙歌》诸曲,以成为一家语。"

远别离,古有皇英之二女①;
乃在洞庭之南,潇湘之浦②。
海水直下万里深③,谁人不言此离苦?
日惨惨兮云冥冥,猩猩啼烟兮鬼啸雨④。
我纵言之将何补⑤?
皇穹窃恐不照余之忠诚,雷凭凭兮欲吼怒⑥。
尧舜当之亦禅禹⑦,
君失臣兮龙为鱼,权归臣兮鼠变虎。
或言尧幽囚,舜野死⑧,
九疑联绵皆相似⑨,重瞳孤坟竟何是⑩?
帝子泣兮绿云间⑪,随风波兮去无还。
恸哭兮远望,见苍梧之深山。
苍梧山崩湘水绝,竹上之泪乃可灭⑫。

【注释】

① 皇英：娥皇、女英，帝尧之二女，嫁于大舜。
② 乃在二句：《水经注·湘水》："言大舜之陟方也，二妃从征，溺于湘江，神游洞庭之渊，出入潇湘之浦。"语本此。潇水源出湖南宁远九疑山，湘水源出广西兴安海阳山，二水在湖南零陵合流，总称潇湘，北入洞庭湖。
③ 海水：这里泛指大水，即潇湘、洞庭之水。
④ 日惨惨二句：隐喻朝政昏乱，奸人在得意地活动。啼烟、啸雨，在烟雨中啼啸。《山海经·中山经》记英、皇二女"出入必以飘风暴雨"。
⑤ 我纵句：萧士赟曰："谓时事如此矣，我纵言之，诚恐君不以我为忠，而适以取憎于权臣也。夫如是，则又将何补哉？"陈沆曰："'我纵'以下，乃追痛祸乱之源。方其伏而未发，忠臣智士，结舌吞声，人知之而不敢言。"（《诗比兴笺》卷三）
⑥ 皇穹二句：本《离骚》"荃（香草，喻君王）不察余之中情兮，反信谗以齌怒。"皇穹（qióng），皇天。借指皇帝。雷憑憑，隐喻君王之怒。雷，一作"云"。
⑦ 尧舜句：这是紧缩式的句子，即："尧当之亦禅舜，舜当之亦禅禹。"之，指下文"君失臣""权归臣"的反常情况。
⑧ 尧幽囚二句：尧舜禅让，儒家称为盛德，但古籍中另有一种记载，谓是失去权力的结果。《史记·五帝本纪》张守节《正义》引《竹书纪年》云："昔尧德衰，为舜所囚。"（今本无）幽囚，指此。野死，意指被迫出走，死于野外。陈沆曰："'或云'以下，乃（玄宗）苍黄西幸，传闻不一之词，故有'幽囚''野死'之议。"（《诗比兴笺》卷三）
⑨ 九疑句：九疑山即苍梧山。《山海经·海内经》："南方苍梧之丘，苍梧之渊，其中有九疑山，舜之所葬。"郭璞注："其山九溪皆相似，故云九疑。古者总名其地为苍梧也。"
⑩ 重瞳：指舜。《史记·项羽本纪》："吾闻舜目盖重瞳子。"
⑪ 帝子：指二妃。二妃为帝尧之女，故称。语本《楚辞·九歌·湘夫人》："帝子降兮北渚。"绿云：指洞庭湖边绿色的竹林。
⑫ 竹上句：洞庭湖边特产一种斑竹，相传是二妃泪痕所染，故又称湘妃竹。见《博物志》卷一〇。

【评】

神龙藏首不见尾，然而龙仍然是全龙。这诗初读"闪幻可骇"，然而其层次仍是很清楚的。首尾以哀伤安史之乱、社稷崩危相呼应，中间插入原始祸乱根源，悬想玄宗踪迹二节（参注）。而作为"龙首"的是"皇穹窃恐不照余之忠诚"一句。全诗是围绕这一主旨纵横驰骋的。唐人七古至李杜"大而化矣，能事毕矣"（参前李颀诗按语）。故高棅《唐诗品汇》以二人七古为双峰并峙的正宗与大家。裹风挟雨，夭矫腾变，都正为这条真龙增添神骏。读以下所选李杜七古，均当作如是观。

李　白

蜀　道　难

　　《蜀道难》是乐府《相和歌·瑟调曲》旧题。《乐府古题要解》云："《蜀道难》备言铜梁、玉垒（均蜀中山名）之阻。"（见《乐府诗集》卷四〇引）本篇根据这一诗题传统的内容，以雄健奔放的笔调，运用夸张形容的手法，描绘了由秦入蜀道路上惊险而奇丽的山川，表现了诗人巨大的艺术天才和丰富的想象力。顾炎武《日知录》卷二六说："李白《蜀道难》之作，当在开元、天宝间。时人共言锦城之乐，而不知畏途之险，异地之虞，即事成篇，别无寓意。"萧士赟《分类补注李太白诗》谓为安史乱后，讽刺玄宗逃难入蜀所作，此说不可靠。孟棨《本事诗·高逸》载李白初至长安，贺知章往访，见《蜀道难》，"称叹者数四，号为谪仙。"故知是安史乱前的作品。

噫吁嚱①，危乎高哉！
蜀道之难，难于上青天。
蚕丛及鱼凫，开国何茫然②！
尔来四万八千岁③，不与秦塞通人烟④。
西当太白有鸟道，可以横绝峨眉巅。
地崩山摧壮士死，然后天梯石栈相钩连⑤。
上有六龙回日之高标⑥，下有冲波逆折之回川。
黄鹤之飞尚不得过⑦，猿猱欲度愁攀援⑧。
青泥何盘盘，百步九折萦岩峦⑨。

扪参历井仰胁息⑩,以手抚膺坐长叹⑪。
问君西游何时还⑫?畏途巉岩不可攀。
但见悲鸟号古木,雄飞从雌绕林间⑬。
又闻子规啼夜月⑭,愁空山。
蜀道之难,难于上青天,使人听此凋朱颜⑮。
连峰去天不盈尺,枯松倒挂倚绝壁。
飞湍瀑流争喧豗⑯,砯崖转石万壑雷⑰。
其险也如此,嗟尔远道之人胡为乎来哉!
剑阁峥嵘而崔嵬⑱,
一夫当关,万夫莫开。
所守或匪亲,化为狼与豺⑲。
朝避猛虎,夕避长蛇⑳,
磨牙吮血㉑,杀人如麻。
锦城虽云乐㉒,不如早还家。
蜀道之难,难于上青天,
侧身西望长咨嗟!

【注释】

① 噫吁嚱:惊叹声,蜀地方言。
② 蚕丛二句:蚕丛、鱼凫,传说中古蜀国的两个国王。茫然,渺远貌。意谓远古事迹,茫昧难详。扬雄《蜀王本纪》:"蜀王之先,名蚕丛、柏灌、鱼凫、蒲泽、开明。……从开明上到蚕丛,积三万四千岁。"(《文选》左思《蜀都赋》李善注引)
③ 尔来:自从蚕丛、鱼凫开国以来。四万八千岁:极言时间之长。
④ 不与:一作"乃与"。 秦塞:犹言秦地。塞,山川险阻之处。秦中自古自称为四塞之国。 通人烟:相互往来。
⑤ 西当四句:意谓由秦入蜀,原来只有一条高入云霄险仄的山路,难以通行,直到秦惠王派五丁力士开山以后,秦蜀之间,才修建了一条勾连群山的栈道。古代蜀地本和中原隔绝,公元前306年秦惠王灭蜀,使张仪筑都城,置蜀郡。当秦国开发蜀地时,流传有五丁力士开山的神话。据说,秦惠王许嫁五位美女给蜀王,蜀王派五丁(个)力士去迎接。回到梓潼,见一大蛇钻入山穴中。五力士共擎蛇尾,把山拉

倒，力士和美女都被压死，山也分成五岭（见《华阳国志·蜀志》及《艺文类聚》引《蜀王本纪》）。太白，山名，在今陕西郿县东南，当秦都咸阳之西，故云"西当太白"。横绝，横度。峨嵋，山名，也可写作"峨眉"或"蛾眉"，在今四川峨眉。巅，顶峰。天梯，高峻的山路。石栈，在山崖上凿石架木而建成的栈道。

⑥ 上有句：古代神话：羲和驾着六龙所拉的车子载太阳在空中运行。六龙回日，是说山的高峻险阻，连羲和都得为之回车。左思《蜀都赋》："羲和假道于峻歧，阳乌回翼乎高标。"此化用其语。立木为表记，它的最高部分叫标，这里的高标指山的最高峰，成为这一带高山的标志。

⑦ 黄鹤：即黄鹄，健飞的大鸟。《韩诗外传》："黄鹄一举千里。"古"鹤""鹄"字通。

⑧ 猱（náo）：蜀中所产猿类的动物，又名金线狨。愁攀援：以攀援为愁，意谓难以攀援而上。《初学记》引《周景式孝子传》称猿"黄黑通臂，轻巢善缘，能于空轮转。"

⑨ 青泥二句：意谓由秦入蜀，经过青泥岭时，转来转去，都是山峰。青泥，岭名，在今陕西略阳西北。盘盘，屈曲貌。百步九折，言在极短的路程内，就要转许多弯。

⑩ 扪参句：意谓山高入天，行人仰头一看，伸手便可摸到一路上所见的星辰，会紧张得连气也不敢出。参宿七星，属于现在所称的猎户座。井宿八星，属双子座。据古代天文学家所说，秦属参宿的分野（参看前王维《终南山》注③），蜀属井宿的分野。由参到井，是由秦入蜀的星空。胁息，敛住呼吸。

⑪ 膺：胸口。
⑫ 君：泛指入蜀的人。下同。
⑬ 雄飞从雌：一作"雄飞雌从"。
⑭ 子规：即杜鹃，又名杜宇，是蜀中所产的鸟，相传为蜀古望帝魂魄所化。子规春末出现，啼声哀怨动人，听去好像在说"不如归去"。
⑮ 凋朱颜：青春的容颜为之黯淡。
⑯ 飞湍句：意谓山上的瀑布和山下的急流都发出巨大的声响。喧豗（huī），哄闹声。
⑰ 砯（pēng）：撞击声。这里是撞击的意思。
⑱ 剑阁：在今四川剑阁北，即大剑山和小剑山之间的一条栈道，又名剑门关。
⑲ 一夫四句：张载《剑阁铭》："一夫荷戟，万夫趑趄。形胜之地，匪亲勿居。"语本此。当关，把住关口。莫开，莫能打开。或匪亲，假若不是可靠的人。狼与豺，指残害人民的叛乱者。
⑳ 猛虎、长蛇：与上文的"狼与豺"同。
㉑ 吮（shǔn）：吸。
㉒ 锦城：即锦官城，成都的别称。成都以产锦著名，古代曾设官于此，专理其事，故称。

【评】

　　沈德潜评此诗："笔阵纵横，如虬飞蠖动，起雷霆于指顾之间。"（《唐诗别裁》）此评还只道出本诗佳处的一半。按此诗"蜀道之难难于上青天"，于首、中、尾凡三现，形成贯串始终又磅礴回旋的主旋律。以此为主线，地理上由秦向蜀，由东北而西南，时间上从渺远的往古到即今的感受，每一回旋逐次展开。全诗的节奏如洪峰叠起，至"黄鹄"、"猿猱"二句，是第一个洪峰。接着"青泥"以下数句，如峰间的一个低谷。突然又以"蜀道之难"的叹唱领起，引出另一个更高更险的浪头，此峰尚未降落，"剑阁"句又别开险象，一气赴下，而结以第三次唱叹。"侧身西望长咨嗟"，读诗至此，惊涛虽远去，而馀寒尚在脊。

乌　栖　曲

　　《乌栖曲》是《清商曲·西曲歌》旧题。这诗歌咏吴王夫差荒于女色，夜以继日地寻欢作乐，对统治者腐化糜烂的生活给以有力的鞭挞。意深而词婉，纯以蕴藉出之，于雄奇恣肆之外，表现了李白乐府诗艺术风格的另一个重要方面。《本事诗》载李白至长安，贺知章见其《乌栖曲》（一说是《乌夜啼》二首），叹赏苦吟，曰："此诗可以泣鬼神矣！"

姑苏台上乌栖时①，吴王宫里醉西施②。
吴歌楚舞欢未毕，青山欲衔半边日。
银箭金壶漏水多③，起看素月坠江波。
东方渐高奈晓何④！

【注释】

① 姑苏句：姑苏台，故址在今江苏苏州市，春秋时吴王夫差所建。苏州是吴国的首都。据说吴王建此台，耗了大量的人力物力，三年始成，横亘五里，上别立春宵宫，与西施为长夜之饮（见《述异记》）。乌栖时，傍晚的时候。古人认为乌是不祥之鸟。乌栖台上，兼写环境气氛，暗示正当吴国国运没落的时候。梁元帝《栖乌诗》"日暮连翩翼，俱向上林飞。"

② 西施：越国美女，吴王夫差的宠妃。越国被吴国战败，越王勾践把西施献给吴王，希望用以腐蚀吴王的意志。后来越国终于灭掉吴国（参看前王维《西施咏》题下注）。

③ 银箭句：意谓时光在不停地流驶着。壶和箭是古代计时的工具（见前王维《冬晚对雪忆胡居士家》注①）。
④ 东方句：代吴王作言，谓长夜之饮犹未尽兴，奈何却天明了。东方渐高，东方渐渐泛出了白色。高是"皜"的假借字。乐府《鼓吹曲辞·汉铙歌·有所思》："东方须臾高知之。"语本此。

【评】

此诗佳在不落言诠，前六句写吴王夜饮自暮达旦，末句言吴王犹然嗟叹欢娱未足，就中隐含西施故事，则荒淫失国之历史炯戒，均在不言之中。

将 进 酒

《将进酒》是乐府《鼓吹曲·铙歌》旧题，内容多写饮酒放歌时的情感。这诗慨叹"古来圣贤皆寂寞"，表现出一种鄙弃世俗、蔑视富贵的傲岸精神。但由于作者缺乏正面的社会理想，内心矛盾无法解决，因而诗中流露有人生短暂、及时行乐的消极情绪。

君不见，黄河之水天上来，奔流到海不复回①！
君不见，高堂明镜悲白发②，朝如青丝暮成雪！
人生得意须尽欢③，莫使金樽空对月④。
天生我材必有用，千金散尽还复来。
烹羊宰牛且为乐⑤，会须一饮三百杯⑥。
岑夫子，丹丘生⑦，将进酒，杯莫停⑧。
与君歌一曲，请君为我侧耳听⑨：
钟鼓馔玉不足贵⑩，但愿长醉不愿醒；

古来圣贤皆寂寞，惟有饮者留其名。
陈王昔时宴平乐，斗酒十千恣欢谑⑪。
主人何为言少钱，径须沽取对君酌⑫。
五花马，千金裘⑬，
呼儿将出换美酒⑭，与尔同销万古愁⑮。

【注释】

① 黄河二句：兴起下文岁月易逝、人生易老的意思。高步瀛曰："河出昆仑，以其地极高，故曰从'天上来'。"（见《唐宋诗举要》卷二）
② 高堂句：意谓于高堂明镜之中，照见白发而生悲。
③ 得意：有兴致的时候。
④ 金樽空对月：在月光下任金樽空着而不饮酒。
⑤ 且为乐：姑且作乐。意谓暂时把不愉快的事丢开不想。
⑥ 会须：应该。以卜第一段，言岁月不居，当及时饮酒为欢，中以"天生我材"句作撑柱，则于颓放中见兀岸。
⑦ 岑夫子：即岑勋，南阳人（见《全唐文》卷三七九）。　丹丘生：即元丹丘。岑和元都是李白的好友。集中有《酬岑勋见寻就元丹丘对酒相待以诗见招》及《元丹丘歌》等诗。二句突兀另起。
⑧ 将进酒二句：一作"进酒君莫停"。此二句又以"酒"接上上段"三百杯"，断而复续，笔势跳跃。
⑨ 与君二句：侧，一作"倾"。此与以上四句由饮酒而作歌，为由今入古的过渡。
⑩ 钟鼓馔（zhuàn）玉：这里用作功名富贵的代称。钟鼓，指权贵人家的音乐。馔玉，以玉为馔，形容饮食精美，享受侈豪。
⑪ 陈王二句：曹植曾受封为陈王。其《名都篇》有句云："归来宴平乐，美酒斗十千。"平乐，宫观名。斗酒十千，一斗酒值十千钱，极言酒美。恣欢谑，尽情地欢娱戏谑。以上征引曹植事，重言饮酒之乐。
⑫ 主人二句：韵属上，意转下，收束故事，回到现时。古诗作法中所谓韵意不双转，是第二段到第三段的关锁。
⑬ 五花二句：五花马，名贵的马，唐开元、天宝间，考究马饰。凡名马，常把鬃毛剪梳成花瓣形，三瓣的叫三花马，五瓣的叫五花马（《图画见闻志》卷五）。一说五花为五色斑驳。千金裘，《西京杂记》载司马相如以所著十分名贵的鹔鹴裘，就市人阳昌贳酒，与卓文君为欢，句本此。
⑭ 将出：拿出。
⑮ 此句归到愁字，与开首"悲白发"遥应。

【评】

近人喻守真说这诗"最奇的是上文写了许多饮酒的欢乐，在末层却结出一个'愁'字来。非但章法警辟出奇，也见得借酒浇愁，太白虽达观，也跳不出这个愁城呢"（《唐诗三百首详析》）。确实，愁乐交战于胸是全诗主线，全诗开合起伏,全由这股不平之气主导,故气势激荡,恰如黄河九折,奔腾湍渤。

行 路 难
三首选一

《行路难》是乐府《杂曲歌辞》旧题。这诗是天宝三载(744)李白离开长安时所作。诗中写世路艰难,充满着政治上抑郁不平之感。结尾处,忽开异境,幻想抱负总会有实现的一天,充满着冲决黑暗、追求光明的积极乐观精神。

金樽清酒斗十千,玉盘珍羞直万钱①;
停杯投箸不能食,拔剑击柱心茫然②。
欲渡黄河冰塞川,将登太行雪满山③。
闲来垂钓碧溪上,忽复乘舟梦日边④。
行路难,行路难!
多歧路⑤,今安在?
长风破浪会有时⑥,直挂云帆济沧海⑦。

【注释】

① 珍羞:珍贵的菜肴。羞,字同"馐"。直:字同"值"。
② 停杯二句:鲍照《拟行路难》:"对案不能食,拔剑击柱长叹息。丈夫生世会几时,安能蹀躞垂羽翼?"此化用其意。箸,字同"筷"。茫然,渺茫而无着落貌。
③ 欲渡二句:比喻人生道路中的事与愿违。
④ 闲来二句:古代传说:姜尚未遇周文王时,曾在磻溪(今陕西宝鸡市东南)钓鱼;伊尹见汤以前,梦乘舟过日月之边。这里把两个典故合用,表示人生遭遇,变幻莫测。
⑤ 歧路:岔路。岐,字通"歧"。按:《淮南子·说林》记,杨朱至歧路而泣,为其可

南可北。此暗用其事,却于下句反其意。
⑥ 长风破浪:比喻宏大的抱负得以抒展。宗悫少时,叔父宗炳问其志。答曰:"愿乘长风破万里浪。"(见《南史·宗悫传》)
⑦ 云帆:指航行在大海里的船只。因天水相连,船帆好像出没在云雾之中。

会:当。

日出入行

《日出入》是乐府《郊庙歌辞·汉郊祀歌》旧题。古辞大意谓:日出日入,无有穷期,悲叹人生短促,希望能够乘六龙升仙(见《乐府诗集》卷一)。这诗一反其意,指出日的出入和人的生死,都是不可违反的自然规律,应该游心物外,与溟涬同科。这种外生死、遗形骸的思想,原于道家。在艺术上,可以看出李白诗奇崛恢诡、不拘一格的特色。

日出东方隈①,似从地底来。
历天又入海,六龙所舍安在哉②!
其始与终古不息③,人非元气安能与之久徘徊④。
草不谢荣于春风,木不怨落于秋天⑤,
谁挥鞭策驱四运⑥,万物兴歇皆自然⑦。
羲和,羲和,汝奚汩没于荒淫之波⑧?
鲁阳何德,驻景挥戈⑨?
逆道违天,矫诬实多⑩!
吾将囊括大块⑪,浩然与溟涬同科⑫。

【注释】

① 隈（wēi）：山水弯曲的地方。
② 六龙所舍：《初学记》卷一"日部"引《淮南子》："爰止羲和，爰息六螭，是谓悬车。"徐坚注："日乘车，驾以六龙，羲和御之。日至此而薄于虞泉，羲和至此而回六螭。"无角的龙叫螭，"六螭"即六龙。舍，住宿的地方。
③ 其始句：意谓时间没有尽头，太阳也没有停息其运行的一天。始，犹言始终，指日出和日入。
④ 元气：大气。 徘徊：犹言停留。
⑤ 草不二句：郭象《庄子》注："暖焉若阳春之自和，故蒙泽者不谢；凄乎若秋霜之自降，故凋落者不怨。"此本其意。荣，茂盛。落，凋枯。
⑥ 四运：指运行不息的春、夏、秋、冬四时。
⑦ 兴歇：生长和衰落。
⑧ 汝奚句：意谓羲和为何要驾着太阳沉入海中。荒淫，水盛大的意思。
⑨ 鲁阳二句：《淮南子·览冥训》："鲁阳公与韩构难，战酣，日暮，援戈而撝（挥）之，日为之返三舍。"驻景，使日影为之停留，不致昏暗下去。景，字同"影"。
⑩ 逆道二句：意谓鲁阳挥戈驻日之事，违反自然，是不足信的。道和天，即上文所说的"自然"。
⑪ 囊括：包罗的意思。贾谊《过秦论》："有席卷天下、包举宇内、囊括四海之意，并吞八荒之心。" 大块：大地。《庄子·大宗师》："大块载我以形。"
⑫ 与溟涬同科：和宇宙合一。溟涬（xìng），指混茫的元气。王充《论衡·谈天》："溟涬濛澒，气未分之类也。"同科，犹言同类。

【评】

　　此诗与前录《远别离》诗，均以议论入诗，句式参差，有散化倾向。其句格原于汉乐府《铙歌》、《郊祀歌》而变通之。同时人任华有《赠李白》、《赠杜甫》二诗，意格一同于此。杜甫七古中如《赤藤杖歌》等亦与此句格相似。"大而化矣"的李、杜七古中又显露了某些更新更奇的变化胚兆，并已为少数人所取法。这点胚兆，要到中唐韩愈手中才发扬光大，遂开出唐人七古的又一新生面。从中亦可看出，韩愈诗议论化、散化倾向，并不能简单地全部归结于以文为诗一点，而亦有诗歌本身发展的内在原因。

关 山 月

　　《关山月》，乐府旧题，见前王昌龄《从军行》第一首注③。这诗写征戍之情,感叹于边地兵连祸结。当是天宝年间所作。

明月出天山,苍茫云海间。
长风几万里,吹度玉门关①。
汉下白登道,胡窥青海湾②。
由来征战地,不见有人还。
戍客望边邑,思归多苦颜。
高楼当此夜,叹息未应闲③。

【注释】

① 明月四句:写征人望月的情景。月亮从东边升起,戍客在天山的西面,回头东望,明月似乎是从天山涌出。于是就进一步想到,这月亮是从玉门关内被那万里长风吹到关外来的,因而引起了思乡之感。天山,在今新疆维吾尔自治区境内。
② 汉下二句:下,意指出兵。白登,山名,在今山西大同东。汉高祖曾在白登一带被匈奴包围。窥,窥伺,谓乘机进犯。唐时,和吐蕃战争,多在青海一带。
③ 高楼二句:是戍客想象其妻想念他的情景。高楼,借指住在高楼里的戍客之妻。

【评】

前四句以明月起兴,总写两地相思。末四句从戍客、思妇两边分写,遥应"长风几万里"二句。中四句插叙离别之苦的根因所在。章法整饬中见变化。前四句尤可看出李白诗浪漫主义的特色。"我寄愁心与明月,随君直到夜郎西"(《闻王昌龄左迁龙标遥有此寄》),"狂风吹我心,西挂咸阳树"(《金乡送韦八之西京》),与此合看,便能自明。

李白

登高丘而望远海

王琦曰："此题旧无传闻，郭茂倩《乐府诗集》编是诗于《相和曲》中魏文帝'登山而望远'一篇之后，疑太白拟此也。然文意却不类。"（《李太白全集》卷四）按：这诗是讽刺时政之作。诗中备述求仙的荒诞，而以"穷兵黩武今如此"作结，其对秦皇、汉武的嘲弄，正所以为唐玄宗提出鉴戒，词系新创，非袭旧题。

登高丘，望远海，
六鳌骨已霜，三山流安在[①]？
扶桑半摧折，白日沉光彩[②]。
银台金阙如梦中，秦皇汉武空相待[③]。
精卫费木石，鼋鼍无所凭[④]。
君不见，骊山茂陵尽灰灭[⑤]，牧羊之子来攀登；
盗贼劫宝玉，精灵竟何能？
穷兵黩武今如此，鼎湖飞龙安可乘[⑥]！

【注释】

[①] 六鳌二句：意谓仙境渺茫，不足凭信。《列子·汤问》："渤海之东……其中有五山焉，一曰岱舆，二曰员峤，三曰方壶，四曰瀛洲，五曰蓬莱。……而五山之根，无所连着，常随潮波上下往还，不得暂峙焉。……（帝）使巨鳌十五，举首而戴之。……五山始峙。而龙伯之国，有大人，举足不盈数步而暨五山之所，一钓而连六鳌。合负而趣归其国，灼其骨以数焉。于是岱舆、员峤二山流于北极，沉于大海。"三山，指方壶（一作方丈）、瀛洲、蓬莱，合称海外三神山，古代方士说是仙人所居。流安在，言飘浮无定，难以寻觅。《史记·封禅书》："此三神山者，其传在渤海中，去人不远。……未至，望之如云；及到，三神山反居水下；临之，

风辄引去,终莫能至云。"
② 扶桑二句:古代神话说天有十日,更迭而出,照耀大地。扶桑,神木名,在碧海中。叶似桑树,两两同根,互相依倚,长数千丈,大二千围。九日居其下枝,一日居其上枝。是太阳升起之处。《楚辞·九歌·东君》:"暾将出兮东方,照吾槛兮扶桑。"扶桑摧折,故白日光彩消沉。
③ 银台二句:秦始皇和汉武帝都曾派方士入海,寻三神山,求不死之药。据说山中仙人,以金银为宫阙(见《史记·封禅书》)。求而不得,故曰"空相待"。
④ 精卫二句:王琦曰:"盖言海之深广,非木石可填;而鼋鼍为梁之说,亦虚无而无所凭据,以明三山之必不可到也。"(《李太白全集》卷四)《山海经·北山经》:"发鸠之山有鸟焉,名曰精卫。……常衔西山之木石,以堙于东海。"《竹书纪年》:"(周)穆王三十七年,大起九师,东至于九江,叱鼋鼍以为梁。"按:江淹《恨赋》说秦始皇:"方架鼋鼍以为梁,巡海右以送日,一旦魂断,宫车晚出。"此化用其意。
⑤ 君不见二句:秦始皇葬骊山(在今陕西临潼)。秦亡后,项羽火烧咸阳,墓被发掘。汉武帝葬茂陵(在今陕西兴平)。西汉末,赤眉军入长安,墓被发掘。
⑥ 鼎湖句:意谓秦皇、汉武求仙而不免一死。古代神话:黄帝铸鼎于荆山之下。鼎成,乘龙飞天而成仙,后人因名其处曰鼎湖(见《史记·封禅书》)。

长 干 行

二首选一

《长干行》,乐府《杂曲歌辞》旧题。是流行于长江下游今江苏南京市一带的民间歌曲(详见前崔颢《长干行》题下注)。长江下游商业经济极为发达,经商的人往往在水上过着飘荡生活,经久不归。这诗描写一位年轻商妇的心情。在别离的岁月中,她想起和丈夫结识的过程,勾起了童年的回忆,以及初婚时的甜蜜和别后的痛苦;她盼望他早日归来,对幸福的爱情生活表示了炽热的向往和追求。诗用第一人称,通篇都是少妇的自白。

妾发初覆额①,折花门前剧②。
郎骑竹马来③,绕床弄青梅④。

同居长干里,两小无嫌猜⑤。
十四为君妇,羞颜未尝开。
低头向暗壁,千唤不一回⑥。
十五始展眉⑦,愿同尘与灰⑧。
常存抱柱信,岂上望夫台⑨?
十六君远行,瞿塘滟滪堆⑩。
五月不可触,猿声天上哀⑪。
门前迟行迹⑫,一一生绿苔。
苔深不能扫,落叶秋风早。
八月蝴蝶来⑬,双飞西园草。
感此伤妾心,坐愁红颜老⑭。
早晚下三巴⑮,预将书报家。
相迎不道远⑯,直至长风沙⑰。

【注释】

① 初覆额:刚刚掩盖着额角。古时女子年十五始笄(挽起头发,加上簪子),幼时不束发。
② 剧:游戏。
③ 竹马:跨着竹竿当作马骑。《后汉书·郭伋传》:"有儿童数百,各骑竹马,于道次迎拜。"
④ 绕床句:彼此互相追逐,投掷青梅为戏。床,当是指庭院里的井床,即辘轳架,架在井上的汲水用具。
⑤ 无嫌猜:情感融洽,没有疑忌。
⑥ 低头二句:写初婚时含羞的情态。向暗壁,默然无语地向壁角暗处坐着。回,转身答应。
⑦ 展眉:这里是指情感在眉眼间明朗地表现了出来,不再害羞。

⑧ 愿同句:意谓相爱之深,即使化为尘埃,也希望彼此能够在一起。
⑨ 常存二句:意谓相信对方能够珍惜爱情,长相厮守,哪里会想到有别离之苦呢?存,存在着这种想法。古代传说:尾生和情人约会在桥下,女子后期,大水忽至,尾生守约不去,抱着桥柱,被水淹死(见《庄子·盗跖篇》)。望夫台,即望夫山。传说:古代有一女子,因思念远赴国难离家已久的丈夫而天天上山去望,终于变成了一块石头,还保持着原来的形象。后人因名其石为望夫石,山为望夫山(见《幽明录》)。由于故事流传的广泛,今山西黎城,湖北房县、阳新,陕西紫阳,广东电白都有望夫山。
⑩ 瞿塘句:指经商入蜀的道路。瞿塘,峡

⑪ 五月二句：设想对方在远方既有风波之险，又有行旅之苦。《太平寰宇记》卷一四八："滟滪堆周回二十丈，在（夔）州西南二百步蜀江中心瞿塘峡口。冬水浅，屹然露百馀尺；夏水涨，没数十丈。其状如马，舟人不敢进。……谚曰：'滟滪大如幞，瞿塘不可触；滟滪大如马，瞿塘不可下；滟滪大如鳖，瞿塘行舟绝；滟滪大如龟，瞿塘不可窥。'"这里的"不可触"是用成语，因为五月正当夏季水涨的缘故。三峡两岸，山极高峻，上多猿。当地渔歌云："巴东三峡巫峡长，猿鸣三声泪沾裳。"（见《水经注·江水》）
⑫ 迟行迹：一作"旧行迹"。迟，读去声，

作动词用，等待。
⑬ 蝴蝶来：一作"蝴蝶黄"。据说秋天的蝴蝶多黄色。
⑭ 坐愁句：因相思的愁苦，而使得青春的容颜为之憔悴。古诗："思君令人老。""老"字的用法与此相同。
⑮ 早晚：多早晚，什么时候的意思。　下三巴：由三巴顺流东下，意谓由蜀返吴。三巴，巴郡、巴东、巴西的总称，相当于今四川省东部地。这里泛指蜀中。
⑯ 不道远：不说远，就是不辞远的意思。
⑰ 长风沙：又名长风夹。在今安徽安庆市东五十里的江边。陆游《入蜀记》卷三："盖自金陵至此七百里，而室家来迎其夫，甚言其远也。（长风沙）地属舒州，旧最号湍险。"

【评】

钟惺评曰："古秀，真汉人乐府。"（《唐诗归》）今按，当云：得汉乐府之神，而明转天然，纯为吴歌正脉。

玉 阶 怨

《玉阶怨》，乐府《相和歌·楚调曲》旧题。其内容多描写被禁闭在深宫里的妇女苦闷的心理状态。

玉阶生白露，夜久侵罗袜。
却下水精帘①，玲珑望秋月②。

【注释】

① 却下：放下。　水精帘：透明的帘箔。水精，即水晶。

② 玲珑句：言望秋月之玲珑。玲珑，澄澈空明貌。

【评】

　　露侵罗袜，可知伫望之久；夜寒难禁，回房下帘，隔帘痴望一轮秋月，更不知望到何时。"玉阶""罗袜""水晶帘"，宫中的一切是华美的；白露、长夜、清寒，这女子的内心则是空寂一片。句末一片月色空明，"愁"字尽在不言之中。

塞 下 曲

六首选二

《塞下曲》，乐府诗题。见前郭震《塞上》题下注。

其 一

原第一首

五月天山雪①，无花只有寒。
笛中闻《折柳》②，春色未曾看。
晓战随金鼓，宵眠抱玉鞍。
愿将腰下剑，直为斩楼兰③。

【注释】

① 天山：在今新疆维吾尔自治区境内。山上冬夏常积雪，故又名雪山或白山。
②《折柳》：乐府《横吹曲》的曲调名。
③ 直为：表示方向和决心之词。为，读去声。　斩楼兰：意指消灭敌人（参看前王昌龄《从军行》第三首注③）。

【评】

　　五月冰雪，春色只能从笛声中想象，环境是艰苦的。作战一天，夜眠时犹抱鞍枕戈，战斗更是艰巨的。唯其艰苦艰巨，方显出结二句誓语之豪壮。诗用反衬，篇末振起，匠心天成。

其　二
原第二首

骏马似风飙①，鸣鞭向渭桥②。
弯弓辞汉月，插羽破天骄③。
阵解星芒尽，营空海雾消④。
归来画麟阁，独有霍嫖姚⑤。

【注释】

① 飙（biāo）：暴风。
② 渭桥：渭水上的桥（参看前卢照邻《长安古意》注㉒）。桥在长安西北，唐代往西域的人，出都城之后，首先经过这里。
③ 插羽：插好羽箭，与上句"弯弓"互文，谓弯弓佩箭辞汉赴敌。后李商隐《为张周封上杨相公启》"插羽佩鞬，从相公于关右"可证。天骄：指强敌，见前陈子昂《感遇》三注⑤。
④ 阵解二句：意谓战争结束，边疆平靖。星，指毕头星。《史记·天官书》："昴曰髦头，胡星也。"张守节《正义》："摇动若跳跃者，胡兵大起。"星芒尽，言胡星不再放射摇动的光芒。
⑤ 归来二句：意谓战胜归来，朝廷论功行赏，轮不到广大士兵和一般将领。麟阁，麒麟阁的简称。汉高祖时萧何所建，用来储藏图书。宣帝时，为了纪念功臣，画霍光等十九人像于其上。这里以"画麟阁"泛指取得最大的功勋和荣誉。霍嫖姚，即霍去病。汉武帝时击匈奴有功，曾做过嫖姚校尉，世称霍嫖姚。麟阁十九人的画像中，并没有霍去病。按：霍去病是汉朝的贵戚（见《史记·卫将军骠骑列传》），

极受汉武帝宠信。此云"独有霍嫖姚",与杜甫诗"借问大将谁,恐是霍嫖姚"(《后出塞》),皆有讽刺唐玄宗用人惟亲的意思;不仅如刘湾所慨叹的"死是征人死,功是将军功"而已(见后选《出塞曲》)。

【评】

　　此诗结构与上诗异曲同工,相映成趣,上诗先抑后扬;此诗则先扬后抑(都是上六下二,结末显意)。前六句如迅雷奔电,一气赶下,最后婉尔微讽,使人尤其感叹。起句尤劲,虎虎有风声。

丁督护歌

　　《丁督护歌》是《清商曲·吴声歌》旧题。《宋书·乐志》:"督护歌者,彭城内史徐逵之为鲁轨所杀,宋高祖使府内直督护丁旿收敛殡埋之。逵之妻,高祖长女也。呼旿至阁下,自问敛送之事。每问,辄叹息曰:'丁督护!'其声哀切。后人因其声广其曲焉。"关于李白这诗,过去有人以为歌咏历史题材,寻绎语意,显有不合。王琦说:"考芒砀诸山,实产文石,或者是时官司取石于此山,僦舟搬运,适当天旱水涸,牵挽而行。期令峻急,役者劳苦,太白悯之,而作此诗。"(见《李太白全集》卷六)它之所以题为《丁督护歌》,是因为听到当时民伕在拖船时唱着这支歌曲,故借作诗题,取其声调之哀怨,与原来的题意,并不相关。督护一作"都护"。

云阳上征去,两岸饶商贾①。
吴牛喘月时②,拖船一何苦!

水浊不可饮,壶浆半成土③。
一唱都护歌,心摧泪如雨。
万人凿磐石,无由达江浒④。
君看石芒砀,掩泪悲千古⑤。

【注释】

① 云阳二句:意谓文石采自芒砀,由运河向南运往云阳。运河两岸是繁盛的商业区,商贾的富裕生活和拖船民伕之苦,正好是个对照,故下文云云。云阳上征去,是"上征云阳去"的倒文。云阳,今江苏丹阳。按:云阳,秦以后为曲阿,天宝元年改为丹阳,属江南道润州(见《元和郡县图志》卷二五)。这里是沿用旧名。
② 吴牛句:天气炎热的时候。吴牛,即水牛。《世说新语·言语》刘孝标注:"今之水牛,惟生江淮间,故谓之吴牛也。南土多暑,而此牛畏热,见月疑是日,所以见月则喘。"
③ 壶浆:壶里的饮料。 浆有二义:一指薄酒,《楚辞·九歌·东皇太一》:"奠桂酒兮椒浆。"一泛指饮料,《礼记·檀弓上》:"水浆不入于口者七日。"这里用后一义。
④ 万人二句:王琦注:"谓此万夫所凿之磐石,为数甚多,无由即达江浒。"江浒(hǔ),江边,指云阳。凿,一作"系"。
⑤ 君看二句:意谓这芒砀二山所产的文石,带给人民永远难以解脱的苦难,使人为之生悲而掩泪。

静 夜 思

这诗写静夜思乡之情。郭茂倩编入《乐府诗集》卷九〇《新乐府辞》,说:"新乐府者,皆唐世之新歌也。以其辞实乐府,而未尝被于声,故曰新乐府也。"

床前明月光,疑是地上霜。
举头望明月,低头思故乡。

【评】

　　寻常口语却写出客居者百无聊赖的情态。诗从一个错觉引起,床前一片银霜,知是夜深人静时。看见这"霜",则分明长夜无眠。见"霜"又疑,此时此地不当有霜,于是缘踪追寻,终于抬头看见一轮皓月。见月则念"隔千里兮共明月",顿觉寒光万束,如箭攒心,于是低头更为神伤。月光非霜,然而寒甚于霜,总是长夜无聊,寻寻觅觅,愁何以绝,情何以堪。

春　思

燕草碧如丝,秦桑低绿枝①。
当君怀归日,是妾断肠时。
春风不相识,何事入罗帷②?

【注释】

① 燕草二句:征人在燕,思妇在秦,上下句分写两地春景。萧士赟曰:"燕北地寒,草生迟。当秦桑低绿之时,燕草方生,如丝之碧也。"(《分类补注李太白集》卷六)按:《楚辞·招隐士》:"王孙游兮不归,春草生兮萋萋。"又乐府有《陌上桑》、《采桑度》等歌词,这里说草,说桑,既用以兴起下文两地相思之情,又暗用《陌上桑》中罗敷女拒绝太守引诱故事,诗脉潜通最后二句。

② 春风二句:乐府《子夜四时歌》:"春风复多情,吹我罗裳开。"这里化用其语,暗示对丈夫爱情的坚贞。清人赵翼《瓯北诗话》卷一谓这二句"蕴藉吞吐,言短意长,直接《国风》之遗。"

扶风豪士歌

这诗是天宝十五载（756）春间李白由宣城入剡中（今浙江嵊县一带）路过泾县时赠万巨之作。诗中首陈安史乱起，时局动荡不安，人民遭受巨大灾难；中叙宴饮欢聚，意气相倾之乐；结处自明心迹，有感愤时艰，靖难立功之意，为全篇主旨所在。嘉庆《泾县志》卷二〇："唐万巨，晏五世孙，世居震山。天宝末以材荐，不就。李白游泾，有赠《扶风豪士歌》。扶风，巨远祖汉槐里侯修封郡名也。"今陕西凤县一带，汉为扶风郡地。

洛阳三月飞胡沙①，洛阳城中人怨嗟。
天津流水波赤血②，白骨相撑如乱麻。
我亦东奔向吴国③，浮云四塞道路赊④。
东方日出啼早鸦，城门人开扫落花。
梧桐杨柳拂金井，来醉扶风豪士家。
扶风豪士天下奇，意气相倾山可移。
作人不倚将军势，饮酒岂顾尚书期⑤？
雕盘绮食会众客，吴歌赵舞香风吹。
原尝春陵六国时⑥，开心写意君所知⑦。
堂前各有三千士，明日报恩知是谁？
抚长剑，一扬眉，清水白石何离离⑧！
脱吾帽，向君笑；饮君酒，为君吟：
张良未逐赤松去，桥边黄石知我心⑨。

【注释】

① 胡沙：犹言胡尘（参看前《古风》注⑩）。
② 天津流水：指天津桥下的洛水。天津桥在洛阳西南二十里洛水上。隋炀帝时所建，唐初重修。一名上浮桥。
③ 我亦句：一作"我亦来奔溧溪上"。
④ 赊：远。
⑤ 作人二句：赞美主人不屈于富贵，不牵于俗情的豪迈性格。上句借用成语。汉辛延年《羽林郎》："昔有霍家奴，姓冯名子都。依倚将军势，调笑酒家胡。"下句用陈遵留客的典故。汉朝陈遵嗜酒好客，每次宴会，客人到齐，就将大门关上，把客人所乘车上的辖（车轴上的键）拔出，投入井中，使不得早去。一次，有位刺史上朝奏事，经过他家，也被这样留住。刺史大窘，候陈遵醉后，入内室，拜见陈遵的母亲，说明自己和尚书约定时间会见，急需前往。陈母亲指给后门，放他出去（见《汉书·陈遵传》）。这里是说喝酒时就顾不到这类事。
⑥ 原尝春陵：指战国时的四公子。原，赵国的平原君赵胜。尝，齐国的孟尝君田文。春，楚国的春申君黄歇。陵，魏国的信陵君魏无忌。他们都以豪侠著称，专门罗致人才，门下各有客三千。 六国时：指周末的战国时代。
⑦ 开心写意：言以真诚待士。《后汉书·马援传》："且开心见诚，无所隐伏。"开心，犹如说披肝露胆。《战国策·赵策二》："忠可以写意。"写意，谓倾吐心意。
⑧ 清水句：比喻心迹终于可以表明。离离，犹言历历，看得很清楚的意思。乐府《相和歌·艳歌行》："语卿且勿眄，水清石自见。石见何累累，远行不如归。"这里化用其意。所说的心迹，即指下文"张良"二句。
⑨ 张良二句：张良，字子房，汉初的开国功臣，赤松、黄石，赤松子和黄石公的简称，均仙人名。传说，张良少时，曾在下邳圯水桥上遇仙人黄石公，授以《太公兵法》。后张良佐汉高祖刘邦统一中国，受封为留侯。但他自说愿弃人间，从赤松子游。事见《史记·留侯世家》。这里李白以张良自比。

【评】

诗分三节。至"来醉"句为第一段，写乱起奔吴，至万巨家。从"扶风豪士"至"明日报恩"句为第二段，写主人之好客豪爽。"抚长剑"以下为第三段，借酒抒怀。段间过渡自然，全诗逸气旷荡。胡震亨评此诗"洛阳如何光景，作快活语，在杜甫不会，在李白不可"。确实如此。有兴趣的读者可取杜甫也是战乱奔避朋友家所作的《赠卫八处士诗》与本诗对读，则二家风格区别当可自明。

横 江 词

六首选一

横江,即横江浦,在今安徽和县东南长江边,和当涂的采石矶隔江相对。这诗写风波之险,寓有世路艰难的感慨。

横江馆前津吏迎①,向余东指海云生。
"郎今欲渡缘何事?如此风波不可行②!"

【注释】

① 横江馆:设在横江浦的对岸采石矶,又曰采石驿。津吏:唐制于诸津渡设津令一人,下有津吏(见《新唐书·百官志》)。
② 郎今二句:杨慎曰:"古乐府《乌栖曲》:'采菱渡头拟黄河,郎今欲渡畏风波。'太白以一句衍作二句,绝妙。"(《升庵诗话》卷五)

峨眉山月歌

这诗是开元十四年(726),李白由蜀出游途中寄友人之作。诗中的"君",即指友人,姓名不可考。全诗四句,连用五个地名,而组织精巧,意境深曲,丝毫没有堆砌的痕迹,可以看出李白绝句空灵秀丽的一面。

李　白

> 峨眉山月半轮秋，影入平羌江水流①。
> 夜发清溪向三峡②，思君不见下渝州③。

【注释】

① 峨眉二句：回忆在峨眉同友人赏月时所见的景色，下两句写远行中孤独的心情。因为是"夜发"，故以峨眉山月起兴。平羌江，即青衣江。源出今四川芦山西北，流出乐山而入岷江。峨眉山南临平羌江，月影映入江水，为高山所掩，只能看到半轮。
② 清溪：即清溪驿，在今四川犍为。　三峡：指长江上游，今四川、湖北二省之间的三个峡（两山夹水）。这一带，江峡极多，通常指四川奉节东的瞿塘峡，巫山东的巫山峡，湖北宜昌西北的西陵峡。《乐山县志》以为三峡当指乐山黎头、背峨、平羌三峡；清溪，地名，在黎头峡上游。按全诗地形，其说较妥。
③ 渝州：州治在今重庆。

赠何七判官昌浩

这诗借赠友抒写自己经世致用的抱负，对逃避现实、泉石鸣高的隐士，死守章句、迂拘无用的儒生表示了轻蔑和嘲讽。诗的起结转折，超忽不平，有如天风海涛，给人以开拓胸怀之感。何昌浩，生平不详。寻绎诗意，此行当是赴边地军幕，担任节度判官。

> 有时忽惆怅，匡坐至夜分①。
> 平明空啸咤②，思欲解世纷③。
> 心随长风去，吹散万里云④。
> 羞作济南生，九十诵古文⑤。
> 不然拂剑起，沙漠收奇勋。
> 老死阡陌间⑥，何因扬清芬⑦？

夫子今管乐⑧,英才冠三军。
终与同出处,岂将沮溺群⑨?

【注释】

① 匡坐:正坐。 夜分:夜半。
② 啸咤:这里是指内心不平的一种表现。张华《壮士诗》:"啸咤起清风。"蹙口出声曰啸。
③ 解世纷:解除社会上的纷乱。战国时鲁仲连曾说:"所贵于天下之士者,为人排患、释难、解纷乱而无取也。"(见《史记·鲁仲连列传》。参见前《古风》第一首注⑤)此用其意。以上四句写夜坐啸咤。
④ 心随二句:用宗悫"乘长风破万里浪"(见《宋书·宗悫传》。参见前《行路难》注⑧)意,而变其语。此二句借景荡开,用起下文。
⑤ 羞作二句:济南生即伏生。伏生名胜,《史记·儒林传》:"伏生者,济南人也。故为秦博士。孝文帝时,欲求能治《尚书》者,天下无有。乃闻伏生能治,欲召之。是时,伏生年九十馀,老,不能行。于是乃诏太常,使掌故朝错往受之。秦时焚《书》,伏生壁藏之。其后兵大起,流亡。汉定,伏生求其书,亡数十篇,独得二十九篇,即以教于齐、鲁之间。"按:汉代经学有今文和古文之分。伏生所传的《尚书》二十九篇本,称为今文《尚书》。所谓"今文",是指钞写时用汉时通行的今体文字。至于他所诵读的则是用古体文字写的壁中藏本,故曰"诵古文"。
⑥ 阡陌间:犹言田野间。田间道路叫阡陌。贾谊《过秦论》:"俯起阡陌之中。"
⑦ 以上六句三转折,以应首四句"惆怅"、"啸咤"。
⑧ 管乐:管仲和乐毅。管仲相齐桓公,称霸诸侯。乐毅辅燕昭王,攻破强齐,都是古代杰出的政治、军事家。
⑨ 终与二句:言自己终于会同何昌浩一样,出而用世。出处,在这里是偏义复词,偏用"出"义。将,从的意思。沮、溺,指春秋时的隐士长沮和桀溺。《论语·微子》:"长沮、桀溺耦而耕。"将沮溺群,犹言与沮溺为群,即上文说的"老死阡陌间"。末四句收束点诗题"赠",则前此均借题发挥。

闻王昌龄左迁龙标遥有此寄

王昌龄生平事迹见前。古人尚右,左迁谓贬官。王被谪为龙标尉,时间不可考。龙标,今湖南黔阳。

杨花落尽子规啼,闻道龙标过五溪①。

我寄愁心与明月,随君直到夜郎西^②。

【注释】

① 五溪:雄溪、蒲溪、酉溪、沅溪、辰溪的总称,在今湖南省西部和贵州省东部。
② 我寄二句:月夜思友,故因月寄情。按:王维《送沈子福之江东》:"惟有相思似春色,江南江北送君归。"与此用意略同。夜郎西,泛指遥远的西南边地。夜郎,古国名,其地在今贵州省西部。唐夜郎县,在今贵州桐梓东。

【评】

"五溪"一节,"夜郎"又一节,是龙标征程。"闻道"、"我寄"、"随君"是太白思绪。"愁"字为一诗之主,绾连二人。而开首花落残春、子规啼血先又布下一片愁阵,中间明月更与愁人相随。全诗组织甚巧而浑然一体,读来只觉渐行渐远,弥愁弥深。盖以情恳意切,所谓自然工巧耳。

庐山谣寄卢侍御虚舟

据黄锡珪《李太白编年诗集目录》订为天宝十五载(756)秋间李白隐居庐山时所作。当时安史乱起,两京沦陷,烽烟蔓及江淮,诗中所表现的消极避世思想,说明作者无可奈何而希图超度现实,反映了他极度苦闷复杂的矛盾心情的一个侧面,可与前选《古风》"西岳莲花山"一首相参看。卢虚舟,范阳(今北京市)人。唐人称殿中侍御史及监察御史为侍御。赵璘《因话录》:"御史台三院:一曰台院,其僚曰侍御史,众呼为端公。……二曰殿院,其僚曰殿中侍御史,众呼为侍御。……三曰察院,其僚曰监察御史,众亦呼为侍御。"

我本楚狂人，凤歌笑孔丘①。

手持绿玉杖，朝别黄鹤楼。

五岳寻仙不辞远②，一生好入名山游。

庐山秀出南斗旁③，

屏风九叠云锦张④，影落明湖青黛光⑤。

金阙前开二峰长⑥，银河倒挂三石梁⑦。

香炉瀑布遥相望⑧，回崖沓嶂凌苍苍⑨。

翠影红霞映朝日⑩，鸟飞不到吴天长。

登高壮观天地间，大江茫茫去不还。

黄云万里动风色，白波九道流雪山⑪。

好为庐山谣，兴因庐山发。

闲窥石镜清我心，谢公行处苍苔没⑫。

早服还丹无世情⑬，琴心三叠道初成⑭。

遥见仙人彩云里，手把芙蓉朝玉京⑮。

先期汗漫九垓上，愿接卢敖游太清⑯。

【注释】

① 我本二句：《论语·微子》："楚狂接舆歌而过孔子曰'凤兮，凤兮，何德之衰？往者不可谏，来者犹可追。已而，已而，今之从政者殆而！'孔子下，欲与之言。趋而辟（避）之，不得与之言。"歌中的"凤"，系影射孔子。
② 五岳：我国五座大山的总称。说法不一，通常是指东岳泰山、西岳华山、南岳衡山、北岳恒山、中岳嵩山。
③ 庐山句：按照古代天文学，浔阳（今江西九江市）当南斗的分野（参看前王维《终南山》注③），庐山在浔阳附近，故云。南斗，星宿名。

④ 屏风九叠：又名屏风叠，在庐山五老峰东北。峰峦重叠，状如屏风，故称。
⑤ 明湖：指鄱阳湖。
⑥ 金阙：即金阙崖，又名石门。当石门水发源处。两崖对峙，高耸如双阙，故称。 二峰：指香炉峰和双剑峰。长，一作"帐"。
⑦ 银河句：据说，庐山上有三石桥（现已无考），长数十丈，宽不盈尺，望去如银河倒挂空中。一说，三石梁是指屏风叠左边的三叠泉。其水三折而下，如银河之挂石梁。挂，一作"泻"。
⑧ 香炉句：香炉峰附近，瀑布极多。望，读平声。释慧远《庐山记》："东南有香山……西

南有石门山，壁立千仞，而瀑布流焉。"
⑨ 凌苍苍：一作"何苍苍"。
⑩ 映朝日：一作"照千里"。
⑪ 白波句：形容大江中卷起一层层的巨浪，望去有如流动的雪山。古人说，江至庐江、浔阳，分为九派（见《汉书·地理志》）。九道，义同九派，指宽阔的江水。按：李白《横江词》第四首："涛似连山喷雪来。"又宋代苏轼《念奴娇》（赤壁怀古）："惊涛拍岸，卷起千堆雪。"所写之景，与此略同；而此铸语特为雄浑。
⑫ 闲窥二句：意谓山水清幽，能消除俗念；而凭吊古迹，感慨于沧桑变易，更加引起超世出尘之想。上文所云"兴因庐山发"，即指此。庐山有石镜峰。峰东有圆石悬崖，明莹如镜，称为石镜。谢灵运《入彭蠡湖口》："攀崖照石镜，牵叶入松门。"谢公行

处苍苔没，一作"绿萝开处悬明月"。
⑬ 还丹：道家烧丹成水银，又烧水银成丹，叫做还。成熟的丹，称为还丹。一称九还或大还。
⑭ 琴心三叠：道家术语。意指心身宁静专一。
⑮ 朝：朝谒。　玉京：道家称为三十二帝之都。
⑯ 先期二句：《淮南子·道应训》："卢敖游乎北海……见一士焉……卢敖与之语曰：'……子殆可与敖为友乎？'若士者齤然而笑曰：'……吾与汗漫期于九垓之外，吾不可以久驻。'若士举臂而竦身，遂入云中。"此以卢敖拟卢虚舟，意谓愿和他一起作神仙之游。期，约。汗漫，仙人名。接，引导的意思。道家以玉清、上清、太清为三清。太清，指最高的天界。

【评】

　　这诗总揽庐山全景，以绚烂多彩的笔意，写出山川辉映、雄奇瑰玮的壮观。诗以狂歌出游，五岳寻仙起。"庐山秀出"句转韵正写，分二层：先写庐山山水之奇丽，以"鸟飞不到吴天长"荡开。"登高"句起又转韵承"吴天长"意，写登庐山高峰望大江东去，造语更为宏阔，境界更为奇伟。气盈势遒，逼出"好为""兴因"二句，续以缅想谢公，石镜清心，是又为一韵。由"清心"顺势而入"无世情"、"道初成"，回照开首"寻仙"，又饱墨淋漓，畅写与仙家共游太清玉京。章法一线贯通，而起伏排荡，淋漓尽致，是以可贵。

梦游天姥吟留别

　　唐玄宗天宝三载（744），李白为权贵所排挤，被放出都。第二

年,将由东鲁南游越中,这是行前向朋友们表白心情之作。诗以浪漫主义手法,通过梦游,表现对山水名区的向往,显示蔑视权贵的傲岸精神;也反映了作者政治上幻灭的悲哀,流露出人生若梦的虚无思想。

天姥,山名,在今浙江新昌东。吟,诗体名,歌行体当中的一种。谢榛《四溟诗话》引《文式》:"悲如蛩螀曰吟,读之使人思怨。"题一作《别东鲁诸公》。

海客谈瀛洲,烟涛微茫信难求[①];
越人语天姥,云霓明灭或可睹[②]。
天姥连天向天横,势拔五岳掩赤城[③]。
天台四万八千丈,对此欲倒东南倾[④]。
我欲因之梦吴越[⑤],一夜飞渡镜湖月[⑥]。
湖月照我影,送我至剡溪[⑦]。
谢公宿处今尚在[⑧],渌水荡漾清猿啼。
脚着谢公屐[⑨],身登青云梯[⑩]。
半壁见海日,空中闻天鸡[⑪]。
千岩万转路不定,迷花倚石忽已暝。
熊咆龙吟殷岩泉,栗深林兮惊层巅[⑫]。
云青青兮欲雨,水澹澹兮生烟。
列缺霹雳[⑬],丘峦崩摧。
洞天石扉[⑭],訇然中开[⑮]。
青冥浩荡不见底[⑯],日月照耀金银台[⑰]。
霓为衣兮风为马,云之君兮纷纷而来下[⑱]。
虎鼓瑟兮鸾回车[⑲],仙之人兮列如麻[⑳]。

李　白

忽魂悸以魄动㉑，恍惊起而长嗟㉒。
惟觉时之枕席，失向来之烟霞㉓。
世间行乐亦如此，古来万事东流水。
别君去兮何时还？
且放白鹿青崖间，须行即骑访名山。
安能摧眉折腰事权贵㉔，使我不得开心颜！

【注释】

① 海客二句：意谓海外三神山之说，并不可信。详见前《登高丘而望远海》注①、注③。海客，来自海上的客人。瀛洲，神话中的仙境，海外三神山之一。微茫，依稀仿佛貌。
② 越人二句：意谓天姥山的景象万千，是真实而可能见到的。与上文海外三神山之烟涛微茫、无法寻求，相对而言。下面"天姥连天"四句，是越人所谈的天姥山的形势。
③ 拔五岳：超出于五岳。五岳，见《庐山谣寄卢侍御虚舟》注③。　掩赤城：掩盖了赤城。赤城，山名（详见前孟浩然《舟中晓望》注⑤）。
④ 天台二句：意谓四万八千丈高的天台山，面对着它西北的天姥山，像倒塌了似的，显得东南低了。屈原《天问》："康回凭怒，地何故以东南倾。"天台山，在今浙江天台北，与天姥峰相对。
⑤ 因之：因越人的谈话。　吴越：指越。因吴越相邻，连类而及，是偏义复词。
⑥ 镜湖：在今浙江绍兴。因波平如镜，故名。一称鉴湖或庆湖。
⑦ 剡（shàn）溪：曹娥江上游，在今浙江嵊县。
⑧ 谢公宿处：谢灵运游天姥，曾在剡溪投宿。其《登临海峤初发疆中作》有云："暝投剡中宿，明登天姥岑。"
⑨ 谢公屐：谢灵运所特制的登山木鞋。鞋底装有活动的锯齿。上山则去前齿，下山则去后齿。见《宋书·谢灵运传》。
⑩ 青云梯：指高峻入云的山路。谢灵运《登石门最高顶》："惜无同怀客，共登青云梯。"语本此。
⑪ 天鸡：《述异记》："东南有桃都山，上有大树名曰桃都，枝相去三千里，上有天鸡。日初出照此木，天鸡则鸣，天下之鸡皆随之鸣。"
⑫ 熊咆二句：意谓岩泉发出巨大声响，有如熊咆龙吟，使得出入于深林层巅的山中游人，为之战栗而惊恐。一说，熊咆龙吟是实叙。殷（yǐn），形容声音宏大。《诗经·召南·殷其雷》："殷其雷，在南山之阳。"层巅，一层比一层高的山峰。
⑬ 列缺：闪电。　霹雳：雷声。
⑭ 洞天：道家称神仙所居之处。　石扉：一作"石扇"。
⑮ 訇（hōng）然：大声貌。
⑯ 青冥：天空。
⑰ 金银台：神仙所居的宫阙。郭璞《游仙》："神仙排云出，但见金银台。"
⑱ 霓为衣二句：傅玄《吴楚歌》："云为车兮风为马。"云之君，《楚辞·九歌》有《云中君》，指云神，这里泛指神仙。
⑲ 虎鼓瑟：语本张衡《西京赋》："白虎鼓瑟。"　回车：拉车。
⑳ 列如麻：言其众多。《云笈七签》卷九六《上元夫人步虚曲》："忽过紫微垣，真人

列如麻。"一本"列"下无"如"字。
㉑ 悸：心惊。
㉒ 恍：觉醒貌。
㉓ 向来：前一晌，指梦境中。
㉔ 摧眉折腰：低着眉头，弯着腰。意谓委屈自己，小心伺候别人。

【评】

　　太白诗以奇称，此诗奇中又奇，虚虚实实，全从空中落笔。"游"天姥，却先从"海客谈瀛洲"起作陪衬，虚写一层。继以"越人语天姥"，阑入赤城天台，又一层陪衬，又一层虚写。"我欲因之梦吴越"以下入"游"字，愈唱愈奇，万幻千变，似为实写；忽然魂悸魄动，惊起惟见枕席，则实写仍为虚写。再返阅前面，曰"信难求"，曰"或可睹"，曰"梦吴越"，曰"镜湖月"，曰"照我影"，早已节节点明"梦游"，只为状写太真切、太奇丽，读者才以梦为真，以虚为实。末节就美梦与现实展开议论，发抒不平，结出"留别"两字，拟骑白鹿、访名山以寻求梦中境界，避开污浊世界，傲骨自珍，期开心颜，则于实中怀虚，仍扣"游天姥"题面。天马行空，逸足神骏，而步武不紊，可为此诗之比。

渡荆门送别

　　这诗是开元十四年（726），李白由三峡出蜀，沿江东下时途中的作品。所谓"送别"，意指江水送自己离别蜀中。诗以雄奇飘逸的笔触，描绘开阔伟丽的景象，反映出作者年少远游，倜傥不群的心情。自首至尾，一气呵成，不受格律的束缚，是李白律诗的特色。

渡远荆门外①，来从楚国游②。
山随平野尽，江入大荒流③。
月下飞天镜，云生结海楼④。
仍怜故乡水⑤，万里送行舟。

【注释】

① 荆门：山名，在今湖北宜都西北长江南岸，与北岸虎牙山相对峙。
② 楚国：今湖北省一带，秦以前为楚地。
③ 山随两句：自荆门以东，地势平坦。苏轼《出峡》："入峡喜巉岩，出峡爱平旷。"苏辙《黄州快哉亭记》："江出西陵，始得平地，其流奔放肆大，南合湘沅，北合汉沔，其势益张，至于赤壁之下，波流浸灌，与海相若。"可作这二句注脚。按：这二句写出了眼前壮丽的山川和诗人开阔的胸襟。大荒，广阔无际的原野。
④ 月下二句：上句说江中月影，有如明镜从天空飞来。李白《古朗月行》："小时不识月，呼作白玉盘；又疑瑶台镜，飞在青云端。"亦以镜拟月，与此同意。下句说江上云彩的奇丽多变，像海市蜃楼一样。海上空气下层比上层密度大，光线折射，变幻出许多奇景，望去如城市、楼台，叫做海市蜃楼。《史记》："海旁蜃气象楼台。"
⑤ 怜：爱。这里有留恋的意思。 故乡水：指长江。长江自蜀东流而下，李白蜀人，故云。杨慎《升庵诗话》卷二谓末二句"寓怀乡之意"。

【评】

永泰元年杜甫由成都东下于峡中有《旅夜书怀》诗云："细草微风岸，危樯独夜舟。星垂平野阔，月涌大江流。名岂文章著，官应老病休。飘飘何所似，天地一沙鸥。"前人常将李杜此二诗颔联加以比较，有的称李虽壮而杜骨力过之（如胡震亨、吴旦生）；有的称"未容优劣"，"李是昼景，杜是夜景，李是行舟暂住，杜是停舟细观"（王琦）；"二者皆适兴乎会，无意相合"（翁方纲）。我们认为，"未易优劣"说是。然就句论句，所举仍嫌浮泛隔膜。按诗为整体，论句当就具体的人，整篇的诗来看。二联均佳，不仅在于李诗切合行舟中出峡见平瞻之实景，杜诗亦正不离峡中蜀山围抱之环境。更重要的是，李白是少年远游，素性又旷荡不羁，故起句即豪壮。"山随"二句遂见景而自然涌出气势飞动,为壮怀写照。杜甫则老病衰迈,性情沉闷。故首联起得即萧索,望中蜀之江水遂反映为其颔联之警深。二联均佳,然而试互易位置,再读一过,则二诗均支离凿枘,诗不成诗。评家每于断句争论不息,其失均在于此。

送 友 人

这诗和下面一首《送友人入蜀》可能都是天宝三载(744)李白在长安政治失意时所作。所送友人不可考。寻绎诗意,知也是宦游落拓之士。

青山横北郭①,白水绕东城。
此地一为别,孤蓬万里征②。
浮云游子意,落日故人情③。
挥手自兹去,萧萧班马鸣④。

【注释】

① 郭:本义指外城,此与下句的"城"为同义复文,泛指城垣之外。
② 孤蓬句:比喻客子远行。曹植《杂诗》:"转蓬离本根,飘飘随长风。……类此游客子,捐躯远从戎。"蓬,草名(详见前王维《使至塞上》注②)。
③ 浮云二句:《文选》(伪)李陵《与苏武》:"仰视浮云驰,奄忽互相逾。风波一失所,各在天一隅。"上句化用其意,写友人客中飘零之感。下句写别后相思之情。故人,自指。
④ 班马:离群之马。《左传》襄公十八年:"有班马之声,齐师其遁。"杜预注:"班,别也。"

【评】

起法尤佳,写出萦回不去之别绪。明高启诗"白下有山皆绕郭,清明无客不思家"(《清明呈馆中诸公》),由此翻出以写客思,可与互参。

送友人入蜀

见说蚕丛路①,崎岖不易行。
山从人面起,云傍马头生。
芳树笼秦栈②,春流绕蜀城③。
升沉应已定,不必问君平④。

【注释】

① 见说:即听说,唐人习用语。 蚕丛:古蜀王称号(详见前《蜀道难》注②)。这里用作蜀地的代称。
② 秦栈:由秦入蜀的栈道。
③ 春流句:蜀城,指成都。《水经注·江水》:"江水又东径成都县,县有二江,双流郡下。"
④ 升沉二句:因送友而抒写自己政治上的失意之感。升沉,指仕途上的升迁和降谪。君平,汉严遵(一作尊)字。他曾在成都街上卖卜(见《汉书·王贡两龚鲍传》)。

【评】

起说蜀道不易行,结谓人间行路难,中则别绪缠绕以绾接之。一片惆怅,而不知其为别,抑或为难。"山从"、"云傍"一联特佳,非特写尽蜀山壁立、乱云飞渡景象,更隐见山行之意。言短意长,是以为贵。

宣城谢朓楼饯别校书叔云

这诗是天宝末李白游宣城时饯别李云所作。谢朓楼,一称谢公楼或北楼,南齐诗人谢朓官宣城太守时所建。唐末,改名为叠嶂楼,在今安徽宣城。李云,官秘书省校书郎,故称为"校书叔"。题一作《陪侍御叔华登楼歌》。李华于天宝十一载官监察御史(见《新唐书·文艺传》)。唐人称监察御史为侍御(见赵璘《因话录》)。

弃我去者,昨日之日不可留;
乱我心者,今日之日多烦忧。
长风万里送秋雁,对此可以酣高楼①。
蓬莱文章建安骨,中间小谢又清发②。
俱怀逸兴壮思飞,欲上青天览明月③。
抽刀断水水更流,举杯消愁愁更愁。
人生在世不称意,明朝散发弄扁舟④。

【注释】

① 酣(hān):尽情畅饮。
② 蓬莱二句:上句谓李云文章得建安风骨,下句自比为小谢之清发,故下文云"俱怀逸兴"。《后汉书·窦章传》:"是时学者称东观(后汉政府贮藏图书的机构)为老氏藏室,道家蓬莱山。"李贤注:"言东观经籍多也。蓬莱,海中神山,为仙府,幽经秘录并皆在焉。"这里的蓬莱,是借指唐代的秘书省。李云校书秘书省,故称之为"蓬莱文章"。建安(196—219),汉献帝年号。刘勰《文心雕龙》有《风骨篇》。又《时序篇》论建安诗人云:"观其时文,雅好慷慨。良由世积乱离,风衰俗怨,并志深而笔长,故梗概而多气也。"建安骨,谓具有建安风骨。小谢,指谢朓,区别于谢灵运而言(因谢朓时代在后,故称小谢)。清发,清新秀发,指谢朓的诗风。
③ 览:字同"揽",取的意思。

④ 散发弄扁舟：意指避世隐居。暗用范蠡"乘扁舟浮于江湖"（见《史记·货殖列传》）的典故。散发，谓脱去簪缨，不受拘束。

【评】

此诗突如其来，倏如而去，然法度在焉。起四句无端发兴感慨，而以"多烦忧"阑及长风秋雁，高楼酣饮，自然而然落入钱别正题。"蓬莱"四句就题展开。分合以写己与叔氏文章风骨，逸兴壮思。"抽刀"二句如异峰突起，其实意脉从"欲上"句贯下。盖青天览月虽豪逸，而实不可得矣，则其愁更深。此二句又照应起四句烦乱之意，复发为"不称意""弄扁舟"之浩叹，看似飘然而去，实则结出全诗一腔愁闷之根因所在。不泥题而切题，有章法而飘忽迷离，是太白所以高人一头地处。

答王十二寒夜独酌有怀

这诗因友人的怀念，引起自己的牢骚，写出了作者处于小人得势、朝政昏暗的情况下内心的苦闷和愤慨。抒情之强烈，在李白诗中是具有代表性的。但这种愤激不平之感，更多的是从个人穷通得失出发；它所反映的只是统治集团当权派对清流文人的打击和迫害。诗歌的思想意义，主要表现在对某些不合理现象的大胆揭发和猛烈抨击上，而没有认识由于统治者的腐朽荒侈所造成的残酷的阶级剥削和阶级压迫的关系，进一步接触到当时社会生活的主要矛盾。王十二，名字不详。他写了一首寒夜独酌有怀李白的诗，其内容大概是感慨自己的仕途失意，为李白的怀才不遇鸣不平。李白答诗中提到哥舒翰攻石堡事，知作于唐玄宗天宝八载（749）以后。

昨夜吴中雪，子猷佳兴发①。
万里浮云卷碧山，青天中道流孤月。
孤月沧浪河汉清②，北斗错落长庚明③。
怀余对酒夜霜白，玉床金井冰峥嵘。
人生飘忽百年内，且须酣畅万古情。
君不能狸膏金距学斗鸡，坐令鼻息吹虹霓④；
君不能学哥舒横行青海夜带刀，西屠石堡取紫袍⑤。
吟诗作赋北窗里，万言不值一杯水。
世人闻之皆掉头⑥，有如东风射马耳⑦。
鱼目亦笑我，谓与明月同⑧。
骅骝拳跼不能食，蹇驴得志鸣春风⑨。
《折杨》《黄华》合流俗⑩，晋君听琴枉清角⑪。
巴人谁肯和《阳春》⑫，楚地由来贱奇璞⑬。
黄金散尽交不成，白首为儒身被轻。
一谈一笑失颜色，苍蝇贝锦喧谤声⑭。
曾参岂是杀人者，谗言三及慈母惊⑮。
与君论心握君手，荣辱于余亦何有⑯。
孔圣犹闻伤凤麟⑰，董龙更是何鸡狗⑱！
一生傲岸苦不谐，恩疏媒劳志多乖⑲。
严陵高揖汉天子⑳，何必长剑挂颐事玉阶㉑？
达亦不足贵，穷亦不足悲。
韩信羞将绛灌比㉒，祢衡肯逐屠沽儿㉓？
君不见李北海，英风豪气今何在㉔？
君不见裴尚书，土坟三尺蒿棘居㉕？

少年早欲五湖去㉖，见此弥将钟鼎疏㉗。

【注释】

① 昨夜二句：《世说新语·任诞》："王子猷居山阴。夜大雪，眠觉，开室命酌酒，四望皎然。因起彷徨，咏左思《招隐》诗。忽忆戴安道。时戴在剡，即便夜乘小船就之。经宿方至，造门不前而返。人问其故。王曰：'吾本乘兴而行，兴尽而返，何必见戴？'"此取寒夜独酌怀人之义，借以比喻王十二对自己的怀念。
② 沧浪：寒凉的意思。沧，一作"苍"。
③ 错落：互相间杂。长庚：即太白星。
④ 君不能狸膏二句：见前《神鸡童谣》有关注及李白《古风》（大车扬飞尘）注⑥。狸膏，斗鸡取胜的一种方法。狸食鸡，把狸油涂在鸡头上，使对方的鸡闻到气味，不战而逃。
⑤ 君不能学二句：《旧唐书·王忠嗣传》："（唐）玄宗方事石堡城"，王忠嗣以为"顿兵坚城之下，必死者数万，然后事可图也。"所以他对别人说："今争一城，得之未制于敌，不得之未害于националь。忠嗣岂以数万人之命易一官哉？"终见不肯听命之故，"几陷极刑"。天宝八载（749）哥舒翰不惜伤亡惨重的代价，攻破吐蕃石堡城，以功封特进鸿胪员外郎摄御史大夫。唐制：三品以上官衣紫。此二句言哥舒翰以人血染紫官袍，其行为与靠斗鸡取富贵者一样，均为李白所不取。
⑥ 闻之：一作"闻此"。
⑦ 东风射马耳：马耸着耳朵，风吹不进，比喻听不入耳。射，吹的意思。按：此或为当时习语。翟灏《通俗编》卷一引白此句又云"宋元人又有西风贯驴耳语，当即因此转变。"
⑧ 鱼目二句：《韩诗外传》："鱼目似珠"。张协《杂诗》："鱼目笑明月。"此化用其意，谓以鱼目冒充明月珠，比喻小人自矜得势，而嘲笑失意的人们。谓，一作"请"。明月，宝珠名。

⑨ 骅骝二句：贾谊《吊屈原》："腾驾疲牛骖蹇驴兮，骥垂两耳服盐车兮。"此化用其意，以骅骝比贤才，以蹇驴比小人。拳跼，曲屈不能伸展貌。蹇驴，跛驴。
⑩ 《折杨》句：《庄子·天地》："大声不入于里耳，《折杨》、《皇荂》，则嗑然而笑。"成玄英注："《折杨》、《皇荂》，盖古之俗中小曲。"荂，古"华"字。
⑪ 晋君句：《韩非子·十过》："（晋）平公曰：'清角可得而闻乎？'师旷曰：'不可！昔者黄帝合鬼神于西泰山之上……作为清角。今主君德薄，不足听之。听之恐将有败。'平公曰：'寡人老矣，所好者音也，愿遂听之。'师旷不得已而鼓之。……再奏之，大风至，大雨随之，裂帷幕，破俎豆，隳廊瓦。坐者散走。平公恐惧，伏于廊室之间。晋国大旱，赤地三年。平公之身遂癃病。"此比喻晋平公空有师旷能奏清角而无德消受，此比喻唐玄宗也不能任用人才。
⑫ 巴人句：《文选》宋玉《对楚王问》："客有歌于郢中者，其始曰《下里巴人》，国中属而和者数千人；其为《阳阿薤露》，国中属而和者数百人；其为《阳春白雪》，国中属而和者不过数十人。……盖其曲弥高，其和弥寡。"这里的巴人，指郢中之人。郢，楚国的国都，古为楚东之地，在今湖北江陵。《阳春》即《阳春白雪》。
⑬ 楚地句：春秋时，楚人卞和得璞于荆山之下，献给楚厉王。因厉王看不出其中蕴有宝玉，被认为是欺骗而砍掉了左脚。后厉王之子武王嗣位，再次献璞，又被砍掉右脚（见《韩非子·和氏》）。璞（pú），包着玉的石头。此用以比喻被埋没的人才。
⑭ 苍蝇句：言谗言可畏。《诗经·小雅·青蝇》："营营青蝇，止于樊，岂弟君子，无信谗言。"苍蝇污秽，变白为黑，比喻谗人颠倒是非，中伤别人。《小雅·巷伯》："萋兮斐兮，成是贝锦。彼谮人者，亦已

太甚!"贝锦,像贝壳一样有文彩的锦,比喻谗人言词的巧妙。
⑮ 曾参二句:自指在长安时受到排挤、打击的政治遭遇。曾参,春秋时鲁人。有一和他同姓的郑国人杀了人,别人误会以为是他,往告他的母亲。曾母相信自己的儿子不会行凶,安然不动。接着又来两人,也这样说,曾母不得不相信,为之惊惧,跳墙逃走(见刘向《新序》)。
⑯ 亦何有:又算什么。
⑰ 孔圣句:古人认为麒麟和凤凰是祥瑞之物,太平时才出现。孔子曾说:"凤鸟不至,河不出图,吾已矣夫!"(《论语·子罕》)又,《春秋》鲁哀公十四年(前482):"西狩获麟(长颈鹿一类动物)。"孔子曰:"吾道穷矣!"(见《史记·孔子世家》)伤凤麟,是悲伤自己生不逢时。
⑱ 董龙句:前秦(五胡十六国之一)主苻生宠信董荣,荣官至右仆射,权重一时,宰相王堕不屑理睬他。有人从旁劝解。王说:"董龙(董荣的小名)是何鸡狗,而令国士与之言乎?"(见《十六国春秋》)这里以董龙借指为玄宗所宠信的大臣,如杨国忠、李林甫之流。是何鸡狗,和后来口语里骂人"算什么东西"的意思相近似。
⑲ 恩疏句:《楚辞》中往往以男女爱情比喻君臣间的遇合。《九歌·湘君》:"心不同兮媒劳,恩不甚兮轻绝。"这里化用其语,指自己曾被吴筠推荐入都,但并没受到玄宗重用。乖,违反。
⑳ 严陵句:严陵,严子陵的简称。即严光,子陵是他的字。严光少时与后汉光武帝刘秀同游学,后来刘秀做了皇帝,他隐居不仕。相见时,仍然保持着朋友的身份(见《后汉书·严光传》)。高揖,即长揖。长揖不拜,是古代平行的礼节。
㉑ 长剑拄颐:"大冠若箕,长剑拄颐",是战国时的民间歌谣中语,讲男子雄伟的服饰(见刘向《说苑》)。拄,支的意思。剑斜佩在身上,因长,故拄颐。 事玉阶:上玉阶去朝见皇帝。
㉒ 韩信句:韩信是汉朝的开国元勋,初为齐王,徙封楚王,后被废为淮阴侯,和绛侯周勃、颍阴侯灌婴同列。他时时感到不快,羞与为伍(见《史记·淮阴侯列传》)。
㉓ 祢衡句:祢衡,东汉末人。他来到许昌,有人问他和陈长文、司马伯达有无来往。他回答说:"吾焉能从屠沽儿耶?"(见《后汉书·祢衡传》)。屠沽儿,杀猪卖酒的人,是封建士大夫心目中所极端鄙视的市井贱民。儿,读倪。
㉔ 君不见李北海二句:李邕,字泰和,扬州江都人。官北海太守,时人称为李北海。他性情豪放,能文章,工书法,交游广阔,在当时极负盛名。玄宗曾想重用他,但因谗毁始终不得留朝任职。天宝六载(747),被李林甫陷害,杖死(见《新唐书·李邕传》)。
㉕ 君不见裴尚书二句:玄宗时姓裴的尚书共有六人,这里所指,据王琦考证,当是刑部尚书裴敦复。他立有战功,为李林甫所忌。与李邕同时被陷,杖死(见《李太白全集》卷一九)。
㉖ 五湖去:意指散荡江湖,不受官爵拘束。春秋时,范蠡佐越王勾践成就霸业之后,辞官不做,乘扁舟泛五湖而去。
㉗ 见此句:言功名富贵之念,因此而更加淡薄。古代勋贵之家鸣钟列鼎而食。

【评】

　　元人萧士赟说此诗"造语叙事,错乱颠倒……决非太白之作"。此论大误。盖未明太白诗扑朔迷离中诗脉潜通之特点也。

　　全诗分四节,由起句至"且须酣畅万古情"为第一节。借王子猷雪夜访戴安道事起兴,点"答王十二寒夜独酌"题面。构画出一派孤月沧浪、霜砌冰妆的孤迥境界,渲染气氛。并以"万古情"导入"有怀",用开下文。从"君不能"句至"射马耳"句,为王十二之饱学高节而见弃于世人鸣不平。自"鱼目"句至"慈母惊"句,写自身之遭谗见疏。以上二节虽笔分二端,而愤世嫉俗之情仍一以贯之,以见知己相酬、同声相应之意。"与君论心握君手"句由分而合直至最后为第四段,征引古今史实,夹叙夹议,引出圣贤自来寂寞、穷达无足虑怀的道理,并归结到疏钟鼎、向五湖的志向。全诗起承开合,脉络甚明。诗中多运用连珠走马式的比喻,反复说明同一道理,时杂议论,已开以后韩愈、苏轼一路七古之法门。也正是因为这一点,遂使习惯于以盛唐一段风格来评诗的萧氏感到眩惑不解。殊不知,李白诗,天才横溢绝非常格所可牢笼,与杜甫一样,其诗在许多方面已开元和诗变之渐。刘熙载云"太白诗虽若升天乘云,无所不至,然自不离本位。"(《艺概·诗概》)此论得之。

陪侍郎叔游洞庭醉后

三首选一

　　这诗作于唐肃宗乾元二年(759)。诗中写醉后的逸兴豪情,尺幅之中,有千里之势。侍郎叔,指刑部侍郎李晔。时因事贬官南方,与李白、贾至同游洞庭。

划却君山好,平铺湘水流[①]。
巴陵无限酒[②],醉杀洞庭秋。

【注释】

① 划（chǎn）却二句：意谓最好把君山铲掉，让湘水平平地流着，不受阻碍。划，削。杨齐贤注："君山在洞庭东，距巴陵四十里。登岳阳楼望之，横陈其前。君山之后，乃大湖，渺茫无际。"（《分类补注李太白集》卷二〇）洞庭主要由湘水潴成，这里的湘水，即指洞庭湖水。

② 巴陵：山名，一名巴丘，在今湖南岳阳，下临洞庭湖。

【评】

前人评此诗皆称此诗"胸襟阔大"。陈伟勋《酌雅诗话》偏说"洞庭有君山，天然秀致，如划却，是诚趣也。……亦何大胸次之有？"按诗题"醉后"，妙在全从醉眼看出。划山为要湘水滚滚送巴蜀酒来，以为"醉后"之醉，甚而不惜"醉杀"。全诗旨在表达这组诗第一首所说的"清狂"——清中而狂外——之情，此时正不须理会君山之秀致。陈说可谓胶柱鼓瑟。

陪族叔刑部侍郎晔及中书贾舍人至游洞庭
五首选三

侍郎晔，即李晔，见前诗，贾舍人至，指贾至，官至中书舍人。时贬为岳州司马，曾作有《初至巴陵与李十二白裴九同泛洞庭湖三首》。

其 一
原第二首

南湖秋水夜无烟，耐可乘流直上天①？

且就洞庭赊月色,将船买酒白云边②。

【注释】

① 耐可句:耐可,即能可,亦即可能。能古有耐音。能、耐通,句为设问,意谓"可能乘流直上九天呢?"按静夜清光,天水相辉,故有是想。
② 且就二句:承上句而言。"可能"为或然之词,这里是强调其能,则姑且借就洞庭湖上之月光驾船直上天边来沽酒一醉。按晴夜月光照射水面,必如光带状有如道路,而月中有桂花酒,故有是想。赊,借取、借就。

【评】

此诗设想奇特而空灵,无一句写情,而水天空澄,正与诗人此际胸襟相融。

其 二

原第四首

洞庭湖西秋月辉,潇湘北岸早鸿飞①。
醉客满船歌《白苎》②,不知霜露入秋衣。

【注释】

① 早鸿飞:鸿雁于深秋由北飞南,这时,大概还是中秋前后,故曰"早鸿"。鸿,雁一类的水鸟,比雁大。
② 《白苎》:即《白苎歌》,六朝时吴地民歌。

其 三

原第五首

帝子潇湘去不还①,空馀秋草洞庭间。
淡扫明湖开玉镜,丹青画出是君山②。

【注释】

① 帝子：指湘水女神湘夫人。《楚辞·九歌·湘夫人》："帝子降兮北渚。"据说，湘夫人即舜妃娥皇、女英。舜死苍梧，她们追踪不及，自投湘水（参见前《远别离》题下注）。因为她们是帝尧的女儿，故称"帝子"。

② 淡扫二句：意谓君山显现在澄澈空明的洞庭湖里，像用丹青画出来一样的美。因为微风吹净湖上的烟云，故曰"淡扫"。

【评】

《李诗纬》云：太白"绝句从六朝清商小乐府来"。屈绍隆《粤游诗杂咏序》曰："诗以神行，使人得其意于言之外，若远若近，若无若有，若云之于天，月之于水……而五七言绝句尤贵以此道行之。昔之擅其妙者，在唐有太白一人。"《诗辨坻》称："七言绝起忌矜势，太白多直抒旨邕，两言后只用溢思作波掉，唱叹有馀响。"此三语大抵道出太白七言绝的传承特色与妙处。这组诗正典型地体现了太白七绝的这种特质，试以此三语，再读此三诗，必当有所得。

望天门山

天门山，在今安徽当涂西南。两山夹长江对峙，形如天门，故名。在东岸的叫做博望山，西岸的叫做梁山。亦称东、西梁山。

天门中断楚江开，碧水东流至此回^①。
两岸青山相对出，孤帆一片日边来。

【注释】

① 天门二句：天门横亘大江南北，山脉为江流所划断，故云"中断"。由于两山夹立，

所以楚江流到这里，打个回旋，掀起汹涌的波浪。楚江，天门以西的江。楚江开，楚江从这里流出。

【评】

断崖束流，青山壁峙，江水涌腾，捧出孤帆一叶，其景特远，"日边来"正写出这种视觉印象。宋王安石《江上》诗："江北秋阴一半开，晓云含雨却低徊。青山缭绕疑无路，忽见千帆隐映来。"从此诗化出而各极其妙。

望庐山瀑布水
二首选一

日照香炉生紫烟①，遥看瀑布挂前川。
飞流直下三千尺，疑是银河落九天。

【注释】

① 日照句：惠远《庐山记略》："东南有香炉山，孤峰秀起。游气笼其上，则氤氲若香烟。"由于日光照射，这蒙蒙的游气，变成了紫色，故云。

【评】

"望"是远望，"紫烟"萦回是缥渺，"三千尺"是高。唯其远而高而缥渺，故有银河泻落九天之感。《望庐山瀑布》一组二首，另一首是五古，中"海风吹不断，江月照还空"二句，为与此诗共传千古的状写瀑布的名句，均妙在于壮阔中见空灵。中唐徐凝有《瀑布诗》云"千古犹疑白练飞，一条界破青山色"。白居易赞为"赛不得"，苏东坡则讥之为"恶诗"。徐诗亦名句，写景不可谓不宏壮，设想亦不可谓不奇警，然与太白二诗相比，过于着实，缺少的正是那种壮阔中寓空灵的韵致。诗至中唐，刻画愈趋细密而韵致反不及盛唐大家，这也是盛、中唐诗区分之大较。至白、苏二论，似均失之偏颇。

早发白帝城

唐肃宗乾元二年（759），李白长流夜郎。行至白帝城，遇赦，乘舟东返。这诗是江行途中所作。题一作《白帝下江陵》。

朝辞白帝彩云间①，千里江陵一日还。
两岸猿声啼不住，轻舟已过万重山②。

【注释】

① 朝辞句：白帝，城名，东汉公孙述所筑，故址在今四川奉节白帝山上。地势高峻，从山下仰望，如在云中。早晨云霞变幻多彩，故曰"彩云"。
② 千里三句：《太平御览》卷五三引盛弘之《荆州记》："三峡七百里中，两岸连山，略无阙处，重岩叠嶂，隐天蔽日。自非停午夜分，不见日月。至于夏水襄陵，沿泝阻绝。或王命急宣，有时朝发白帝，暮至江陵。其间千二百里，虽乘奔御风，不为疾也。……每晴初霜旦，林寒涧肃，常有高猿长啸，属引凄异，空岫传响，哀转久绝。故渔者歌曰：'巴东三峡巫峡长，猿鸣三声泪沾裳。'"（郦道元《水经注·江水》同）啼不住，谓猿鸣此落彼起，连绵不绝。

【评】

施补华《岘佣说诗》评曰："太白七绝，天才超绝而神韵随之。如'朝辞白帝彩云间，千里江陵一日还'，如此迅捷，则轻舟之过万山不待言矣。中间却用'两岸猿声啼不住'一句垫之，无此句则直而无味；有此句走处仍留，急语仍缓,可悟用笔之妙。"论此诗颇精细。

又按:四十六年后(永贞元年)韩愈由阳山贬所量移江陵法曹参军,在郴州滞留三月后北上,行舟于"九向九背""滑流奔急"的湘水上,有诗云:"雷㔻霜翻看不分,雷惊电激语难闻。沿崖宛转到深处,何限青天无片云。"(《郴口又赠》之二)。二位大诗人遭际类似,目的地相同,又都舟行而为七绝,其风格则不一。李诗俊逸,三句一垫,更如骏马注坡,直下千里。韩诗则于潆流奔旋中三句忽作"宛转",四句遂见"柳暗花明又一村"之态。这固然由于江湘水势不一,兴会有异;而更重要的是二人创作个性同中有异。张载《岁寒堂诗话》称太白有"天仙之姿",昌黎有"奇崛之气",于此二诗可见一斑。

宿五松山下荀媪家

五松山,在今安徽铜陵南。

我宿五松下,寂寥无所欢。
田家秋作苦,邻女夜舂寒①。
跪进雕胡饭②,月光明素盘③。
令人惭漂母,三谢不能餐④。

【注释】

① 田家二句:按陶潜《庚戌岁九月于西田获早稻》:"山中饶霜露,风气亦先寒。田家岂不苦,弗获辞此难。"太白二句似得力于此,而以"寒"字状夜静中单调的舂米

声,更见清冷孤单之意。
② 跪进句:以跪拜之礼进奉菰米饭。古人席地而坐,两膝着地,臀部压在脚后跟。动作时,跪进将腰挺直。雕胡即菰米,草本植物,生浅水中,秋实,称菰米,作饭莹洁。
③ 月光句:隐含荀媪进食之心纯洁之意,略同于"清如玉壶冰"。
④ 令人二句:韩信少时穷乏,有一漂母向他进食,后信封楚王,赠漂母以千金(见《史记·淮阴侯列传》)。此以荀媪比漂母。"惭"字有感激与惭愧二重意。感激的是劳动人民诚朴真淳的感情,惭愧是自己漂泊四方,未能有如韩信那样轰轰烈烈的成就事业。两情交加,故下句云云。

【评】

　　谢榛《四溟诗话》评此诗云:"太白夜宿荀媪家,闻比邻舂臼之声以起兴,遂得'邻女夜舂寒'之句。"并谓:"此太白近体先得联者,岂得顺流直下哉!"今按谢说纯系想象之辞。邻女夜舂,固为当时实事,然诗以感媪为主旨甚明,不得谓以闻舂起兴。感媪而不囿于反报,故阑入田家邻女事。诗一二写我本无欢,三四写田家苦寒,看似无关,复以荀媪进食事两绾之,以见我与田家惺惺相惜之意,故感激以至不能下餐。诗脉甚明,包蕴特深,何谓不得"顺流而下"哉?此诗肺腑血肉之作,宜乎非"作诗人"所能深解。

夜泊牛渚怀古

　　原注:"此处即谢尚闻袁宏咏史处。"《晋书·文苑传》:"袁宏,字彦伯。……少有逸才,文章绝美。曾为《咏史诗》,是其风情所寄。少孤贫,以运租自业。谢尚时镇牛渚,秋夜乘月,率尔与左右微服泛江,会宏在舫中讽咏。……遂驻听久之,遣问焉。答曰:是袁临汝郎诵诗,即其《咏史》之作也。……即迎升舟,与之谭论,申旦不寐。"此诗写怀古之情,有知音无人之感,是在江天月夜的

类似环境中偶然触发的。寄兴无端,风格自然超妙。牛渚,矶名,在今安徽省当涂北江边的牛渚山下,与采石矶相邻。

> 牛渚西江夜,青天无片云。
> 登舟望秋月,空忆谢将军①。
> 余亦能高咏,斯人不可闻。
> 明朝挂帆去②,枫叶落纷纷③。

【注释】

① 谢将军:谢尚镇牛渚时,官左卫将军。
② 挂帆去:一作"挂帆席"。
③ 枫叶句:《楚辞·招魂》:"湛湛江水兮上有枫,目极千里兮伤春心。"此化用其意,以寄不遇之慨。

【评】

前人都注意到这诗与前选孟浩然"挂席东南望"一律都平仄协调,然而通体不用对偶。这似乎与二诗所表现的高远空澄的意境有关。对偶工整,易流为板重。不对却往往于绝去町畦中见自然清圆之致。这种格局为中唐一批崇尚自然空灵的诗人取法,他们的诗中颔联不对是经常的形式,亦常常通体不对,皎然集中尤多。选家常取其《访陆羽处士不遇》作为此格例子。可取以参看。

访戴天山道士不遇

这诗是李白未出蜀以前的早期作品。诗写山中景物,通篇扣紧访人不遇,词采奇丽,而意境清幽。戴天山,又名大康(或作"大匡")山,在今四川江油。山中有大明寺,是李白少时读书之处。

犬吠水声中,桃花带雨浓①。
树深时见鹿,溪午不闻钟②。
野竹分青霭,飞泉挂碧峰③。
无人知所去,愁倚两三松。

【注释】

① 雨:一作"露"。
② 溪午句:道士不在,庙内无人,故"不闻钟"。从开头到这句写近景。第一句说"水",这里说"溪",知道士住在溪边。下文的"飞泉",正是这溪的水源。
③ 野竹二句:写望中远景。青霭(ǎi),青色的云气。

独坐敬亭山

敬亭山,一名昭亭山,在今安徽宣城北。《元和郡县图志》卷二九:"敬亭山(在宣)州北十二里,即谢朓赋诗之所。"

众鸟高飞尽,孤云独去闲。
相看两不厌,只有敬亭山。

【评】

唯以前二句撇去得净尽高远,方见得后二句两两相看之超妙。柳宗元《江雪诗》:"千山鸟飞绝,万径人踪灭。孤舟蓑笠翁,独钓寒江雪。"取径与此诗同,而一超闲,一孤峻,境界不侔。辛弃疾《贺新郎》"我见青山多妩媚,料青山、见我应如是。"纯从李诗化出,却见疏放之致。对读可见诗词家变化之妙。

忆 东 山
二首选一

东山在今浙江上虞西南,是晋时谢安隐居之处,又名谢安山。李白到过越中,又向慕谢安的为人,尝以之自比,故对东山怀有特别深厚的感情。曾说:"所愿归东山,寸心于此足。"(《春滞沅湘有怀山中》)

不向东山久,蔷薇几度花^①?
白云还自散,明月落谁家^②?

【注释】

① 蔷薇句:感叹时光流驶之速。东山有蔷薇洞,在谢安故宅之旁。
② 白云二句:意谓美景无人欣赏,辜负了山中的白云明月。施宿《会稽志》:"(东山)巍然特出于众峰间,拱揖亏蔽,如鸾鹤飞舞。其巅有谢公调马路,白云、明月二堂遗址,千嶂林立,下视沧海,天水相接,盖绝景也。"

【评】

四句二问。前一问是明知故问,以设问见感慨。后一问是不知而问,以设问见怅惘。小诗有曲折,更有馀味。

听蜀僧濬弹琴

　　这诗描绘琴声，遗象存神。肤词常语，洗剥净尽。于清空自然之中，见凝炼隽永之妙。黄锡珪《李太白编年诗集目录》说是乾元元年（758）李白流夜郎游衡岳时所作。

　　蜀僧抱绿绮①，西下峨眉峰。
　　为我一挥手②，如听万壑松③。
　　客心洗流水④，馀响入霜钟⑤。
　　不觉碧山暮，秋云暗几重。

【注释】

① 绿绮：古琴名。《文选》张载《拟四愁诗》李善注引傅玄《琴赋序》："司马相如有绿绮。"
② 挥手：意指弹奏。嵇康《琴赋》："伯牙挥手。"
③ 万壑松：形容琴韵的清幽。乐府《琴曲》有《风入松》。
④ 客心句：《列子·汤问篇》："伯牙善鼓琴，钟子期善听。伯牙鼓琴……志在流水，钟子期曰：'善哉！洋洋兮若江河。'"这里化用其语。意谓琴声能洗涤尘俗之念。客，李白自指。
⑤ 馀响句：秋日晚钟，音响清冷，琴声之馀韵，飘散在原野里，与钟声相应，故曰"入"。霜钟，《山海经》卷五："（丰山）有九钟焉，是知霜鸣。"郭璞注曰："霜降则钟鸣，故言知也。"

【评】

　　结末以听琴入晚景，景中犹含听琴之心理影响。此景所谓"无声之乐"。此法后人多用之，如皎然《戛铜碗为龙吟歌》："声过阴岭恐成雨，响驻晴天将起云。坐来吟尽空江碧，却寻向者听无迹。"白居易《琵琶行》："曲终收拨当心划，四弦一声似裂帛。东船西舫悄无言，唯见江心秋月白。"均同此理。

高　适　九首

高适（700？—765），字达夫，一字仲武，史称渤海蓨（今河北景县南）人。早岁家贫，客游梁、宋间，落拓失意。以张九皋荐，举有道科，中第。授封丘尉。参河西节度使幕府，官左骁卫兵曹参军，掌书记。安史乱起，拜侍御史，迁谏议大夫，出为淮南节度使。历蜀、彭二州刺史、西川节度使，官终散骑常侍。世称高常侍。

高适诗多写边地战争和个人感慨，也有一部分反映人民疾苦的作品，而以边塞诗最为著名，在当时与岑参并称。其诗于音响浏亮、语言整饬之中，贯注着雄直奔放的气势，激昂慷慨的精神。殷璠说他"诗多胸臆语，兼有气骨"（《河岳英灵集》）。王世贞评高、岑之诗，认为二人不易分优劣，惟论风骨，则岑不如高之遒上（见《艺苑卮言》卷四）。

有《高常侍集》。

自淇涉黄河途中作
十三首选二

高适三十馀岁时，北游燕赵及魏郡，曾在淇水之上寄居过一个时期，集中有《淇上酬薛三据兼寄郭少府》、《淇上别刘少府子英》诸诗。这诗是由淇水北上时所作。淇水发源于今河南省林县的东南，经汤阴县至淇县流入卫河。

其 一
原第六首

秋日登滑台①，台高秋已暮。
独行既未惬②，怀土怅无趣③。
萧条晋宋间，羌胡散驰骛。
当时无战略，此地即边戍。
兵革徒自勤，山河岂云固④！
乘闲喜临眺，感物伤游寓⑤。
惆怅落日前，飘飖远帆处。
北风吹万里，南雁不知数。
归意方浩然⑥，云沙更回互⑦。

【注释】

① 滑台：古台名，在今河南滑县。
② 未惬（qiè）：不快意。惬，满足。
③ 怀土句：怀念乡土而怅然无意绪。
④ 萧条六句：晋宋间，指南朝晋、宋两个王朝之际。晋末，刘裕北伐，收复了洛阳和长安。但他无雄谋远略，不知尽收失土，只知据滑台之险以自保。以致后来元魏在北方兴起，逐步向南扩展疆土，于是黄河南岸，经常发生战争。元嘉八年（431），宋大将檀道济督诸军北伐，前军在滑台，被魏兵围困。檀道济进兵继上，历三十余战，因粮草不继，不能前进，滑台终于陷落。六句所说即此。羌胡，指元魏。驰骛（wù），乱跑。边戍，国防最前线。《元和郡县图志》卷九："宋武帝既平慕容之后，尽得河南之地。于此（滑州）置兖州，仍置东郡，宋之北境守在此。其城在古滑台，甚险固。"
⑤ 游寓：飘泊无定的羁旅生涯。
⑥ 浩然：水流不止貌。形容意绪难收。《孟子·公孙丑下》："予然后浩然有归志。"
⑦ 回互：互相环绕。

【评】

胡应麟《诗薮》论唐代五古尚气骨一派云："唐初承袭梁、隋，陈子昂独开古雅之源……高适、岑参、王昌龄、李颀、孟云卿，本子昂之古雅，而加以气骨者也。"从本诗与下诗可以看出高适五古确与陈子昂一脉相承,而精彩有以过之。诗为登临之作,于怀归中寓吊古言志之意,气度盘礴。言"无趣",言"浩然",均含二重意;结末四句,意境尤阔远浩淼。这些都是对陈子昂诗的发展。此诗亦有微疵:即言志与怀归与吊古,三者的结合似不及李、杜诗那样浑然一体。高诗结构中间有此病。《旧唐书·高适传》称:"适喜言王霸大略,务功名,尚节义,逢时多难,以安危为己任。"这一点固然使其诗气骨劲遒,然而往往有意识地要表现这一点,恐怕也是造成高诗上述疵病的一个原因。

其 二
原第九首

朝从北岸来,泊船河南浒①。
试共野人言,深觉农夫苦。
去秋虽薄熟②,今夏犹未雨。
耕耘日勤劳,租税兼舄卤③。
园蔬空寥落,产业不足数。
尚有献芹心④,无由见明主。

【注释】
① 浒(hǔ):水边。
② 薄熟:小有收成。
③ 租税句:意谓连舄卤都要征收租税。舄(xì)卤(lǔ),咸卤之地,亦称斥卤。土壤多含碱质,农作物产量很低。
④ 献芹心:《列子·杨朱》:"昔人有美戎菽,甘枲茎、芹萍子者,对乡豪称之。乡豪取而尝之,蜇于口,惨于腹。众哂而怨之,其人大惭。"后来凡是把自己认为是很珍贵而在别人可能并不爱好的东西送给人,叫做"献芹"。这里是指把自己所知道的民间疾苦和改善人民生活的意见献给朝廷。

【评】

借农夫之口叙事以讽,得古乐府遗意,开元结《系乐府·贫妇辞》先声。

别韦参军

这诗是高适客游梁、宋,落魄失意时所作。《旧唐书·高适传》:"少濩落,不事生业。家贫,客于梁、宋,以求丐取给。"诗中自叙生平,充满着抑郁不平之感;而词气豪迈遒健,字字皆向纸上轩昂,能见出其独特风格。参军,《新唐书·百官志》"州郡有录事参军事"。韦参军,未详。

二十解书剑①,西游长安城。
举头望君门,屈指取公卿②。
国风冲融迈三五,朝廷礼乐弥寰宇③。
白璧皆言赐近臣,布衣不得干明主④。
归来洛阳无负郭⑤,东过梁宋非吾土⑥。
兔苑为农岁不登,雁池垂钓心良苦⑦。
世人向我同众人⑧,惟君于我最相亲。
且喜百年见交态,未尝一日辞家贫⑨。
弹棋击筑白日晚⑩,纵酒高歌杨柳春。
欢娱未尽分散去,使我惆怅惊心神。
丈夫不作儿女别,临歧涕泪沾衣巾⑪。

【注释】

① 解书剑：能文能武的意思。《史记·项羽本纪》："项籍少时，学书不成，去；学剑，又不成。"
② 屈指句：言满以为可取得公卿之位。屈指，计算的意思。
③ 国风二句：言外之意，是讽刺统治者满足于当时社会繁荣兴盛的表面现象，故下二句云云。冲融，和洽貌。迈三五，超过了三皇和五帝的时代（传说中的太平盛世）。古代社会安定，政权巩固，则朝廷重视制礼作乐。礼乐弥寰宇，言文化事业兴盛，遍及宇内。
④ 白璧二句：言皇帝宠信亲贵，无意求贤。战国时策士游说诸侯，意见投合，往往受到白璧黄金的馈赠，予以重用。璧，圆形玉器。近臣，亲近之臣。干，干谒，指献策以求任用。
⑤ 归来句：战国时，苏秦以合纵游说诸侯，显贵后曾说："使我有雒（洛）阳负郭田二顷，吾岂能佩六国相印乎！"此借指自己在故乡没有田产，欲归不得。负郭，负郭之田，即近郊的田。
⑥ 东过句：王粲《登楼赋》："虽信美而非吾土兮，曾何足以少留！"此化用成语，表现客游思归之情。过，读平声。梁宋，今河南开封和商丘一带地。
⑦ 兔苑二句：上句写生活困穷，下句言精神苦闷。兔苑、雁池，泛指梁宋一带。《西京杂记》："梁孝王好营宫室苑囿之乐，筑兔园，园中有雁池。"岁不登，年成不好。
⑧ 向我：犹言看待我。众人：一般的人。
⑨ 且喜二句：意谓彼此意气投合，交情深厚，不因势利而有所改变。百年，犹言生平，指自始至终的过程。《史记·汲郑列传》："一贫一富，乃知交态。"见交态，辞家贫，化用其语，言韦不因自己贫困而不肯接纳，可以看出他对朋友的交态。
⑩ 弹棋二句：叙欢聚之情。弹棋，古代的一种游戏。起于汉武帝时，唐时另有新的弹法，今并失传。柳宗元《弹棋序》里有着一些说明，但略而不详。筑，乐器名。状似瑟而头大，用竹尺击其弦以发声。白日晚，意谓消磨了一个整天。
⑪ 丈夫二句：见前王勃《送杜少府之任蜀川》注⑤。

【评】

诗分五节。起四句写少年西游干谒之豪气。"国风"以下四句写现实与理想之矛盾。"归来"以下四句写客居梁宋之窘困。"世人"句过渡，同以下五句写寂寞中与韦参军之交谊。以上四段二、二相对照，遂见穷途遇知己之意，则末四句收束而点题言别，尤见其深沉。全诗层次分明，而韵意一贯以见浑成，风格悲壮，更寓瘦劲清疏，言志言情中，又多含微讽，然步骤开阖，显然不及李白七古。杜甫称高适"骅骝开道路，鹰隼出风尘"（《奉简高三十五使君》）。此诗正可为说明。然未能如李、杜七古云龙之姿，大而能化，亦固其宜也。

封 丘 县

这诗是天宝八载（749）高适初任封丘（今河南封丘）尉时所作。尉位在县令之下，主督捕盗贼，是直接执行统治阶级政策的基层官吏。诗中写任职时内心的矛盾和痛苦，充满着抑郁不平之感和对被压迫的穷苦人民的同情。题一作《封丘作》。

我本渔樵孟诸野①，一生自是悠悠者②。
乍可狂歌草泽中③，宁堪作吏风尘下！
只言小邑无所为，公门百事皆有期④。
拜迎官长心欲碎，鞭挞黎庶令人悲⑤。
归来向家问妻子，举家尽笑今如此。
生事应须南亩田，世情付与东流水⑥。
梦想旧山安在哉？为衔君命且迟回⑦。
乃知梅福徒为尔⑧，转忆陶潜归去来⑨。

【注释】

① 渔樵：打鱼，采樵。孟诸，古大泽名，在今河南商丘东北一带。《尔雅·释地》："宋有孟诸。"高适出仕前曾在这里住过一个很长的时期。
② 悠悠者：无拘束的人。
③ 乍可：义同只可。
④ 期：程限。
⑤ 黎庶：平民。
⑥ 生事二句：承上"今如此"，表明有弃官归田之意。生事，犹言生计。南亩，田亩的泛称，屡见于《诗经》。世情，用世之情。
⑦ 衔君命：犹言奉君命。 迟回：迟疑不决，欲去而又不能去。
⑧ 梅福：字子真，西汉末寿春人。曾为南昌尉。外戚王氏专政，他屡次上书朝廷，都未被采纳。后变姓名为吴门市卒。事见《汉书·梅福传》。徒为尔：徒劳无补的意思。是说梅福上书言事，白费心力。
⑨ 陶潜归去来：陶潜为彭泽令，郡督邮将

至,例应束带谒见。潜叹息曰:"我岂能为五斗米,折腰向乡里小儿!"于是辞官归,作《归去来辞》以寄意。事见萧统《陶渊明传》。

【评】

"拜迎"四句是一篇警策。前二句言身陷难堪之地,后二句见举世皆浊之意,立此以居中,则首言渔樵孟诸,末言知梅忆陶,看似相重,实不相重,用意尤深。陆机《文赋》言:"立片言以居安,乃一篇之警策。虽众辞之有条,必待兹而效绩。"此诗深得其意。

燕 歌 行

原序云:"开元二十六年(738),客有从御史大夫张公出塞而还者,作《燕歌行》以示适;感征戍之事,因而和焉。"御史大夫张公,指营州都督、河北节度副大使张守珪。开元二十三年(735),张以战功拜辅国大将军、右羽林大将军,兼御史大夫,故称。《旧唐书·张守珪传》:"(开元)二十六年,守珪裨将赵堪、白真陀罗等,假以守珪之命,逼平卢军使乌知义,令率骑邀叛奚馀众于潢(原作"湟",据《通鉴》卷二一四胡三省注引文校改)水之北。……及逢贼,初胜后败。守珪隐其败状,而妄奏克获之功,事颇泄。"高适曾送兵蓟北,目睹前方军政之败坏,写有《送兵蓟北》、《自蓟北归》等诗。这诗是回到封丘后所作。诗中所写战争情况,可能与潢水之败有关;但它所描绘的军中苦乐之不平,将帅生活之腐化,则是在更广阔的幅度上对边地情况的提炼和概括,具有强烈的现实意义。诗从慷慨应征,转战绝域写起,时而雄迈高亢,时而忧郁感伤,各种不同的复杂矛盾,错综交织,汇成悲壮苍凉的情调;而结束处,突出广大士兵保卫边疆、奋不顾身的英雄气概,讥刺边地将领不得其人,则是全诗主题所在,序文所谓"感征戍之事",意即在此。《燕歌行》,乐府《相和歌辞·平调曲》旧题,歌辞多咏东北边地征戍之情。

汉家烟尘在东北,汉将辞家破残贼①。
男儿本自重横行②,天子非常赐颜色。
摐金伐鼓下榆关③,旌旆逶迤碣石间④。
校尉羽书飞瀚海,单于猎火照狼山⑤。
山川萧条极边土,胡骑凭陵杂风雨⑥。
战士军前半死生⑦,美人帐下犹歌舞⑧。
大漠穷秋塞草腓⑨,孤城落日斗兵稀。
身当恩遇常轻敌⑩,力尽关山未解围。
铁衣远戍辛勤久⑪,玉箸应啼别离后⑫。
少妇城南欲断肠⑬,征人蓟北空回首⑭。
边庭飘飖那可度⑮,绝域苍茫无所有!
杀气三时作阵云,寒声一夜传刁斗⑯。
相看白刃血纷纷⑰,死节从来岂顾勋⑱?
君不见沙场征战苦,至今犹忆李将军⑲。

【注释】

① 汉家二句:开元十八年(730)五月,契丹可突干杀其国王李邵固,胁迫奚叛唐降突厥,此后,唐和契丹、奚的战争连年不绝(见《通鉴》卷二一三)。唐人诗中写时事,多托之于汉代,故云。烟尘,烽烟和尘土,指敌军入侵。
② 横行:见前李白《答王十二寒夜独酌有怀》注⑤。
③ 摐(chuāng)金伐鼓:指行军,因军中以金和鼓为进退的信号。摐,撞击。金,指

钲、铃一类。下：犹言出。 榆关：即山海关，在今河北秦皇岛市东北。
④ 逶（wēi）迤（yí）：连绵不断貌。 碣石：山名（见前张若虚《春江花月夜》注⑫）。这里泛指东北滨海地带。
⑤ 校尉二句：上句言我军先头部队已深入敌境，军书飞到翰海，调动频繁。下句说在边境上也可望到敌方的猎火。校尉，武职名，这里是指统兵的将帅。羽书，插有鸟羽的军用紧急文书。翰海，当作瀚海，即大沙漠。周祈《名义考》卷四："以飞沙若浪，人马相失若沉，视犹海然，非真浊晦之海也。"此指今内蒙古自治区东北西拉木伦河上游一带的沙漠，当时为奚族所据。《旧唐书·张守珪传》："邀叛奚馀众于潢水之北。"潢水，即西拉木伦河。单（chán）于（yú），泛指敌方的首领。古游牧民族作战前，往往举行大规模的校猎，其意义约相当于现代的军事演习。猎火指此。狼山，一名郎山，在今河北易县境内。
⑥ 胡骑句：意谓敌方马队像狂风骤雨似地发动猛攻。北方民族骑兵的战斗力最强。倚仗某种有利条件而去侵陵别人，叫做凭陵。为同义复词。凭、陵均为迫逼之意。一说，是指在风雨中进攻。《淮南子·兵略训》："卒如雷霆，疾如风雨。"
⑦ 半死生：意指出生入死，奋勇作战。
⑧ 帐下：指军帅的营帐之中。
⑨ 穷秋：深秋。 腓：病，意指枯萎。一作"衰"。
⑩ 身当恩遇：意指受到朝廷的重视。当，犹言受。
⑪ 铁衣：即铁甲。《木兰辞》："寒光照铁衣。"
⑫ 玉箸：指思妇的眼泪。刘孝威《独不见》："谁怜双玉箸，流面复流襟。"箸，同"筯"。
⑬ 少妇城南：长安住宅区在城南，故云。
⑭ 蓟北：从蓟州往北一带地方，泛指东北边地。蓟，故城在今北京市西北。
⑮ 边庭飘飖：庭，一作"风"。飘飖，一作"飘飘"。
⑯ 杀气二句：上句写白天战场杀气腾腾，天昏地暗；下句写夜间寒冷，刁斗频传，即《木兰诗》所说的"朔气传金柝"。三时，意指历久不散。三，不表确数。阵云，即战云。一夜，犹言彻夜，整夜。刁斗，军中巡更所用。
⑰ 血：一作"雪"。
⑱ 死节：犹言为国事而奋不顾身。节，气节，这里指保卫国家的壮志。岂顾勋：岂是为了个人的功勋。
⑲ 李将军：指李广。按：《史记·李将军列传》："广居右北平，匈奴闻之，号曰汉之飞将军，避之，数岁不敢入右北平。"又云："广之将兵，乏绝之处，见水，士卒不尽饮，广不近水；士卒不尽食，广不尝食。宽缓不苛，士卒以此爱乐为用。"这里兼取其捍御强敌与抚爱士卒二义。一说，指战国时名将李牧。义亦通。《史记·廉颇蔺相如列传》："李牧者，赵之北边良将也。常居代雁门备匈奴。以便宜置吏，市租皆输入幕府，为士卒费。日击数牛飨士。习射骑，谨烽火，多间谍，厚遇战士。……大破杀匈奴……其后十馀岁，匈奴不敢近赵边城。"

使青夷军入居庸

三首选一

　　唐玄宗开元二十四年（736）冬，高适以封丘尉奉使送兵于幽州之青夷军。是年春，张守珪命部将安禄山攻奚、契丹，为所败，故高适奉命送兵前往。《酬秘书弟兼寄幕下诸公诗序》云："今年，适自封丘尉统吏卒于青夷。"使青夷，即指此。青夷军，是范阳节度所辖边防军之一，武后垂拱（685—689）年间设置，驻妫州城内，管兵万人，马三百匹（见《旧唐书·地理志》）。居庸，即居庸关，又名军都关，一称蓟门关，在今北京市的西北。此诗一说作于天宝九载（750）。

> 匹马行将久，征途去转难①。
> 不知边地别②，只讶客衣单。
> 溪冷泉声苦，山空木叶干。
> 莫言关塞极，云雪尚漫漫！

【注释】

① 去：去去，越行越（难）。　　② 别：区别，谓气候不同于内地。

【评】

　　"溪冷泉声苦，山空木叶干"一联，非但造语奇峭瘦劲，而且位置得当。此诗馀六句均通侻，无此二句则流于平熟。得此振起前四句，又为末联蓄势，见得漫漫长途之可畏也。

营 州 歌

这诗写北方边地游侠少年的尚武精神。营州,北魏时所置,唐时治柳城(今辽宁锦州西北)。

营州少年厌原野①,狐裘蒙茸猎城下②,
虏酒千钟不醉人,胡儿十岁能骑马。

【注释】

① 厌原野:满足于原野。意谓经常在原野里活动。

② 狐:一作"皮"。 蒙茸(róng):纷乱貌。

【评】

千钟、十岁二句当互看,则少年豪逸,跃然纸上。用常得奇,此之谓也。

送李侍御赴安西

这诗是高适在长安时送人从军之作。李侍御,名字不详。侍御,官名(详见前李白《庐山谣寄卢侍御虚舟》题下注)。唐置安西都护府,治交河城,在今新疆维吾尔自治区吐鲁番之西。

行子对飞蓬,金鞭指铁骢①。

功名万里外，心事一杯中②。
虏障燕支北，秦城太白东③。
离魂莫惆怅，看取宝刀雄。

【注释】

① 行子二句：言李即将驰赴边疆。飞蓬，见前王维《使至塞上》注③。铁骢，披着铁甲的战马。毛色青白相间的马叫骢。
② 心事句：言饯别时畅谈心事。初唐庾抱《别蔡参军》："悲生万里外，恨在一杯中。"二句从此化出。
③ 虏障二句：言李去安西，已留长安，两地相隔。障，亭障，古代边塞的堡垒。燕支，山名，又名大黄山，在今甘肃丹县东。太白即终南山太乙峰，在长安西。

【评】

"功名万里外，心事一杯中。"虽从庾抱诗化出，然气象不侔。庾诗单言一"恨"字。高诗意气盘礴。"万里"是远行，人之所畏难；"功名"是宏图，男儿之所欲建树。离思雄心交织于中心，则拚之于一杯中耳。此二句上联"飞蓬"、"铁骢"，下启"虏障"、"秦城"之别，"离魂"、"宝刀"之劝，又为此诗之警策。殷璠称适诗"多胸臆语，兼有气骨。"正当从《封丘作》"拜迎"二句及本诗此二句着眼。又李白有句"人分千里外，兴在一杯中"，亦从庾诗化出，则化恨愁为逸兴，专从反面作文章。谪仙之于骅骝，其卓异擅胜处不同，于此亦可见一斑。

人日寄杜二拾遗

这诗是唐肃宗上元二年（761）高适任蜀州（州治在今四川崇庆）刺史时寄杜甫之作。时杜居成都浣花草堂。诗写对老友的深切怀念，其中交织着自己的身世之感，多慷慨悲凉之思。高适死后，杜甫于代宗大历五年（770），偶然在文书帙中检得此诗，为之"泪洒行间"，写了一首《追酬故高蜀州人日见寄》。人日，即农历正月初七日。古代习俗相传，从正月初一起的七天，各有所属，即一日鸡，二日狗，三日猪，四日羊，五日牛，六日马，七日人。

> 人日题诗寄草堂，遥怜故人思故乡①。
> 柳条弄色不忍见，梅花满枝空断肠②。
> 身在南藩无所预，心怀百忧复千虑③。
> 今年人日空相忆，明年人日知何处④！
> 一卧东山三十春，岂知书剑老风尘⑤。
> 龙钟还忝二千石，愧尔东西南北人⑥。

【注释】

① 遥怜句：思故乡，是说杜甫离家避乱，寄居成都。遥怜，意贯下两句，写杜甫客中的春感。
② 空断肠：一作"堪断肠"。
③ 身在二句：南藩，指蜀州。地方州郡，拱卫朝廷，故称藩。南，一作"远"。无所预，不能参预军国大计。意指身不在朝。安史乱后，高适任淮南节度使，因被李辅国谗毁，下迁太子少詹事，不久，出为蜀、彭二州刺史。他曾上书朝廷，言东、西川分治，百姓敝于调度，而西山三城列戍，使全蜀受困。未被采纳（见《新唐书》本传）。百忧千虑，指此。
④ 明年人日：一作"明年此日"。
⑤ 一卧二句：东晋谢安曾有一度不问政事，高卧东山（在今浙江上虞西南）。这里是借用，意谓自己壮年时未出仕。书剑老风尘，即一事无成之意。
⑥ 龙钟二句：意谓自己以衰老之年，身任刺史之职，而不能有所建树，远对故人，深感惭愧。龙钟，潦倒笨累貌。忝，辱的意思。忝二千石，忝居二千石之位，是谦词。二千石，指州刺史。汉朝刺史的俸禄为二千石。东西南北人，飘荡四方的人。孔子曾说自己是"东西南北之人也。"（见《礼记·檀弓》）这里借指杜甫。

【评】

　　此诗佳处有三：怀友而寓愧己、忧国之思，则其交非征逐游戏之辈也。语特平易，含民歌风，则言情弥见真切矣。组织错落，友我双方，交叉分合写来,则两地遥隔,似促膝对晤,其思尤见宛转矣。起四句遥为杜甫思乡设想。"身在"二句近言自身忧思之所在。"今年人日空相忆,明年人日知何处",由分而合,更将时间空间荡开。末四句由我及友,"三十春"应"今年"、"明年","东西南北"应"知何处"。"老风尘"、"龙钟"、"忝"、"愧",则"百忧复千虑"尽在其中矣。

岑　参　十一首

岑参（715—770），棘阳（今河南沁阳）人。天宝三载（744）进士，授右率府兵曹参军。曾两度从军，充安西节度使府掌书记及安西、北庭节度判官。入朝为左补阙，历太子中允、殿中侍御史。又出为关西节度判官。最后，官嘉州刺史。后世称为岑嘉州。老年依杜鸿渐，死于成都。

岑参与高适并称，都是以反映边塞生活著称的杰出诗人。岑诗早年以风华绮丽见长。后历参戎幕，往来边陲，风格为之大变。其诗洋溢着积极乐观的情绪，内中也掺杂有浓厚的封建士大夫追求个人功名的思想。在艺术上，富有幻想色彩，善于运用变化无端的笔触，描绘现实生活中的体验。设色如长虹映波，晚霞散绮；体势如弹丸脱手，骏马注坡，绚丽而又明快。杜确说他"迥拔孤秀，出于常情"（见《岑嘉州集序》）。殷璠说他"语奇体峻，意亦造奇"（见《河岳英灵集》）。胡应麟称"高（适）黯淡之内，古意犹存；岑英发之中，唐体大著"（《诗薮》）。此虽论高、岑五古，然亦可作为这两个以雄浑著称的诗人风格区分之大较，都能指出其特色。

有《岑嘉州集》。

逢入京使

唐玄宗天宝八载（749），安西四镇节度使高仙芝奏调岑参为右威卫录事参军,充节度使府掌书记。这诗是赴安西时途中所作。

故园东望路漫漫①,双袖龙钟泪不干②。
马上相逢无纸笔,凭君传语报平安。

【注释】

① 故园:指长安。岑参别业在长安的杜陵山中(见《唐才子传》),故以长安为故园。漫漫:长远貌。《楚辞·离骚》:"路曼曼其修远兮。"曼,和"漫"字通。
② 双袖句:以袖拭泪,袖已湿而泪仍不止。龙钟,涕泪流溢貌(见方以智《通雅》)。

【评】

"无纸笔",见得行途倥偬;"报平安",只为亲人设想。返看前二句,更见平平之字有无限苦恨。无意为诗而真诗从肺腑中流出。行道人览此,当更多解会。

与高适薛据同登慈恩寺浮图

此诗作于天宝十一载(752)秋。同登除高适、薛据外,还有杜甫和储光羲。五人都有纪游之作(其中薛据一首已佚)。这诗总揽长安郊原景色,写出诗人登高望远的胸怀,笔力奇恣,意境阔大。惟后四句因佛塔而归结到"净理可悟",反映了消极出世的思想;就诗的完整形象来说,也是游离部分,不免落套。慈恩寺在长安曲江之北,建于唐太宗贞观二十年(646)。高宗李治为了纪念他的母亲文德皇后,所以把它叫做慈恩。浮图即佛图,塔的别名。慈恩寺塔又名大雁塔，是高宗永徽三年（652）僧玄奘建立的。薛据，荆南人。生平事迹见《唐才子传》卷二。

塔势如涌出，孤高耸天宫①。
登临出世界，磴道盘虚空②。
突兀压神州③，峥嵘如鬼工④。
四角碍白日⑤，七层摩苍穹⑥。
下窥指高鸟，俯听闻惊风⑦。
连山若波涛，奔凑似朝东。
青松夹驰道，宫观何玲珑⑧！
秋色从西来，苍然满关中。
五陵北原上，万古青蒙蒙⑨。
净理了可悟⑩，胜因夙所宗⑪。
誓将挂冠去⑫，觉道资无穷⑬。

【注释】

① 塔势二句：意谓佛塔突起于平地之上，耸立在空中。《妙法莲华经·见宝塔品》："尔时佛前有七宝塔，高五百由旬，纵广二百五十由旬，从地涌出，住在空中……高至四天王宫，三十三天。"以上二句登塔前仰望，总写塔势。
② 登临二句：出世界，高出于人世境界。磴道，指佛塔的石级。盘，盘旋而上。以上二句登高。
③ 神州：中国的别称。见《史记·孟子荀卿列传》。
④ 鬼工：非人力所能营建的工程，言其高峻。详后陈子昂《感遇》（圣人不利己）注⑩。以上二句登高后总写心理感觉。
⑤ 四角句：形容塔高。言四角上翘，连天上白日的运行，都受到阻碍。就是杜牧《阿房宫赋》所说"檐牙高啄"的意思。
⑥ 七层：慈恩寺塔，原本六级，后渐毁损。武后长安元年（701）重建，增高为七层。苍穹：苍天。以上二句登高后仰望。
⑦ 下窥二句：登高后俯视。
⑧ 连山四句：在作者目光疾扫之下，长安附近的秦岭诸峰，犹如大海的波涛，一齐奔涌向东来。宫观，指曲江一带的离宫别馆。观，台榭。读去声。一作"馆"。以上四句由东眺而向中。
⑨ 秋色四句：由西望而向关中。写景很有层次，上下东西始终不离本位。五陵，指长安附近地带。汉高祖葬长陵，在咸阳县东三十里；惠帝葬安陵，在咸阳县东北二十

里；汉景帝葬阳陵，在咸阳县东四十里；武帝葬茂陵，在兴平县东北四十里；昭帝葬平陵，在咸阳县西北二十里（见《元和郡县图志》）。总称五陵。
⑩ 净理：佛理。
⑪ 胜因：谓极好的因缘。《佛说无常经》："胜因生善道。"
⑫ 挂冠：即弃官。王莽时，逢萌预料天下将乱，解冠挂东都城门，携家浮海，客居辽东。见《后汉书·逸民传》。
⑬ 觉道句：意谓佛理不生不灭，超然于治乱生死之外，可以应用于无穷。佛，觉的意思。觉道即佛道。《维摩经·佛国品》成筆注："大觉之道，寂寞无相（形迹）。"以上四句由望而感，结以净因，回扣诗题。

【评】

诗当与储、高、杜同时诸作并看。储诗清深熨帖，高诗清壮简净，高胜于储，而逊于岑、杜二作。盖状写雄奇之景，固岑、杜擅胜处。岑诗较之杜诗，起笔孤拔，形象飞动，均可匹敌，皆以雄健胜；然胸次博大，立意深远，沉郁之情、回礴之气，杜诗迥然超出三家。诗过长，仅引杜诗结末以为对照："回首叫虞舜，苍梧云正愁。惜哉瑶池饮，日晏昆仑丘。黄鹄去不息，哀鸣何所投。君看随阳雁，各有稻粱谋。"望中尽是忧国之思，是以博大。

青门歌送东台张判官

这首送别诗，着重描写饯别时长安春景，从环境气氛的渲染中，见出惜别之情。情景相生，融成一片，这是岑参歌行在艺术上的独到之处。《三辅黄图》卷一："长安城东，出南头第一门曰霸城门。民见门色青，名曰青城门，或曰青门。"青门是饯别之地，故题作《青门歌》。张判官，名不详。程大昌《演繁露》："唐都长安，于洛阳为西，而洛阳亦有留台，故御史长安名西台，而洛阳名东台。"这里说"东台张判官",大概张以东台御史的身分,出任节度判官,此次由长安受命东行。

青门金锁平旦开,城头日出使车回①。
青门柳枝正堪折,路傍一日几人别②。
东出青门路不穷,驿楼官树霸陵东③。
花扑征衣看似绣,云随去马色疑骢④。
胡姬酒垆日未午,丝绳玉缸酒如乳⑤。
霸头落花没马蹄,昨夜微雨花成泥。
黄鹂翅湿飞转低,关东尺书醉懒题。
须臾望君不可见,扬鞭飞鞚疾如箭。
借问使乎何时来?莫作东飞伯劳西飞燕⑥!

【注释】

① 青门金锁二句:青门金锁,长安各城城门,夜间关闭,加上铁锁,禁人通行(参看前苏味道《正月十五日夜》注①)。平旦,天色大明的时候。回,指张判官由长安返回洛阳。
② 青门柳枝二句:《三辅黄图》卷六:"霸桥在长安东,跨水作桥。汉人至此桥,折柳赠别。"
③ 驿楼:驿站的楼。 官树:官道两旁的树木。 霸陵:汉文帝的陵墓,在长安东南三十里。
④ 花扑二句:写春天路途上风景之美。骢(cōng),青白间色的马。春云舒卷,青白相间,故云"色疑骢"。按:绣衣、骢马,兼切御史身分。汉时御史奉命出京,查办案件,衣绣衣,持斧钺,表示有特殊权力,称"绣衣直指"(见《汉书·百官公卿表》)。又,桓典为侍御史,执法不阿。因他常乘骢马,时人称为"骢马御史"(见《后汉书·桓典传》)。
⑤ 胡姬二句:辛延年《羽林郎》:"胡姬年十五,春日独当垆。……就我求清酒,丝绳提玉壶。"这里化用其语。按:唐时长安,胡姬所设酒肆甚多。李白《送裴十八图南归嵩山》:"何处可为别?长安青绮门。胡姬招素手,延客醉金樽。"青绮门即霸城门,亦即此诗中的青门,可相印证。酒垆,即酒肆(见前李颀《别梁锽》注⑨)。酒如乳,言酒味浓而甜。吴均《行路难》:"白酒甜盐甘如乳。"
⑥ 东飞句:乐府古辞:"东飞伯劳西飞燕,黄姑织女时相见。"以劳燕分飞,喻两地相隔而不相见,此取其义。伯劳,鸟名。一称博劳或𫛛。

【评】

　　岑参以七言歌行擅长,其特点是奇丽。一是雄奇瑰丽,音节犹如繁弦急管(见下四诗),二是如本诗与著名的《凉州馆中与诸判官夜集》等,表现为清奇婉丽,音节亦宛转含思。而其共同的特点是设想奇特,非常人所能到。本诗中"花扑"、"云随"二句即其例。这一类多受民歌影响,前一类则多受楚骚汉赋影响,其取径亦都不同于初盛唐大多数诗人,是以能奇。

走马川行奉送封大夫出师西征

　　天宝十三载(754),封常清受命为北庭都护、伊西节度、瀚海军使,奏调岑参为安西北庭节度判官。军府驻轮台(今新疆维吾尔自治区轮台)。这诗和下面三首都是岑参在轮台时所作。封常清于是年朝命摄御史大夫,故称封大夫。西征事史传失载,时岑留守,并未随行,故作诗以送。走马川,河名,详不可考。

君不见走马川,雪海边①,
平沙莽莽黄入天。
轮台九月风夜吼,一川碎石大如斗,
随风满地石乱走。
匈奴草黄马正肥②,金山西见烟尘飞③,
汉家大将西出师。
将军金甲夜不脱,半夜行军戈相拨,
风头如刀面如割。

> 马毛带雪汗气蒸，五花连钱旋作冰④，
> 幕中草檄砚水凝⑤。
> 虏骑闻之应胆慑⑥，料知短兵不敢接⑦，
> 车师西门伫献捷⑧。

【注释】

① 君不见二句：原作"君不见走马川行雪海边"，极为费解。"行"字当是衍文，因题目而误入。此诗连句用韵，三韵一换，这里"川""边""天"为韵，与下文完全相合。《新唐书·西域传下》："出安西南地千里所，得勃达岭。……北三日行，度雪海，春夏常雨雪。"
② 草黄马肥：游牧民族，作战以骑兵为主。秋高马壮，常至内地骚扰。《史记·匈奴列传》："秋，马肥，大会蹛林，课校人畜计。"
③ 金山：今甘肃玉门、西宁均有金山，又阿尔泰山亦称金山，但地理方位与此均不切合，此未知何指。
④ 五花句：意谓汗和雪在马身上很快地就结成冰。五花和连钱，都是指斑驳的毛色（参看前李白《将进酒》注⑭）。
⑤ 草檄：起草声讨敌人的文书。
⑥ 虏骑：敌军。古时泛指北方的民族为虏。骑，读去声。 慑（shè）：恐惧。
⑦ 短兵：刀剑一类的兵器。 接：接战，交锋。
⑧ 车师：安西都护府所在地，在今新疆维吾尔自治区吐鲁番。 伫（zhù）：等待。

【评】

诗题为"奉送西征"，常法当先写"金山西见烟尘飞，汉家大将西出师"，但是岑参却把它放在中间。这样写一方面使章法有变化，气势有跌宕；而更重要的是一开始就展开雄奇的场景，造成先声夺人之势。这又是岑参七古在布局上奇的一个特点，可与下二诗互参。

三句一换韵的句法，出于秦碑，一般称此法为"峄山碑铭体"，杜甫诗中也多用之，能造成奇峭迫促的气氛。造语奇，布局奇，音节奇。故殷璠称之"语奇体峻，意思亦奇"。唐人七古以后的发展，多从岑、李、杜一脉发展、变化，也就是上诗按语所说的取源于民歌与楚骚、汉赋等秦汉前的韵文，加以新变。这就是岑参在七言歌行发展中有特殊地位的原因所在。

白雪歌送武判官归京

　　这诗从塞外冰天雪地的奇丽风光着笔，通过特殊的环境背景的描绘，然后衬托出离别之情。雪在诗中，构成了贯穿全篇的线索，并加强了抒情的形象性。武判官名不详，当是封常清幕府中的判官。

北风卷地白草折①，胡天八月即飞雪。
忽如一夜春风来，千树万树梨花开。
散入珠帘湿罗幕，狐裘不暖锦衾薄。
将军角弓不得控②，都护铁衣冷难着③。
瀚海阑干百尺冰④，愁云惨淡万里凝。
中军置酒饮归客⑤，胡琴琵琶与羌笛⑥。
纷纷暮雪下辕门，风掣红旗冻不翻⑦。
轮台东门送君去，去时雪满天山路⑧。
山回路转不见君，雪上空留马行处⑨。

【注释】

① 白草：西北地区所产之草，干枯时，成白色，故名。
② 角弓：以兽角为饰的硬弓。　不得控：拉不开。
③ 都护：镇守边疆的长官。唐时置六都护府，各设大都护一员。
④ 瀚海：旧注沙漠。据今人柴剑虹《"瀚海"辨》说，维吾尔人习惯将陡峭的山崖所形成的陂谷叫做hang，音译成"杭海"或"瀚海"，可备一说。　阑干：纵横貌。
⑤ 中军：本义是主帅亲自率领的部队，这里借指主帅所居的营帐。
⑥ 胡琴句：古人饮酒时作乐侑觞，胡琴、琵琶、羌笛都是所奏乐器。
⑦ 风掣句：意谓红旗在冰雪中僵冻，风使劲地吹着，它也无从飘动翻卷。掣（chè），

牵曳。
⑧ 天山：一名祁连山。山脉横亘新疆东西，长六千馀里。
⑨ 山回二句：写惜别之情。可能是从《古诗》"前日风雪中，故人从此去"二句的意境中化出。

【评】

《白雪歌送武判官归京》这类诗题，是送别诗题，又与一般送别诗不同。它要求在以送别为主旨的同时，始终不离所歌咏之物。比如这首诗就要求将送别与歌白雪有机地融洽在一起，后者为前者服务。所以难度比单纯的送别或咏物诗大得多。然而"磊落奇俊"、对景物具有独特敏感性的岑参于此却驾轻就熟，集中特多这类题目。本书选了五首。这是最好的一首。"中军置酒饮归客"、"轮台东门送君去"，是诗的中心，而写法则先从白雪起。起四句二韵还是用先声夺人的手法以瑰丽的语言写野外之雪，突出的是一个"早"字。"散入"以后二韵四句，由野外"散入"罗幕，着重于一个"冷"字。瀚海以下四句二韵，由帐幕又进入送别的中心钱别处，突出的是一个"愁"字。以上三节从三个角度写白雪，而诗脉则从外而内而中心，在渲染气氛的同时，渐次将人引入送别的中心。而"将军角弓"、"都护铁衣"、"中军"等词与词组，更点明了送别的地点与人物的身分（判官亦武职）。"纷纷暮雪"起四句二韵是宴罢送行出中军帐，至辕门，又至轮台东门，是送别的路线，又步步不离咏雪的线索。最后二句，雪路萦回，行人渐杳，只"雪上"空留判官的"马行处"，雪与送行高度融合在一起，给人以无限怅惘之感。

热海行送崔侍御还京

《新唐书·西域传》："䟽勒达岭北行赢千里，得碎叶川。东曰热海,地寒不冻。西有碎叶城。"崔侍御,名不详。

　　侧闻阴山胡儿语①,西头热海水如煮。
　　海上众鸟不敢飞,中有鲤鱼长且肥②。
　　岸旁青草常不歇③,空中白雪旋明灭④。
　　蒸沙烁石燃虏云,沸浪炎波煎汉月。
　　阴火潜烧天地炉,何事偏烘西一隅⑤?
　　势吞月窟侵太白,气连赤坂通单于⑥。
　　送君一醉天山郭,正见夕阳海边落。
　　柏台霜威寒逼人⑦,热海炎气为之夺⑧。

【注释】

① 侧闻:从旁听到。 阴山胡儿:泛指西北边地胡人。
② 中有句:原注:"海中有赤鲤。"
③ 歇:这里是凋枯的意思。
④ 空中句:言地面热气上蒸,雪花在遥远的上空便已融化。旋,疾速。
⑤ 阴火二句:意谓宇宙像座洪炉,地层有火,故地面有热,但为什么这西边一隅的热度特别高?阴火,地下之火。木华《海赋》:"阴火潜然。"天地炉,语本《庄子·大宗师》:"今一以天地为大炉。"
⑥ 势吞二句:形容热海里放射出来的热气之盛大。两句由下及上,从近到远。月窟,月亮的住处,犹言月宫。太白,西方星宿,即长庚。赤坂,疑指火焰山(详下篇题下注)。单(chán)于(yú),指单于都护府所辖地区。唐高宗麟德元年(664),置单于都护府,其地约相当于今内蒙古自治区。一说赤坂为陕西洋县东龙亭山之赤坂,就"通单于"看,似非是。
⑦ 柏台霜威:犹言御史威风。汉御史台多柏树,后世因称御史府为柏台。御史专司弹劾,和秋天的霜气一样,有肃杀之威,故云。按:送别诗而说到柏台霜威,不能单纯理解为点明崔侍御的身分;可能崔此次出京,是奉命来查办案件的。
⑧ 为之夺:一作"为君薄"。夺,消失的意思。

【评】

　　此诗极写热海之炎蒸。至最后,陡然转入送别崔御史,则热海适成为"柏台霜威"之反衬,这是以反跌法联系题面咏物与送别二层意,构思很奇巧,但显然不及上诗之浑成。岑参写景奇丽,不仅在于他善写雄健瑰奇之景,更难得的是常常在奇景中插入秀句,这诗中"中有鲤鱼长且肥,岸旁青草常不歇",上诗中"忽如一夜春风来,千树万树梨花开"都是好例。这种插入是有机统一的。因热,故鱼肥壮、草长青;因早雪,故有"忽如"其来之感。这种手法又得刚柔相济之妙,使节奏有变化,色彩有转换,文势有波澜,显然比一味浓妆艳抹、粗声大嗓的写法高明得多。

火山云歌送别

火山在今新疆维吾尔自治区吐鲁番市境。山色赤,望去有如火焰,故又称火焰山。

火山突兀赤亭口①,火山五月火云厚。
火云满山凝未开,飞鸟千里不敢来。
平明乍逐胡风断,薄暮浑随塞雨回②。
缭绕斜吞铁关树,氛氲半掩交河戍③。
迢迢征路火山东,山上孤云随马去。

【注释】

① 赤亭口:岑参《过火山》:"火山今始见,突兀蒲昌东。"据此,则赤亭口当在蒲昌附近。《新唐书·地理志》:"(阳关故城)又西至蒲昌海南岸千里。"
② 平明二句:意谓火云在早晨有时偶然被风吹散,但傍晚又随暮云而屯聚起来。浑,语气词,读平声。
③ 缭绕二句:言四周景物都消失在弥漫的云气里。铁关,即铁门关。《新唐书·地理志》:"自焉耆西五十里,过铁门关。"氛(fēn)氲(yūn),云气盛貌。交河,唐县名,故城在今吐鲁番之西。戍,戍楼。

【评】

　　首四句着重写火势，连用四"火"字，加以"突兀"、"厚"、"满"、"飞鸟不敢"等词与词组，则炎火逼迫，先声夺人。"平明"以下四句着眼于云意，"乍逐"、"浑随"、"缭绕"、"氛氲"等词画出了云态卷舒之状。而此云又是"火山云"，则以"胡风"、"塞雨"、"斜吞"、"半掩"诸词并写，则卷舒云态中又炎炎有火气。"迢迢征路火山东，山上孤云随马去"，上句"火山"，下句"孤云"，仍不离"火山云"，而送别之意自然点出。

　　以上三诗均转韵频繁，与一般七字歌行四句一转不同。这与三句一韵一起构成岑参歌行繁弦促柱的音节特色。

行军九日思长安故园

　　这诗作于唐肃宗至德二载（757）秋。时岑参在凤翔，任右补阙。原注："时未收长安。"长安故园，指杜陵山中的别业。

强欲登高去，无人送酒来①。
遥怜故园菊，应傍战场开。

【注释】

① 无人句：《南史·隐逸传》："（陶潜）尝九月九日无酒，出宅边菊丛中坐，久之。逢（王）弘送酒至。即便就酌，醉而后归。"此借用典故，表现客中佳节的寂寞心情。下文说到"故园菊"，也是因陶潜"出宅边丛菊中坐"而引起的联想。

【评】

末句显其志，看似学陶，实非学陶。中唐秦系有《答泉州薛播使君重阳日赠酒诗》："欲强登高无力也，篱边黄菊为谁开？共知不是浔阳郡，那得王弘送酒来！"与此诗貌似而神不似，乃于学陶中参以放荡之致。诗人善变，各极其妙。

陕州月城楼送辛判官入秦

宝应元年（762），岑参以太子中允、殿中侍御史充关西节度判官。这年十月，天下兵马元帅雍王李适（即德宗）会师陕州（今河南陕县）讨史朝义，以岑参为掌书记。这诗是在陕州时所作。高步瀛曰："案：月城，筑城为偃月形，以资防守。《通鉴》卷一四八《隋纪》八：'李密兵败，率精骑度洛南，馀众东走月城。'胡注曰：'月城，盖临洛水筑偃月城。'可以为证。"（《唐宋诗举要》卷四）

送客飞鸟外①，城头楼最高。
樽前遇风雨，窗里动波涛②。
谒帝向金殿，随身唯宝刀。
相思霸陵月，只有梦偏劳。

【注释】

① 飞鸟外：鸟飞不到处，极言其高。即《与高适薛据登慈恩寺塔》所说的"下窥指高鸟"。

② 窗里句：城楼下临黄河，故云。《元和郡

县图志》卷六:"(陕州)州里城,即古虢国城。《西征记》曰:'陕县,周召分职处,南倚山原,北临黄河,悬水百馀仞,临之者皆为悼栗。'"

【评】

此诗起得高远,接得宏阔。虽心绪烦忧,而唱出无些许儿女腔。当与前录高适《送李侍御赴安西》同看,则此派五律风貌可见大概。

春　梦

这是一首情歌。借春梦之境,写相思离别之情。

洞房昨夜春风起①,遥忆美人湘江水②。
枕上片时春梦中,行尽江南数千里。

【注释】

① 洞房:深邃的卧室。《楚辞·招魂》:"姱容修态,絙洞房些。"后世引申作为新婚之房。一作"洞庭"。
② 遥忆美人:一作"故人尚隔"。

【评】

片时春梦而行尽江南数千里,见得思恋之深沉悠长,而欢爱之短暂虚幻。

虢州后亭送李判官使赴晋绛

这诗是乾元二年（759）岑参任虢州长史时所作。虢州州治在今河南灵宝。李判官，名不详。晋、绛，二州名，唐属河东道，今在山西省境内。

西原驿路挂城头，客散江亭雨未收①。
君去试看汾水上，白云犹似汉时秋②。

【注释】

① 西原二句：写离亭送别，行客冒雨登程。西原，在灵宝西南五十里。驿路，大路。路在原上，望去高与城头相接，故曰"挂城头"。江亭，即虢州后亭，亭临河，故称。一作"红亭"。
② 君去二句：言李到达北方原野以后，辽阔苍茫的山川景色，足以开拓胸怀。汾水，即汾河。源出山西宁武县，西南流入黄河。晋、绛二州都是汾河流经的区域。汉武帝刘彻曾泛舟汾河，作《秋风辞》，有"秋风起兮白云飞"之句。

【评】

与高适《别董大》同调而稍婉转，此高岑七绝微别处。"挂"字用俗得奇，开中唐顾况七绝法门。

张 巡 一首

张巡（709—757），南阳（今河南邓县）人。开元末进士。官真源令。安史乱起，起兵抗敌，与许远固守睢阳城，为安禄山部将尹子奇所围困。背城拒战，掣制其兵力，使不得向南。后城破被俘，与南霁云等三十六人同时殉难。诏赠扬州大都督。

张巡涉猎广博，才思敏捷。据说他"为文章，操纸笔立书，未尝起草"（见韩愈《张中丞传后序》）。现存诗二首，都是围城中所作。

闻 笛

睢阳城于至德二载（757）十月癸丑被攻陷（见《通鉴》卷二二〇），这诗作于城守危急之时。诗中用钢铁般的语言，表现了坚定不移的战斗意志。慷慨苍凉之中，见出苍劲浑朴的风格。

岧峣试一临①，虏骑附城阴②。
不识风尘色，安知天地心③？
门开边月近④，战苦阵云深⑤。
旦夕更楼上⑥，遥闻横笛音⑦。

【注释】

① 岧（tiáo）峣（yáo）：高峻貌。此指高峻的城楼。

② 虏骑句：言敌军紧紧屯聚在城的北面。安禄山部下多胡兵，故称"虏骑"。骑，读去声。附，贴近的意思。
③ 不识二句：承上句，表明坚守拒战的决心。风尘色，指战争的形势。天地心，指国运的兴衰。不识和安知为互文，意谓风尘的愁惨，天心的向背，都不去管它，亦即"知其不可为而为之"的意思。当时睢阳围困已久，粮尽援绝，敌兵愈来愈众；而唐朝朝廷又逃往西蜀，消息隔绝，情况不明。但这些都没有动摇张巡守城的意志，故云。
④ 门开句：意谓胡兵深入内地，睢阳城外的景象宛如边疆。门，一作"营"。
⑤ 战苦句：言因战斗激烈而战云弥漫。按：张巡《谢金吾表》有云："臣被围四十七日，凡一千八百馀战。"又《守睢阳作》诗云："接战春来苦，孤城日渐危。……裹创犹出阵，饮血更登陴。"可作此句的注脚。
⑥ 旦夕：早晚。这里是偏义复词，意指深夜。　更楼：即城楼。更读平声。
⑦ 横笛音：一作"横笛吟"。

【评】

　　题曰《闻笛》，诗却通篇不对笛声作正面描绘，只于篇末挽转，点明更楼"遥闻横笛音"，则前六句之天地风尘、边月阵云，尽入悠远笛声之中。李益诗"横笛更吹《行路难》"（《从军北征》），可为末句含义作注。

张　谓　二首

张谓（生卒年不详），字正言，河内（今河南沁阳）人。少时读书嵩山。早年从军北征，往来边塞十馀年。后因主将得罪，失所依归，浪迹幽燕一带。天宝二年（743），举进士及第，官尚书郎，天宝后期又曾在安西北庭封常清幕府为属官。代宗大历年间（766—779），任礼部侍郎、潭州刺史，历太子左庶子，仕终礼部侍郎。

《全唐诗》录存其诗一卷。

代北州老翁答

这诗叙写一北方老翁，因不堪兵役之苦，携带仅存的幼子，抛弃家业，流落他乡，宁愿过着穷苦的负薪生活，而不敢回到本土。诗用第一人称的代言体，通过老翁的诉说，批判了统治者穷兵黩武的开边政策，当作于天宝末年。老翁的话，是回答作者询问之词，故题作《代北州老翁答》。北州，犹言北方、北地。

负薪老翁住北州，北望乡关生客愁。
自言老翁有三子，两人已向黄沙死①。
如今小儿新长成②，明年闻道又征兵。
定知此别必零落③，不及相随同死生。
尽将田宅借邻伍，且复伶俜去乡土④。

在生本求多子孙,及有谁知更辛苦!
近传天子尊武臣⑤,强兵直欲静胡尘。
安边自合有长策⑥,何必流离中国人?

【注释】
① 黄沙:指边疆的战场。
② 长成:谓成丁。天宝时制度,二十三岁以上为丁,例服兵役(参看后杜甫《新安吏》注②)。
③ 定知句:意谓小儿倘再被征入伍,必然是有去无回。零落,死亡的意思。
④ 伶(líng)俜(pīng):孤单貌。
⑤ 近传句:唐玄宗后期,重用武人,边将如安禄山、哥舒翰等,皆封王爵。
⑥ 自合:自当。 长策:妥善的谋划。

【评】
　　诗用七言叙事体,卒章显其志,无论就内容还是形式看,都是白居易新乐府之先声。诗所反映的社会现实,可与后录杜甫《石壕吏》《新安吏》《垂老别》等参看。

杜侍御送贡物戏赠

　　杜侍御,名不可考。侍御,官名(参看前高适《送李侍御赴安西》题下注)。张谓另有一首《送杜侍御赴上都》诗云:"避马台中贵,登车岭外遥。还因贡赋礼,来谒大明朝。"知所谓"送贡物",是将南方珍宝,专程送往长安。这诗题作"戏赠",实则因事规讽。结语词微义显,为通篇主旨所在。

铜柱朱崖道路难,伏波横海旧登坛①。

越人自贡珊瑚树,汉使何劳獬豸冠②?
疲马山中愁日晚,孤舟江上畏风寒③。
由来此货称难得,多恐君王不忍看④。

【注释】

① 铜柱二句:言南方边远地区,自汉以来,即与中原相通。汉伏波将军马援曾立铜柱于今广西壮族自治区分茅岭下。朱崖,汉郡名,一称珠崖,即今海南省琼山一带地。横海,指汉横海将军韩说。马援和韩说都带兵到过南方。登坛,古代封拜大将,须筑坛举行隆重仪式,大将登坛受命,然后出兵。

② 越人二句:意谓越人曾向汉朝进贡过珍宝,而今又何劳御史作为运送贡物的专使呢?上句说"自贡",下句说"何劳",两相对照,见出这批宝物入贡,非出越人自愿。越人,泛指南方人。五岭以南,为古百越(字同"粤")之地。珊瑚树,《太平御览》卷八〇七引《海中经》:"珊瑚生于海中。……岁高二三尺,有枝无叶,形如小树。"獬(xiè)豸(zhì)冠,御史所服之冠。《旧唐书·舆服志》:"法冠一名獬豸冠。以铁为柱,其上施珠两枚,为獬豸之形。左、右御史台流内九品以上服之。"獬豸,类似羊的神兽,据说能判辨是非曲直,御史专司弹劾,故取其义。珊瑚树与獬豸冠对举,一指南方珍宝,一用作御史的代称。两句文义互见,而句法各别。

③ 疲马二句:言运送贡物旅途的辛苦。

④ 由来二句:寓有两方面的意思:古代贤君,崇尚俭德,屏绝珍奇玩好,传为美谈;而做臣子的更不应该以远方难得的宝货,逢迎君上,希图恩宠。杜侍御此次送贡物入都,自然是得到朝廷的指示,这里却说"君王不忍看",以古道规君,同时对杜也有讽意。《老子》六十四章:"是以圣人欲不欲,不贵难得之货。"多恐,祇恐,揣测之词。多,古"祇"字。看,读平声。

【评】

《毛诗序》说"主文而谲谏",说的是诗歌的讽喻要含蓄、婉转,此诗深得其妙。诗的首二句用马援、韩说平南粤事。意谓前人披荆斩棘,本为安边,然而所开辟的道路,却成了今日贡献宝物的方便之途。末句"不忍"意更深远。顾况《露青竹杖歌》末二句:"圣人不贵难得货,金玉珊瑚谁买恩?"是正说,而此诗末二句却是反说。一直一曲,对读更见"谲谏"之妙。

杜　甫　六十五首

杜甫（712—770），字子美，原籍襄阳（今湖北襄樊市），寄居巩县（今河南巩义）。祖父杜审言，著名诗人。杜甫曾应进士举，不第。天宝中，客长安近十年，郁郁不得意。安史乱起，流离兵燹中。肃宗朝，官左拾遗，因直言极谏，改华州司功参军。不久，弃官而去，避乱入蜀，构草堂于成都城外浣花溪畔。又曾流寓梓州（今四川三台）一带。严武再任西川节度使时，表为节度参谋，检校工部员外郎。后携家由夔州（今四川奉节）出峡，病死江湘途中。后世称为杜工部。又因其客长安时，曾住杜陵附近的少陵，称杜少陵。

杜甫出生于"奉儒守官"的封建士大夫家庭，处在唐朝由兴盛走向衰落的时代，他怀抱着忠君爱国、积极用世的心情，但因仕途失意，遭遇坎坷，又历经兵乱，身受深重的时代苦难，从自己的饥寒，体念到人民的疾苦，情感逐渐转向于人民。其诗抒写个人情怀，往往紧密结合时事，思想深厚，境界广阔，有强烈的正义感和鲜明的倾向性，忠实地反映了这个时代，后世称为"诗史"。他是我国古代伟大的现实主义诗人，在诗歌艺术上善于吸取和总结前人的成就，融合众长，兼备诸体，形成沉郁顿挫的风格。元稹评其诗云："上薄风、骚，下该沈、宋，古傍苏、李，气夺曹、刘，掩颜、谢之孤高，杂徐、庾之流丽，尽得古今之体势，而兼诗人之所独专矣。"（见《唐故检校工部员外郎杜君墓志铭》）中唐以后，诗人莫不在某种程度或某种意义上受到他的影响。

有《杜少陵集》二十五卷，内诗一千四百馀首。后人注本极多，较通行的有清人钱谦益的《钱注杜诗》、仇兆鳌的《杜诗详注》、杨伦的《杜诗镜铨》等。

望 岳

　　唐玄宗开元二十三年(735),杜甫赴洛阳应进士举,落第,漫游齐、赵(今山东、河南、河北)一带,这诗是游泰山时所作。泰山为东岳。近岳而望,并未登山,故题作《望岳》。诗中描绘泰山巨大磅礴的气象,以及自己攀登绝顶的向往心情,都是从"望"字着笔的。

岱宗夫如何①?齐鲁青未了②。
造化钟神秀③,阴阳割昏晓④。
荡胸生曾云⑤,决眦入归鸟⑥。
会当凌绝顶⑦,一览众山小⑧。

【注释】

① 岱宗:指泰山。《风俗通·山泽篇》:"泰山,山之尊者,一曰岱宗。岱,始也;宗,长也。万物之始,阴阳交代,故为五岳之长。"(今本有误,据《尚书·舜典》孔疏校正)夫,古文中常用的发语词,此用以入诗,造成语气的舒宕,传神地表达了诗人面对泰山的惊诧之感。
② 齐鲁句:意谓泰山横跨齐鲁,青苍的峰峦,连绵不断。泰山在今山东泰安,山北古为齐国地,山南古为鲁国地。
③ 造化句:意谓大自然把神奇和秀美都赋予了泰山,泰山是天地间神秀之气的集中表现。造化,天地万物的主宰者。钟,聚集。孙绰《游天台山赋》:"天台山者,盖山岳之神秀。"
④ 阴阳句:意谓高峰耸入云际,遮蔽了阳光,在同一山区之内,而光线的明暗不同。阴,山北。阳,山南。割,划分的意思。
⑤ 荡胸句:意谓山壑广大深邃,吞吐烟云,望去使人精神爽朗,与大自然合为一体,仿佛层云生于心胸,有开阔动荡的感觉。曾,字同"层"。
⑥ 决眦句:谓凝神远望,目送山中的飞鸟归林。决眦(zì),形容极度使用目力。决,裂开,这里指全神贯注,长时间极目远望。眦,眼眶。入,犹言没。
⑦ 会当:犹言终当、定当。
⑧ 一览句:语本《孟子·尽心上》:"登泰山而小天下。"

【评】

　　"会当"二句固然是全诗之警策,而它所以有绝大的感染力,还在于前六句诗势的蓄积。前四句极写泰山之高峻雄伟,是写物;"荡胸"二句将物我融合在一起,泰山的雄峻之气,至此贯注于诗人的血脉。这样末二句的主观抒情就水到渠成了。

房兵曹胡马

　　这诗咏房兵曹所骑的一匹胡马。房兵曹名不可考,兵曹是管理州郡军事的官。胡马就是诗中所说的大宛马。

胡马大宛名①,锋棱瘦骨成②。
竹批双耳峻③,风入四蹄轻④。
所向无空阔⑤,真堪托死生⑥!
骁腾有如此⑦,万里可横行。

【注释】

① 胡马句:意谓胡马之中,以大宛所产为著名。大宛(yuān),汉西域国名。
② 锋棱句:是"瘦骨成锋棱"的倒文。意谓骨架突出,好似兵刃的锋棱。
③ 竹批句:《齐民要术》:"(马)耳欲小而锐如削筒。"按:古代相马之法,忌大头缓耳。两耳瘦削,是千里马形象的特征之一。批,有削的意思。峻,高耸。
④ 风入句:意谓马跑的时候,四蹄生风,极其轻快。
⑤ 无空阔:不以空阔为意。
⑥ 托死生:犹言共死生。
⑦ 骁腾:骏马的代称。语本颜延年《赭白马赋》:"料武艺,品骁腾。"

【评】

赵汸《杜诗选注》云:"前辈言,咏物诗戒粘皮带骨,公此诗,前言胡马骨相之异,后言其骁腾无比,而词语矫健豪纵,飞行万里之势,如在目中。所谓索之于骊黄之外者。"此论甚是,道出杜诗三个特点:神旺、语健、势飞。这诗与上诗都是杜甫早年作品,而其基本艺术特点已露端倪。读杜诗应由此窥入,方能对其以后纵横多变的艺术风格,有一核心之了解。

送孔巢父谢病归游江东兼呈李白

这诗是杜甫客长安时所作,约在天宝九载(750)左右。孔巢父,字弱翁,冀州(今河北一带)人。少时与韩准、裴政、李白、张叔明、陶沔隐居徂徕山,号竹溪六逸。生平事迹,见《旧唐书·孔巢父传》。孔巢父天宝中曾至长安,史无记载。寻绎诗意,他之所以谢病辞官归隐,当是由于政治失意的缘故。行前,友人蔡侯(名不详)为之饯别,杜甫在座,因写此诗以赠。江东,指浙江以东。孔是北方人,游江东而曰"归",因他寄居在那里。江东近海,海上为传说中的神仙境界,而行者又是归隐之士。诗从这里生发新意,把孔巢父鄙弃尘俗、厌薄时荣的思想,写得飘飘欲仙。全诗十八句,于动荡开阖之中,极烟波缥缈之致。笔墨奇恣,词采瑰丽,而意境空灵,风格有些接近李白。

巢父掉头不肯住①,东将入海随烟雾。
诗卷长留天地间②,钓竿欲拂珊瑚树③。

深山大泽龙蛇远^④,春寒野阴风景暮^⑤。
蓬莱织女回云车,指点虚无是征路^⑥。
自是君身有仙骨,世人那得知其故?
惜君只欲苦死留,富贵何如草头露^⑦?
蔡侯静者意有馀,清夜置酒临前除^⑧。
罢琴惆怅月照席,几岁寄我空中书^⑨。
南寻禹穴见李白^⑩,道甫问讯今何如?

【注释】

① 掉头:掉头而去,表示毫不留恋。住:留。
② 诗卷句:孔巢父工诗,有《徂徕集》行世,现已佚。此句应"不肯住"。
③ 钓竿句:言孔归隐海滨,垂钓自适。此句应前"入海"。
④ 深山句:《左传》襄公二十一年:"深山大泽,实生龙蛇。"这里以龙蛇比喻有抱负的人。意谓他们不为世所用,就远隐深山大泽之中。
⑤ 春寒句:写春景,兴起离别之情。
⑥ 蓬莱二句:承前"东将入海"句而言。蓬莱,神话中东海上的仙山(详见前李白《登高丘而望远海》注①)。回云车,以云车相迎。云车,仙人所乘之车。张华《博物志》卷三:"(西)王母乘紫云车而至。"虚无,指空虚缥缈的仙境,即上文所说的"随烟雾"。征路,去路。是征路,一作"引归路"。
⑦ 惜君二句:吴闿生曰:"盖从上文世人不知其故发生。因不知其故,惜君者遂欲苦死相留,而不知富贵之不足恋也。"(《唐宋诗举要》卷二引)古乐府《薤露》:"薤上露,何易晞(干)!"下句用反诘语说明富贵和草头露一样地不能长久。
⑧ 蔡侯二句:写蔡侯为孔巢父饯行的情况。侯,男子美称,一般用于地方长官。静者,有道之人。怀着惜别深情,而黯然无语,故曰"意有馀"。前除,前阶。
⑨ 空中书:从世外来的书信。空中,即上文的"虚无"。
⑩ 南寻句:李白时在会稽。禹穴,相传禹藏天书之处,在会稽(今浙江绍兴)宛委山。

【评】

　　此诗组织于动荡开阖中见接续之妙。起四句写巢父意将病归江东。"深山大泽"句接上句"欲拂珊瑚树",又转入下四句的对巢父行程之遥想。"自是君身有仙骨"句,承上"蓬莱征路"云云,而意思又作一大回转,追言世人皆未能知巢父胸襟。"蔡侯静者"对上节"世人"言,"置酒临前除"对上"苦相留"言,则复转入同志相送意,从而带出别后遥念、"空中寄书"意。末二句收束。"南寻禹穴",切题游江东,"寻李白"、"问讯"切题兼呈李白。全诗如神龙夭矫,九折回绕,却意脉贯穿,一气浑成。

同诸公登慈恩寺塔

原注:"时高适、薛据先有作。"按:当时同游慈恩寺的,除高、薛外,还有岑参和储光羲,五人先后都写了诗,其中以岑、杜二人最为出色。岑诗已见前,可参看。这诗主要通过登临游览,抒写忧念时局的心情,融情入景,寄慨遥深。杨伦评云:"前半写尽穷高极远,可喜可愕之趣,入后尤觉对此茫茫,百端交集。所谓浑涵汪茫,千汇万状者,于此见之。"(《杜诗镜铨》卷一)同,和的意思。杜集中多称和诗为同。

高标跨苍穹①,烈风无时休②。
自非旷士怀,登兹翻百忧③。
方知象教力,足可追冥搜④。
仰穿龙蛇窟,始出枝撑幽⑤。
七星在北户⑥,河汉声西流⑦。
羲和鞭白日⑧,少昊行清秋⑨。
秦山忽破碎,泾渭不可求⑩。
俯视但一气,焉能辨皇州⑪?
回首叫虞舜⑫,苍梧云正愁⑬。

惜哉瑶池饮，日晏昆仑丘⑭！
黄鹄去不息，哀鸣何所投⑮？
君看随阳雁，各有稻粱谋⑯。

【注释】

① 高标：指塔顶（参看前李白《蜀道难》注⑥）。跨苍穹：犹言高出天外。跨，超越。苍穹，天空。
② 烈风：大风。《风俗通》"猛风曰飙。"
③ 自非二句：意谓苟非旷达之士，登上这高塔俯视，不但不引起登临之乐，反而感到百忧交集。王粲《登楼赋》："登兹楼以四望兮，聊暇日以销忧。"此反用其意。
④ 方知二句：意谓佛以形象设教，故寺塔建筑，宏伟庄严，中多胜境，能够引起游人潜心搜寻。象教，即佛教。《文选》孙绰《游天台山赋》："非夫远寄冥搜，笃信神者，何肯遥想而存之？"
⑤ 仰穿二句：上句说，登塔之前，仰视屈曲的磴道，有如龙蛇窟宅；下句说，既出磴道之后，俯视塔内，交木纵横在幽暗的下层。钱谦益注《杜诗》卷一引黄庭坚曰："慈恩塔下数级，皆枝撑洞黑，出上级乃明。"枝撑，交叉的意思，这里指木架。王延寿《鲁灵光殿赋》："枝撑权桠而斜据。"
⑥ 七星：指北斗七星。
⑦ 河汉句：杨伦注："天汉秋渐西转，以逼近，故若闻其声也。"《广雅》："天河谓之天汉，一曰河汉。"
⑧ 羲和句：意谓日轮转动很快，天色将晚。
⑨ 少昊（hào）：黄帝的儿子，古人认为是秋天之神（见《礼记·月令》）。行清秋：行秋令。这里是指秋天日短。
⑩ 秦山二句：写暮色苍茫中的远景。秦山，秦岭诸山。破碎，谓峰峦出没，大小错杂，好像破碎似的。泾、渭二水都从西北来，泾浊渭清，但在傍晚，望去连成一片，故云"不可求"。
⑪ 辨：一作"辩"。皇州：指首都长安。
⑫ 虞舜：这里暗指唐太宗。唐高祖李渊老年把帝位禅给太宗，号神尧皇帝。虞舜受尧禅，故用以比拟。
⑬ 苍梧：山名，即九疑山，虞舜葬处（参见前李白《远别离》注⑨）。这里借指唐太宗葬处昭陵（在今陕西醴泉九嵕山西北）。按：唐人多以太宗李世民为开国之主，而不数高祖李渊，如下选《北征》："煌煌太宗业，树立甚宏达。"这里说，"苍梧云正愁"，有象征唐朝国运没落的意思，故下二句云云。
⑭ 惜哉二句：古代神话，说周穆王登昆仑之丘，与西王母宴会瑶池之上（见《列子》及《穆天子传》）。这里是讥刺唐玄宗荒于女色，经常和杨贵妃在骊山华清宫宴饮作乐。钱谦益曰："唐人多以王母喻贵妃。瑶池日晏，言天下将乱，而宴乐之不可以为常也。"（《钱注杜诗》卷一）日晏，日晚。
⑮ 黄鹄二句：意指忧国之士预感时局将乱，相率引去。黄鹄，健飞的大鸟，即黄鹤。
⑯ 君看二句：指趋炎附势的小人，专为个人打算。雁是候鸟，春天北去，冬季就暖南飞，故曰"随阳雁"。张华《禽经》："雁，随阳鸟也。"稻粱谋，犹言对于衣食的营求。刘峻《广绝交论》："分雁鹜之稻粱。"稻粱，这里指鸟类的饲料。

【评】

钟惺评曰："登高诗，不独雄旷，有一段精理冥悟，所谓发人深省者也。"

此评道出了本诗比高、岑、储、薛同作高出一头地的关键（参前岑参同题诗评）。所谓"精理冥悟"，应当看作诗中盘旋终始的郁勃情思。这种情思与登临所见雄奇的景物紧密地融合在一起，遂使情思的表达具有雄奇峥嵘的形象，使雄健的景物又具有郁勃的神采。诗以"高标烈风，登兹百忧，岌岌有漂摇崩析之感"（钱谦益语）起兴。中篇写景先极言高峻，而通过"河汉声西流"句过渡到清秋（西方应秋），使高峻抹上一种肃杀愁愤的气氛。于是眼下顿然秦山破碎，泾渭不分，皇州莫辨，这是俯视的实景，又贯注了诗人忧思，最后终于发为末段惜瑶池、叫虞舜的呼号，全诗结束于一种悲壮哀愁的气氛之中。这诗作于天宝十载后，比起前选开元中后期所作《望岳》、《胡马》诸篇，可见在"语健"、"势飞"、"神旺"外又增加了"思深"的特点，这是生活锤炼的结果。杜诗"沉郁顿挫"的风格，在这一时期终于成熟了，本诗即是有代表性的一篇，成为稍后《咏怀五百字》、《北征》等具有划时代意义作品的先声。

兵 车 行

这诗是反对统治者在开边政策下所进行的无休止的黩武战争。关于诗的背景，旧有二说：单复曰："此为明皇（玄宗）用兵吐蕃而作，故托汉武以讽，其辞可哀也。先言人哭，后言鬼哭，中言内郡凋敝，民不聊生，此安史之乱所由起也。"（《杜少陵集详注》卷二引）钱谦益曰："天宝十载（751），鲜于仲通讨南诏蛮，士卒死者六万。杨国忠掩其败状，反以捷闻。制大募两京及河南、北兵，以击南诏。人闻云南瘴疠，士卒未战而死者十八九，莫肯应募。国忠遣御史分道捕人，连枷送军所。于是行者愁怨，父母妻子送之，所在哭声震野。此诗序南征之苦,设为役夫问答之词。……是时国忠方贵盛,未敢斥言之。杂举河陇之事错互其词,若不为南诏而发者,此作者之深意也。"(《钱注杜诗》卷一)按诗意,前一说较为切合。

  车辚辚①,马萧萧②,行人弓箭各在腰③。
  耶孃妻子走相送④,尘埃不见咸阳桥⑤。
  牵衣顿足拦道哭,哭声直上干云霄。
  道旁过者问行人,行人但云点行频⑥。
  或从十五北防河⑦,便至四十西营田⑧。
  去时里正与裹头⑨,归来头白还戍边。
  边庭流血成海水,武皇开边意未已⑩。
  君不闻汉家山东二百州⑪,千村万落生荆杞。
  纵有健妇把锄犁,禾生陇亩无东西⑫。
  况复秦兵耐苦战⑬,被驱不异犬与鸡。
  长者虽有问⑭,役夫敢伸恨⑮?
  且如今年冬,未休关西卒⑯。
  县官急索租,租税从何出?
  信知生男恶,反是生女好,
  生女犹得嫁比邻,生男埋没随百草⑰。
  君不见青海头,古来白骨无人收⑱。
  新鬼烦冤旧鬼哭,天阴雨湿声啾啾。

【注释】

① 辚辚:众车声。《诗经·秦风·车邻》:"有车邻邻。"邻,字同"辚"。
② 萧萧:马鸣声。《诗经·小雅·车攻》:"萧萧马鸣。"
③ 行人:从军出征的人。
④ 耶孃:字同"爷娘"。

⑤ 咸阳桥：即渭桥，由长安往西北经由的大桥（详见前卢照邻《长安古意》注㉒）。
⑥ 点行频：多次点兵出征。
⑦ 防河：玄宗时，经常征调大批兵力，驻扎河西（今甘肃、宁夏回族自治区一带），称为防河。
⑧ 营田：戍边的士卒，兼事垦荒工作，称为营田。《新唐书·食货志》："唐开军府以捍要冲，因隙地置营田。"
⑨ 里正：唐制，百家为里，置里正一人。与裹头：替他裹头。古以皂罗三尺作头巾。新兵入伍时，须装束整齐，而被征者年龄太小，不能自裹，故里正代为裹头。
⑩ 边庭二句：王嗣奭云："《唐鉴》（《通鉴》唐纪）：天宝六载（747），帝欲使王忠嗣攻吐蕃石堡城，忠嗣上言：'石堡险固，吐蕃举国守之，非杀数万人不能克，恐所得不如所亡，不如俟衅取之。'帝不快。将军董延光自请取石堡，帝命忠嗣分兵助之。忠嗣奉诏而不尽副延光所欲，盖以爱士卒之故。延光过期不克。八载（749），帝使哥舒翰攻石堡，拔之，士卒死者数万，果如忠嗣之言。故有'边庭流血'等语。"（《杜臆》卷一）武皇，即汉武帝，这里借指玄宗。唐人诗中，多称玄宗为武皇。如王昌龄《青楼曲》的"白马金鞍从武皇"，韦应物《逢杨开府》之"少事武皇帝"之类皆是。
⑪ 山东二百州：指华山之东的广大地区。《十道四番志》："关以东七道，凡二百一十一州。"（《分门集注杜工部诗》引）这里说二百州，是举其成数。
⑫ 纵有二句：《后汉书·五行志》记汉末童谣："小麦青青大麦枯，谁当获者妇与姑，

丈夫何在西击胡"。此化用其意。无东西，不成行列。
⑬ 秦兵：指这次应征出发的队伍，即下文的"关西卒"。
⑭ 长者：对年老人的尊称，指上文的"道旁过者"。
⑮ 役夫：行役的人自称之词。 敢伸恨：那敢尽情地说出心中的愁恨。
⑯ 且如二句：今年冬，指天宝九载（750）十二月。《通鉴》卷二一六："关西游弈使王难得击吐蕃，克五桥，拔树敦城。""未休关西卒"，指此。不敢说而又忍不住内心的冤苦，姑举眼前事以为实例，故云"且如"。关西俗尚勇武，参王维《老将行》注①。
⑰ 信知四句：意谓由于战争的关系，改变了封建时代重男轻女的传统观念。秦始皇时筑长城，伇役大量死亡，民歌曰："生男慎莫举，生女哺用铺，不见长城下，尸骸相支拄。"（《乐府诗集》卷三八转引杨泉《物理论》）这里化用其意。比邻，近邻。古五家为比。埋没随百草，即下文所云"白骨无人收"。
⑱ 君不见二句：唐朝和吐蕃的战争，经常在青海附近进行，故云。钱谦益曰："《旧（唐）书》：吐谷浑有青海，周围八九百里。唐高宗龙朔三年（663），为吐蕃所并。唐自仪凤中，李敬玄与吐蕃战，败于青海；开元中，王君㚟、张景顺、张忠亮、崔希逸、皇甫惟明、王忠嗣先后破吐蕃，皆在青海西。天宝中，哥舒翰ণ神威军于青海上，又筑城龙驹岛，吐蕃始不敢近青海。"

【评】

　　本诗不用乐府古题，"因时事，自出己意立题"（蔡宽夫语）。"然风骚、乐府遗意往往得之"，"述情陈事恳恻如见"（胡震亨语），因此元稹在《新乐府序》里把它与《丽人行》、"三吏"、"三别"等看作是元白新乐府运动的直接先驱。

丽 人 行

　　唐玄宗末年，宠爱杨贵妃。杨氏兄弟姊妹都因裙带关系而显贵。贵妃从兄国忠于天宝十一载（752）任右丞相，这诗可能作于十二载的春天。诗从曲江春游的贵族妇女写起，故以《丽人行》名篇。中间转入杨氏姊妹，然后归结到杨国忠。通过统治集团腐朽堕落的生活现象，指出他们擅权乱国，揭露了当时政治阴暗的一个侧面。它的艺术特色是：在铺陈描绘、尽情渲染之中，间见层出地吐露讽刺的锋芒，继承并发展了汉代乐府民歌的表现手法。

三月三日天气新，长安水边多丽人①。
态浓意远淑且真②，肌理细腻骨肉匀。
绣罗衣裳照暮春，蹙金孔雀银麒麟③。
头上何所有？翠为𦰩叶垂鬓唇④。
背后何所见？珠压腰衱稳称身⑤。
就中云幕椒房亲⑥，赐名大国虢与秦⑦。
紫驼之峰出翠釜，水精之盘行素鳞⑧；
犀箸厌饫久未下，鸾刀缕切空纷纶⑨。
黄门飞鞚不动尘⑩，御厨络绎送八珍⑪。
箫管哀吟感鬼神，宾从杂遝实要津⑫。
后来鞍马何逡巡⑬，当轩下马立锦茵⑭。
杨花雪落覆白蘋，青鸟飞去衔红巾⑮。
炙手可热势绝伦⑯，慎莫近前丞相嗔⑰！

【注释】

① 三月二句：三月三日，即上巳节。古代风俗，人们于水边祓除不祥，后来就成为游春宴饮的一个节日。水边，指曲江。曲江在长安城南朱雀桥之东。《太平寰宇记》："曲江池，汉武帝所造，名为宜春苑。其水曲折，有似广陵之江，故名之。"唐开元中，疏凿水道，大加兴建，烟水明媚，花木茂盛。南有紫云楼、芙蓉苑，西有杏园、慈恩寺，均为游览胜地。赵次公曰："晋、宋诸人侍宴曲水，皆以三月三日为题，唐开元中，都人游赏于曲江，莫盛于中和、上巳节，此三月三日所以水边多丽人也。"（《分门集注杜工部诗》卷三）
② 态浓意远：姿色浓艳，神气高远而不凡俗。　淑且真：美善而又自然。
③ 绣罗二句：意谓罗衣上有金、银线绣的孔雀和麒麟，在浓春烟景中照耀出辉煌的光彩。蹙（cù），刺绣的一种手法，贯下"金""银"二字。
④ 翠为匌（è）叶：用翠玉制成的匌彩叶。匌彩，妇女发髻上所用的花饰。为，一作"微"。翠微，薄薄的翠片。　鬓唇：鬓边。
⑤ 珠压句：袚（jié），衣后裙。长与腰齐，故称腰袚。珠压，谓缀珠其上，压使下垂。这样，衣服不至被风掀起，显得沉重而合身，故云"稳称身"。据钱慎说，古本这句的下面，有"足下何所着？红渠罗袜穿镫银"二句（《钱注杜诗》卷一）。
⑥ 云幕椒房亲：指杨贵妃的族属。汉成帝时，甘泉紫殿设有云幄、云帐、云幕（见《西京杂记》）。又，汉未央宫有椒房殿，以椒和泥涂壁（见《三辅黄图》）。班固《西都赋》："后宫则掖庭、椒房，后妃之室。"云幕和椒房，都是指后妃所住的宫殿。
⑦ 赐名句：赐名，赐以封号。唐制：文武官一品及国公母、妻封国夫人，相当于古代列国诸侯的母、妻，是最高的封号。杨贵妃有三姊，大姊嫁崔家的封韩国夫人，三姊嫁裴家的封虢国夫人，八姊嫁柳家的封秦国夫人。这里因诗句字数的限制，故举二以概三。
⑧ 水精：即水晶。　行素鳞：端来了白色的鲜鱼。宴饮时，肴馔从厨房里络绎送到席上，故曰"行"。
⑨ 犀箸二句：意谓厨中徒然地赶忙制出上述许多精美的食品，但她们却拿着筷子而找不到可口的东西吃，因为实在吃得太腻了。犀箸，犀牛角制的筷子。鸾刀，刀环装有鸾铃，割肉用的。纷纶，忙乱的样子。潘岳《西征赋》："饔人缕切，鸾刀若飞。"
⑩ 黄门：宦官的通称。东汉黄门令、中黄官诸官，都由宦官担任。　飞鞚：犹言飞驰。鞚，马勒。　不动尘：形容骑技熟练。
⑪ 络绎：一作"丝络"，义同。　八珍：泛指精美罕见的食品。旧说谓龙肝、凤髓、豹胎、鲤尾、鸮炙、猩唇、熊掌、酥酪蝉为八珍，不足据。
⑫ 宾从句：意谓奔走于杨氏兄弟姊妹门下的，都是当朝权贵。从，读去声。杂遝（tà），乱杂而众多貌。实要津，占满了朝廷上重要的位置。古诗："何不策高足，先据要路津？"
⑬ 后来鞍马：最后骑着一匹马来的人，指杨国忠，即下文的"丞相"。　逡巡：欲进不进貌。这里用以形容神态舒缓，大模大样。
⑭ 立：一作"人"。
⑮ 杨花二句：就眼前景物托兴，隐指杨国忠和虢国夫人兄妹间的暧昧行为。曲江两岸多垂杨，杨花像雪一样的飘落水中。古人认为浮萍是杨花的化身（陆佃《埤雅》卷一六《释草》云："世说杨花入水化为浮萍。"云"世说"，则知此说流传已久），而蘋也就是萍中较大的一种（见罗愿《尔雅翼》）。杨花和白蘋是一本同源的。这里以"杨花"谐杨姓，以"杨花覆蘋"借喻他们兄妹间不正当的关系。又，北魏胡太后和杨白花私通，白花惧罪南奔，改名杨华（"华""花"古字通）。太后思念他，作《杨白花歌》，有"杨花飘荡落南家"的话。这里的"杨花雪落"，可能是同时借用这一与杨姓有关的淫秽的典故，加强诗歌语言的暗示作用。青鸟，神话中群玉山的仙鸟，是西王母的使者，后来广泛用

于传递消息的人。伏知道《为王宽与妇义安主书》："玉山青鸟,仙使难通。"古代妇女往往以巾帕作为定情之物。青鸟衔红巾,指暗通消息。

⑯ 炙手可热:形容气焰灼人。 势绝伦:权势无人可比。
⑰ 瞋:一作"嗔",字通。

【评】

蒋弱六曰:"美人相、富贵相、妖淫相,最后露出罗刹相,真可畏可笑。"(引自《杜诗镜铨》)

周敬曰:"铺陈得体,气脉条畅,的从古乐府摹出,另成少陵乐府。"(引自《杜诗详注》)

自京赴奉先咏怀五百字

唐玄宗天宝十四载(755)冬十一月,杜甫由长安赴奉先(今陕西蒲城),探望寄居在那里的家属。当时,安禄山已在范阳举兵叛变,消息虽未传到长安,然而这一时代暴风雨的即将来临,杜甫早有预感。此诗作于到家之后,是他长安十年政治生活实践、思想认识的全面总结。诗人之来到长安,如他自己所说,是抱着"葵藿向阳"的心情,为朝廷效力的。他认识到国以民为本,要想巩固封建王朝的统治,就必须相对地减轻剥削,安定人民生活。然而唐玄宗后期朝政之败坏,豪门贵族之荒侈,却打破了他种种幻想;而旅食京华,残杯冷炙的酸辛遭遇,又使他比较容易接近人民,了解人民生活的实况。因而在这首诗里,同情人民的思想,就成为矛盾的主要方面。诗以"忧黎元"为核心,一开始,就反复陈明"自比稷契"的用世之志。中间叙路过骊山,正面抨击统治集团的腐化享乐和残酷聚敛；把贫富不均的现象，社会问题的症结所在，概括在"朱门酒肉臭，路有冻死骨"十个字里。末段因归家恸子而发远想。举凡自身遭遇的抒写，旅途见闻的记述，莫不与时代息息相关，纪行即所以言志，故以《咏怀》标题。由于把叙事、抒情、说理三者有机地结合起来，因而形成了前所未有的波澜浩瀚的壮观，大大发展和提高了阮籍以来《咏怀》诗的体制。它和后面选的《北征》，是反映安史之乱前后社会真实情况的长篇史诗。

杜陵有布衣①，老大意转拙②。
许身一何愚③？窃比稷与契④。
居然成濩落⑤，白首甘契阔⑥。
盖棺事则已，此志常觊豁⑦。
穷年忧黎元，叹息肠内热。
取笑同学翁，浩歌弥激烈⑧。
非无江海志，潇洒送日月。
生逢尧舜君，不忍便永诀⑨。
当今廊庙具，构厦岂云缺？
葵藿倾太阳，物性固莫夺⑩。
顾惟蝼蚁辈⑪，但自求其穴；
胡为慕大鲸，辄拟偃溟渤⑫？
以兹悟生理，独耻事干谒⑬。
兀兀遂至今⑭，忍为尘埃没⑮。
终愧巢与由，未能易其节⑯。
沉饮聊自遣⑰，放歌破愁绝⑱。
岁暮百草零，疾风高冈裂。

天衢阴峥嵘⑲,客子中夜发⑳。
霜严衣带断,指直不得结。
凌晨过骊山,御榻在嵽嵲㉑。
蚩尤塞寒空㉒,蹴踏崖谷滑。
瑶池气郁律㉓,羽林相摩戛㉔。
君臣留欢娱,乐动殷胶葛㉕。
赐浴皆长缨㉖,与宴非短褐。
彤庭所分帛,本自寒女出。
鞭挞其夫家,聚敛贡城阙㉗。
圣人筐篚恩,实欲邦国活。
臣如忽至理,君岂弃此物㉘?
多士盈朝庭,仁者宜战栗㉙。
况闻内金盘,尽在卫霍室㉚。
中堂舞神仙,烟雾蒙玉质㉛。
暖客貂鼠裘,悲管逐清瑟㉜。
劝客驼蹄羹,霜橙压香橘㉝。
朱门酒肉臭,路有冻死骨。
荣枯咫尺异,惆怅难再述㉞。
北辕就泾渭,官渡又改辙㉟。
群冰从西下,极目高崒兀。
疑是崆峒来,恐触天柱折㊱。
河梁幸未坼,枝撑声窸窣。
行李相攀援,川广不可越㊲。
老妻寄异县㊳,十口隔风雪。

谁能久不顾？庶往共饥渴㊴。
入门闻号咷，幼子饥已卒。
吾宁舍一哀？里巷犹呜咽㊵。
所愧为人父，无食致夭折。
岂知秋禾登，贫窭有仓卒㊶。
生常免租税，名不隶征伐。
抚迹犹酸辛，平人固骚屑㊷。
默思失业徒㊸，因念远戍卒㊹。
忧端齐终南，澒洞不可掇㊺。

【注释】

① 杜陵布衣：杜甫自称。杜陵在长安东南，秦时为杜县，汉时，因宣帝陵墓在此，故称杜陵。杜陵东南有少陵，是宣帝许后葬地。杜甫的远祖杜预是京兆杜陵人，杜甫在长安时，又曾在杜陵以北、少陵以西住过，故自称为"杜陵布衣"、"杜陵野客"或"少陵野老"。布衣，没有官职的人。
② 老大句：意谓年愈老而志愈坚。拙，和下句的"愚"，都是指不肯变更意志来适应环境。这从一般善于趋时取巧的人看来，是愚拙的。
③ 许身：要求自己。
④ 窃比句：稷，周代祖先，舜时为农官，教民播种五谷。契（xiè），商代祖先，舜时为司徒。《孟子·离娄下》："稷思天下有饥者，由己饥之也。"《礼记·祭法》："契为司徒而民成……此皆有功烈于民者也。"杜甫自比稷、契，取义于此，故下文有"穷年忧黎元"之语。窃比，私自比拟。
⑤ 居然：终然，竟然。 瓠落：同弧落、廓落，大而无当的意思。《庄子·逍遥游》："剖之以为瓢，则瓠落无所容。非不呺然大也，吾为其无用而掊之。"以上四句总述夙志。

⑥ 契阔：勤苦。
⑦ 盖棺二句：意谓不死就不会放弃自己的志愿。事，志事。即上文自比稷、契的用世之志。觊（jì）豁，指希望能够得到实现。以上四句一转，言事未遂而志长存。
⑧ 穷年四句：穷年，终年。 黎元：众多的人民。此四句又一转，言夙志未为同学辈所了解。穷年二句顶上"稷契"。
⑨ 非无四句：又一转说明自己之所以不做隐士的缘故。江海，与市朝相对而言；江海志，指放浪江海、无拘无束的心情。送日月，犹言度日月。尧舜君，指玄宗。永诀，这里是指避世隐居。按：玄宗早期曾一度励精图治，杜甫希望能够置身朝列，加以匡辅。《奉赠韦左丞丈二十二韵》云："自谓颇挺出，立登要路津。致君尧舜上，再使风俗淳。"可与此相印证。
⑩ 当今四句：再一转伸足上文"不忍永诀"的意思。上两句说，在朝廷方面，虽不缺乏人才；下两句说，在个人方面，忠君的思想，则出于本性。建造大厦，不能缺少木料，犹如治理国家，不能缺少人才。廊庙具，比喻担负朝廷重任的栋梁之臣。葵和藿，都是植物名。葵的花序有向日光倾

斜的特性,故称向日葵。(藿并不向日,葵藿是惯用的偏义复词,因葵连类而及藿。)杜甫用以自比。曹植《求通亲亲表》:"若葵藿之倾叶,太阳虽不为之回光,然终向之者,诚也。"这里化用其意。
⑪ 蝼蚁:比喻以干谒为事,营求利禄的小人。
⑫ 胡为二句:大鲸,杜甫自比。辄拟,时常打算。溟渤,海的别名。偃溟渤,游息于大海之中,比喻在一个宽阔的天地里施展抱负,即《短歌行赠王郎司直》所云"鲸鱼跋浪沧溟开"的意思。按:"辄拟偃溟渤"和上文"但自求其穴"是两种完全不同的想法。这里用反诘的语气来问自己为什么是这样想而不是那样想,正所以见出"自求其穴"的"蝼蚁"多,而"忧黎元""慕大鲸"的人少,是慨叹之词。以上四句又一转。
⑬ 以兹二句:承上"蝼蚁求穴",意谓因不屑专为个人打算而误生理,独以干谒为耻。生理,犹言生事、生计。事干谒,指奔走于权贵之门,以请托为事。悟,一作"误"。
⑭ 兀兀:犹言矻矻,劳苦貌。
⑮ 忍为句:犹言为尘俗所困,意指仕途蹭蹬。以上四句又一转,言因守志而穷乏以至于今。
⑯ 终愧二句:上句"终愧巢与由"和前文"窃比稷与契"相应。下句"未能易其节",是说不能以巢、由之行,易稷、契之节。巢,指巢父,由,指许由,传说中两位避世的隐士,在古代认为是和稷、契属于不同类型的典范人物。既自比稷、契,就不可能追踪巢、由,故云"终愧"。
⑰ 遣:一作"适"。
⑱ 破:一作"颇"。以上四句又一转,谓虽穷乏至今而未改愚拙之态,唯有饮酒放歌以销愁。结上言志三十二句,由放歌引入下文叙事。
⑲ 天衢(qú):指天空。四通八达的路叫衢。天空广阔无阻,故称。一说,天衢犹言天街,指长安城里的街道。 阴:寒气。峥嵘:本义是高峻貌,这里借以形容寒气的盛大。
⑳ 客子:犹言行人,杜甫自指。以上四句切入题赴奉先意。
㉑ 凌晨二句:《通鉴》卷二一七,天宝十四载(755)冬十月庚寅:"上幸华清宫。"十一月甲子,安禄山在范阳起兵叛变,消息传来,"上犹以为恶禄山者诈为之,未之信也"。杜甫此次过骊山时,玄宗正和杨贵妃在华清宫避寒。骊山,在今陕西临潼,距长安六十里。山有温泉,华清宫在其上。御榻,皇帝的坐榻,这里借指皇帝。嵽(dié)嵲(niè),山高峻貌,这里用作高山的代称。以上四句言抵骊山。
㉒ 蚩尤:传说中能造雾的人,这里用作雾的代称。一说,蚩尤是天上一种赤气,叫做蚩尤旗。蚩尤出现,预兆兵乱将兴。
㉓ 瑶池:借指骊山的温泉。 郁律:暖气蒸腾貌。
㉔ 羽林:指夹立宫前驰道的皇帝的禁卫军。《新唐书·兵志》:"高宗龙朔二年(662),始取府兵、越骑、步射置左右羽林军,大朝会则执仗以卫阶陛,行幸则夹驰道为内仗。" 摩戛:指武器互相击撞。
㉕ 乐动句:意谓乐声响彻云霄。殷,读隐,震动。胶葛,形容旷远的空际。司马相如《上林赋》:"张乐乎胶葛之㝢。"
㉖ 赐浴句:意谓皇帝在山上寻欢作乐,受到恩赐的只有贵族和大臣们。郑处晦《明皇杂录》卷下:"(玄宗)又尝于(华清)宫中置长汤屋数十间。"陈鸿《长恨歌传》:"时每岁十月,驾幸华清宫,内外命妇,熠耀景从。浴日馀波,赐以汤沐。"长缨,贵人的装饰,借指贵人。《韩非子·外储说左上》:"邹君好服长缨,左右皆服长缨。"短褐,劳役者之衣,借指平民。以上八句由行程苦寒转入所见骊山统治者之奢靡。
㉗ 彤庭四句:天宝后期,府库充实,财物堆积如山。杨国忠建议把各地租税一律变成轻货(绢帛),输送京城。玄宗视金帛如粪土,毫无节制地赏赐给贵宠之家(见《通鉴》卷二一六天宝八载)。彤庭,即朝廷。彤,朱红色。宫殿楹柱多用朱红涂

饰，故称。聚敛，犹言搜刮。城阙，指首都。

㉘ 圣人四句：意谓皇帝之所以赏赐群臣，无非想他们把国家治好；假如做臣子的连这个道理都不懂，皇帝岂不是白白地丢掉这些财物。唐时口语，称皇帝为圣人。筐篚恩，指赐帛之恩。筐（kuāng）和篚（fěi）都是盛帛用的竹器。方曰筐，圆曰篚。《诗经·小雅·鹿鸣》毛序："《鹿鸣》宴群臣嘉宾也。既饮食之，又实币帛筐篚，以将其厚意。"至理，指"实欲邦国活"的用意。

㉙ 多士二句：意谓朝廷里这许多官员，其中倘有仁者，对上述现象，应该感到怵目惊心。以上十句就所见发议论，进行讽谏。

㉚ 况闻二句：这里进一步揭露贵戚的骄佚淫佚，故曰"况闻"。古宫廷为大内；内金盘，内府的金盘。卫、霍是汉代的外戚，这里借指杨贵妃的族属。乐史《杨太真外传》："（玄宗）又赐虢国（夫人）照夜玑，秦国（夫人）七叶冠，（杨）国忠锁子帐，盖希代之珍。其恩宠如此。"

㉛ 中堂二句：连下面四句，都是写豪华的宴会场面。这两句写舞蹈，意谓堂上炉香缭绕，烟雾迷离，从其中见到玉质冰肌的少女们翩翩起舞，恍同仙境，故云"舞神仙"。舞，一作"有"。

㉜ 悲管句：写管弦迭奏的热闹情况。悲，形容管声的嘹亮激越，酣畅淋漓。《淮南子·齐俗训》："徒弦则不能悲。"王充《论衡·超奇》："文音者皆欲为悲。"陆机《文赋》："犹弦幺而徽急，故虽和而不悲。"清瑟，指沉滞重浊的瑟调。《礼记·乐记》："清庙之瑟，朱弦而疏越。"郑玄注："朱弦，练朱弦。弦练则声浊。"阮籍《乐论》："琵琶筝笛，间促而音高；琴瑟之体，间辽而音浊。"

㉝ 霜橙句：橙和橘出产南方，在长安是珍贵的果品。压，堆在盘里。以上八句由议论再转叙述，写权戚之奢侈。

㉞ 朱门四句：意谓朱门内外，仅一墙之隔，但生活上就划成两个截然不同的世界。这种令人悯怅的不合理的社会现象，触目皆是，无法一一把它说尽，故云"难再述"。荣，指富裕豪华。枯，指困苦饥寒。八寸为咫。咫尺，极言其近。以上四句再入议论，以警句结上三十八句行程至骊山所见所感。

㉟ 北辕二句：折入行程，杜甫此次旅行的路线是：出长安东经昭应（今陕西临潼），又从昭应北渡泾渭至奉先。北辕，车辕向北，就是北行的意思。泾水和渭水合流于昭应，称为泾渭。官渡，公家所设立的渡口。改辙，在另一条道路上，意指换了地方。河边津渡，因水势不定，故迁徙无常。

㊱ 群冰四句：写河流挟冰块而下的景象。崒兀，危险而高峻的样子。崆峒，山名，在今甘肃岷县。泾、渭二水都从陇西流下，故疑来自崆峒。《列子·汤问》："共工氏与颛顼争为帝，怒而触不周之山，折天柱，绝地维。"这里借以形容冰河汹涌，使人有天崩地塌之感。冰，一作"水"。按：作"水"虽亦可通，但下云"触""坼"，究以作"冰"更为确切。

㊲ 河梁四句：意谓水阔难渡，幸而还有一道未被冰河冲坏的桥梁可以通过行人。枝撑，桥柱交木。窸（xī）窣（sū），动摇声。行李，行人。李，一作"旅"。以上十句继写骊山后行程艰险。

㊳ 老妻句：以下至家。杜甫曾一度移家长安（参见注①"杜陵布衣"条），后因生活无法维持，又把妻子送到奉先寄居（当时，奉先县令姓杨，可能是其妻的同族）。异县，指奉先，对故乡而言。

㊴ 谁能二句：意谓过去身在长安，家寄奉先，两地隔绝，不能相顾，岂能这样地长久下去？此番回去探望，一家团聚，虽然过着苦日子，也是好的。庶，庶几，希冀之词。共饥渴，犹言共度艰苦生活。以上四句写至家前希冀。

㊵ 吾宁二句：意谓即使我能割舍恩情，忍住哀痛；但里巷邻家看到这情况，也为之呜咽流泪。上句是假设，推开一层，从反面着笔；下句是衬托，转进一层，从侧面着笔，极言幼子饿死的悲惨。以上四句写至

家所见悲惨现实。
㊶ 岂知二句：意谓秋收之后，原不该饿死人，然贫家仍然不免，这是自己所不能预料的事。禾稻收割叫做登。窭（jù），穷。仓卒，本义是急遽，这里指陡然发生的事故。卒，字同"猝"。以上四句抒丧子之感。总十二句为写至奉先观感。
㊷ 生常四句：意谓自己是受到朝廷优待的人，尚且遭遇如此的惨事，可以想见一般人民的生活就更加痛苦。唐代实行租庸调法和府兵制，凡官僚都享有免租税和免兵役的特权。按：租庸调法规定，有课户与不课户之分，不在课户之内的免课（见《新唐书·食货志》）。府兵制规定，于全国十道，置军府六百三十四，应服兵役的人的名籍，分地区隶属于各军府。遇有战事发生，便可随时征集（见《新唐书·兵志》）。名不隶征伐，是说兵役的册上无名。抚迹，即反复思量的意思。迹，指生活中所经历的事件。平人，即平民。

唐人避太宗李世民讳，多改"民"为"人"。骚屑，本指风声，引申为动荡不安的意思。
㊸ 失业徒：指失去了土地的农民。当时均田制已破坏，兼并剧烈，大量农民破产流亡。业，产业，即田地。
㊹ 远戍卒：唐制：人民服兵役，依旧例以二年、三年为限，即远戍西北的士兵，也不得超过四年（见《唐大诏令集》卷一〇七开元五年正月《镇兵以四年为限诏》）。后因战争不息，到期不得更代，边地多有久戍不归的士兵（参看前《兵车行》）。
㊺ 忧端二句：言自己对时局怀着深长的忧虑。《淮南子·精神训》："颎蒙鸿洞，莫知其门。"颎（hòng）洞，就是"颎蒙鸿洞"，相连无际貌。掇（duó），收拾。以上八句由己再及天下劳苦之人，总概国忧家愁，呼应首段"穷年忧黎元"意，结束全诗。

【评】

　　读此诗先当明白这样一个基点，即诗题虽云"自京赴奉先"，而实际上这是杜甫抵达奉先家中后所作的一首长诗。这样才能理解，首段三十六句百盘千折的述志言怀，并非游离于全诗之外的一个帽子，而是饱含着国忧家愁的不可抑制的内心呼号。因此这段议论一开始就高屋建瓴地确定了全诗不惟自伤"兀兀遂至今"，而且"穷年忧黎元"的主题，而必得以"放歌破愁绝"以抒发之。"放歌"句切入"自京赴奉先"意，以下征程的叙述都是依这一主题来安排的。至骊山一节，先以自己行程的苦寒引入帝王将相的豪奢，又放大至全体人民，结为"朱门酒肉臭，路有冻死骨"四句的强烈对比。以下继写骊山后至家行程，亦由苦寒而写到幼子饿卒，再扩展到天下之"失业徒"、"远戍卒"，终于结为"颎洞不可掇"的忧思。两段行程的描述，正是前三十六句述志的具体化、形象化，这样就使诗的议论与叙事乳水交融为一体。

诗中的描写,特见匠心。二段写行程:前一段突出的是阴寒萧森,第二段突出的是险恶崩危,这是与诗人感于世事而越来越激奋深广的感情相一致的。既写出了赴奉先的途次,更为主题的逐渐深化创造了气氛。写骊山所见,也分两段。先总写整个统治集团,转入议论;再重点写"卫霍室",隐讽杨氏兄妹,逐层深入地揭示诗人所认为的祸国的主要危险(虽然并不完全准确),从而使描写又与叙事、议论融成一体。

本诗与下面所选的《北征》代表了杜甫五古的最高成就,在五古发展史上占有特殊地位。它们改变了汉魏以来五言抒情诗一般篇幅较短小,主题较单一,风格较平稳的传统,开创了以长篇巨制,通过精心的开阖结构,合叙述描写与抒情议论于一体,以反映一个历史时期的深广复杂的社会内容的新形式。这种形式后为韩愈、李商隐、杜牧等所效法,宋以后亦代有继作者,但都未能达到杜甫的高度。

以本诗与前录李白长篇七言歌行比较,可看出二位大诗人的异同。相同处在于他们都富于创造性,于纵横驰骋中见博大雄健,从而表现出与盛唐其他名家的不同特点,这也就是李杜要至元和时期才被高度重视的原因所在。不同处在于李多想象,杜擅写实。李如骏马掠敌,跳荡而步武不乱;杜如大将布阵,严整中见回复错互,故李逸而杜深。此二人风格之大较。当然就古体诗体看,李在七古的创造上,比杜甫更大,而杜在五古的发展中,又非李所可及。诗歌反映现实,是通过不同个性(包括经历)起作用的,李杜风格、诗体上的不同的杰出成就,正由于此。

月　夜

天宝十五载(756,即至德元年)六月,安史叛军攻进长安,杜甫携家逃难,住在鄜州(今陕西富县)。七月肃宗即位灵武(今宁夏回族自治区灵武),杜甫前往投效,途中为叛军所俘,带到长安,幸因官卑职小,未被囚禁,从此他就住在沦陷的都城里。这诗写月夜思家的心情。

今夜鄜州月,闺中只独看①。
遥怜小儿女,未解忆长安②。
香雾云鬟湿,清辉玉臂寒③。
何时倚虚幌④,双照泪痕干。

【注释】
① 闺中:闺中人,指妻。 看:读平声。
② 遥怜二句:纪昀曰:"言儿女未解忆,正言闺人相忆耳。故下文直接'香雾'、'云鬟'一联。"忆长安,想念在长安的父亲。
③ 香雾二句:想象妻在望月怀人,是第二句"只独看"的形象化。雾湿云鬟、玉臂生寒见得清夜倚望之久。香雾,雾本无香,因涉闺中人而雾气、云鬟浑融,故云。
④ 虚幌二句:遥想后日相逢。虚幌,轻薄透明的帷幕。

【评】
　　王嗣奭《杜臆》评曰:"意本思家,而偏想家人之思我,已进一层。及念至儿女之不能思,又进一层。须溪云'愈缓愈悲'是也。'云鬟'、'玉臂',语丽而情更悲。至于'双照',可以自慰矣,而仍带'泪痕'说,与'泊船悲喜,惊定拭泪'同,皆至情也。"今按:王说甚细密,而更有可注意者:下词之切实中见空灵,月、独、遥、雾、云、清、寒、虚、痕,皆切想念中之实际,而连成一片,唯觉似梦如幻,又无一字不说"实际"中之空幻。

春　望

这诗是唐肃宗至德二载（757）三月杜甫在长安时所作。当时长安被安史叛军焚掠一空，春光满目，一片荒凉。诗中即景生情，抒写了忧时伤乱的感慨。

国破山河在，城春草木深①。
感时花溅泪，恨别鸟惊心②。
烽火连三月③，家书抵万金。
白头搔更短，浑欲不胜簪④。

【注释】

① 国破二句：司马光《续诗话》："山河在，明无馀物矣；草木深，明无人矣。"国，首都。
② 感时二句：文义互见，意谓由于感时恨别，而对花溅泪，听鸟惊心。
③ 烽火句：《新唐书·肃宗纪》载：这年正月，"安庆绪将尹子奇寇睢阳郡，张巡败之"。二月，"李光弼及安庆绪之众战于太原，败之"。"关西节度兵马使郭英乂及安庆绪战于武功，败绩。庆绪陷冯翊郡，太守萧贲死之"。"庆绪将蔡希德寇太原"。"郭子仪及安庆绪战于潼关，败之"。"郭子仪及安庆绪战于永丰仓，败之"。《通鉴》卷二一九载，这年三月，"尹子奇复引大兵攻睢阳"。"安守忠将骑二万寇河东，郭子仪击走之"。整个春季三个月，战争不息，故云。
④ 白头二句：意谓头上的白发，愈搔愈加稀疏，简直梳不拢了。短，短少。浑，简直的意思。不胜簪，插不上簪。簪，把头发聚总连在冠上的工具。古时成年男子束发，故用簪。胜，读平声。鲍照《行路难》："白发零落不胜簪。"

【评】

二联"花"、"鸟"，应首联"城春"，又启三联"三月"。"感时泪"、"鸟惊心"，应首联"国破"，又分启三联之"烽火"、"家书"。末联总收以白头不胜簪,既以衰暮形照芳春,又以愁思隐对"国破",感时、恨别都在其中矣。杜律感情博大,而章法细密,是以为难能。

哀 江 头

　　这诗和《春望》是同时所作。江,指曲江。曲江是长安著名的风景区(详见前《丽人行》注①)。安史乱后,台榭冷落,景物荒凉。今昔强烈的对比,使得杜甫即景生情,从眼前的江水江花,触引起国破家亡之痛,故以《哀江头》名篇。诗以江头宫殿作为描写背景,追溯唐玄宗和杨贵妃往日欢娱,指出马嵬兵变,"血污游魂"的悲剧结局,寓有一定的历史教训的意义。但诗人对统治者的无限同情,他所唱出的哀音动人的时代挽歌,则鲜明地表现了封建士大夫思念故君的阶级情感。

少陵野老吞声哭[①],春日潜行曲江曲[②]。
江头宫殿锁千门[③],细柳新蒲为谁绿!
忆昔霓旌下南苑[④],苑中万物生颜色[⑤]。
昭阳殿里第一人[⑥],同辇随君侍君侧。
辇前才人带弓箭[⑦],白马嚼啮黄金勒[⑧]。
翻身向天仰射云,一笑正堕双飞翼[⑨]。
明眸皓齿今何在[⑩]?血污游魂归不得[⑪]。
清渭东流剑阁深,去住彼此无消息[⑫]。
人生有情泪沾臆,江水江花岂终极[⑬]!

黄昏胡骑尘满城，欲往城南望城北⑭。

【注释】

① 少陵野老：杜甫在长安时，曾住少陵附近，故以自称（参见前《自京赴奉先咏怀五百字》注①）。吞声哭：把悲哀咽进肚里，哭不敢出声。
② 曲江曲：曲江的深曲之处。
③ 江头宫殿：《旧唐书·文宗纪》："上（文宗）好为诗，每诵杜甫《曲江行》（即本篇）……乃知天宝以前，曲江四岸皆有行宫台殿、百司廨署。"王嗣奭曰："曲江，帝与妃游幸之所，故有宫殿。"（《杜臆》卷二）
④ 霓旌：皇帝的旌旗。《文选》司马相如《上林赋》："拖蜺（同霓）旌。"李善注引张揖曰："析羽毛，染以五采，缀以缕为旌，有似虹蜺之气也。"南苑：即芙蓉苑。因在曲江之南，故称。
⑤ 生颜色：焕发光辉。
⑥ 昭阳句：指杨贵妃。昭阳，汉殿名，成帝宠妃赵合德所居。第一人：最受皇帝宠爱的人。
⑦ 辇前句：唐朝宫廷中，有专门讲习武艺的宫女，称之为"射生"（参看王建《宫词》〔射生宫女〕）。这里带弓箭的才人，当是指以武艺侍卫皇帝的宫嫔。《新唐书·百官志》："内官才人七人，正四品。"
⑧ 嚙（niè）：咬。 勒：马衔的嚼口。
⑨ 一笑句：一笑，指杨贵妃。她因见才人射艺之精，故为之一笑。笑，一作"射"，一作"发"。按：作射，作发，均指才人，与贵妃无关，和下文"明眸皓齿"意不相属，当以作笑为是。双飞翼，即双飞鸟。
⑩ 明眸皓齿：写杨贵妃的美丽形象，承上句"一笑"而言。《文选》曹植《洛神赋》："丹唇外朗，皓齿内鲜；明眸善睐，靥辅承权。"
⑪ 血污句：指马嵬兵变，贵妃遇难事。参见后《北征》及白居易《长恨歌》。
⑫ 清渭二句：仇兆鳌注："马嵬驿，在京兆府兴平县（今属陕西省），渭水自陇西而来，经过兴平。盖杨妃槀葬渭滨，上皇（玄宗）巡行剑阁，是去住西东，两无消息也。"（《杜少陵集详注》卷四）清渭，即渭水。剑阁，即大剑山，在今四川剑阁的北面，是由长安入蜀必经之道。《太平御览》卷一六七引《水经注》："益昌有小剑城，去大剑城三十里，连山绝险，飞阁通衢，故谓之剑阁也。"又卷一六六引《华阳国志》："诸葛亮相蜀，凿石架空，为飞阁道以通蜀汉。"
⑬ 人生二句：意谓江水江花，年年依旧；而人生有情，则不免感怀今昔而生悲。此二句写自己的对景伤情，而以下句的无情，衬托出上句的有情，愈见此情难以排遣。
⑭ 欲往句：写极度悲哀中的迷惘心情。原注："甫家住城南。"望城北，走向城北。北方口语，说向为望。望，一作"忘"。城北，一作"南北"。

【评】

全诗以哀哭起结。"为谁绿"一问，导入对往事繁荣的回忆。"无消息"一叹，复返回即目伤神的感喟。中片以极乐反衬极悲，而全诗更贯穿以短促的入声韵，于是满纸哀弦之声。当与白居易《长恨歌》对读，则于二人的不同风格、两种不同的诗体形式有更深了解。

北 征

　　这诗作于唐肃宗至德二载（757）秋。是年二月，唐朝政府由彭原进驻凤翔（今属陕西宝鸡），四月，杜甫由长安逃至凤翔，五月授左拾遗。因疏救房琯，触怒肃宗。八月，放还鄜州省妻子。钱谦益曰："《（文章）流别论》曰：'更始时，班彪避难凉州，发长安，至安定，作《北征赋》。'（《文选》卷九《北征赋》李善注引）公遭禄山之乱，自行在往鄜州，故以'北征'命篇。"（《钱注杜诗》卷二）这诗叙写由凤翔回家时的心情，途中的经历和感想，到家后的情事，并提出了自己对时局的看法。它和《自京赴奉先咏怀》都是铺陈终始，夹叙夹议的长篇，为杜甫集中的代表作。

　　　　皇帝二载秋，闰八月初吉①。
　　　　杜子将北征，苍茫问家室②。
　　　　维时遭艰虞③，朝野少暇日。
　　　　顾惭恩私被④，诏许归蓬荜⑤。
　　　　拜辞诣阙下⑥，怵惕久未出⑦。
　　　　虽乏谏诤姿，恐君有遗失⑧。
　　　　君诚中兴主⑨，经纬固密勿⑩。
　　　　东胡反未已⑪，臣甫愤所切。
　　　　挥涕恋行在⑫，道途犹恍惚。
　　　　乾坤含疮痍，忧虞何时毕⑬？
　　　　靡靡逾阡陌，人烟眇萧瑟。

所遇多被伤，呻吟更流血⑭。
回首凤翔县，旌旗晚明灭⑮。
前登寒山重，屡得饮马窟⑯。
邠郊入地底，泾水中荡潏⑰。
猛虎立我前，苍崖吼时裂⑱。
菊垂今秋花，石戴古车辙⑲。
青云动高兴，幽事亦可悦⑳。
山果多琐细，罗生杂橡栗㉑。
或红如丹砂，或黑如点漆。
雨露之所濡，甘苦齐结实㉒。
缅思桃源内，益叹身世拙㉓。
坡陀望鄜畤㉔，岩谷互出没。
我行已水滨，我仆犹木末㉕。
鸱鸟鸣黄桑，野鼠拱乱穴㉖。
夜深经战场，寒月照白骨。
潼关百万师，往者散何卒㉗？
遂令半秦民，残害为异物㉘。
况我堕胡尘㉙，及归尽华发。
经年至茅屋㉚，妻子衣百结㉛。
恸哭松声回，悲泉共幽咽㉜。
平生所娇儿㉝，颜色白胜雪㉞。
见耶背面啼㉟，垢腻脚不袜。
床前两小女，补缀才过膝㊱。
海图坼波涛，旧绣移曲折。

天吴及紫凤，颠倒在裋褐㊲。
老夫情怀恶，呕泄卧数日。
那无囊中帛，救汝寒凛栗㊳？
粉黛亦解苞㊴，衾裯稍罗列。
瘦妻面复光，痴女头自栉㊵。
学母无不为，晓妆随手抹。
移时施朱铅㊶，狼籍画眉阔㊷。
生还对童稚，似欲忘饥渴㊸。
问事竞挽须，谁能即嗔喝㊹？
翻思在贼愁，甘受杂乱聒㊺。
新归且慰意，生理焉得说㊻？
至尊尚蒙尘㊼，几日休练卒㊽？
仰观天色改，坐觉妖氛豁㊾。
阴风西北来，惨澹随回纥㊿。
其王愿助顺，其俗善驰突(51)。
送兵五千人，驱马一万匹(52)。
此辈少为贵(53)，四方服勇决。
所用皆鹰腾(54)，破敌过箭疾。
圣心颇虚伫，时议气欲夺(55)。
伊洛指掌收，西京不足拔(56)。
官军请深入，蓄锐伺俱发。
此举开青徐，旋瞻略恒碣(57)。
昊天积霜露，正气有肃杀(58)。
祸转亡胡岁，势成擒胡月(59)。

胡命其能久⁵⁰？皇纲未宜绝⁵¹。
　　忆昨狼狈初，事与古先别⁵²。
　　奸臣竟菹醢⁵³，同恶随荡析⁵⁴。
　　不闻夏殷衰，中自诛褒妲⁵⁵。
　　周汉获再兴，宣光果明哲⁵⁶。
　　桓桓陈将军，仗钺奋忠烈⁵⁷。
　　微尔人尽非，于今国犹活⁵⁸。
　　凄凉大同殿⁵⁹，寂寞白兽闼⁷⁰。
　　都人望翠华⁷¹，佳气向金阙⁷²。
　　园陵固有神，扫洒数不缺⁷³。
　　煌煌太宗业，树立甚宏达⁷⁴！

【注释】

① 初吉：《诗经·小雅·小明》："二月初吉。"《毛传》："初吉，朔日（初一）也。"后来泛用于上半月当中的一天，不限于朔日。此诗下文纪途中所见，有"夜深经战场，寒月照白骨"之语。夜深见月，当是中旬以后，知"初吉"启行，非指朔日。
② 苍茫句：写动身时的心理状态。杜甫在凤翔，虽曾得家书，知家属尚在，但兵乱中情况究竟如何，很难设想，故有苍茫之感。以上四句以北征宁家起。
③ 维时：犹言是时。维，发语词。　艰虞：艰苦而令人忧虑，指局势的紧张困难。
④ 顾惭：自思而感到惭愧。　恩私：指朝廷特殊的恩惠。
⑤ 蓬荜：蓬门荜户，指贫苦的家。荜，"筚"的借字，柴竹树枝之类。
⑥ 拜辞句：指辞别肃宗。诣（yì），至。
⑦ 怵（chù）惕（tì）：惶恐貌。
⑧ 虽乏二句：意谓自己虽不能算是称职的谏官，但惟恐君主有遗失，仍不得不贡献意

见。下对上的规劝叫谏，直言争论叫诤。杜甫官左拾遗，谏诤是其职责。谏诤姿，犹言谏臣风度。遗失，考虑不周之处。
⑨ 中兴主：从危难中复兴国运的君主。
⑩ 经纬：织机上的直线叫经，横线叫纬，一经一纬，织成布匹。这里借指筹划国家大事。　密勿：同黾勉，劳心勉力的意思。
⑪ 东胡句：这年正月，安庆绪杀其父安禄山，据洛阳称帝。《旧唐书·安禄山传》："安禄山，营州柳城杂种胡人也。"故称安庆绪为东胡。
⑫ 行在：行在所的简称，指临时设在凤翔的朝廷。蔡邕《独断》卷上："天子以四海为家，故谓所居为行在所。"
⑬ 乾坤二句：乾是天的代称，坤是地的代称。含疮痍，有着创伤。意指兵乱未平，人民遭受灾难。以上十六句述将去恋阙之思，铺叙背景，挈出全诗主脑。
⑭ 靡靡四句：靡靡，行步迟缓、没精打采貌。《诗经·王风·黍离》："行迈靡靡，

中心摇摇。"阡陌，田间道路。被伤、流血二句写实。至德元载十月，房琯兵溃于陈陶、青坂。二载，郭子仪复战败于清渠，故京甸处多伤兵。可与《悲陈陶》、《悲青坂》参看。

⑮ 回首二句：承前"恋行在"而言。凤翔县在回顾中渐渐消失了，只有行在所的旌旗在晚风吹拂中荡漾着明灭不定的落日馀晖。

⑯ 前登二句：意谓荒山之中，时时看到战争所遗留下来的痕迹。寒山重，重叠的寒山。古时行军荒野，遇低洼有水之处，就此饮马，称为饮马窟。古乐府有《饮马长城窟行》。

⑰ 邠（bīn）郊二句：邠州位于凤翔东北、鄜州西南（州治在今陕西邠县），由凤往鄜，路经邠州。《清一统志》卷二四八："（邠州）泾水绕其北，邠崖峙其南。"邠州郊原是个盆地，从山上下望，如在地底。荡潏（jué），流动貌。木华《海赋》："荡潏岛滨。"

⑱ 猛虎二句：言晚风怒号，山鸣谷应，苍崖被震动得好像要裂开一样。猛虎，形容蹲踞的崖石形象。

⑲ 戴：印上的意思。一作"带"，一作"载"。 车辙：车轮所辗的痕迹。

⑳ 青云二句：是"幽事亦可悦，动青云高兴"的倒文。幽事，山中幽静的景物。青云高兴，指离尘绝俗，避世隐居的情趣。京房《易占》："青云所覆，其下有贤人隐。"

㉑ 山果二句：言山中有许多结着细小果实的野树，和栎树相杂，罗列丛生。橡栗，即栎树的果实，又名橡子。

㉒ 雨露二句：写山果受到雨露滋润，欣欣向荣。

㉓ 缅思二句：承上文"青云动高兴"而言。意谓桃花源是令人向往的，但现实世界中不可能有这样的环境，于是更感到不知如何生活下去。晋陶潜作《桃花源记》，假托秦人避乱，描绘出幻想中的一个与世隔绝的乐土。缅思，远想。拙，没办法的意思。

㉔ 鄜畤：指鄜州。春秋时，秦文公梦黄蛇从天下垂，其口止于鄜，于是在鄜筑坛以祭天神，称为鄜畤（见《史记·封禅书》）。畤，神灵所止之处，即祭坛。

㉕ 我行二句：是说自己已经下山，而仆人还走在崖石的上面。水，泾水。从山上仰望，行走在山上的人，好像挂在树杪上一样，即《移居公安山馆》所云"路危行木杪"。

㉖ 野鼠句：田野里有一种大鼠，见人则交其前足而立，状如人之拱手，称为拱鼠，又名礼鼠（见陆佃《埤雅》卷一一）。拱乱穴，拱立于乱穴之间。

㉗ 潼关二句：天宝十四载（755）十二月，安禄山陷洛阳，玄宗命哥舒翰统大军二十万扼守潼关。翰主坚守，杨国忠促其出战，翰不得已，出关迎敌。十五载六月，败于灵宝，全军溃散。哥舒翰为其部将火拔归仁执降叛军（见《旧唐书·哥舒翰传》）。卒，字同"猝"。

㉘ 遂令二句：指长安失陷后，人民大量遭受屠戮。古人迷信，认为人死变鬼，故称异物。贾谊《鵩鸟赋》："化为异物兮，又何足悲？"以上三十六句写沿途所见景物与感触。

㉙ 堕胡尘：指长安被俘事。见前《月夜》题下注。

㉚ 经年句：杜甫于去年秋天离开鄜州，至此为一年。

㉛ 衣百结：衣服破烂，补缀有如百结。

㉜ 恸哭二句：写环境气氛之悲惨，连松风溪流都似乎在和人的哭泣相应和。恸哭，放声大哭。幽咽，低声哽咽。回，回声。

㉝ 所娇儿：所宠爱的孩子。娇，一作"骄"。

㉞ 颜色句：说过去养得白净可爱。与下文的"垢腻"是今昔对照。

㉟ 耶：同"爷"。 背面啼：写小孩怕生的情态。

㊱ 补缀：指下文的"裋褐"。缀，一作"绽"。 才过膝：指褐的长度。

㊲ 海图四句：意谓利用旧绣来修补裋褐，花纹被拆开，移动得曲折、颠倒。海图，是所绣花纹，中有汹涌的波涛和天吴、紫凤。天吴，虎身人面，八足十尾的水神（见《山海经·海外东经》及《大荒东

经》)。

㊳ 那无二句：意谓无奈行囊之中，没有足够的布帛，为家人制衣御寒。那（读如 né），是“奈何”二字的合音。这里说那无，下文说“衾裯稍罗列”，是略有，文义互见。

㊴ 苞：一作“包”，字同。

㊵ 头自栉：自己梳头。

㊶ 移时：一会儿工夫。　朱铅：即红粉，妇女涂面所用。

㊷ 狼籍句：白居易《新乐府·上阳白发人》写“天宝末年时世妆”，是“青黛点眉眉细长”，此云“画眉阔”，正与当时的式样相反。见稚女随手涂抹狼籍之状。狼籍，散乱貌。

㊸ 忘饥渴：忘掉了行旅之苦。《诗经·王风·君子于役》：“君子于役，苟无饥渴?”

㊹ 嗔喝：发怒喝止。

㊺ 翻思二句：意谓孩子虽然吵闹，但回想在长安陷贼时思归不得的愁苦，却感到一种乐趣。杂乱聒，乱吵嚷。

㊻ 生理句：生活问题哪里谈得上呢？意谓所忧不在个人。生理，生计。以上三十六句写归家悲喜交集之状。“翻思”四句应上启下，挽转到忧时谏诤主题，是关锁处。

㊼ 至尊：指皇帝。　蒙尘：逃难在外，蒙受风尘之苦。以上两大段应首段北征意。以下四段应第二段恋阙而“恐君有遗失”意，就“东胡反未已”事陈策。

㊽ 休练卒：停止训练军队。

㊾ 仰观二句：意谓时局有好转的现象。坐觉，犹言顿觉。妖氛，指安史叛军的凶焰。豁，开朗。妖氛豁然散尽，象征寇乱将平。

㊿ 阴风二句：至德二载九月，即杜甫作此诗时，肃宗听从郭子仪建议，借兵回纥平乱。回纥怀仁可汗派遣太子叶护、将军帝德将精兵四千馀人至凤翔（下文说“五千人”，是举其成数），表示愿意帮助唐朝收复两京（见《通鉴》卷二一九）。

(51) 其王二句：谓回纥可汗归顺朝廷，助平乱逆，且回纥善以骑兵冲锋陷阵。

(52) 一万匹：回纥古俗，一人二马，故五千兵驱马万匹。

(53) 此辈句：谓回纥兵少战斗力强，亦含有借回纥兵不宜过多意。

(54) 鹰腾：与下句的“箭疾”，俱形容回纥军的剽悍急捷。

(55) 圣心二句：回纥军至凤翔后，肃宗大加犒赏，并命广平王李俶（即后来的唐代宗）和叶护结为弟兄。当时朝中有不赞成借用外兵的，但在这种情况下，也为之气夺，不敢公开反对。圣，指皇帝。虚伫，虚心期待。以上十六句论借兵回纥之所当戒。“谏诤”一层意。

(56) 伊洛二句：言收复东、西两京（洛阳和长安），毫不费力。伊、洛，二水名，这里指伊、洛流域的洛阳地带。

(57) 官军四句：意谓收复两京之后，便当乘胜进兵。打开青、徐，在此一举。然后北略恒、碣，直捣叛军的根据地，平定叛乱。官军请深入，指官军斗志昂扬，主动要求深入。伺，伺机，一作“可”。俱发，与回纥同时进兵，应前“少为贵”。青、徐，二州名，今山东省及苏北地带。恒，恒山；碣，碣石山，今山西、河北省地带。

(58) 昊天二句：昊天，指秋天。昊，通作颢，白色。四时运行，春生夏长，秋天霜露下降，草木凋残。旧说秋于五行为金，有肃杀之气。杜甫认为局势的发展，应该和这种正常的自然现象相一致，平定叛乱的时机到了。

(59) 祸转二句：上句与下句互文见义。意谓胡人灭亡被擒，当在今年秋季。祸转，厄运转到胡人。

(60) 其：义同岂。

(61) 皇纲：皇朝的政权。以上十二句论官军之可依、天时之可恃。“谏诤”二层意。

(62) 忆昨二句：意谓当安史叛军攻进长安，玄宗所采取的应变措施，和古代帝王遭遇到类似情况时有所区别。狼狈，犹言困顿，比喻仓皇出走。段成式《酉阳杂俎》卷一六：“狼狈是两物。狈前足绝短，每行常驾于狼腿上，狈失狼则不能动，故世言事乖者称狼狈。”

(63) 奸臣：指杨国忠等。　菹（jū）醢（hǎi）：剁成肉酱，指被杀。

㉞ 同恶：奸臣的党羽。　荡析：清除。
㉟ 不闻二句：意谓周幽王宠爱褒姒，殷纣王宠爱妲己，招致亡国之祸；与玄宗之宠爱杨妃，引起安史之乱，情况虽然相似。但在马嵬兵变的危急关头，玄宗为了平服军心，尚能当机立断，将杨妃缢死。以古例今，毕竟不同于历史上的亡国之君。上文所谓"事与古先别"，正在于此。惟下句作"褒妲"，上句作"夏殷"，夏桀的宠妃为妹喜，上下文不相合。顾炎武认为："不言周，不言妹喜，此古人互文之妙。"（《日知录》卷二七）按：依照顾氏的说法，则这两句是"不闻夏、殷、周衰，中自诛妹（喜）、妲（己）、褒（姒）"的略文，古书中实罕此例。《史记·周本纪》载褒姒祸周，其妖异事迹，发生在夏代末期。《文选》李康《命运论》："幽王之惑褒女也，祅始于夏庭。"骆宾王《代李敬业传檄天下文》："龙漦帝后，识夏庭之遽衰。"这里可能化用典故，说夏，实际是指周。夏殷即"周殷"，以与下文"周汉"避复。
㊱ 宣、光：周宣王和东汉光武帝，即上文所说的"中兴主"，用以比喻肃宗。
㊲ 桓桓二句：指马嵬兵变，陈玄礼除奸事。玄宗逃难入蜀，陈玄礼以龙武大将军领禁兵扈从西行。《通鉴》卷二一八，至德元载（756）六月："丙申，至马嵬驿，将士饥疲，皆愤怒。陈玄礼以祸由杨国忠，欲诛之。……会吐蕃使者二十馀人遮国忠马，诉以无食，国忠未及对。军士呼曰：'国忠与胡虏谋反！'或射之，中鞍。国忠走至西门内，军士追杀之。……并杀其子户部侍郎暄及韩国、秦国夫人。御史大夫魏方进曰：'汝曹何敢害宰相！'众又杀之。……军士围驿。上闻喧哗，问外何事，左右以国忠反对。上杖屦出驿门，慰劳军士，令收队，军士不应。上使高力士问之，玄礼对曰：'国忠谋反，贵妃不宜供奉，愿陛下割恩正法。'……上乃命力士引贵妃于佛堂，缢杀之。……国忠妻裴柔与其幼子晞及虢国夫人、夫人子裴徽，皆走至陈仓，县令薛景仙帅吏士追捕，诛之。"桓桓，威武貌。钺（yuè），大斧。仗钺，指侍卫皇帝。《尚书·牧誓》："王左仗黄钺，右秉白旄。"
㊳ 微尔二句：上句说，假如没有你（指陈玄礼），人民已沦为异族，受胡人的统治。即孔子所说"微管仲，吾其披发左衽矣"（《论语·宪问》）的意思。下句说，由于有了你，到现在国家还存在。微，无。以上十二句借马嵬兵变事，喻明君当内肃宫闱，外任贤良。"谏净"三层意。
㊴ 大同殿：在南苑兴庆宫勤政楼之北。玄宗常在此朝见群臣。
㊵ 白兽闼：即白兽门（"门""闼"同义，因叶韵而改），在凌烟阁之北、太极殿的西南。睿宗景云元年（710），玄宗为临淄王时所发动的宫廷政变，即由白兽门攻入太极殿，杀韦后，平定内乱，成就了帝业。事见《旧唐书·玄宗纪》及《通鉴》卷二〇九。
㊶ 翠华：以翠羽为饰的旗，是皇帝所用仪仗。司马相如《上林赋》："建翠华之旗。"
㊷ 佳气：兴旺之气。古代迷信，认为望气能知国运兴衰。
㊸ 园陵二句：意谓唐军即将收复长安，皇室祖先的神灵，有人奉祀，洒扫园林，礼数不缺。园陵，指唐朝历代皇帝的墓园和坟冢。
㊹ 煌煌二句：重申国运必然中兴的信心，用以结束全篇。煌煌，光辉盛大貌。唐朝第一代皇帝是高祖李渊，而实际完成统一事业，创建国家的则是太宗李世民，故云"太宗业"。末八句，借太宗宏业以激励今上。"谏净"四层意。

【评】

　　这诗作于安史乱后，以"东胡反未已，臣甫愤所切"为主脑，生发出一大段议论。当存亡危急的关头,杜甫不可能不把平乱的希望,寄托在唐王朝的中兴上。诗中对最高统治者作了热情的赞扬,甚至对唐玄宗荒淫失国的行为,也曲为回护。这正反映了封建士大夫的阶级意识,杜甫思想局限的一面。然而他的内心深处,并不是没有矛盾的。诗以"恐君有遗失"为线索,叙述政治上的排挤和打击,粉碎了自己许身稷、契,致君尧、舜的幻想;对当时朝廷平乱的措施,特别是借用外兵一事,抱有深长的忧虑。因而在追怀旧主,歌颂新君,展望局势,兴奋激动的同时,又有所怨诽,有所讥刺。复杂而深刻的内容,形成了诗歌沉郁顿挫的风格。黄庭坚曾说《北征》"书一代之事,以与《国风》《雅》《颂》相表里。"(范温《潜溪诗眼》引)论其精神实质,是和《自京赴奉先咏怀》的感时忧世息息相通的。

羌村三首

这诗和《北征》是同时所作。第一首写由凤翔初到家时的情景,次首写到家后的感慨,末首写邻里的慰劳,内容可与《北征》相印证。诗的篇幅比较简短,表现得特别精警透辟。和《北征》的铺陈终始,纵横开阖,用笔不同;而异曲同工,各具特色。羌村,在鄜州城外,杜甫家居所在。胡光炜曰:"羌村云者,盖其地尝为羌族人东来者所聚居,犹今言回回营、陕西街之类。"(见《杜甫羌村章句释》,下同)

其 一

峥嵘赤云西,日脚下平地^①。

柴门鸟雀噪,归客千里至。
妻孥怪我在②,惊定还拭泪。
世乱遭飘荡,生还偶然遂③。
邻人满墙头④,感叹亦歔欷⑤。
夜阑更秉烛⑥,相对如梦寐。

【注释】
① 峥嵘二句:写黄昏景色。峥嵘,形容天空中重叠而高峻的云峰。夕阳把暮云映得鲜红,故曰"赤云"。西,向西移动。日脚,照射到地面的阳光。古人不知地球转动,见日光移,以为太阳在走,故称之为"脚"。下平地,下与地平。
② 妻孥句:妻孥(nú),即妻子。怪我在的"怪",即下句的"惊"。惊怪是因为出乎意料的缘故。胡光炜曰:"不言喜而言怪者,以为甫死久矣,不意其尚在。言喜反浅之也。"
③ 生还句:言生还出于偶然。遂,遂愿,即如愿。
④ 邻人句:乡村墙矮,站在墙外,可以看到墙内。杜甫突然回来,轰动四邻,但因他初到家,又不便进来,故围墙观看。
⑤ 歔欷:叹声。
⑥ 夜阑:夜将尽,即夜深。 更秉烛:秉,本是执持的意思,后来都以秉烛通用作为燃烛。这里的烛,非指蜡烛。古时蜡烛,惟富贵人家用之。胡光炜曰:"烛是松明之类,略如今之火把。置于屋隅以照夜。更者,前烛已尽,而复易之。"按:陶潜《归田园居》:"日入室中暗,荆薪代明烛。"可与此相证。

其 二

晚岁迫偷生,还家少欢趣①。
娇儿不离膝,畏我复却去②。
忆昔好追凉,故绕池边树。
萧萧北风劲,抚事煎百虑③。
赖知禾黍收④,已觉糟床注⑤,
如今足斟酌⑥,且用慰迟暮⑦。

【注释】

① 晚岁二句：晚岁，晚年。时杜甫虽只四十六岁，由于饱经忧患，已很衰老。他此次在凤翔，因疏救房琯，触怒肃宗，被放还鄜，政治上受了很大的打击，想到年已老大，世乱方殷，故偷生之感，愈为迫切，虽还家而少欢趣。偷生，犹言苟活，意指未能施展抱负。
② 娇儿二句：写孩子对父亲既亲热又害怕的情景。不离膝，经常围绕在身边。却去，退下，躲开。畏，是承上句的"少欢趣"而说的。
③ 忆昔四句：写独自徘徊庭院，抚今思昔的心情。杜甫于天宝十五载（756）六月逃难来鄜州，离开鄜州是七月，时当夏季，常在池边的树下纳凉。现在重寻旧迹，北风刮得树叶萧萧作响，已是深秋。一年多来时事的变化，使他感到百虑煎心，故下文幻想用酒来麻醉自己。追凉，纳凉。
④ 赖知：幸而知道。 黍秫：制酒的主要原料。有黏性的黍叫秫。一作"禾黍"。
⑤ 糟床注：糟床里注出酒来。胡光炜曰："糟床者，制酒之具。此时未有烧酒。煮谷和以曲，故笮而分之。嵇康《声无哀乐论》：'犹筵酒之囊漉，虽笮具不同，而酒味不变也。'盖以初成之酒和糟入囊盛之，置竹床中笮出酒，而留滓于囊。其清汁为酒，浊汁为糟。"
⑥ 足斟酌：意谓有酒可饮。斟酌，筛酒。
⑦ 迟暮：衰老之年。屈原《离骚》："恐美人之迟暮。"

其 三

群鸡正乱叫，客至鸡斗争。
驱鸡上树木①，始闻叩柴荆②。
父老四五人，问我久远行③。
手中各有携，倾榼浊复清④。
苦辞"酒味薄⑤，黍地无人耕。
兵革既未息，儿童尽东征⑥。"
请为父老歌：艰难愧深情⑦。
歌罢仰天叹，四座泪纵横。

【注释】

① 驱鸡句：乐府《鸡鸣》："鸡鸣高树颠。"阮籍《咏怀》："晨鸡鸣高树。"据此，可见鸡栖树上。
② 柴荆：柴荆编扎的门户。分言之，为柴门，荆扉；合言之，为柴荆。
③ 问：慰问。

④ 榼（kē）：盛酒器。 浊复清：浊酒和清酒。下句的"酒"字意贯上文。
⑤ 苦辞句：因酒味薄而表示歉意。苦辞，一再地说。苦，一作"莫"。莫辞酒味薄，是说不要因为酒味薄而辞谢不受。
⑥ 黍地三句：申述"酒味薄"的原因。由于战争未息，劳动力缺乏，黍地歉收，原料不足，所以只能酿出薄酒。儿童，父老们称丁壮之词。
⑦ 艰难句：表示"为父老歌"的用意，不是歌辞。艰难，承上文而言。意谓这酒得来不易，味虽薄而情则深，使受者感激惭愧。

【评】

老杜组诗均有各自成章而意脉贯通之妙，这三诗中"世乱遭飘荡，生还偶然遂"是全诗的主线。第一首写初至家，从妻孥、邻人两方面写出。二、三两首归家后事，分承这两者展开。在这一组织中曲折以写乱中归家微细的感情变化。首章写初至家之惊喜，妙在无一字写喜事，妻孥之惊怪，邻人之唏嘘，处处透露出世乱飘荡的沉重之感。第二首写归家初时的激动业已过去，抚今追昔，渐觉百虑丛生，故寄望于斗酒，以慰迟暮，仍贯穿着乱世之感。第三首父老遗酒，则为愁闷中之慰安，又通过主客相问将一己之愁闷扩展至于众生。于是仰天长叹，四座雨泪，快事又翻作愁事。三诗起以泪（惊定还拭泪），结以泪（四座泪纵横），弥见喜之短暂飘渺，而悲之深重久长。全诗的描述又于朴质中见深刻。"柴门鸟雀噪，归客千里至"，"群鸡正乱叫，客至鸡斗争"写尽乡村风光，"妻孥怪我在，惊定还拭泪"，"邻人满墙头，感叹亦唏嘘"，"娇儿不离膝，畏我复却去"等，又曲尽久别相逢之情状。故王遵岩评云："一字一句镂出肺肠；而婉转周至，跃然目前，又若寻常人所欲道。真《国风》之义。"（引自《杜诗镜铨》）

九日蓝田崔氏庄

这诗是杜甫乾元元年（758）任华州（今陕西华县）司功参军

时所作。诗写重九宴集,借酒浇愁,自伤迟暮的感慨。通篇寓意深曲,而以翻腾出之,笔力矫健挺拔,生动淋漓,和下选《登高》同为杜集中重九名作。蓝田县,唐属京兆府,即今陕西蓝田,去华州八十里。崔氏庄又称崔氏东山草堂或玉山草堂,在王维辋川别业的附近。主人是位隐士,名不详。这年秋,杜甫往游其地。集中有《崔氏东山草堂》。

老去悲秋强自宽,兴来今日尽君欢①。
羞将短发还吹帽,笑倩旁人为正冠②。
蓝水远从千涧落③,玉山高并两峰寒④。
明年此会知谁健?醉把茱萸仔细看⑤。

【注释】

① 尽君欢:为君而尽欢,指登高痛饮。
② 羞将二句:写醉后情趣,反用孟嘉落帽事。《晋书·孟嘉传》:"嘉为征西桓温参军,温甚重之。九月九日,温燕(讌)龙山,寮佐毕集。时佐吏并着戎服。有风至,吹嘉帽堕落,嘉不之觉。"孟嘉以落帽为风流,杜甫此则以不落为风流。倩,请。
③ 蓝水句:蓝水,即灞上水。源出蓝田县蓝田谷,合溪谷之水北流,注入于灞水,故曰"远从千涧落"。
④ 玉山句:玉山即蓝田山,在蓝田县东。蓝田山距华山不远,与华山东北的云台峰并峙,故曰"高并两峰寒"。
⑤ 明年二句:感叹年华代谢,言外之意,是说茱萸未必能使人长寿,与首句"老去悲秋"相应。《西京杂记》卷上:"汉武帝宫人贾佩兰,九月九日佩茱萸食饵,饮菊花酒,云令人长寿。相传自古,莫知其由。"

【评】

　　此诗寓峭拔于清隽,寓深稳于流荡。首联对起揭出一诗主调,"老去悲秋"而又"强自宽",则今日"尽君欢"之高"兴",又暗蕴"悲秋"之意。二联翻用孟嘉事,"羞将短发"正见老去悲秋之意,而笑倩正冠,又见老来风流之雅"兴"。三联忽作健笔,写出蓝水玉山孤拔飞动之状,看似与前二联不续,实以振起前二联颓势，以见出一个"兴"字。末联由山水长青而发问"明年此会知谁健"，却不作答，只以醉看茱萸作结，则年华代谢，尽付一醉之中，正照"老去悲秋"而又"强自宽"之意，馀意尽在不答之中。朱瀚云"通篇不离悲秋叹老，尽欢至醉特寄托耳"。此说甚有解会。

赠卫八处士

卫八处士未详其名。处士，未应举出仕的士人的通称。杜甫于乾元元年（758）冬由华州到洛阳，次年春，又返华州（参见《新安吏》题下注）。卫八处士的家大概就住在由洛阳赴华州的途中，杜甫往访，一宿而去。诗中写人生离合之情、故旧存殁之感、主人的深挚友谊、小孩的天真可爱。抚今思昔，有喜有悲。平平写来，愈觉耐人寻味。

人生不相见，动如参与商①。
今夕复何夕②，共此灯烛光。
少壮能几时？鬓发各已苍③。
访旧半为鬼④，惊呼热中肠⑤。
焉知二十载，重上君子堂。
昔别君未婚，儿女忽成行。
怡然敬父执⑥，问我来何方。
问答殊未已，儿女罗酒浆⑦。
夜雨剪春韭，新炊间黄粱⑧。

主称会面难，一举累十觞⑨。
十觞亦不醉，感子故意长⑩。
明日隔山岳，世事两茫茫⑪！

【注释】

① 人生二句：参和商都是星宿名。两星东西相对。在天体上的距离约有一百八十度，当此星升上地面，彼星即沉没地平线下，故曰"不相见"。动，每，往往。
② 今夕句：《诗经·唐风·绸缪》："今夕何夕，见此良人。"因喜出望外，故曰"何夕"。
③ 鬓发句：杜甫这年四十八岁。他和卫八处士别二十年而重逢，别时卫是个未婚的青年，这时大约也有四十左右了。
④ 访旧句：言兵乱隔绝，旧日沿途寻访过去的亲友已大半物故。
⑤ 惊呼句：言与卫八惊相重逢时情感激动。以上二句是全诗关锁，参篇末评语。
⑥ 怡然：和悦亲近貌。　父执：父友。亲近的朋友称为执友。
⑦ 问答二句：意谓有的孩子还在谈话，另外的孩子已去张罗酒浆，招待客人。薄酒曰浆，这里的酒浆，就是指酒。儿女，一作"驱儿"。
⑧ 新炊句：言新炊的饭里搀着黄粱。粱，谷名，有白、黄、青之分。以白粱做饭，搀些黄粱，更加香美。
⑨ 累十觞：连干十杯。
⑩ 故意：犹言旧情。
⑪ 世事句：当时局势极度紧张（参看《新安吏》题下注），别后两地相隔，会合难期，故云。

【评】

"访旧""惊呼"二句是全诗关锁。杜甫善言情，他常把最深曲的感受置于篇首，给人以震撼心灵的印象。此二句前是总写此次会面所引起的强烈感受，由此导入沿途访旧，半为化物；惊遇卫八，中肠感激。然后再详写见面后的情事。章法与《自京赴奉先咏怀》相近。这种结构方法多用于铺叙性的篇章。因顺序铺叙，易流于平熟。这样写既使主旨突出，又使章法有变化。后来韩愈的五七言古诗多用此法。

新 安 吏

　　本篇和《潼关吏》、《石壕吏》以及《新婚别》、《垂老别》、《无家别》六篇,是杜甫在乾元二年(759)春间写成的一组"即事名篇"的新乐府诗,后人合称之为《三吏》《三别》。当时,安史叛军首领安庆绪据守邺城,唐朝派郭子仪、李光弼等九节度使率大军围攻。诸军无统帅,而以宦官鱼朝恩为观军容宣慰使。结果,大军溃于城下,郭子仪退守河阳,洛阳震动,时局又一度紧张起来。杜甫于乾元元年(758)六月由左拾遗出任华州司功参军,冬末,曾到洛阳探望故乡,邺城败后,由洛阳回华州任所,这六首诗写途中亲见亲闻的事实,真实地反映出战乱时代人民生活的痛苦,表现了作者同情人民和忧念时局的心情。黄生曰:"《新安吏》以下,述当时征戍之苦,其源出于变风、变雅,而植体于苏、李、曹、刘之间。"(《杜诗说》)六诗各写一事,各自成篇。本篇写唐军败后,补充兵员,还没有达到服役年龄的中男被征入伍的情况。新安,唐属河南道,今河南新安。

客行新安道①,喧呼闻点兵。
借问新安吏,县小更无丁?
府帖昨夜下,次选中男行②。
中男绝短小,何以守王城③?
肥男有母送,瘦男独伶俜④。
白水暮东流,青山犹哭声⑤。
莫自使眼枯,收汝泪纵横。

眼枯即见骨，天地终无情！
我军取相州⑥，日夕望其平。
岂意贼难料，归军星散营⑦。
就粮近故垒，练卒依旧京。
掘壕不到水，牧马役亦轻⑧。
况乃王师顺，抚养甚分明。
送行勿泣血，仆射如父兄⑨。

【注释】

① 客：第三者的泛称，这里是杜甫自指。
② 府帖二句：是新安吏回答杜甫的话。唐代实行府兵制，称征兵文书为府帖。《唐六典》卷三："凡男女始生为婴，四岁为小，十六为中，二十有一为丁，六十为老。"《唐会要》卷八五："天宝三载（744）十二月赦文……自今已（同"以"，下同）后，百姓宜以十八已上为中男，二十三已上成丁。"成丁才服兵役。因无丁可抽而抽到中男，故云"次遣中男行"。次，挨次。
③ 王城：犹言国都，此指洛阳。因洛阳为唐东京。
④ 肥男二句：以"肥"和"瘦"、"有母送"和"独伶俜"错综成文，概括出发新兵的各种不同情况。伶（líng）俜（pīng），孤零貌。
⑤ 白水二句：写新兵出发后环境气氛的悲惨。王嗣奭曰："哭者众，宛若声从山水出，而山哭，水亦哭矣。至暮，则哭别者已分手去矣，白水亦东流，独青山在，而犹带哭声，盖气青色惨，若有馀哀也。"（《杜臆》卷三）按：王说剖析甚细，惟"犹哭声"与"青山"之"青"无甚关系。盖新兵及送行者去后，杜甫在沉思中产生一种幻觉，山野空旷，哭声犹如在耳，故云。下面宽慰新兵家属之词，也是写内心活动，不一定是实叙。

⑥ 相州：即邺城，在今河南安阳西。
⑦ 岂意二句：《通鉴》卷二二一乾元二年二月："郭子仪等九节度使围邺城……城久不下，上下解体。（史）思明乃自魏州引兵趣邺。……三月壬申，官军步骑六十万陈于安阳河北，思明自将精兵五万敌之。……大风忽起，吹沙拔木，天地昼晦，咫尺不相辨，两军大惊，官军溃而南，贼溃而北，弃甲仗辎重委积于路。子仪以朔方军断河阳桥保东京。……诸节度各溃归本镇。"贼难料，指史思明来援邺城。归军星散，指诸节度各溃归本镇。
⑧ 就粮四句：仇兆鳌注："就粮，见有食也；练卒，非临阵也；掘壕牧马，见役无险也。"（《杜诗详注》卷七）旧京，即洛阳。不到水，言掘壕很浅。
⑨ 仆射句：仆射（yè），指郭子仪。郭子仪于至德二载（757）五月官左仆射，这年的九月，他领兵收复长安，十月攻克洛阳，以功加司徒，乾元元年（758）进位中书令。王嗣奭曰："子仪时已进中书令，而称其旧官，盖功于仆射时，且御士卒宽，郭仆射熟于人口，就其易晓者言之，俾无所惧。"（《杜臆》卷三）如父兄，言爱护士卒。语本《淮南子·兵略训》："上视下如子，则下视上如父；上视下如弟，则下视上如兄。"宋刘克庄《后村大全集》

卷一八一:"李(光弼)郭(子仪)皆唐名将。(李)临淮驭军严,士不敢仰视;(郭)汾阳颇宽大,故子美《新安吏》点兵诗云:'送行勿泣血,仆射如父兄。'"

潼 关 吏

潼关在唐关内道华州华阴县(今陕西潼关),地形险要,为长安门户。天宝十五载(756)六月,安史叛军攻破潼关,长安旋即失守。相州败后,洛阳吃紧,叛军有再度向西进犯的可能,故修关以备寇。这诗写士兵筑城的情况,表现出作者对保卫都城,具有信心;而其用意,则在于批评朝廷过去军事上的失策,提出教训,作为鉴戒。郑杲曰:"戒任将不专也。禄山之犯潼关也,哥舒翰欲但自守,明皇(唐玄宗)听杨国忠邪谋,促战致败,此前车之鉴也。于时(郭)子仪退保东都,鱼朝恩谮之,故陈往事以戒将来焉。"(见《唐宋诗举要》卷二引《杜诗钞》)

士卒何草草①,筑城潼关道。
大城铁不如,小城万丈馀②。
借问潼关吏:修关还备胡?
要我下马行③,为我指山隅。
连云列战格④,飞鸟不能逾。
胡来但自守,岂复忧西都⑤?
丈人视要处,窄狭容单车⑥。
艰难奋长戟,万古用一夫⑦。
哀哉桃林战,百万化为鱼⑧。

请嘱防关将,慎勿学哥舒⑨!

【注释】

① 草草:劳苦貌。《诗经·小雅·巷伯》:"劳人草草。"
② 大城二句:大城和小城都是指潼关。关在山上。铁不如,言其坚固。万丈馀,言其绵长。上下分举,而文义互见。
③ 要:"邀"的借字。
④ 连云句:言建筑在关上的防御工事,望去有如连云。战格,木栅一类的东西。
⑤ 胡来二句:言倘若胡兵来犯,但据关以自守,西都便可无忧。西都,指长安。《元和郡县图志》卷二谓潼关"上跻高隅,俯视洪流,盘纡陵极,实为天险。河之北岸则风陵津,北至蒲关六十馀里,河山之险,逦迤相接……盖神明之奥区,帝宅之户牖"。
⑥ 丈人二句:言险要之处,连两乘车子都不能并行。丈人,关吏对杜甫的尊称。
⑦ 艰难二句:张载《剑阁铭》:"一夫荷戟,万夫趦趄。"此化用其意,形容地形的险阻。艰难,艰难之际,指战争的紧要关头。万古,犹言从古以来。
⑧ 哀哉二句:灵宝以西至潼关一带,古称桃林塞。哥舒翰率守关的大军二十万,与安禄山部将崔乾祐军战于灵宝,大败。兵士溺死黄河者数万人,故云"化为鱼"。
⑨ 请嘱二句:潼关利于固守,哥舒翰之所以致败,是由于玄宗听信谗言,促其出战。这里指责哥舒,实际是提醒朝廷,要接受这次惨痛的教训,勿再蹈覆辙,词微而义显。"请嘱""慎勿",表示希望之词。

石 壕 吏

　　这诗写一老妇被迫应役。它一方面反映了当时战争情况的紧急;另一方面描绘了动乱时代人民生活的悲惨和官吏的横暴。诗中老妇诉说一段,语语以哽咽出之,如闻其声。笔墨里饱和着作者对人民深切同情的泪水。石壕,唐河南道陕州峡石县镇名,在今河南陕县东南。

暮投石壕村①,有吏夜捉人。
老翁逾墙走,老妇出看门②。

吏呼一何怒③,妇啼一何苦!
听妇前致词:"三男邺城戍④。
一男附书至⑤,二男新战死。
存者且偷生⑥,死者长已矣⑦!
室中更无人,惟有乳下孙⑧,
有孙母未去,出入无完裙⑨。
老妪力虽衰,请从吏夜归,
急应河阳役⑩,犹得备晨炊。"
夜久语声绝,如闻泣幽咽。
天明登前途⑪,独与老翁别⑫。

【注释】

① 投:投宿。
② 出看门:出来照料门户。意指应付来吏。看,读平声。一作"出门看"。
③ 吏呼句:因为老翁逃走,这家没有可捉的对象,所以吏怒呼索人。
④ 三男句:意谓有三个儿子,都参加了围攻邺城的战役。
⑤ 附书:托人带信。
⑥ 且偷生:姑且活一天是一天。
⑦ 长已矣:长远地完了,即不可复生的意思。
⑧ 乳下孙:正在吃奶的小孙儿。
⑨ 有孙二句:说明家里还有个媳妇,但不能出来接待吏人。出入,是偏义复词,偏用出义。裙是古代妇女的正式服装,不着裙,不便见客。一作"孙母未便出,见吏无完裙"。
⑩ 急应句:时唐军败于邺城,郭子仪退守河阳,捉去的兵丁伕役,都集中到那里。河阳,在黄河北岸,洛阳的对面,即今河南孟县。
⑪ 登前途:踏上征途。
⑫ 独与句:暗示这老妇已被捉去。

新 婚 别

郑杲谓此诗:"刺不恤新婚也。古者仁政,新有婚者期不使。"

(《杜诗钞》)诗用新妇的口吻,曲折而深刻地抒写出生离死别的悲哀,但由于时局危迫,她却又抑制着内心的痛苦,勉励丈夫努力从军,表现得激昂慷慨。这正可以看出杜甫忧民忧国复杂的矛盾心理状态。

兔丝附蓬麻,引蔓故不长①。
嫁女与征夫,不如弃路旁。
结发为君妻②,席不暖君床。
暮婚晨告别,无乃太匆忙③!
君行虽不远,守边赴河阳④。
妾身未分明,何以拜姑嫜⑤?
父母养我时,日夜令我藏⑥。
生女有所归,鸡狗亦得将⑦。
君今往死地,沉痛迫中肠。
誓欲随君去,形势反苍黄⑧。
勿为新婚念,努力事戎行。
妇人在军中,兵气恐不扬⑨。
自嗟贫家女,久致罗襦裳⑩。
罗襦不复施⑪,对君洗红妆⑫。
仰视百鸟飞,大小必双翔。
人事多错迕⑬,与君永相望⑭。

【注释】

① 兔丝二句:古代认为女子嫁个丈夫,终身就有依靠;可是嫁个军人,仍然是靠不牢,故以"兔丝附蓬麻"起兴。《古诗》:"与君为新婚,兔丝附女萝。"此化用其语。兔丝,即菟丝子,属旋花科,是柔弱的蔓生植物,必须缠绕在其他植物的枝干

上，才能向上生长。蓬和麻，都是小植物，兔丝依附其上，自然引蔓不长。
② 结发句：伪苏武诗："结发为夫妻，恩爱两不疑。"此化用其语。君妻，一作"妻子"。
③ 无乃：疑问语气，犹言岂不是。
④ 君行二句：意谓河阳虽离家不远，但在当时军事上却是最前线，暗示此次生离，可能也就成为死别，故下云："君今往死地。"
⑤ 妾身二句：古礼：妇人嫁三日，告庙上坟，谓之成婚。婚礼既明，然后称姑嫜。现在"暮婚晨告别"，婚礼还没完成，丈夫就走了，做新媳妇的又怎好去拜见公婆呢？身，指在家庭中的身分。姑嫜，即公婆。嫜，也可写作"章"。
⑥ 藏：深居闺阁中。
⑦ 生女二句：意谓女子结了婚，无论丈夫怎样，总算是有了依靠，《埤雅》引语曰："嫁鸡与之飞，嫁狗与之走。"即今语"嫁鸡随鸡，嫁狗随狗"的意思。归，指女子出嫁。将，跟随在一起生活。得将，一作"相将"。

⑧ 誓欲二句：意谓本想和丈夫同去，但在急迫的情况下，内心又反感慌乱，不能决定。形势，犹言情势。苍黄，通作"苍惶"、"苍遑"或"仓皇"，《名义考》卷八："苍黄，谷色也。农人乘苍黄而取之，谨盖藏，戒后时也。故以苍黄为匆遽义。彼作'遑'作'惶'者，不知其为'黄'而误也。"
⑨ 妇人二句：汉名将李陵，在一次作战中，发现士气不振。追查原因，是由于有许多士兵携带妻子来到军队里的缘故（见《汉书·李陵传》）。此暗用其意。
⑩ 自嗟二句：言家贫嫁衣置办不易。致，备办。襦（rú），短袄。裳，下衣。
⑪ 不复施：不再穿。
⑫ 红妆：即红粉妆。古代妇女涂面用米粉或铅粉，红色的称为红粉。《古诗》："娥娥红粉妆。"
⑬ 人事句：世间的事，往往错迕难如人愿。意谓新婚次日，想不到就是离别从军。错迕（wǔ），错杂交迕。
⑭ 望：读平声。

垂 老 别

这诗写一老人应征服兵役，离乡别妻的悲哀，用意与《新婚别》略同。垂老，将老的意思。古人七十称老。

四郊未宁静，垂老不得安①。
子孙阵亡尽，焉用身独完②！
投杖出门去，同行为辛酸。
幸有牙齿存，所悲骨髓干。

男儿既介胄③,长揖别上官④。
老妻卧路啼,岁暮衣裳单。
孰知是死别⑤,且复伤其寒!
此去必不归,还闻劝加餐⑥。
土门壁甚坚,杏园度亦难。
势异邺城下,纵死时犹宽⑦。
人生有离合,岂择衰老端⑧!
忆昔少壮日,迟回竟长叹⑨。
万国尽征戍⑩,烽火被冈峦。
积尸草木腥,流血川原丹。
何乡为乐土?安敢尚盘桓⑪!
弃绝蓬室居⑫,塌然摧肺肝⑬。

【注释】

① 四郊二句:《礼记·曲礼》:"四郊多垒,此卿大夫之辱也。"所言"垂老不得安",暗讽统治者无能反映及垂老。
② 子孙二句:意谓被征服役,不过死于战场;即使不投军,也难在这战乱年代里孤独地存活下去。通篇都是自伤之词,有人认为因子孙阵亡,愤而从军,与诗意不合。
③ 介胄:指穿上了军装。介,铁甲;胄(zhòu),军盔。
④ 长揖句:言从军出发。古礼,介胄在身,长揖不拜。上官,指当地掌管兵役的官吏。
⑤ 孰知句:即下文所说"此去必不归"的意思。孰知,同"熟知",明明知道。
⑥ 还闻句:写老妻对自己的关怀。与上文"且复伤其寒"对照见义。《古诗》:"努力加餐饭。"加餐,意指保重身体。
⑦ 土门四句:分析当时形势,是老人安慰他妻子的话。意谓现今唐军防守坚固,和进攻邺城时情况不同,不会马上战死。土门,即土门口,太行山井陉关八陉的五陉。杏园,在今河南汲县。土门和杏园都是唐军扼守的据点。壁,营垒。时犹宽,还有一段时间。
⑧ 人生二句:意谓人生有合必有离,即使在老年,别离也是难以避免的事。端,思绪。衰老端,指老年伤别的心情。衰老,一作"衰盛"。
⑨ 忆昔二句:这老人少壮时,正当开元年间,是唐朝的全盛时期。他回忆过去,故"迟回";想到当前,故"长叹"。迟回,犹言低徊。叹,读平声。
⑩ 万国:犹言万方。 征戍:一作"东征"。
⑪ 何乡二句:与开头四句相应。意谓万方多难,个人不应该而且也不可能安居在家

里。《诗经·魏风·硕鼠》："逝将去女（汝），适彼乐土。乐土乐土，爰得我所？"盘桓，留恋不舍貌。

⑫ 蓬室居：指穷苦的家。
⑬ 塌然：形容精神上的崩溃状态。 摧肺肝：内心伤痛。

无 家 别

这诗写一战败士兵回到家乡，重新被征服役事。诗中描绘了兵乱之后，人烟稀少，田园芜废的荒凉图景，细致地刻画出他再度应征、离开这残破家园时的悲惨心情。因他家的人都已死去，有家等于无家，故以《无家别》名篇。

寂寞天宝后①，园庐但蒿藜。
我里百馀家，世乱各东西。
存者无消息，死者为尘泥。
贱子因阵败②，归来寻旧蹊③。
久行见空巷，日瘦气惨凄。
但对狐与狸，竖毛怒我啼④。
四邻何所有？一二老寡妻。
宿鸟恋本枝，安辞且穷栖⑤。
方春独荷锄，日暮还灌畦⑥。
县吏知我至，召令习鼓鞞⑦。
虽从本州役，内顾无所携。
近行止一身，远去终转迷。
家乡既荡尽，远近理亦齐⑧。

永痛长病母，五年委沟溪⑨。
　　生我不得力，终身两酸嘶⑩。
　　人生无家别，何以为蒸黎⑪！

【注释】

① 天宝后：指安史乱后。安史之乱起于天宝十四载（755），第二年七月，即改元为至德。
② 贱子：兵士自称。　阵败：指九节度兵溃邺城（详见前《新安吏》题下注）。
③ 归来句：路径没于蒿藜之中，亡归不能辨识，故曰"寻"。蹊(xī)，小路。
④ 久行四句：按古诗《十五从军征》"……遥望是君家，松柏冢累累。兔从狗窦入，雉从梁上飞。中庭生旅谷，井上生旅葵……"杜用其意而变其语，可见其善于变古。日瘦，太阳黯淡无光。气，指风。《庄子·齐物论》："夫大块噫气，其名为风。"
⑤ 宿鸟二句：意谓人恋本土，有如鸟恋本枝，虽穷困在所不辞。《古诗》："越鸟巢南枝。"上句化用其意。宿鸟，投林的归鸟。且穷栖，姑且穷苦地过活。
⑥ 灌畦：浇菜地。畦(qí)，指一块块的菜地。《汉书·食货志》："菜茹有畦。"
⑦ 召令句：言重新被征入伍。鞞，字同"鼙"，骑鼓。
⑧ 虽从六句：写入伍时心情，有三层转折：服役本州，虽然离家较近，但家中根本无人；接着想到远去将会迷失家乡，近行终究胜于远去；最后慨叹家乡实际业已荡尽，近行和远去也没有什么分别。沈德潜曰："(杜诗)有透过一层法。……无家客而遣之从征，极不堪事也。然明说不堪，其味便浅。此云：'家乡既荡尽，远近理亦齐。'转作旷达，弥见沉痛矣。"(《说诗晬语》卷上) 携，分离的意思。
⑨ 永痛二句：追溯往事。安史乱起，他从军出征，丢下了久病在床的母亲。五年后(从天宝十四载到乾元二年)，战败回家，母亲已经死去。委沟溪，意指死后无人收葬。《孟子·梁惠王下》："凶年饥岁，君之民，老弱转乎沟壑。"此化用其语。
⑩ 终身句：言母子两人，都抱恨终身。酸嘶，因悲痛而失声。
⑪ 蒸黎：老百姓。蒸，众。黎，平民。

【评】

　　杜甫的《三吏》、《三别》等叙事诗不仅效法汉乐府，化用其音节、语言，而且有迹象说明它们还多从唐代当时民间歌诗中汲取营养。初盛唐间的诗僧王梵志，其作品多吸取中原民歌因素。如果我们把王诗与上述杜诗对读，就会发现，杜诗中有许多句子是从王诗中化出的。比如梵志诗"妇人因重役，男子从征行……血流遍荒野，白骨在边庭"；"父母生儿身，衣食养儿德……儿大作兵夫，西征吐蕃贼"；"路人见心酸，傍者叹罪过"；"男女有亦好，无时亦最精。

儿在愁他役，又恐点着征"等（均见伯三四一八号卷），都不难在杜甫上述诗中找到印证。由此我们可以进一步明白，新乐府在艺术形式上的起因。其次杜甫学习古乐府与当代民歌又都出以己意，加以创新，形成自己的独特风格。特别显著的是他在叙事诗中合理地参用了五言抒情古诗的一些表现手法，着重于人物的心理活动、精神状态的刻画。他总是善于抓住人物感情上的矛盾，通过一定的组织结构，反复委曲地镂刻。并且常常采用抒情诗情景交融的特点，插入景语，如"白水暮东流，青山犹哭声"，"夜久语声绝，如闻泣幽咽"等，来增强叙事的感染力。所以这些篇章的语言形式，虽不同于其抒情诗的刻炼警绝而表现为平易通侻，然而那沉郁博大的感情，顿挫曲折的布局，仍有其一以贯通之处。这就是杜甫新乐府诗的独特的个性化的风格。

佳　人

这诗写一贵族妇女因母家失势，丈夫喜新厌旧而被遗弃。她的身世遭遇，侧面地反映出时代变乱，并揭露了封建阶级以势力为转移的爱情关系。诗人塑造这一人物形象，着重描绘其品格贞洁，不同凡俗的一面；而她那憔悴忧伤，怨而不怒的心情表现，则和封建文化教养有关。在陈陈相因的弃妇词中，是一首别开生面的优秀作品。

绝代有佳人①，幽居在空谷。
自云良家子②，零落依草木③。
关中昔丧乱④，兄弟遭杀戮。

官高何足论，不得收骨肉。
世情恶衰歇，万事随转烛⑤。
夫婿轻薄儿，新人美如玉⑥。
合昏尚知时，鸳鸯不独宿。
但见新人笑，那闻旧人哭⑦。
在山泉水清，出山泉水浊⑧。
侍婢卖珠回，牵萝补茅屋。
摘花不插鬓⑨，采柏动盈掬⑩。
天寒翠袖薄，日暮倚修竹⑪。

【注释】

① 绝代句：李延年歌："北方有佳人，绝世而独立。"绝代，即绝世（唐人避太宗李世民讳，改"世"为"代"）。
② 良家子：上层社会的女子。古以良贱对举，良家，用以区别于贱民。汉时规定，医、商、贾、百工不得称为良家（见《汉书·地理志》如淳注），后世遂以良家泛指有社会地位的人家。
③ 零落句：零落，谓身世飘零。依草木，谓幽居深山之中。
④ 关中句：指天宝十五载（756）安史叛军攻占长安。丧，读去声。
⑤ 世情二句：意谓人情冷暖，自身因母家衰败，遂受夫婿厌薄。衰歇，犹言没落。转烛，烛光在风中转动不定，比喻世事变化无常。
⑥ 夫婿二句：言丈夫另有新欢。轻薄，通常指行为不检。这里的轻薄儿，犹言薄情郎。按：下句并非写新人之美，而是写丈夫的喜新厌旧。意谓在丈夫眼里，新人是"美如玉"的。
⑦ 合昏四句：以上二句兴起下二句。合昏知时，鸳鸯双栖，对新人来说，正和新婚的欢娱相同，故"笑"。对旧人来说，则物犹如此，人何以堪，故"哭"。合昏，即马缨花，又名合欢或夜合，豆科乔木。叶为羽状复叶，由多数小叶组合而成，早晨开放，入夜便聚合在一起，故曰"知时"。按：古典诗歌中写夫妻同居，经常用合欢、鸳鸯之类的事物起兴。这里以"新人"和"旧人"相对照，从正反两面着笔，双承其义，则是杜诗语言艺术上的独创。
⑧ 在山二句：托物寓意。意谓幽居空谷，可以保持贞洁。《诗经·小雅·四月》"相彼泉水，载清载浊"。
⑨ 插鬓：鬓，一作"发"，一作"髻"。
⑩ 采柏句：柏常绿不凋，有耐寒的特性，故采之以见情操。动，每、往往。两手承取曰掬。盈掬，就是满把。掬，一作"握"。
⑪ 天寒二句：回照幽居空谷。沈德潜评此二句："结处只用写景，不更着议论，而清洁贞正意，自隐然言外，诗格最超。"

【评】

  此诗很能见出杜甫善于熔铸古今,自成一家的功力,当与两组前人诗对读。先取汉乐府《陌上桑》、古诗《青青河畔草》、曹植《美女篇》与之对读,可见历代写美人诗如何越来越着重于人物气质、心灵的刻画,而至杜甫此诗达到了高峰。更取楚辞《山鬼》、《湘君》,古诗《上山采蘼芜》、《冉冉孤生竹》诸篇与之对读,可见杜甫如何大量借取前人句意而熔铸新语,构成崭新的艺术意境。《佳人》诗正是杜甫立足于安史之乱的现实,对古典诗歌艺术熔铸提炼的结晶。

秦州杂诗
二十首选二

其 一
原第七首

  《秦州杂诗》是乾元二年(759)秋杜甫寓居秦州时所作,杂写当时的见闻和感想,各自成篇。秦州,唐属陇右道,州治在今甘肃天水,位于陇山之西,为西北边防要地。安史乱后,吐蕃兴起,陇右受到威胁。这两首诗,描绘边地山川景物,笔力雄阔,意境苍凉,饱和着诗人忧时念国的情感。

    莽莽万重山,孤城山谷间①。
    无风云出塞,不夜月临关②。
    属国归何晚?楼兰斩未还③!
    烟尘独长望,衰飒正摧颜④。

【注释】

① 莽莽二句：莽莽，长大貌。山，指陇山。陇山高而长，山路九转。重，读平声。孤城，指秦州城。山谷，一作"石谷"。
② 关：指陇关，在陇山下。
③ 属国二句：上句说唐朝派往吐蕃的使臣，交涉并不顺利，一去而不返。属国，典属国的简称。用汉朝苏武出使匈奴被扣留的典故（见前王维《陇头吟》注⑤）。下句说战争失利，边患未平。楼兰，用汉朝傅介子斩楼兰王的典故（见前王昌龄《从军行》第二首注③）。
④ 摧颜，摧折容颜。言远望生愁，容颜为之黯淡。

其 二

原第十九首

凤林戈未息①，鱼海路常难②。
候火云峰峻，悬军幕井干③。
风连西极动，月过北庭寒④。
故老思飞将，何时议筑坛⑤？

【注释】

① 凤林：唐县名，属河州，有凤林关，其地在今甘肃临夏。
② 鱼海：又名白亭海，在今甘肃武威。唐时于其地置白亭军。
③ 候火二句：上句言候火照亮了高峻的山峰，下句言军士在极端艰苦的环境里防守边地。候火，即平安火。唐代在边境上，每三十里置一烽候，每夜举烽一炬，作为平安的信号。云峰，指陇山。一说，云峰峻是虚拟。仇兆鳌注："谢灵运诗：'平明望云峰。'喻候火之炽而高也。"（《杜诗详注》卷七）边军远戍，故曰悬军。幕井干，谓缺水。古代井口上蔽有幕，故称幕井。《周易·井·上六》："井收（口）勿幕。"
④ 风连二句：上下句为互文，错举见义，写西北边地辽阔荒凉的秋景，与上首"无风云出塞"二句同。西极、北庭，泛指西北边远之地。屈原《离骚》："夕余至乎西极。"汉称北匈奴所居之地为北庭。唐设北庭都护府。
⑤ 故老二句：即王昌龄《出塞》"但使龙城飞将在，不教胡马度阴山"之意。筑坛，见前张谓《杜侍御送贡物戏赠》注①。王夫之曰："一似因前六句生后二句，则文生情；一似因结二句生前六句，则情生文。"（《唐诗评选》卷三）。

【评】

　　风格多变的杜律中有劲健一格，而同是劲健在不同时期又有不同表现。如将此二诗与前录《望岳》、《胡马》等相较，就可以看出前二诗是博大雄劲，此二诗则是苍茫瘦劲。这种转化的原因，主要在于早年的理想破灭。对时局与前途的失望忧虑，促使诗人在乾元二年弃官西去。《秦州杂诗》正产生在这种背景下，如将"无风云出塞，不夜月临关"，"候火云峰峻，悬军幕井干"以及《杂诗》他首中"水落鱼龙夜，山空鸟鼠愁"，"苔藓山门古，丹青野殿空"等句子集中起来观察，就会看到这苍茫瘦劲的山山水水后，隐藏着诗人的孤愤形象。可以说，《秦州杂诗》是老杜五律由雄劲向瘦劲转化的一个标志。其在艺术上多表现为锤词坚凝，音调峭拔，形象孤高，气象萧索。以后宋人多向此一路开拓。然而杜诗不同于宋诗者在于这种瘦劲是雄劲的变成，是以劲为主，兼含瘦态，所以有宽大苍茫的气象，深厚的内在力量，而无后来宋诗派许多作品那种片面尚瘦，以至枯槁滞涩的弊病。

梦李白二首

　　这诗作于乾元二年（759）秋。李白于至德元载（756）冬参加了永王李璘的幕府，次年，李璘兵败，李白受到牵累，入浔阳狱。后判长流夜郎。至乾元二年春夏之间，他行至巫山，途中遇赦。当时，关于李白的行踪，传说纷纭，甚至有人说他中途堕水而死。杜甫时在秦州，怀念老友，积想成梦，写了这两首诗。

其 一

死别已吞声，生别常恻恻①。
江南瘴疠地，逐客无消息②。
故人入我梦，明我长相忆③。
恐非平生魂，路远不可测④。
魂来枫林青，魂返关塞黑⑤。
君今在罗网，何以有羽翼⑥？
落月满屋梁，犹疑照颜色⑦。
水深波浪阔，无使蛟龙得⑧！

【注释】

① 死别二句：写怀友的深情，以上句衬托下句。意谓死别止于一哀，而生别则不免时常牵挂。已，止。吞声，哭不成声。恻恻，痛心貌。
② 江南二句：江南地方卑湿，特别是李白所流放的西南一带，自古称为瘴疠之地。瘴（zhàng），山林间湿热蒸郁之气。疠（lì），疾疫。逐客，迁谪之士。按：此与下句的"故人"都是指李白。此云"逐客"，说明李白的政治遭遇，下云"故人"，则是就自己和李白的关系而言，故隔句而变易用语。
③ 故人二句：意谓梦由心生，故人之所以入梦，由于自己怀想之深。
④ 恐非二句：疑真疑幻，逆摄下文"君今在罗网"二句。古人把魂作为人的精神的代称，认为梦中所见是人的魂。
⑤ 魂来二句：设想李白在梦中的一来一返。枫林青，写江南景色。《楚辞·招魂》："湛湛江水兮上有枫，目极千里兮伤春心，魂兮归来哀江南！"此取其义。关塞，指杜甫所在地秦州。
⑥ 君今二句：以幻作真，怀疑李白身遭囚系，像罗网中的鸟雀一样，不可能飞到这里。一本此二句在"恐非"二句之前。
⑦ 落月二句：上句写梦醒时孤独荒寒的情景和梦境的回味。颜色，指梦中所见李白的音容笑貌。
⑧ 水深二句：有两层意思：一是影射政治环境险恶，要李白小心提防；二是暗示李白堕水而死的传闻，希望不至成为事实。无，字同"毋"，勿的意思。

【评】

　　此诗之感人，在于将现实与梦境中的想念，生与死不得其确的忐忑交融在一起。起四句总写怀念,且点明李白去向。"故人"二句分别点明日思、夜梦,句法倒插,是关锁处。"恐非"六句写梦境,"落月"四句又回到现实之思念,而其中末二句更透出生死不明意,照应起首"死别"、"生别"。至此死耶?生耶?梦耶?真耶?均未可分明,无非是"吞声""恻恻"四字而已。

其 二

浮云终日行,游子久不至[①]。
三夜频梦君,情亲见君意。
告归常局促,苦道"来不易[②]。
江湖多风波,舟楫恐失坠[③]。"
出门搔白首,若负平生志[④]。
冠盖满京华,斯人独憔悴[⑤]!
孰云网恢恢?将老身反累[⑥]!
千秋万岁名,寂寞身后事[⑦]。

【注释】

① 浮云二句:以浮云兴起游子,化用伪李陵《与苏武》诗意(见前李白《送友人》注③),写自己怀念李白,相思而不相见的心情。
② 告归二句:总叙三夜梦中情景。李白一再说自己远来不易,但又局促而不能久留。局促,拘束貌。
③ 江湖二句:伸足上文"来不易"。楫,桨。恐失坠,暗含传闻李白溺死意。
④ 出门二句:写李白梦中告别时的情态。他手搔白发,似乎是在惋惜自己年老而未抒展抱负。
⑤ 冠盖二句:感叹李白的遭遇,为他鸣不平。冠盖,贵人的服饰装备,此用作达官贵人的代称。京华,即京城。斯人,指李白。憔悴,忧伤失意貌。
⑥ 孰云二句:《老子》:"天网恢恢,疏而不漏。"恢恢,宽广貌。原意谓天道公平,待人宽厚,只有大奸大恶的人,才逃不出恢恢的天网,招致应得的恶果。这里用反诘的语气,说李白将老之年,反而受到无辜的牵累,又怎能证明天网是真的恢恢呢?
⑦ 千秋二句:意谓李白的诗文,必然流传不朽;但身后的声名,却弥补不了生前的困阨。"孰云"以下,都是愤慨之词。

【评】

　　上诗着重于写忆念之切，此诗着重写忆念中感情之深。起四句总领，中六句写梦中李之行状语言，落脚于"若负平生志"，末六句承此发挥，则生别吞声，死别恻恻，又非徒儿女情长而已。组诗相互补充发明，老杜尤擅此。

天末怀李白

　　天末，犹言天边。张衡《东京赋》："眇天末以远期。"陆机《为顾彦先赠妇》："佳人眇天末。"时杜甫在北，李白在南，故遥望天末，因秋风而寄怀想。

凉风起天末，君子意如何！
鸿雁几时到①？江湖秋水多②。
文章憎命达，魑魅喜人过③。
应共冤魂语，投诗赠汨罗④。

【注释】

① 鸿雁句：因秋天雁群北飞，盼望得到李白的消息。
② 江湖句：即《梦李白》第二首所云"江湖多风波"的意思。隐喻世途艰险，李白的情况不明。秋水多，谓秋水盛大。
③ 文章二句：逆摄下文，言正人受害，邪恶横行，古今同慨。古人不朽的文章，往往产生于穷困失意之中，似乎文章的成就，与命运的显达相妨，故曰"憎"。魑（chī）魅（mèi），山泽间的鬼怪。比喻伺机陷害君子的小人。魑魅搏人而食，见人过，故"喜"。过，读平声。
④ 应共二句：汉贾谊迁谪长沙，过湘水时，投书以吊屈原。这里用以相比，意谓李白冤愤的心情，惟有向屈原申诉。冤魂，指屈原。屈原自沉于汨（mì）罗江（在今湖南湘阴北）。

【评】

诗能穷人是正说，"文章憎命达"是反说。魑魅食人是正说，"魑魅喜人过"，是侧说。"憎""喜"二字点化常熟之语，顿觉惊心动魄。

野　望

这诗也是乾元二年（759）深秋在秦州所作。通篇写远望中清旷萧疏的秋景，末二句景中见情，寓有羁旅飘零之感。

清秋望不极，迢递起层阴①。
远水兼天净②，孤城隐雾深。
叶稀风更落，山迥日初沉③。
独鹤归何晚，昏鸦已满林。

【注释】

① 迢递句：意谓在遥远的天边，光景渐渐阴暗，是傍晚时分了。
② 远水句：秋水澄清，秋空明净，故云。兼天，连天。王勃《滕王阁序》："秋水共长天一色"。
③ 山迥句：陇山深邃，远望中，故日落迟。王夫之曰："有'迥'字则'初'字妙。"（《唐诗评选》卷三）

【评】

首联总写秋晚远望，而以"迢递层阴"作眼。中四句句句含秋晚意，含不极意，而明晦远近，交叉变化，萧索迷离之况遂浮溢纸上，故结末所寓之情倍见深沉惆怅。

乾元中寓居同谷县作七歌

《同谷七歌》作于乾元二年（759）十一月。时杜甫由秦州携家来同谷（今甘肃成县）暂居。不久，又由同谷入蜀。诗以动荡激烈的感情，写颠沛流离的哀痛，忧时念乱之中，也夹杂有个人叹老嗟卑、仕宦失意的感慨。七首末句都以感叹作结，体制从张衡《四愁》与蔡琰《胡笳十八拍》脱化而出，风格则富有独创精神。陆时雍评云："《同谷七歌》稍近《骚》意，第出语粗放。其粗放处，正是自得处也。"（《杜诗详注》卷八引）

其 一

有客有客字子美①，白头乱发垂过耳。
岁拾橡栗随狙公，天寒日暮山谷里②。
中原无书归不得，手脚冻皴皮肉死③。
呜呼一歌兮歌已哀④，悲风为我从天来！

【注释】

① 客：杜甫自指。
② 岁拾二句：言当冬暮天寒日晚，在山谷中拾橡栗的，只有狙公和自己。橡栗，栎树的果实。仁如老莲肉，可以充饥。狙（jū），即猕猴。狙公，老狙。一说是养狙的老人。《庄子·齐物论》："狙公赋芧。"芧，即橡栗。
③ 皴（cūn）：皮肤因受冻而坼裂。 死：失去了知觉。
④ 已哀：太悲哀。已，过甚的意思。

其 二

长镵长镵白木柄①,我生托子以为命②!
黄独无苗山雪盛,短衣数挽不掩胫③。
此时与子空归来,男呻女吟四壁静④。
呜呼二歌兮歌始放,闾里为我色惆怅!

【注释】

① 长镵(chán):镵,犁铁。上有柄,掘土器。长三尺馀,后偃而曲,有横木,以两手按之,用足踏其后跟,镵锋入地,即揿柄以拨土。
② 托子以为命:依靠长镵来掘黄独,养活一家人。
③ 黄独二句:写雪中来往寻觅黄独的情况。黄独,薯蓣科植物,生土中,肉白皮黄,可蒸食。山雪遮盖,看不见黄独伸出地面的苗,就无法可掘。数挽,屡次地挽。不掩胫,言挽得高,见山雪之深。黄独,一作"黄精"。黄精属百合科植物,主要供药材之用。据说,吃了可以使人却病延年。杜甫曾以采药为副业,诗中也时常说到黄精,但这里是为了解决食粮问题,应该是黄独而不是黄精。又,黄独,江东称为土芋,甘肃、陕西一带才把它叫做黄独,这里说黄独,是用当地俗名。
④ 男呻句:写全家饥饿和失望的悲哀。四壁,言家中景况萧条,一无所有。《史记·司马相如列传》:"家居徒四壁立。"呻吟而曰"静",见除了呻吟而外,别无声息。

其 三

有弟有弟在远方,三人各瘦何人强①?
生别展转不相见,胡尘暗天道路长。
东飞鴐鹅后鹙鸧,安得送我置汝旁②!
呜呼三歌兮歌三发,汝归何处收兄骨③!

【注释】

① 有弟二句:杜甫有四弟:杜颖、杜观、杜丰、杜占。当时只有杜占在他身旁,后来和他同行入蜀,其馀三人散居东方,身体都不强健。何人强,表示深切怀念之意。

② 东飞二句：因弟在东方，偶因野鸟东飞而引起两地相隔、不能奋飞之感。鸲鹅，野鹅，似雁而大。鹙（qiū）鸧（cāng），即秃鹫。鸲鹅和鹙鸧与兄弟之间的关系，并无联系。类似这样的起兴，古乐府歌谣中往往有之。
③ 汝归句：承前"生别展转不相见"而言，意谓虽是生离，实同死别；即使三个弟弟能够回到故乡，而自己飘泊西东，已不知死于何处。

其 四

有妹有妹在钟离^①，良人早殁诸孤痴^②。
长淮浪高蛟龙怒^③，十年不见来何时？
扁舟欲往箭满眼，杳杳南国多旌旗^④。
呜呼四歌兮歌四奏，林猿为我啼清昼^⑤！

【注释】

① 有妹句：杜甫有妹嫁韦氏。钟离，唐郡名，即濠州，故城在今安徽凤阳东北。
② 良人：丈夫。诸孤：一群孤儿。痴：幼稚。
③ 长淮句：意谓江淮一带战争未息，路途艰险难行。长淮，淮水。钟离城在淮水南岸。
④ 杳杳（yǎo）：深远貌。南国：犹言南方。
⑤ 林猿句：诗歌中经常用猿夜啼写悲哀的环境气氛，这里说"猿啼清昼"，是更进一层的渲染。林猿，一作"竹林"，同谷一带所产鸟名。

其 五

四山多风溪水急，寒雨飒飒枯树湿^①。
黄蒿古城云不开^②，白狐跳梁黄狐立^③。
我生何为在穷谷？中夜起坐万感集^④。
呜呼五歌兮歌正长，魂招不来归故乡^⑤！

【注释】

① 飒（sà）飒：风吹雨的声音。
② 黄蒿句：写同谷县城荒凉的景象。地上长满了黄蒿，天上经常被阴云笼罩着。
③ 白狐句：跳梁和立是互文，错举见义。意谓城中人少，狐狸在白天里活动。跳梁，犹言跳跃。
④ 万感集：一作"百忧集"。
⑤ 魂招句：《楚辞·招魂》："魂兮归来，反故居些。"此化用其意。杨伦注："言欲招魂同归故乡，而惊魂欲散，故招之不来也。……翻用更深。"（《杜诗镜铨》卷七）

其 六

南有龙兮在山湫①，古木茏苁枝相樛②。
木叶黄落龙正蛰，蝮蛇东来水上游③。
我行怪此安敢出，拔剑欲斩且复休④。
呜呼六歌兮歌思迟，溪壑为我回春姿⑤！

【注释】

① 南有句：同谷县东南七里有万丈潭。民间传说，曾有龙从潭中飞出。杜甫《万丈潭》："龙依积水蟠，窟压万丈内。"这里的山湫（qiū），即指万丈潭。湫，低洼之处。
② 茏（lóng）苁（zōng）：高峻而深蔚貌。樛（jiū）：纠结，缠绕。
③ 木叶二句：借眼前景物，寓时事感慨。本年九月，史思明由范阳引兵渡河，横行河南一带，龙蛰蛇游，隐喻朝廷逼处长安，尚未平定东方的叛乱。古人认为龙是君王之象。冬季寒冷，虫类潜伏不动叫蛰。蝮蛇，毒蛇的一种，影射叛乱者。《左传》定公四年："吴为封豕长蛇，以荐食上国。"
④ 我行二句：意谓自己因此而避乱远行，有平乱之心，而无斩蛇之力。龙蛰蛇游，是反常现象，故曰"怪此"。
⑤ 六歌二句：写展望时局的乐观心情。四时转运，冬尽春来，一到春风解冻，龙就会奋起于蛰伏之中，犹如世事之否极泰来，局势将会有好转的一天。因为想到了这些道理，故浸入沉思之中，而眼前似乎呈现出一片溪壑春回的景象。

其 七

男儿生不成名身将老，三年饥走荒山道①。
长安卿相多少年，富贵应须致身早②！

山中儒生旧相识，但话宿昔伤怀抱③。
呜呼七歌兮悄终曲，仰视皇天白日速④！

【注释】

① 三年句：杜甫于天宝十五载（756）秋携家逃难至鄜州，至乾元二年（759）冬作此诗时，为三年整。
② 长安二句：时李辅国当权，植党营私，旧人多被排斥，故云。致身，犹言进身。
③ 山中二句：当时逃难寄居同谷的，有杜甫旧友。晚年所作《长沙送李十一》诗中有"与子避地西康州"之语，西康州即同谷县。这里所指何人，详不可考。按：杜甫在长安时，《奉赠韦左丞丈二十二韵》诗云："纨袴不饿死，儒冠多误身。"此因话旧伤怀，而称友人为"儒生"，有"儒冠误身"之意。
④ 仰视句：感叹时间流驶，而志业无成。

【评】

　　第一章总摄全体。二章应首章之天寒拾栗。三、四章应首章之中原无书。五章由上生计无着，骨肉隔离而思乡。六章明隔离穷困之因而寄望于春回。末章总收，以宿昔长安作结，反形今之作客伤老，倍见深沉恍惚之态。七章章法，旧解纷纷纭纭，似均未能中肯。

蜀　相

　　蜀相，指蜀汉丞相诸葛亮。这诗是上元元年（760）春，杜甫初至蜀中游诸葛武侯庙吊古之作。祝穆《方舆胜览》："成都府：武侯庙在府城西北二里。武侯初亡，百姓遇节朔，各私祭于道中；李雄为王，始为庙于少城内。"

丞相祠堂何处寻？锦官城外柏森森①。

映阶碧草自春色,隔叶黄鹂空好音[2]。
三顾频烦天下计,两朝开济老臣心[3]。
出师未捷身先死[4],长使英雄泪满襟!

【注释】

① 锦官城:成都的别称。《元和郡县图志》卷三二:"锦城在(成都)县南十里,故锦官城也。" 柏森森:武侯祠前有老柏一株,相传为诸葛亮所手植。森森,长密貌。潘岳《怀旧赋》:"柏森森以攒植。"
② 黄鹂(lí):即黄莺。
③ 三顾二句:诸葛亮未出山时,隐居南阳,刘备曾三顾茅庐,他替刘备筹划三分天下的大计,创立了蜀汉的基业。刘备死后,诸葛亮当国,撑持危局,前后二十多年。频烦,一再烦劳。两朝,指蜀汉先主刘备和后主刘禅两代。开济,开创基业,匡济艰危。
④ 出师句:蜀汉建兴十二年(234)诸葛亮伐魏,据五丈原(在今陕西郿县西南),与魏军隔渭水相持,胜负未决。这年八月,他病死军中。

【评】

　　颔联景语尤入神。草自春,鹂空好,"自"、"空"二字含不尽惋叹。草从映阶看出,鹂由隔叶听闻,更有无穷空幻怅惘之感,景中尽是凭吊意,意脉似断而相续。

野　老

　　杜甫入蜀不久,在成都城西七里浣花溪畔邻近锦江的地方营建了一所草堂。这诗描写草堂四周景物,表现异乡羁旅、忧念时局的心情。

野老篱边江岸回[1],柴门不正逐江开。

渔人网集澄潭下^②，估客船随返照来^③。
长路关心悲剑阁，片云何意傍琴台^④？
王师未报收东郡^⑤，城阙秋生画角哀^⑥。

【注释】

① 野老：杜甫自称。
② 澄潭：澄清的水潭，即浣花溪。下：下网打鱼。
③ 估客句：成都是商业城市，江边傍晚，开来靠岸的客商船只很多。估客，商人。
④ 长路二句：上句意谓时刻想念故乡，可是蜀中路途遥远，特别是剑阁山川险阻，隔绝中原，想起来令人生悲。下句即景寄兴，自伤流落蜀中。片云，隐喻孤身作客。琴台，在浣花溪北，是汉朝司马相如的遗迹，蜀中名胜之一。何意，一作"何事"。
⑤ 东郡：东京（洛阳）附近一带的州郡。
⑥ 城阙：习惯用于皇城，这里指成都城，因至德二载（757）改成都为南京。 画角：军用乐器。形如竹筒，外加彩绘，故称。

【评】

　　由逐江开门而见江景如画，由估客渔人因生"剑阁"、"片云"之思。望江本闲雅事，至此反成悲伤事，故结以东都未收，画角生哀。前后幅变化甚大，实由感情动荡所至。论杜诗之开合神奇，必当由此窥入。

戏题王宰画山水图歌

　　王宰，和杜甫同时的著名画家。张彦远《历代名画记》卷一〇说他是"蜀中人。多画蜀山，玲珑窳空，巉差巧峭"（朱景玄《唐朝名画录》所记略同）。胡仔《苕溪渔隐丛话》前集卷八引《益州画记》云："王宰，大历中家于蜀川，能画山水，意出象外。"则王并非蜀人。原籍及生平事迹均不可考。

十日画一水，五日画一石。

能事不受相促逼①，王宰始肯留真迹。

壮哉昆仑方壶图②，挂君高堂之素壁。

巴陵洞庭日本东③，赤岸水与银河通④，

中有云气随飞龙。

舟人渔子入浦溆⑤，山木尽亚洪涛风⑥。

尤工远势古莫比，咫尺应须论万里⑦。

焉得并州快剪刀，剪取吴松半江水⑧。

【注释】

① 能事，擅长的艺事。逼，一作"迫"。
② 昆仑：西方大山，河源所出。 方壶：渤海中三神山之一。按：诗中说山，由昆仑到方壶；说水，由洞庭、长江至日本东之大海，见出王宰所画山水，气象阔远，即下文所云"咫尺万里"之意，所有地名，均非实指。
③ 巴陵：山名，又称巴丘，在洞庭湖边。
日本东：日本东面的大海。
④ 赤岸句：言长江之水，流入大海，远与天连，森无边际。张华《博物志》卷三："旧说云，天河与通海。"赤岸，旧注谓今江苏瓜步山东之赤岸山，非。当与传说中的扶桑相近。枚乘《七发》："凌赤岸，篲扶桑。"
⑤ 浦溆（xù）：水边。
⑥ 山木句：意谓山中树木都被挟带着洪涛的大风吹得向一边倾斜。亚，依次相就的意思。
⑦ 咫尺句：《南史·齐武帝诸子传》："（萧贲）于扇上图山水，咫尺之内，便觉万里为遥。"这里化用其语。周尺八寸为咫，咫尺，指甚短的距离。
⑧ 焉得二句：索靖见顾恺之画，爱赏不能释手，欣然曰："恨不带并州快剪刀来，欲剪松江半幅纹练归去。"（见《分门集注杜工部诗集》卷一六）这里借用其语。并州，今山西太原市，以出剪刀著名。吴松，即吴松（淞）江。发源于太湖，流至今上海北，与黄浦江汇合入海。松，一作"淞"，字同。

【评】

　　杨伦云："首赞画品，先从空际形容，又一起法。中段叙画山水正文，即上所谓'壮哉'，下所谓'远势'也，地名不必泥。末将看画咏叹作结。"（《杜诗镜铨》）

王嗣奭云："王画神妙，只'咫尺万里'尽之。前面许多景象皆包一句之中。"又云："此诗通篇设想俱有戏意，而收语尤戏之甚，故云戏题。公少游吴越，故对画而思及松江。"（《杜臆》）合斯二评以观此诗，则精髓可得。

春夜喜雨

好雨知时节，当春乃发生。
随风潜入夜①，润物细无声。
野径云俱黑②，江船火独明。
晓看红湿处，花重锦官城③。

【注释】

① 随风句：春夜的雨，初下时总微细如丝，在人们不知不觉中随着东风俱来，故曰潜。
② 野径句：阴云密布，没有星光，天上地下黑成一片。
③ 花重句：花枝经雨润湿，饱含水分，红色分外浓艳，故曰重。

【评】

通篇不着"喜"字，而喜雨之意溢于纸上，"知时节"、"潜入"、"细无声"，见得春雨似潜通人情，轻柔而可喜。由野径云黑，一灯独明，至晓看红湿，锦城花重，万物改观中又见欢欣而可喜。前片之喜是期待佳景，故其喜含蓄；后片之喜是实见春光，故喜得开朗。层折之喜只从层折之景透出。

江畔独步寻花七绝句
七首选二

其 一
原第五首

黄师塔前江水东①,春光懒困倚微风。
桃花一簇开无主,可爱深红爱浅红②?

【注释】

① 黄师塔:是一所僧墓。蜀人称僧为师,称僧墓为塔(见陆游《老学庵笔记》)。
② 桃花二句:一簇无主桃花,深浅相间。是深红的可爱,还是浅红的可爱呢?意思是说,两者都可爱,不知使人爱哪种好。

其 二
原第六首

黄四娘家花满蹊,千朵万朵压枝低。
留连戏蝶时时舞,自在娇莺恰恰啼①。

【注释】

① 自在句:自在,是说春莺姿态的活泼;恰恰啼,犹言着意啼,形容莺声的百啭千回,有如用心着意似的。《广韵》入声卷三一:"恰恰,用心。""自在"和"恰恰"义相反而实相成。

【评】

音节多拗而流转，句法多叠而轻利，自然逸荡得《竹枝》之意，为唐人绝句变格。中唐后诗人多效之，并下启宋代江西派、杨万里等。

茅屋为秋风所破歌

这诗描绘秋夜屋漏，风雨交加的情景，真实地记录了草堂生活的一个片段。末段忽开异境，从切身的体验，推己及人，进一步把自己的困苦丢在一边，设想出现大庇天下寒士的万间广厦。这种非现实的幻想，建立在诗人许身稷契、饥溺为怀的思想基础上；而博大胸怀的表现，则使作品放射出积极的浪漫主义光辉。

八月秋高风怒号，卷我屋上三重茅。
茅飞渡江洒江郊，高者挂罥长林梢①，
下者飘转沉塘坳②。
南村群童欺我老无力，忍能对面为盗贼。
公然抱茅入竹去，唇焦口燥呼不得。
归来倚仗自叹息。
俄顷风定云墨色，秋天漠漠向昏黑。
布衾多年冷似铁，娇儿恶卧踏里裂③。
床头屋漏无干处④，雨脚如麻未断绝。
自经丧乱少睡眠，长夜沾湿何由彻⑤！
安得广厦千万间，大庇天下寒士俱欢颜⑥，

风雨不动安如山？

呜呼！

何时眼中突兀见此屋⑦，吾庐独破受冻死亦足！

【注释】

① 挂罥（juàn）：挂结。
② 坳（āo）：低凹之处。
③ 恶卧：睡相不好。
④ 床头：一作"床床"。
⑤ 自经二句：意谓遭乱以来，忧时念国，本来就经常失眠。值此秋夜漫长，床上沾湿，更难度过这一宵。何由彻，如何挨到天明。
⑥ 庇：覆盖。
⑦ 突兀：高耸貌。

【评】

"自经丧乱"二句是由己及人关锁处，而笔法有顿挫。"丧乱"云云似离开风雨之线，"长夜沾湿"则又钩转，且仍"丧乱"之意而念及天下寒士。此法后来韩愈与宋代苏、黄一派七古多用之。

闻官军收河南河北

这诗和下面一首，都是唐代宗广德元年（763）春杜甫在梓州（今四川三台）时所作。宝应元年（762）十月，唐朝各路大军由陕州总反攻，再度收复洛阳，以次平定河南诸郡县。十一月，进军河北，叛军将领薛嵩、李抱玉、李宝臣（原姓张，名忠志）、田承嗣、李怀仙等纷纷纳地归降。次年正月，史朝义（史思明之子）兵败自杀（见《通鉴》卷二二二）。延续七年零三个月的安史之乱，告一结束。诗写消息传来一刹那间狂喜的心情，以及由此而产生的联翩浮想。全诗八句，一气呵成。其抒情酣畅淋漓处，正所以反衬出长期兵乱，流离转徙的哀愁。喜和悲的紧相联系，使得诗歌风格于轻快流利之中，极沉着顿挫之致，成为千古传诵的名作。

剑外忽传收蓟北①，初闻涕泪满衣裳。
却看妻子愁何在②？漫卷诗书喜欲狂③。
白日放歌须纵酒，青春作伴好还乡④。
即从巴峡穿巫峡，便下襄阳下洛阳⑤。

【注释】

① 剑外：指剑阁以南，即蜀地的代称。　蓟北：今河北省北部地区，即叛军根据地范阳一带。
② 却看句：意谓一家人的愁容顿时消失。看，读平声。
③ 漫卷：胡乱地卷起。
④ 青春句：意谓春天花香鸟语，景物宜人，旅途并不寂寞。
⑤ 即从二句：预计还乡的路线：上句出蜀入楚，由西向东；下句由楚向洛，自南而北。自注："余田园在东京。"巴峡，巴县（今重庆）一带江峡的总称。《华阳国志》："其郡东枳有明月峡、广屿（《舆地纪胜》引作"广德"）峡，东突峡（据《渊鉴类函》引庾仲雍《荆州记》补），故巴亦有三峡。"又，《水经注》载：自巴至枳（今四川涪陵）有黄葛、明月、鸡鸣三峡。这一带江峡极多，皆得称为巴峡。巫峡，指巴峡以东的瞿唐、巫、西陵三峡。《水经注·江水》："巴东三峡巫峡长。"巫峡在三峡中为最大，故举之以概三峡。

送路六侍御入朝

这诗中写久别重逢，乍逢又别，别后相见无期的心情，充满着乱世人生的感慨。路六侍御，名不可考。

童稚情亲四十年，中间消息两茫然。
更为后会知何地？忽漫相逢是别筵！
不分桃花红似锦①，生憎柳絮白于绵②。
剑南春色还无赖③，触忤愁人到酒边。

【注释】

① 不分：嫌恶的意思。分，读去声。亦作"忿"，义同。
② 生憎：犹言偏憎。
③ 剑南：剑阁以南，指蜀地。 春色无赖：犹言春色恼人。无赖，同"无奈"。

【评】

久别重逢，乍逢又别，别后会见无期，诗中有这样几层意思。童稚情亲，顺序写来，第四句忽然来个倒插，逆摄下句，全诗便有了主脑，显出血脉动荡、气韵深沉，而诗人感伤离乱之情怀也就深刻地表现出来了。五、六阑入景物描写，似与上文不扣续，读了结尾二句，方知这酒边的"剑南春色"，正是别筵的眼前风光，桃红如锦，柳白如绵，而诗偏说"不分"、"生憎"，盖以触忤愁人之故，于是"不分""生憎"即不犯痕迹地将下半篇联系起来，情与景就形成不可分割的整体。论气势生龙活虎，论布局草蛇灰线。

桃竹杖引赠章留后

广德元年（763）冬，杜甫在梓州，准备离蜀东行，梓州刺史兼东川留后（临时代理东川节度的职务）章彝送桃竹杖两根，杜甫写了这诗。诗中有感于赠杖深情，慨叹自身的江湖飘泊，借失杖之虞，以喻失路之悲。一说，当时局势混乱，章彝有乘机割据一方的野心，诗的后半篇，隐寓规讽之意。桃竹，一名桃枝竹，又名棕竹。苏轼《跋桃竹杖引后》："桃竹，叶如棕，身如竹，密节而实中，犀理瘦骨，盖天成柱杖也。出巴渝间。"引，乐曲名，后成为诗歌体裁之一。谢榛《四溟诗话》卷二引《文式》："载始末曰引，宜引而不发。"

江心磻石生桃竹，苍波喷浸尺度足①。
斩根削皮如紫玉，江妃水仙惜不得②。
梓潼使君开一束③，满堂宾客皆叹息。
怜我老病赠两茎，出入爪甲铿有声。
老夫复欲东南征，乘涛鼓枻白帝城④。
路幽必为鬼神夺，拔剑或与蛟龙争。
重为告曰"杖兮杖兮⑤，尔之生也甚正直，
慎勿见水踊跃学变化为龙⑥。
使我不得尔之扶持，灭迹于君山湖上之青峰⑦"。
噫！
风尘澒洞兮豺虎咬人⑧，忽失双杖兮吾将曷从！

【注释】

① 尺度足：有一定的长度。意谓可以作杖。
② 斩根二句：上句言制作成杖，下句言世人不断至江心采取，水神虽爱惜此竹而无可如何。江妃、水仙，江水之神。
③ 梓潼使君：即梓州刺史。 一束：一捆。
④ 鼓枻：荡桨。 白帝城：在今四川奉节。这里指夔州一带。
⑤ 重：读 chóng，歌辞中用语，意有未尽，重申以明之。
⑥ 慎勿句：《后汉书·费长房传》："长房辞归，翁与一竹杖曰：'骑此任所之，则自至矣。既至，可以杖投葛陂中也。'长房乘杖，须臾来归。即以杖投陂，顾视则龙也。"
⑦ 君山：一名湘山，在洞庭湖中。
⑧ 澒洞：弥漫。

【评】

钟惺曰:"此诗调奇、法奇、语奇而无撒泼之病,气奥故也。"(《唐诗归》)

黄生曰:"前是对主人语,后是对杖语。故作一转,用'重为告曰'字,盖诗之变调,而其源出于骚赋故也。"(《唐诗摘抄》)

今按二评中肯,可见老杜七古与太白之异同。语奇体奇,源于骚赋,此其相同者。而太白气逸,老杜气奥;故太白奔放,老杜劲峭。试以太白《远别离》与此诗较读,可见其大概。后韩愈七古多取此体,可取昌黎《紫藤杖歌》、《郑群赠簟》诗较读。

阆 水 歌

这是一首拗体律诗,代宗广德二年(764)杜甫在阆州(今四川阆中)时所作。拗体律诗是律诗的一种变体,句法和声调往往参以古体,而篇章和对仗则符合格律,故谓之拗律。五言拗律,如前选刘慎虚的《阙题》,即其一例,但不多见。七言拗律大成于杜甫。方回《瀛奎律髓·拗字类序》:"老杜七言律一百五十九首,而此体凡十九出。不止句中拗一字,往往神出鬼没。虽拗字甚多,而骨格愈峻峭。"阆水,嘉陵江的别名。源出今陕西凤县嘉陵谷,至略阳与西汉水会,西南流注阆中,南入长江,故又称阆水。

嘉陵江色何所似①?石黛碧玉相因依②。
正怜日破浪花出③,更复春从沙际归④。

巴童荡桨欹侧过⑤，水鸡衔鱼来去飞⑥。
阆中胜事可肠断⑦，阆州城南天下稀⑧！

【注释】

① 江色：一作"江水"。
② 石黛句：意谓江流一片澄碧空明。石黛，即石墨，矿物名，色深青，古时妇女用以画眉。碧玉，又名水玉或水碧，水晶一类矿物，玉的一种，产深水中，通体透明，深绿色。相因依，相依倚。
③ 怜：爱的意思。 日破浪花出：谓朝日从浪花中涌出。
④ 春从沙际归：犹言春回沙际。沙际，指江边。
⑤ 欹侧过：水流湍急，故船不得直行。欹侧，倾斜。
⑥ 水鸡：水鸟名。状如雄鸡而尾短，好宿水田中，蜀人呼为水鸡翁。一作"水鸟"。
⑦ 可肠断：这里是十分可爱的意思，与上文"正怜""更复"相应。唐人诗中，凡"肠断"或"断肠"皆有正反二义，如刘希夷《公子行》的"可怜桃李断肠花"，李白《古风》的"朝为断肠花"，韦庄《丙辰年鄜州遇寒食》的"肠断入城芳草路"，均用反义，可与此相印证。
⑧ 阆州句：嘉陵江至阆州西北，折而南，横流而东，复折而北。州城三面环水，城南正当佳处，对面即锦屏山，风景秀美，有"天下第一"之称，故云。

丹 青 引

题下自注："赠曹将军霸。"《历代名画记》卷九："曹霸，魏曹髦之后。髦画称于后代。霸在开元中已得名，天宝末，每诏写御马及功臣，官至左武卫将军。"这诗和下面选的一首《观公孙大娘弟子舞剑器行》，描写绘画和舞蹈艺术，极为生动。此诗着重描写曹霸画马，而以图写人物作为陪衬，笔意传神，有"作诗如见画"之妙。曹霸原是御用画师，诗人对他受到最高统治者皇帝赏识，名动官廷的身价和光辉，尽情加以渲染；而对他晚年飘泊干戈，艺术流落民间，则表示无穷的惋惜。诗中所贯串的时代盛衰的线索，渗透了封建士大夫的阶级感情。这和杜甫自己"往时文彩动人主,此日饥寒趋路旁"(《莫相疑行》)的身世之感,是紧密相联系的。

将军魏武之子孙①,于今为庶为清门②。
英雄割据虽已矣,文采风流今尚存③。
学书初学卫夫人,但恨无过王右军④。
丹青不知老将至,富贵于我如浮云⑤。
开元之中常引见⑥,承恩数上南薰殿⑦。
凌烟功臣少颜色,将军下笔开生面⑧。
良相头上进贤冠,猛将腰间大羽箭⑨。
褒公鄂公毛发动,英姿飒爽来酣战⑩。
先帝御马玉花骢,画工如山貌不同⑪。
是日牵来赤墀下⑫,迥立阊阖生长风⑬。
诏谓将军拂绢素⑭,意匠惨淡经营中⑮。
须臾九重真龙出⑯,一洗万古凡马空!
玉花却在御榻上,榻上庭前屹相向⑰。
至尊含笑催赐金⑱,圉人太仆皆惆怅⑲。
弟子韩幹早入室,亦能画马穷殊相⑳。
幹唯画肉不画骨,忍使骅骝气凋丧㉑。
将军善画盖有神,偶逢佳士亦写真㉒。
即今飘泊干戈际,屡貌寻常行路人。
途穷反遭俗眼白㉓,世上未有如公贫。
但看古来盛名下,终日坎壈缠其身㉔。

【注释】

① 魏武之子孙：曹霸为曹髦的后代，而曹髦则系曹操的曾孙，故云。魏武，魏武帝，即曹操。曹丕建立魏王朝后，追谥曹操为太祖武皇帝。
② 于今句：曹霸于天宝末年得罪，削籍为民，故云。庶，庶人，即平民。清门，寒门。
③ 英雄二句：说明曹霸艺术上的卓越成就，渊源有自。意谓曹操平定中原，建立三分割据的事业，是历史上的英雄人物，同时也是杰出的诗人；而曹髦又为画家。前者世易时移，虽然已成过去；后者流风馀韵，仍然后继有人。
④ 学书二句：说曹霸曾经学过书法，但恨未能超过古人。卫夫人，晋时人，名铄，字茂漪，李矩之妻，工书法。王右军，即王羲之，官右军将军，晋代大书法家，曾经师事卫夫人。按：唐时书法发达，王体极为盛行。
⑤ 丹青二句：意谓曹霸摒弃一切外慕，以毕生精力，从事绘画艺术。孔子曾说："发愤忘食，乐以忘忧，不知老之将至云尔。"（见《论语·述而》）又云："不义而富且贵，于我如浮云。"（同上）这里化用其意。以上总写。
⑥ 引见：指皇帝召见。见时有人引导，故称。
⑦ 南薰殿：在兴庆宫内。
⑧ 凌烟二句：唐太宗贞观十七年（643），图画功臣二十四人于凌烟阁。到开元时代，玄宗命曹霸重画一次。少颜色，言旧画颜色已经剥落。开生面，意谓重新赋予这些人物以生动的面貌。
⑨ 良相二句：概述二十四人画像文武两大类型。《太平御览》卷六八五引董巴《汉舆服志》："进贤冠，古缁布冠，文儒者之服也。"大羽箭，唐太宗特制插有四支羽毛的大竿长箭。
⑩ 褒公二句：特写褒、鄂二公的画像，以概其馀。段志玄封褒国公，画像列第十。尉迟敬德封鄂国公，画像列第七。二人都是著名的猛将。飒爽，威风凛凛貌。来酣战，好像要瞵杀个痛快似的。
⑪ 先帝二句：意谓许多画工，谁都画不出玉花骢的神骏意态。先帝，指玄宗。御，一作"天"。如山，形容画工的众多。貌，描绘。与下面"屡貌寻常行路人"的"貌"同义。不同，不同于真马。
⑫ 赤墀（chí）：宫廷中的红色台阶。
⑬ 迥立：昂首而立。 闾（chāng）阖（hé）：天门，这里借指宫门。
⑭ 拂绢素：意指作画。古代绘画用绢素，画前须拂拭干净，然后下笔。
⑮ 意匠句：指塑造形象时的苦心设计，深刻构思。
⑯ 须臾：不久的意思。一作"斯须"。 九重：天有九重，借指深宫。真龙出：画出一匹真正的骏马。《汉书·礼乐志》载《郊祀歌·天马》云："天马徕，龙之媒。"颜师古注引应劭曰："言天马者，乃神龙之类。"又古代马高八尺曰龙（见《周礼·夏官》）。
⑰ 玉花二句：意谓御榻上画图里的玉花骢和庭前的玉花骢屹立相对，画马与真马无别。
⑱ 至尊：皇帝。
⑲ 圉人：养马的人。《周礼·夏官》："圉人掌养马刍牧之事。"太仆：掌管车马的官。《汉书·百官公卿表》："太仆，秦官，掌舆马。"唐设太仆寺，又称司驭寺，有正卿及少卿（见《唐会要》卷六六）。惆怅：这里是深深赞叹的意思。
⑳ 弟子二句：《历代名画记》卷九："韩幹，大梁人。王右丞维见其画，遂推奖之，官至大府寺丞。善写貌人物，尤工鞍马。初师曹霸，后自独擅。"入室，指能得到老师的真传。孔子评定他的学生仲由说："由也升堂矣，未入于室也。"（见《论语·先进》）穷殊相，穷尽各种不同的形象。
㉑ 幹唯二句：意谓韩幹画马虽极负盛名，但风格毕竟不如曹霸之高。据《名画记》，韩幹喜画形体肥大的大宛马。杜甫认为马肥则神骏之气不显，故云。以上写昔之盛荣。
㉒ 写真：写出真容，即画像。萧纲《咏美人

看画》:"谁能辨写真?"
㉓ 途穷句:意谓当曹霸处境穷困的时候,他的艺术也就被人瞧不起。白眼,就是翻转眼珠,不屑正视的一种表示。阮籍善作青、白眼,白眼以对俗人(见《晋书·阮籍传》),此倒用之。
㉔ 坎(kǎn)壈(lǎn):遭遇不顺、困穷失意的意思。《楚辞》宋玉《九辩》:"坎壈兮贫士失职而志不平。"以上写今之困穷。

倦 夜

这诗作于初秋的一个深夜。诗中描绘草堂四周景物,深细入微。这乃是诗人在岑寂而孤独的环境中体察所得,结语由景入情,浑然无迹。倦夜,犹言失眠之夜,谓夜深人倦而不能入睡。

竹凉侵卧内①,野月满庭隅。
重露成涓滴,稀星乍有无②。
暗飞萤自照,水宿鸟相呼③。
万事干戈里,空悲清夜徂④。

【注释】

① 竹凉句:草堂多竹,竹林幽深,使人感到寒凉之意。侵卧内,侵入卧室之内。
② 重露二句:写庭中景色。夜深露重,从竹叶下落,故成涓滴。《堂成》:"笼竹和烟滴露梢。"星光闪烁,望去忽隐忽现,乍有乍无。
③ 暗飞二句:写江边芦苇深处的景色。下句意指天将破晓。
④ 空悲句:意谓在思潮翻腾中过掉了一个清秋之夜。说"空悲",见对景伤情,百无聊赖。说"清夜徂",见彻夜无眠。徂(cú),去、往。

旅夜书怀

代宗永泰元年（765）夏，杜甫由成都草堂携家至云安（今四川云阳），这诗是舟行途中所作。

细草微风岸，危樯独夜舟①。
星垂平野阔，月涌大江流②。
名岂文章著？官应老病休③。
飘飘何所似？天地一沙鸥④。

【注释】

① 细草二句：言江边的微风吹动着细草，野景荒凉，孤舟靠岸夜泊。危樯，孤单而高耸的桅杆。
② 星垂二句：平阔的原野在天幕覆盖下，四边的星宿好像嵌在天空和地面相连接处，故曰"垂"。明月倒影入江，从翻滚的浪花中现出，故曰"涌"。按：这二句写阔大之景，与前选李白《渡荆门送别》的"山随平野尽，江入大荒流"略相近似。李诗超脱豪迈，无迹象可求。此则深沉雄浑，千锤百炼，而熔铸出之。构思之妙，全在"垂"字和"涌"字上，风格判然各别。洪亮吉《北江诗话》云："李青莲之诗，佳处在不著纸；杜浣花（即杜甫）之诗，佳处在力透纸背。"单就语言艺术来说，正表现在这些地方。
③ 官应句："老病应休官"的倒文。按广德二年（764）六月，西川节度使严武表杜甫为节度参谋，检校工部员外郎，这年（永泰元年）三月，即因病辞去官职，故云。应，读平声。一作"因"。
④ 飘飘二句：飘飘，一作"飘零"。天地，一作"天外"。

【评】

参前录李白《渡荆门送别》按语。

白帝城最高楼

　　这诗写登高望远,忧念时局,独立苍茫之感,和下面的《秋兴》八首都是唐代宗大历元年(766)杜甫流寓夔州(今重庆奉节)时所作。作者以古体的语言,融入对仗工整的律诗中,成为通首皆拗的七言拗律。其笔势飞动,突兀奇崛处,能见出杜诗的独创精神。白帝城,在夔州白帝山上(参见前李白《早发白帝城》题下注)。

城尖径仄旌旆愁①,独立缥缈之飞楼。
峡坼云霾龙虎卧,江清日抱鼋鼍游②。
扶桑西枝对断石,弱水东影随长流③。
杖藜叹世者谁子?泣血迸空回白头。

【注释】

① 旌旆愁:楼高而险,旌旆在上,望去使人产生愁的感觉。
② 峡坼二句:白帝城下临瞿塘峡,此写江峡之景。《杜诗详注》引韩廷延曰:"云霾坼峡,山水盘挐,有似龙虎之状;日抱清江,滩石波荡,恍如鼋鼍之游。"峡坼云霾,是说云屯江峡。霾(mái),晦暗的意思。
③ 扶桑二句:写长江一线,东西无极。上句向东望,西枝是就东言西;下句向西望,东影是就西言东。扶桑,神话中的树名,在东方日出处(见《楚辞·离骚》)。断石,犹言断岸,指陡峻的江峡。弱水,西方的水名(见《尚书·禹贡》)。

秋兴八首

　　这八首诗以身居夔府、心念长安为主题，抒写遭逢兵乱，留滞他乡的客中秋感。第一首因秋发兴，是全诗的序幕。二、三两首写山城的暮景朝晖，作者对景伤情，低徊身世，从"望京华"一语中牵引出下文的线索。第四首概述长安当前情况，而以"有所思"开启下文，是前三首和后四首之间的纽带。第五首写蓬莱宫阙，第六首写曲江亭苑，第七首写昆明池水，第八首写渼陂风光。这些往日繁华的回忆，紧密联系着如潮如海的秋心。八首脉络贯通，首尾呼应，成为结构紧密的组诗。长安是唐代政治、经济、文化中心，杜甫对它有深厚的生活情感和政治情感。诗中所写之景，长安今昔鲜明的对照，形象地反映出整个时代由兴盛走向没落的历史面貌。诗人所抒之情，一方面是时代的感慨；但另一方面则是封建士大夫依恋京阙之情。两者纠结交织在一起，而前者是通过后者表现出来的。故悲伤晚晚，抚今思昔之意多，而对招致变乱的因由，统治集团的腐朽荒淫，则缺乏揭露和批判。诗的风格沉雄博丽，壮阔深闳，气象磅礴，而思致缜密；意境悲远，而词彩绚烂，代表杜甫晚年律诗成就的一个重要方面。

其　一

玉露凋伤枫树林，巫山巫峡气萧森①。
江间波浪兼天涌，塞上风云接地阴②。
丛菊两开他日泪，孤舟一系故园心③。

寒衣处处催刀尺，白帝城高急暮砧④。

【注释】

① 巫山句：写远望中夔州以东江峡之景。《水经注·江水》："江水历峡东，径新崩滩……其下十馀里有大巫山……其间首尾百六十里，谓之巫峡，盖因山为名也。自三峡七百里中，两岸连山，略无阙处，重岩叠嶂，隐天蔽日，自非亭午夜分，不见曦月。"时到深秋，更显得幽深而阴暗，故云。
② 江间二句：赋中兼兴，描绘自然界中的萧森景象，借以表现时代没落、局势动乱的感伤。寒，关隘险要之处。
③ 丛菊二句：自伤留滞夔州，未能出峡北归。杜甫于永泰元年（765）离开成都，至作诗时已两年，故云"丛菊两开"。他日，犹言前日，是回忆去年。泪，谓对花流泪，即《春望》所说的"感时花溅泪"。孤舟一系，犹言孤舟长系，意谓归舟老是系在江岸上，开不出去。故园心，指思念长安的心情。杜甫以长安为第二故乡（参见前《自京赴奉先咏怀五百字》注①）。按：这里的"开"字和"系"字都有双关义：开，指花开，同时也说泪溅；《得弟观书》："飒飒开啼眼。""开"字与此用法同。系，就船说，是停系不前，就心情说，则是牵系不忘。
④ 寒衣二句：意谓傍晚的原野，到处传来急切的捣练声，意味催促人们赶制寒衣，冬天快要来到了。砧，捣练的工具（详见前沈佺期《独不见》注③）。

其　二

夔府孤城落日斜①，每依北斗望京华②。
听猿实下三声泪③，奉使虚随八月槎④。
画省香炉违伏枕，山楼粉堞隐悲笳⑤。
请看石上藤萝月，已映洲前芦荻花⑥。

【注释】

① 夔府：即夔州。唐太宗贞观十四年（640），夔州曾设都督府，故亦称夔府。
② 每依句：承上一首"故园心"而言。京华，指长安。长安在夔州之北，故常依北斗所在的方向遥遥瞻望，以寄思念之情。北斗，一作"南斗"。
③ 听猿句：是"听猿三声实下泪"的倒文。巴东渔歌："巴东三峡巫峡长，猿啼三声泪沾裳。"（见《水经注·江水》）句意谓听猿下泪，昔仅见诸记载，今身临其地而闻猿泪滴，故曰"实下"。
④ 奉使句：晋张华《博物志》载古代传说：天河与海通连。有海边居民，见每年八月，海上有浮槎来去，不失期。这人随槎

而去，见到了牵牛和织女星。这一民间故事，后来又附会到张骞的身上，说张骞奉汉武帝命，出使西域，寻找黄河发源处。河源与天河相通，张骞曾泛槎天河，至牵牛宿之旁（见胡仔《苕溪渔隐丛话》前集卷一一引《荆楚岁时记》）。这里化用典故，自述在蜀依严武事。奉使，指严任西川节度使。《唐六典》卷五："以奉使言之，则曰节度使。"随槎，犹言入幕。严武曾两度镇蜀，第一次离蜀还朝，杜甫送行诗有云："此身那老蜀？不死会归秦。"（《奉送严公入朝十韵》）第二次镇蜀，表杜甫为节度参谋，检校工部员外郎。杜甫之所以托身幕府，显然是希冀有随同严武还朝的机会。永泰元年（765），严武内召，不久即死，杜甫"归秦"之想落空，故曰虚随。说八月槎，有两重涵义：就严武言，奉使出镇，随召还朝，正如仙槎泛海，重返天河；就杜甫言，则自伤留滞蜀中，寓有望长安如在天上的感慨。

⑤ 画省二句：承上句，言己虽加检校工部员外郎衔，但因老病流落蜀中，未能入京供职。工部属尚书省，工部员外郎是尚书省的郎官。古尚书省用胡粉涂壁，画古贤人像，故称"画省"。尚书郎入直，有侍女史二人捧香炉烧香从入（见《汉官仪》）。违伏枕，是说因卧病而违离朝廷。杜集有《风疾舟中伏枕书怀三十六韵奉呈湖南亲友》，伏枕，谓病不能兴。山楼，犹言山城，指夔府。堞（dié），城上的矮墙。隐悲笳，隐闻悲笳之声，见兵乱未息。

⑥ 请看二句：承首二句，言日斜北望，直至深宵，和下一首首句"朝晖"相衔。看，读平声。

其　三

千家山郭静朝晖，日日江楼坐翠微①。
信宿渔人还泛泛，清秋燕子故飞飞②。
匡衡抗疏功名薄③，刘向传经心事违④。
同学少年多不贱，五陵衣马自轻肥⑤。

【注释】

① 坐翠微：谓置身翠微之中。翠微，缥青的山色。
② 信宿二句：借渔人之泛泛，燕子之飞飞，寄托自己飘荡江湖，无所归宿的感慨。王嗣奭注："渔舟之泛，燕子之飞，此人情物情之各适，而以愁人观之，反觉可厌。曰'还'，曰'故'，厌之也。"（《杜臆》卷八）信宿，隔宿。
③ 匡衡句：匡衡，汉元帝时，官博士给事中，曾上疏论政治得失，迁光禄大夫、太子少傅。事见《汉书·匡衡传》。杜甫任左拾遗时，上疏论救房琯，故以匡衡自比。抗疏而遭贬斥，未能如匡衡之成就功名，故曰"功名薄"。乐府《焦仲卿妻》："儿已薄禄相。""薄"字用法与此同。抗疏，直言上疏。疏，奏章的一种，这里读去声。
④ 刘向句：承上句，意谓进不能成就功名，

退而求如刘向之传经,遭时多难,又不可得。刘向本名更生,历事汉宣帝、元帝、成帝三朝,曾上疏言事,未见重用。他于宣帝时,讲论五经于石渠阁。成帝即位,领校内府五经秘书。事见《汉书·刘向传》。心事违,没有能够实现这种愿望。

⑤ 同学二句:写自己沉沦失意之感。对朝中新贵有讥讽意。五陵,指长安近郊,汉朝五代帝王陵墓之所在(详见前岑参《同高适薛据登慈恩寺浮图》注⑨)。此用作长安的代称。衣马轻肥,语本《论语·雍也》:"乘肥马,衣轻裘。"

其　四

闻道长安似弈棋①,百年世事不胜悲②。
王侯第宅皆新主,文武衣冠异昔时。
直北关山金鼓震,征西车马羽书驰③。
鱼龙寂寞秋江冷④,故国平居有所思⑤。

【注释】

① 似弈棋:意谓许多文武官员都背弃了唐室,投降了安、史叛军。《左传》襄公二十五年:"卫献公自夷仪使与宁喜言(求复为国君),宁喜许之。大叔文子闻之,曰:'……今宁子视君不如弈棋,其何以免乎?弈者举棋不定,不胜其耦。而况置君而弗定乎!必不免矣'。"语本此。
② 百年世事:指自身所经历的时局变化。古诗:"生年不满百。"百年,通常用作人的一生的代称。《南征》:"百年歌自苦,未见有知音。"《登高》:"百年多病独登台。"与此用法相同。

③ 直北二句:安史乱后,北方和西方的回纥、吐蕃、党项羌、浑奴剌等民族不断侵扰边境,战争频繁,故云。直北,犹言向北。直,表示方位之词。驰,一作"迟"。
④ 鱼龙寂寞:指水族潜蛰,不在波面活动。《水经注》:"鱼龙以秋日为夜,龙秋分而降,蛰寝于渊,故以秋为夜也。"
⑤ 故国句:意谓平居望故国而有所思。平居,犹言闲居。故国,指长安。下面四首,写蓬莱宫、曲江、昆明池、渼陂,都是长安景物。

其　五

蓬莱宫阙对南山①,承露金茎霄汉间②。
西望瑶池降王母③,东来紫气满函关④。

云移雉尾开宫扇，日绕龙鳞识圣颜⑤。
一卧沧江惊岁晚，几回青琐点朝班⑥。

【注释】

① 蓬莱：汉宫殿名。唐高宗龙朔二年（662），重修大明宫，改名为蓬莱宫。　南山：终南山。终南山又称寿山。
② 承露句：汉武帝好神仙，曾于建章宫之西建铜柱承露仙人掌，以承仙露（见《史记·封禅书》）。班固《西都赋》："抗仙掌以承露，擢双立之金茎。"仙掌，指承露的铜盘。金茎，撑盘的铜柱。按：这句和下面两句，都是借用古事，形容长安宫阙巍峨，气象万千。
③ 西望句：古代神话：西王母曾降临瑶池，与周穆王相会。这句可能是隐指唐玄宗纳杨贵妃事（参见前《同诸公登慈恩寺塔》注⑭）。
④ 东来句：《列仙传》记载：老子（李耳）西游至函谷关，关尹喜望见紫气自东而来，知有真人当过此。唐高宗时，追尊老子为太上玄元皇帝。玄宗天宝元年（742），田同秀上书言见玄元皇帝降临永昌街，云有灵宝符在关尹喜宅故址旁，玄宗信以为真，派人去寻求。此句可能是影射其事。
⑤ 云移二句：写回忆中早朝的盛况，即末句所说的"青琐点朝班"。唐玄宗开元中，萧嵩上疏建议，皇帝每月朔、望日受朝于宣政殿，上座前，用羽扇障合，俯仰升降，不令众人得见，待坐定后始开扇。从此定为朝仪（见《唐会要》卷二四）。羽扇用雉尾制成，叫做雉尾障扇（见《新唐书·仪卫志》）。云移，形容开扇时光彩闪耀，有如云彩的波动。日绕龙鳞，太阳照射到绣有龙鳞的皇帝的衮衣上。按：杜甫于玄宗时未曾备位朝列，肃宗时始官左拾遗，此诗前四句写长安形胜，宫阙巍峨，是他天宝年间在京都时所见的外景；这里实叙早朝，才是他后来的亲身经历。
⑥ 一卧二句：言己虚有朝官之名，而卧病沧江，久未参加朝列。即第二首"画省香炉违伏枕"的意思。岁晚，谓年岁迟暮。青琐，汉建章宫中宫门，门上刻镂着连环的花纹，而以青色涂之，故称。这里是泛指宫门。百官朝见皇帝时，有一定的班次，点朝班，依班传点，挨次入朝。

其　六

瞿唐峡口曲江头，万里风烟接素秋①。
花萼夹城通御气②，芙蓉小苑入边愁③。
珠帘绣柱围黄鹄，锦缆牙樯起白鸥④。
回首可怜歌舞地，秦中自古帝王州⑤。

【注释】

① 瞿唐二句：写身在夔州，心想长安。意谓两地虽相隔万里，而在遥望之中，秋天的风烟是相连接的。瞿唐峡口，即夔州，是杜甫所在地。曲江，在长安之南。秋季色尚白，故称素秋。
② 花萼句：花萼，楼名，在兴庆宫西南隅。玄宗开元二十年（732），从大明宫筑夹城复道，经通化门至兴庆宫，达曲江芙蓉园，作为宫廷游曲江专用的通道（见韦述《西京杂记》）。通御气，指此。
③ 芙蓉句：指安史之乱突然在东北边地发生，警报传来，惊破了长安歌舞升平的迷梦。芙蓉小苑，即芙蓉园，唐时称南苑，在曲江西南。玄宗常住兴庆宫，经常和贵妃们游芙蓉园。钱谦益曰："禄山反报至，上（玄宗）欲迁幸，登兴庆宫花萼楼置酒，四顾凄怆。此所谓'入边愁'也。"（《钱注杜诗》）
④ 珠帘二句：意谓繁华胜地，一变而为寂寞荒凉。往日珠帘绣柱，锦缆牙樯，都已不存，看到的只是黄鹄翔集，白鸥飞起而已。珠帘绣柱，言离宫别馆的精美。锦缆牙樯，言游船的华丽。屋宇荒废，黄鹄栖在断壁颓垣之中，故曰"围"。缆（lǎn），船索。樯（qiáng），桅杆。
⑤ 帝王州：帝王建都之地。

其 七

昆明池水汉时功，武帝旌旗在眼中①。
织女机丝虚夜月②，石鲸鳞甲动秋风③。
波漂菰米沉云黑④，露冷莲房坠粉红。
关塞极天唯鸟道⑤，江湖满地一渔翁⑥。

【注释】

① 昆明二句：昆明池，在长安西南。《汉书·武帝纪》："元狩三年（前120），发谪吏穿昆明池。"颜师古注引臣瓒曰："昆明国有滇池，方三百里。汉使求身毒国，而为昆明所闭。今欲伐之，故作昆明池象之，以习水战。"《史记·平准书》："大修昆明池，列观环之，治楼船高十馀丈，旌旗加其上，甚壮。"在眼中，是说看到昆明池水，就会想起汉武帝，觉当时旌旗之壮盛，如在眼中。武帝旌旗，是歌咏古事，同时也有所寄托。钱谦益曰："此借武帝以喻玄宗也。"仇兆鳌曰："公《寄贾严两阁老》诗：'无复云台仗，虚修水战船。'则知明皇（玄宗）曾置船于此矣。"这两句回忆旧游，下面四句写昆明池冷落荒凉的秋景，是设想中伤乱之词。
② 织女句：昆明池有二石人，左为牵牛，右为织女，以象天河（见班固《西都赋》及《三辅黄图》卷四引《关辅古语》）。虚夜月，空对夜月。
③ 石鲸句：昆明池有石刻鲸鱼，形象生动逼真，传说："每至雷雨，常鸣吼，鬐尾皆动。"（见《西京杂记》卷上）
④ 波漂句：是说菰米漂在波面，菰影沉入水

中，望去如一片黑云。菰（gū）米，一称雕胡米（见前李白《宿五松山下荀媪家》注②）。
⑤ 关塞句：即《冬至》诗中所说"路迷何处见三秦"的意思。从夔州远望长安，重峦叠嶂，关塞极天，杜甫自恨身无羽翼，不能奋飞，故云"惟鸟道"。
⑥ 江湖句：杨伦曰："言江湖虽广，无地可归，徒若渔翁之飘泊。"（《杜诗镜铨》）

其　八

昆吾御宿自逶迤①，紫阁峰阴入渼陂②。
香稻啄馀鹦鹉粒，碧梧栖老凤凰枝③。
佳人拾翠春相问，仙侣同舟晚更移④。
彩笔昔曾干气象，白头吟望苦低垂⑤。

【注释】

① 昆吾句：是说由长安至渼陂，途经昆吾、御宿，有着一条纡长的道路。昆吾、御宿，均地名，在长安东南。
② 紫阁句：紫阁峰，终南山的山峰，在今陕西省鄠县东南。渼（měi）陂，水名，发源于终南山，在鄠县之西。渼陂之南是紫阁峰，陂中可以看到紫阁峰阴的倒影，故云"入渼陂"。《渼陂行》："半陂以南纯浸山。"
③ 香稻二句：是"鹦鹉啄馀香稻粒，凤凰栖老碧梧枝"的倒文。写陂中物产丰美，有深林嘉树，异鸟珍禽。香稻多，所以鹦鹉啄之而有馀；碧梧高大，所以凤凰栖之而安稳。香稻，一作"红豆"。馀，一作"残"。
④ 佳人二句：写陂中春游之盛。拾翠，拾取翠鸟的羽毛。曹植《洛神赋》："或采明珠，或拾翠羽。"一说，谓采撷花草。仙侣，指游春的伴侣。晚更移，天色已晚，还移船他处，尽情观赏。
⑤ 彩笔二句：意谓自己当年的诗篇，曾写出了长安山川的气象，现在流落天涯，惟有远望长吟以寄意；在抚今感昔的沉思中，白头深深地低垂了下去。方东树曰："末二句收本篇，兼收八首。"（《昭昧詹言》卷一七）彩笔，即五色笔，指文情艳发的文笔。《南史·江淹传》："尝宿于治亭，梦一丈夫自称郭璞，谓淹曰：'吾有笔在卿处多年，可以见还。'淹乃探怀中，得五色笔一，以授之。尔后，为诗绝无美句。"干，冲的意思。吟，一作"今"。

即　事

这诗写峡中春雨之景,是大历二年(767)杜甫在夔州时所作。

暮春三月巫峡长①,晶晶行云浮日光②。
雷声忽送千峰雨,花气浑如百和香③。
黄莺过水翻回去,燕子衔泥湿不妨④。
飞阁卷帘图画里,虚无只少对潇湘⑤。

【注释】

① 巫峡长:巴东渔歌:"巴东三峡巫峡长。"此用其语。长,谓江峡连绵,幽深无际。
② 晶晶句:仇兆鳌注:"云浮日光而过,其色晶晶然,雷雨将作矣。"(《杜诗详注》卷一八)晶晶(jiǎo),光明貌,义同皎皎。
③ 花气句:暴雨忽晴,饱含水分的花朵被阳光蒸发,香气特别浓烈。浑,简直,读平声。百和香,异香名。《神仙传》:"淮南王为八公张锦绮之帐,燔百和之香。"和,读去声。
④ 黄莺二句:上句写暴雨中黄莺的动态。因为雨急,黄莺力不能胜,故掠水翻回而去。下句说燕子亟于营巢,雨晴了,就忙着衔泥,见得已是春深时分了。
⑤ 飞阁二句:上句言高阁对雨,宛如一幅画图。下句是因巫峡雨景而引起的联想。巫峡幽深险峻,故雨景奇;潇湘空旷虚无,烟雨迷离,当另有胜境。时杜甫有出峡游潇湘意,故有此想。飞阁,指夔州城内的西阁,杜甫寄居之处。飞,形容阁高,有如架空建筑似的。

【评】

　　中二联将雨中、雨霁之景交叉写来,便无平直之嫌,却添生动之致。又谢榛《四溟诗话》评"雷声"、"花气"一联谓"语平意奇"。今按此联所以为佳,多得力于"忽送"、"浑如"二虚词之映带。"忽送"见雷声之迅疾,"浑如"衬花气之熏人,刚柔张弛之间,神韵乃现,后李商隐七律多得此法门。

登 高

  这诗以雄浑开阔的笔力,写天涯倦客,重九登高的情景,也是杜甫流寓夔州时作。在诗里,无边无际的秋声秋色,和诗人百端交集的感伤,互相衬映,融合成为整体,正因为情真意切,一气流转,故虽然四联全用对仗,却绝无板滞灭裂之感,表现了杜诗所特有的悲壮苍凉的意境,与炉火纯青的艺术手法。

  风急天高猿啸哀,渚清沙白鸟飞回。
  无边落木萧萧下,不尽长江滚滚来。
  万里悲秋常作客,百年多病独登台。
  艰难苦恨繁霜鬓①,潦倒新停浊酒杯②。

【注释】

① 艰难句:意谓时局艰难,自己年华老大,功业无成。繁霜鬓,白了很多的头发。
② 潦倒句:时杜甫因病戒酒,故云。

【评】

  杜诗善炼字,晚年更臻绝境,多以寻常之词造非凡之境。颔联是传诵千年的名句。"落木萧萧下"、"长江滚滚来",前人已多类似句子,然加以"无边"、"不尽"字,则萧索之意因而有浩渺之态。合上诗颔联同观,可知"老去诗篇浑漫与"(《江上值水如海势聊短述》)实为自然工妙之化境。

观公孙大娘弟子舞剑器行

　　诗前原有序云:"大历二年(767)十月十九日,夔府别驾元持宅见临颍李十二娘舞剑器①,壮其蔚跂②,问其所师,曰:'余公孙大娘弟子也。'开元五载(717)③,余尚童稚,记于郾城观公孙氏舞剑器浑脱④,浏漓顿挫⑤,独出冠时。自高头宜春梨园二伎坊内人,洎外供奉舞女⑥,晓是舞者,圣文神武皇帝初⑦,公孙一人而已。玉貌锦衣,况余白首⑧;今兹弟子,亦匪盛颜⑨。既辨其由来,知波澜莫二⑩。抚事慷慨,聊为《剑器行》。昔者吴人张旭善草书书帖⑪,数尝于邺县见公孙大娘舞西河剑器⑫,自此草书长进,豪荡感激⑬,即公孙可知矣⑭。"公孙大娘弟子,即序中所说的李十二娘。公孙大娘是开元时著名的舞蹈家。剑器,古武舞曲之一。舞者为女子,作男子戎装,空手而舞(见《文献通考·乐考·乐舞》),表现出一种力与美相结合的武健精神。诗从李十二娘的师承关系,生发出情感的波澜,勾引起杜甫对往事的回忆。开头一段,用一连串生动的形象比喻,酣畅淋漓地描绘儿时所见公孙大娘的舞蹈艺术。接着便从乐舞衰的今昔,联系到时代沧桑的变化;而眼前玳筵急管,乐极哀来的感伤,和五十年前欢娱热闹气氛的渲染,遥相照应,更增强了诗歌的抒情效果。诗以抚时感事为主题,诗人的感慨是多方面的;而他所时刻系心的则是王室的衰微,唐朝国运的没落。故从公孙大娘身上,牵引出一条"先帝"的线索;于结尾处对已故的唐玄宗表示了无穷的哀悼和思念。这是杜甫阶级情感的自然流露。昔人于此等处称赞杜甫"每饭不忘君",今天看来,这正是封建道德伦理观念在他思想上所留下来的烙印。

昔有佳人公孙氏，一舞剑器动四方。
观者如山色沮丧，天地为之久低昂⑮。
㸌如羿射九日落⑯，矫如群帝骖龙翔⑰；
来如雷霆收震怒，罢如江海凝清光⑱。
绛唇珠袖两寂寞⑲，晚有弟子传芬芳⑳。
临颍美人在白帝㉑，妙舞此曲神扬扬。
与余问答既有以㉒，感时抚事增惋伤。
先帝侍女八千人㉓，公孙剑器初第一㉔。
五十年间似反掌㉕，风尘澒洞昏王室㉖。
梨园弟子散如烟，女乐馀姿映寒日㉗。
金粟堆南木已拱㉘，瞿塘石城草萧瑟㉙。
玳筵急管曲复终，乐极哀来月东出。
老夫不知其所往，足茧荒山转愁疾㉚。

【注释】

① 夔府别驾：夔州都督府的别驾。《唐六典》卷三〇："下都督府别驾一人，从四品下。"夔府，见前《秋兴》第二首注①。 临颍：唐属河南道许州，今河南省县名。
② 蔚跂：光彩照人，姿态矫健。
③ 开元五载：一作"开元三载（715）"。按开元三载，杜甫四岁，五载六岁，当以五载近是。
④ 郾城：唐属河南道许州，今河南郾城。剑器浑脱：把剑器舞和浑脱舞结合起来的一种新型舞蹈。桂馥《札朴》"姜君元吉言，在甘肃，见女子以丈馀彩帛结两头，双手持之以舞，有如流星。问何名，曰，剑器也。乃知公孙大娘所舞即此。"《通鉴》卷二〇九胡三省注："长孙无忌以乌羊毛为浑脱毡帽，人多效之，谓之赵公浑脱，因演以为舞。"
⑤ 浏漓顿挫：疾捷酣畅而又沉着有力。
⑥ 高头宜春梨园二伎坊内人：指供奉宫廷的歌舞艺人。伎坊，亦称教坊，教练乐舞的机构。《教坊记》："西京右教坊在光宅坊，左教坊在延正坊，右多善歌，左多工舞，盖相因成习。"又云："妓女入宜春院，谓之内人，亦曰前头人，常在上前头也。"高头，即前头的意思。《雍录》卷九："梨园在光化门北。……开元二年（714）正月，置教坊于蓬莱宫，上自教法曲，谓之梨园弟子。至天宝中，即东宫置宜春北苑，命宫女数百人为梨园弟子。"内人，亦称内妓，即前头人，居宫中。 洎（jì）：及。外供奉舞女：与内人相对而言，指不居宫中，随时应诏入宫表演的舞妓。

一本无"舞女"二字。
⑦ 圣文神武皇帝：即玄宗。是开元二十七年（739）群臣所上的尊号。
⑧ 况余白首："况余"二字和上文不相连属，李国松疑是"晚徐"二字之误（高步瀛《唐宋诗举要》卷二引），说近是。
⑨ 亦匪盛颜：也不怎么年轻了。盛颜，丰盛的容颜。
⑩ 既辨二句：意谓从李十二娘的师承关系，看出她的技艺获得了公孙大娘的真传。波澜，借指舞蹈的意态节奏。
⑪ 张旭：《新唐书·文艺传》："旭，苏州吴人。嗜酒，每大醉，呼叫狂走，乃下笔。或以头濡墨而书。……自言，始见公主担夫争道，又闻鼓吹而得笔法意；观倡公孙舞剑器得其神。"（参见前张旭简介）
⑫ 西河剑器：剑器舞的一种。
⑬ 豪荡感激：指意态飞动，饱和着激动的情感。
⑭ 即公孙可知矣：连上句意谓张旭既然能从公孙大娘的剑器舞中吸取到一种"豪荡感激"的精神力量，那么公孙舞蹈艺术的高妙，也就可想而知了。即，又同则。
⑮ 观者二句：意谓观众为剑器舞所吸引，注意力集中，忘掉了一切，就连整个自然界也似乎融化于其中，随着舞蹈的低昂而低昂。沮丧，失色而发愣。
⑯ 㸌如句：㸌（huò），闪动貌。羿，古代著名的射手。古代神话传说：尧时十日并出，羿射其九（见《淮南子·本经训》高诱注）。
⑰ 帝：天神。
⑱ 来如二句：上句写开场，下句写收场。剑器舞主要以鼓伴奏。舞前鼓乐喧阗，形成一种紧张的战斗气氛。鼓声一落，舞者登场，故云"雷霆收震怒"。舞时光彩四照，气象万千，舞罢，只见一锦衣玉貌的女子，立在场中，故云"江海凝清光"。
⑲ 绛唇珠袖：指公孙大娘的歌和舞。
⑳ 传芬芳：继承了高超的技艺。芬芳，形容格调不同凡俗。
㉑ 临颍美人：指李十二娘，即上句说的"弟子"。
㉒ 既有以：即序文所说"既辨其由来"的意思。以，因由，原委。
㉓ 先帝：指已死的玄宗。
㉔ 初第一：犹言本第一。
㉕ 五十年：自开元五年（717）杜甫观公孙大娘舞剑器至作诗时的大历二年（767），为五十年。似反掌：形容时间过得飞快。
㉖ 风尘句：意谓安史之乱，使唐朝国运衰落。㴅洞，相连无际貌。王室，指朝廷。
㉗ 女乐句：女乐，泛指女性的歌舞艺人，这里是说李十二娘。李的舞蹈，犹有开元盛世的风姿，故曰"馀姿"。这诗作于冬季，舞者"亦匪盛颜"，映寒日，兼切时令和李即将至于迟暮的年华。
㉘ 金粟堆：即金粟山，在蒲城县（今陕西蒲城）东北，玄宗葬此，称泰陵。玄宗死于宝应元年（762）四月，于广德元年（763）三月葬泰陵。 木已拱：言墓木已拱，语本《左传》僖公三十二年："中寿，尔墓之木拱矣。"拱，两手合抱。
㉙ 瞿塘石城：指夔州地带。瞿塘，瞿塘峡。高步瀛曰："石城当即指白帝城。城据白帝山上，故曰石城。"（见《唐宋诗举要》卷二）
㉚ 足茧：脚上生了胝（厚皮），言奔走不息。转愁疾：愈来而愈愁苦。

短歌行赠王郎司直

大历三年（768）春，杜甫由夔州出峡，曾在荆州（今湖北江陵）住过一个时期，这诗是在荆州时所作。《短歌行》，古乐府《相和歌·平调曲》旧题。王郎司直名未详。郎，对少年人的通称。司直，官名。《新唐书·百官志》："大理寺司直六人，从六品上。"王郎怀才不遇，将由荆州赴蜀中，杜甫作此送行。诗中安慰王的抑郁情怀，激励其意志，充分地表现出杜甫关怀后辈，爱才如命的热情。全诗十句，以五句为一节，每节以单句作结，于纵横推荡之中，极奇崛突兀之致。在歌行中别创一格。

王郎酒酣拔剑斫地歌莫哀①，
我能拔尔抑塞磊落之奇才②。
豫章翻风白日动，鲸鱼跋浪沧溟开③。
且脱佩剑休徘徊④。
西得诸侯棹锦水，欲向何门趿珠履⑤？
仲宣楼头春色深⑥，青眼高歌望吾子⑦。
眼中之人吾老矣⑧！

【注释】

① 王郎句：劝慰王郎不须哀歌，过于伤感。由于内心闷郁，故歌时拔剑斫地，以抒愤懑。斫（zhuó），义同砍。
② 我能句：自明作歌之意。抑塞，谓政治失意。磊落，形容胸怀坦白。有磊落奇才而遭遇坎坷，故心情时感抑塞。抑塞则不免愤激而流于消沉，拔，对此而言，有振起的意思。
③ 豫章二句：比喻远大抱负将会得到抒展。豫章，为两种乔木名，形相似。《史记·司马相如列传》："梗楠豫章。"正义："豫，今之枕木也。章，今之樟木也。二木生至七年，枕樟乃可分别。"翻风白日动，形容树身高大，枝叶扶疏。跋浪，犹

④ 且脱句：即起句不须斫地悲歌的意思。浦起龙曰："徘徊，即哀歌之态，此重言以劝之。"(《读杜心解》卷二六三) 佩剑，一作"剑佩"。
⑤ 西得二句：言王郎西游蜀中，不知将托足何门，希望其有所遇合。得诸侯，谓得到诸侯的信任。《孟子·公孙丑下》："管仲得君，如彼其专也。"这里的"得"字用法同。诸侯，指节制一方的军政长官。棹锦水，言乘舟入蜀。棹，打桨，即乘船。锦水，锦江。战国时，楚国春申君有门客三千，其上客皆着珠履 (见《史记·春申君列传》)。跣珠履，意指待以上客。跣 (sǎ)，义同蹑，拖着鞋子。
⑥ 仲宣楼：汉末王粲字仲宣，客荆州时，曾登当阳 (今湖北省市名) 城楼，作《登楼赋》(见《文选》王粲《登楼赋》李善注)。这里用作荆州治江陵酒楼的代称，指饯别之处。赵次公曰："直以荆州楼为仲宣楼，祖出梁元帝诗：'朝出屠羊县，夕返仲宣楼。'(《出江陵县还》)"一说，王粲所登的楼，即江陵城东南隅之楼 (见《文选·登楼赋》刘良注)。
⑦ 青眼句：言己对王此行寄以重大的期望。阮籍能作青白眼，对器重的人，用青眼相看 (见《晋书·阮籍传》)。吾子，第二人称的昵称。
⑧ 眼中句：意谓王是自己所寄托希望的人，可惜自己年已老大，不及亲见其成就一番事业。眼中之人，指王郎。眼，即上句"青眼"之眼。

【评】

以二句十一字句领起，有长歌慷慨之态，为下文蓄势。与李白《蜀道难》起句"噫吁嚱危乎高哉蜀道之难难于上青天"同看，可知其理。

登岳阳楼

　　这诗作于大历三年 (768) 冬。时杜甫漂泊在江湘一带。诗写登岳阳楼时所见景象和身世苍茫之感，悲慨中具有雄伟壮阔的意境，是历代传诵的洞庭湖名作之一。岳阳楼，在巴陵县 (今湖南岳阳) 西门上。开元中张说所建，下临洞庭，为游览胜地。

昔闻洞庭水，今上岳阳楼。
吴楚东南坼，乾坤日夜浮①。

亲朋无一字，老病有孤舟②。
戎马关山北③，凭轩涕泗流。

【注释】

① 吴楚二句：上句意谓在这辽阔的东南地区，由于有了个洞庭湖，天然地把吴、楚分开。今我国两湖、皖、赣、江、浙一带，古为吴、楚二国地。洞庭在楚之东，在吴之西。坼（chè），裂。下句状洞庭水势之浩淼。《水经注》云：洞庭湖广圆五百里，日月若出没其中。

② 老病句：这年杜甫五十七岁。除原患肺病外，又患风痹症，左臂偏枯，右耳已聋。他出蜀后，未曾定居，全家都在水上飘荡着，故云。

③ 戎马句：言北方战争未息。这年郭子仪将兵五万屯奉天（今陕西乾县），防备吐蕃。

【评】

这诗历来与孟浩然《临洞庭湖赠张丞相》并称，以雄阔冠绝千古洞庭湖诗。而细味之，二诗似有不同处。二诗颔联堪匹敌，其中孟诗雄阔而涵泓平大，较少锻炼；而杜诗则于雄阔中见劲遒郁勃之气。"吴楚"句从广袤观，殿以"坼"字，力大节促，则乾坤日月，如从这一巨大的豁裂中浮沉吞吐，境界之壮奇，炼字之警绝，与孟诗显然不同，而体现了杜诗一贯的特色。如从全篇看，孟诗似未足与杜诗比拟。这首先由于二者立意高下之不同，从而导致诗势开合之不同。孟诗为干谒作，其上四句雄阔之景与下四句之感怀未能相称，故四句后有力竭气衰之感。杜诗包容博大，以家恨与国愁相联，立意高，故诗势充沛。

"次联是登楼所见，写得开阔；颈联是登楼所感，写得暗淡；正于开阔处见得俯仰一身，凄然欲绝"（《杜诗镜铨》引俞犀月语）。末联眼界从洞庭扩展向塞北关山，而"凭轩"字则回照首联"上"字，不离主线却神驰万里。越写越深沉，越开阔。沉郁顿挫，气势盘礴。皎然《诗式·取势》将立意得势作为作诗的首要关键，杜诗胜于孟诗处，正在于此。

小寒食舟中作

这诗大约作于大历五年（770），亦即杜甫逝世那年的春天。当时，他在潭州（今湖南长沙市），经常住在船上。小寒食，见注①。

佳辰强饮食犹寒①，隐几萧条戴鹖冠②。
春水船如天上坐，老年花似雾中看③。
娟娟戏蝶过闲幔④，片片轻鸥下急湍。
云白山青万馀里，愁看直北是长安⑤。

【注释】

① 佳辰句：古代风俗，寒食节禁火三天。冬至后的一百五日为寒食节，禁火从寒食的前一天起，小寒食为禁火最后的一天，故云"食犹寒"。佳辰，犹言佳节。杜甫时在病中，兴致不佳，故曰"强饮"。强，读上声。
② 隐几：《孟子·公孙丑下》："坐而言，不应，隐几而卧。"隐，读去声，依倚的意思。人困倦，坐时则隐几。 鹖（hé）冠：贱者之冠。鹖，通作"褐"。
③ 春水二句：上句写春江水涨，下句写老眼昏花。看，读平声。上句化用沈佺期"船似天上坐"句意，而加"春水"二字，即见神韵。
④ 娟娟：美好貌。 闲幔：在风中徐徐摆动的船上帘幕。
⑤ 愁看句：按：大历四年（769）自秋至冬，吐蕃侵扰西北，长安受到威胁。时鱼朝恩专权，朝政腐败，故云。直北，犹云向北。直，指示方位之词。

【评】

赵彦才曰：此以首二句领起全局。春水春花，寒食时景。天上坐，水涨浮空；雾中看，花前遥望。二句皆承上佳辰。戏蝶、轻鸥，亦舟中所见者。过闲幔，兴已之飘零，下急湍，伤己之淹泊，语意紧注在万里长安。愁看二字，正言隐几萧条之故，遥应次句作结（引自《杜诗详注》）。

刘长卿　六首

刘长卿（？—791年前），字文房，宣城（今属安徽）人，一作河间（今河北河间）人。约天宝中登第。至德中，任监察御史，调长洲尉，后贬潘州南巴尉，出为转运使判官。性刚多忤，被诬系狱甚久。再贬睦州（今浙江淳安）司马，又调任随州刺史。贞元初去任，游于江南一带，贞元七年（791）年前已去世（见权德舆《秦刘唱和诗序》）。

他为诗，善于用简淡的笔触，表现出一种耐人寻味的意念和感觉。语言炼饰修整，而无雕琢的痕迹。尤长五言律体，权德舆记其曾自许为"五言长城"（同上）。惟意境往往流于枯寂，风格也少变化。高仲武指出他："思锐才窄。""十首以上，语意略同。"（见《中兴间气集》卷下）能切中其病。

有《刘随州集》，其中绝大部分是诗。

逢雪宿芙蓉山主人

这诗写投宿时所见深山雪夜的情景。寥寥数语中，展现出一幅明净的画图。刘长卿这类小诗，取景造境，与王维异曲同工。今湖南宁乡有芙蓉山。

日暮苍山远，天寒白屋贫①。
柴门闻犬吠，风雪夜归人。

【注释】

① 日暮二句：上句写日暮投宿，下句写投宿的人家。白屋，平民住的房子。建屋用白身木材，没有涂饰任何彩绘。一说屋用白茅盖顶，故称。

送灵澈上人

灵澈，会稽云门寺僧。本姓汤，字澄源。工诗。现存诗十六首，见《全唐诗》八一〇。佛教称上德之人为上人，后来成为对僧人的通称。

苍苍竹林寺，杳杳钟声晚①。
荷笠带夕阳，青山独归远。

【注释】

① 杳杳句：言晚钟声从远处传来。杳（yǎo）杳，深沉貌。

【评】

以上二诗可见刘长卿诗之得失。诗用白描，高简而有远韵，较王孟诗稍劲，而连用"青"、"苍"字，布局亦相似，正见"思锐才窄"之病。

送李中丞归汉阳

这诗送给一位老年失意,回到故乡的将领。诗中对他过去守卫边疆的勋绩,推崇备至;对他被遗弃的遭遇,则流露出情感上的共鸣。从这可以侧面看出封建王朝用人施政的不公,但对此作者是缺乏揭露和批判的勇气的。诗的语言极为凝炼,而以唱叹出之。其含茹蕴藉处,能见出刘长卿诗的独特风格。李中丞,名字不详。中丞是御史中丞的简称。唐时边将往往加御史中丞、御史大夫一类的官衔。题一作《送李中丞之襄州》。李,一作"季"。

> 流落征南将,曾驱十万师。
> 罢归无旧业,老去恋明时①。
> 独立三边静,轻生一剑知②。
> 茫茫江汉上,日暮欲何之③!

【注释】

① 罢归二句:上句写李生活上的困穷,下句写李政治上的苦闷。罢归,罢官归里。旧业,在原籍的田园庐舍。恋明时,言外之意,是说他被朝廷所遗弃,想为时代效力而不可得。明时,犹言太平时代。封建文人作品中,以"明时"指所处的时代,犹如称皇帝为"明主""圣君"一样。

② 独立二句:追叙李的过去。上句说他威镇边疆,外患平息;下句说他以身许国,凭着一把佩剑,立下许多战功。轻生,为了国家而轻视自己的生命。三边静,一作"三朝识"。知,一作"随"。

③ 日暮:有日暮途穷的意思。 欲:一作"复"。

【评】

一、二句总领,三句用倒插法,五六承四而应二,七八承三而应首句。诗势有回斡。

穆陵关北逢人归渔阳

穆陵关,一名木陵关,在今湖北麻城北。渔阳,唐郡名,又称蓟州。天宝时,其地隶范阳节度使,是安禄山起兵叛乱的根据地。诗中所逢之人,是乱平以后重返家园的。

逢君穆陵路,匹马向桑干①。
楚国苍山古,幽州白日寒②。
城池百战后,耆旧几家残③?
处处蓬蒿遍,归人掩泪看④。

【注释】

① 桑干:河名。即芦沟河,是渔阳郡内主要的河流。此指渔阳地带。
② 楚国二句:写一路上荒凉萧瑟的景象。穆陵在古楚国境内,渔阳为古幽州之地(唐范阳郡一称幽州)。寒,黯淡的意思。按:此以"苍山古""白日寒"渲染环境气氛,"古"字与"楚国"紧相关联;"寒"字则是从"幽州"的"幽"生发出来的(古人认为北方光线幽昧,故名其地为幽州)。
③ 耆旧句:意谓兵乱之后,残余的耆旧不多。即曹植《送应氏》"不见旧耆老,但睹新少年"的意思。耆旧,老年人。
④ 看:读 kān。

【评】

首联总领点题。二联上句应首句,下句应二句,虚写气氛。三联承二联,遥想破败实况。末联收束,"归人"遥应首联。"古"、"寒"二字为一诗之眼。沈德潜评之曰"沉郁"(《唐诗别裁》)。

秋日登吴公台上寺远眺

原注:"寺即陈将吴明彻战场。"吴公台,故址在江都县(今江苏扬州)西北。原为南朝宋沈庆之攻竟陵王刘诞时所筑弩台,名为鸡台。后吴明彻围北齐于江都,重加修筑,以射城内,因称吴公台。这诗写秋日登临眺览,意见首尾两联;中间四句描绘四周景物,深深地涂上了一层客游落拓、思乡吊古的情感色彩。吴明彻,陈宣帝时名将。陈伐北齐,他率领诸军,攻克淮南江北一带地。后与北周作战,兵败被俘,忧愤而死(见《陈书·吴明彻传》)。

古台摇落后,秋入望乡心①。
野寺来人少,云峰隔水深。
夕阳依旧垒,寒磬满空林。
惆怅南朝事,长江独至今。

【注释】

① 古台二句:意谓当草木摇落的季节,带着望乡的心情来登古台,看到的是满眼秋光。宋玉《九辩》:"萧瑟兮,草木摇落而变衰。"秋入,一作"秋日"。

长沙过贾谊宅

这诗是刘长卿迁谪南方过长沙时所作。名为吊古,实乃自伤。

贾谊，洛阳人，汉文帝时为太中大夫，因才能出众，遭受大臣谗毁，谪为长沙王太傅。贾谊宅故址在长沙城西北。

三年谪宦此栖迟①，万古长留楚客悲②。
秋草独寻人去后，寒林空见日斜时③。
汉文有道恩犹薄④，湘水无情吊岂知⑤？
寂寂江山摇落处⑥，怜君何事到天涯。

【注释】

① 三年句：《史记·屈原贾生列传》："贾生为长沙王太傅三年。……后岁馀，贾生徵见。"贾谊在长沙，前后四年，实际为三年整，故云。栖迟，游息，即居住的意思。
② 楚客：泛指客游长沙的人，也是自指。长沙，古楚国地。客，一作"国"。
③ 秋草二句：写贾谊宅故址的荒凉和自己低徊吊古的心情。《文选》贾谊《鵩鸟赋》序云："谊为长沙王傅三年，有鵩鸟飞入坐隅。鵩似鸮，不祥鸟也。谊既以谪居长沙，长沙卑湿，谊自伤悼，以为寿不得长，乃为赋以自广。"其辞曰："……庚子日斜兮，鵩集予舍。……野鸟入室兮，主人将去。"这里的"人去后"、"日斜时"，是用《鵩鸟赋》中语，与长沙贾谊宅有关，丰富了诗句的涵义，而融化无迹。独，一作"渐"。
④ 汉文句：在封建正统的历史上，汉文帝一向被认为是有道的君主，但他始终不能重用贾谊。贾谊自长沙召回后，又出为梁王太傅，终于郁悒而死，故云。
⑤ 湘水句：屈原自沉湘水，贾谊谪长沙时，曾写过一篇《吊屈原》，投入湘水之中。
⑥ 摇落处：一作"正摇落"。

【评】

  吊古与自伤乳水无间的融洽是这诗艺术上最大的成功处。"三年"句自述，"万古"句融己入古，"秋草"、"寒林"二句融古今词以写己之凭吊，"汉文"、"湘水"二句引古事，而隐喻自身。"寂寂"、"摇落"，古今谪迁同此景也，"怜君何事"，与古人惺惺相惜也。至此总收，而不知我之为古人，古人之为我也。

  张戒《岁寒堂诗话》云："随州诗韵度不能如韦苏州之高简，意味不能如王摩诘、孟浩然之绝胜，而笔力豪赡，气格老成，则皆过之。与子美同时，其得意处，子美之匹亚也。"此评道出长卿能在取法王孟同时，时或兼有杜甫之骨力。此其同于十才子，又不同于十才子之原因之一。这一点又基于长卿生活面较十才子广阔，有接近杜甫的一面。读以上所选长卿各诗，而参以此语，当自有解会处。

李嘉祐　二首

李嘉祐（生卒年不详），字从一，赵州（今河北赵县）人。天宝七载（748）进士。官秘书正字，谪鄱阳令，调江阴。历台、袁二州刺史。

他和刘长卿、严维、冷朝阳相友善。工诗，婉约整丽之中，时有深致。

《全唐诗》录存其诗二卷。

南浦渡口

这诗是李嘉祐罢官后途中所作，时地不可详考。诗中所描绘的春深雨后，生意盎然的自然景象，和农村凋敝、徭役繁重、春耕无人的生活画图，互相衬映，作者忧念人民，而又惭无政绩的内心苦闷，表现得一往情深。

寂寞横塘路，新篁覆水低①。
东风潮信急，时雨稻秧齐②。
寡妇共租税③，渔人逐鼓鼙④。
惭无卓鲁术，解印谢黔黎⑤。

【注释】

① 新篁：即新竹。篁，竹的通称。　② 东风二句：言春雨涨潮，水田里秧苗都已

出齐,是农忙的季节了。潮水有定期,故称潮信。稻秔(jīng),指秧苗。不含黏性的谷叫秔。字同"粳"。
③ 共:字同"供",读平声。
④ 逐鼓鼙:意指被征服兵役,从军他往。
⑤ 惭无二句:言未能安定人民生活,怀着惭愧的心情而去官。卓鲁,卓茂和鲁恭。卓茂,字子康,宛人,汉平帝时为密令。鲁恭,字仲康,平陵人,东汉章帝时为中牟令。二人都以循良著称。卓鲁术,指清平的政治措施。古时官吏的印有绶,系在腰间,去官敌"解印"。黔黎,指人民。秦时称民为黔首,周时谓之黎民。

自常州还江阴途中作

这诗是李嘉祐任江阴令时所作。唐时江阴为常州属县,作者之由江阴赴常州,寻绎诗意,是晋谒新任的州刺史;诗中所抒写的感慨,则是他和上级长官在政见上的矛盾。诗以无限悲凉的心情,描绘出一幅经乱后寂寞凄清的江村春景。面对着这破落凋残的局面,他感到无能为力,隐隐地透露出弃官而去的想法。这态度当然是消极的,但诗人关怀人民的情感,却表现得真切动人。

处处空篱落①,江村不忍看②。
无人花色惨,多雨鸟声寒。
黄霸初临郡,陶潜未去官③。
乘春务征伐,谁肯问凋残④!

【注释】
① 篱落:围绕村舍的篱笆。用竹或荆条编成,作为障蔽。
② 看:读平声。
③ 黄霸二句:逆摄下文,意谓在新刺史的统治之下,自己有去官之想。黄霸,淮阳阳夏人,汉宣帝时,任颍川太守,施政宽平,治绩为当时第一。按:上句以黄霸指州刺史,是反语,有讥讽意。下句以陶潜自比。陶潜曾任彭泽令,弃官而去。此云"未去官",是说现在尚未去官,有即将去

官的意思。唐朝的刺史，职位相当于汉朝的太守。初临郡，新到郡任事。唐常州又称晋陵郡。去，一作"罢"。

④ 乘春二句：慨叹当农忙春耕的季节，刺史惟以征伐为急务，而不顾念人民。言外之意，是说自己不忍执行这残酷的政令。上文的去官之想，义见于此。务征伐，指征调人力物力，投入战争。问凋残，谓关心人民疾苦，注重生产，使凋残的农村经济得以恢复。

贾至 二首

贾至（718—772），字幼邻（一作幼麟），河南洛阳（今河南洛阳）人。天宝十载（751）明经及第。历官中书舍人。肃宗朝，因事贬岳州司马。后召还，历礼部、兵部侍郎、京兆尹。官终散骑常侍。

他工诗，格调清畅，有俊逸之气。同时诗人中，与李白、王维、岑参、杜甫等均有唱和。

《全唐诗》录存其诗一卷。

初至巴陵与李十二白裴九同泛洞庭湖
三首选一

这诗和下面一首，都是贾至任岳州司马时所作。唐岳州又称巴陵郡。《唐才子传·贾至传》："初尝以事谪守巴陵，与李白相遇，日酣杯酒，追忆京华旧游，多见酬唱。"李白有《陪族叔刑部侍郎晔及中书贾舍人至游洞庭》诗，见前选。裴九，官御史，名字不详。

枫岸纷纷落叶多，洞庭秋水晚来波①。
乘兴轻舟无近远，白云明月吊湘娥②。

贾 至

【注释】

① 枫岸二句:《楚辞·九歌·湘夫人》:"袅袅兮秋风,洞庭波兮木叶下。"此化用其语,写洞庭秋景,并与下文的"吊湘娥"相联系。
② 白云句:按:屈原放逐江湘,作《九歌》,内有《湘君》、《湘夫人》篇,都以洞庭湖作为描写的背景。此云"吊湘娥",写怀古之情,也寓有迁谪之感。与李白同游诗:"日落长沙秋色远,不知何处吊湘君。"用意相同。湘娥,湘水女神,即湘夫人(参看前李白《远别离》题下注)。湘妃冢在洞庭青草湖中,故云。

送李侍郎赴常州

李侍郎,名不详。常州,今江苏常州市。侍郎,一作"侍御"。

雪晴云散北风寒,楚水吴山道路难①。
今日送君须尽醉②,明朝相忆路漫漫③。

【注释】

① 楚水吴山:由巴陵至常州的途程。巴陵,古楚地;常州,古吴地,故云。
② 今日句:是"今日送君,君须尽醉"的略文。
③ 漫漫:长远貌。漫,读平声。

【评】

一"寒"二"难",埋下"送君须尽醉"之因。"明朝"应前"今日";"相忆"则醉而复醒,醒则仍然"相忆",于是"路漫漫"不胜其痛。所谓抽刀断水、举杯消愁者是也。

严 武 一首

严武(726—765),字季鹰,华州华阴(今陕西华阴)人。豪侠好武。初为太原府参军,历官殿中侍御史。后两次镇蜀,任剑南节度使、成都府尹。封郑国公。

他和杜甫交谊甚深。杜在成都避乱时,曾一度居其幕府。《全唐诗》录存其诗六首。

军城早秋

唐代宗广德二年(764)九月,严武击破入侵的吐蕃七万人,拔当狗城和盐川城(见《通鉴》卷二二三)。这诗以豪迈的语调,唱出了作者保卫疆土,破敌立功的必胜信心。诗写于战事刚发生时,故题作《军城早秋》。

昨夜秋风入汉关,朔云边月满西山①。
更催飞将追骄虏②,莫遣沙场匹马还!

【注释】

① 朔云句:意谓在西山发生了战事。朔云边月,写战场景象是用以渲染环境气氛的。西山,在四川华阳之西,又称雪岭,是当时边防要地,有重兵戍守。
② 飞将:此指崔旰,时崔奉严武命统兵西山。 骄虏:犹言强敌。

【评】

"入"、"满"、"催"、"飞"、"莫遣",词气飞动。明瞿祐评此诗:"气魂雄壮,真边帅事也。"

元 结 三首

元结(719—772),字次山,河南鲁山县(今河南鲁山)人。天宝十二载(753)进士。安史乱起,逃难入猗玗洞。以右金吾兵曹参军摄监察御史,充山南东道节度参谋,立有战功。任道州刺史,官终容管经略使。

他工诗和散文。其诗多反映人民疾苦之词。所作均古体,力求摆脱声律束缚,不尚词华,不事雕饰,朴素简淡,自成一格。元好问曾说:"浪翁水乐无宫徵,自是云山韶濩音。"(《论诗三十首》)惟气魄不够雄伟,缺乏丰富多彩的形象。安史乱后诗颇受两湖民歌影响。翁方纲说他"朴质处过甚"(《石洲诗话》卷一),正切中其病。

元结论诗,主张"极帝王理乱之道,系古人规讽之流"(《二风诗论》);反对"拘限声病,喜尚形似"(《箧中集序》)。他选有《箧中集》一书,所收入的作家和作品虽不多,但可以明显地看出这种倾向。在当时,《箧中集》代表一种诗歌作风和流派,对后来也曾起过影响。

有《元次山集》。

喻瀼溪乡旧游

元结于乾元元年(758)由猗玗洞携家避乱,来住瀼溪,和当地人民相处,极为融洽。集中有《与瀼溪邻里》。上元二年(761),

他以水部员外郎兼殿中侍御史为荆南节度判官,领兵镇九江。这诗是重到瀼溪时所作。诗中通过瀼溪邻里对待自己态度今昔的变化,说明社会地位的悬殊,会造成情感上的隔阂。作者对此,不但能够理解,而且深深感到矛盾和苦闷。诗以简淡语言,写真挚情感,句句都从心坎中流出,意深味永,表现了元结诗的特有风格。瀼溪,水名,在今江西九江附近瑞昌南。喻,告诉,表白的意思。旧游,犹言旧交。

往年在瀼滨,瀼人皆忘情①。
今来游瀼乡,瀼人见我惊②。
我心与瀼人,岂有辱与荣③?
瀼人异其心,应为我冠缨④。
昔贤恶如此,所以辞公卿。
贫穷老乡里,自休还力耕⑤。
况曾经逆乱,日厌闻战争。
尤爱一溪水,而能存让名⑥。
终当来其滨,饮啄全此生⑦。

【注释】

① 忘情:情感完全融洽在一起,没有彼此间的界线。
② 惊:这里是躲避的意思。
③ 岂有句:辱和荣是针对下面两句而说的,意谓瀼溪人之所以疏远我,可能认为我现在自以官爵为荣,而以接近劳动人民为辱。无荣无辱,是说过去和现在并没有两样。
④ 冠缨:作动词用,指做官。
⑤ 休:休养,休息,指解脱风尘作吏的劳苦。
⑥ 尤爱二句:"让""瀼"同音,作者这里借以称颂瀼溪民风的淳厚诚笃。
⑦ 终当二句:意谓自己终当弃官来此,过着虽然简朴但很自由的生活。《庄子·养生主》:"泽雉十步一啄,百步一饮,不蕲(祈)畜乎樊中。"饮啄语本此。

春 陵 行

原序云:"癸卯岁,漫叟授道州刺史。道州旧四万馀户,经贼以来,不满四千,大半不胜赋税。到官未五十日,承诸使征求符牒二百馀封。皆曰:'失其限者,罪至贬削。'於戏!若悉应其命,则州县破乱,刺史欲焉逃罪?若不应命,又即获罪戾,必不免也。吾将守官,静以安人,待罪而已!此州是舂陵故地,故作《舂陵行》以达下情。"舂陵,汉侯国名,故城在今湖南宁远附近。道州州治在今湖南道。癸卯,为唐代宗广德元年(763)。这年冬,道州曾被广、容以南,邕、桂之西,当时称为"西原蛮"的少数民族攻陷,占领月馀。序中所说"经贼以来",即指此。元结受命为道州刺史,在癸卯岁。他曾号漫郎,这时年已四十五岁,故自称"漫叟"。这诗是第二年五月到任后所作。作者身为地方行政长官,有守土安民之责,在兵乱流亡、人民生活极端困苦、阶级矛盾异常尖锐的情况下,他比较清醒地认识到,倘若无限制地加紧剥削和压迫,势必引起反抗,酿成重大的事变。故写作此诗,陈述下情,冀以感悟君上。诗中真实地描绘出当时社会生活的图景。诗人对人民疾苦的同情,对横征暴敛的抗议,表现了一个有政治远见和正义感的封建士大夫坚定严肃、不与恶势力妥协的斗争精神。杜甫读到此诗,推之为"比兴体制,微婉顿挫之词",曾作《同元使君舂陵行》。

军国多所需,切责在有司①。
有司临郡县,刑法竞欲施②。
供给岂不忧③?征敛又可悲。

州小经乱亡,遗人实困疲④。
大乡无十家,大族命单羸⑤。
朝餐是草根,暮食是木皮。
出言气欲绝,意速行步迟⑥。
追呼尚不忍,况乃鞭挞之!
邮亭传急符⑦,来往迹相追⑧;
更无宽大恩,但有迫促期。
欲令鬻儿女,言发恐乱随;
悉使索其家,而又无生资⑨。
听彼道路言,怨伤谁复知!
去冬山贼来,杀夺几无遗。
所愿见王官⑩,抚养以惠慈。
奈何重驱逐,不使存活为⑪?
安人天子命,符节我所持⑫。
州县忽乱亡,得罪复是谁?
逋缓违诏令,蒙责固所宜⑬。
前贤重守分⑭,恶以祸福移。
亦云贵守官⑮,不爱能适时。
顾惟孱弱者⑯,正直当不亏。
何人采国风⑰,吾欲献此辞。

【注释】

① 有司:有所职掌,引申作有专职的官吏。这里指地方行政长官。
② 有司二句:意谓州县官到任后,大家都施用严刑峻法来压榨人民。
③ 供给:指供给军国所需。
④ 遗人:战乱后遗留下来的人民。
⑤ 单羸(léi):单,言人丁稀少。羸,弱。
⑥ 意速句:想走快,但提不起脚步。意,一

作"言"。
⑦ 急符：紧急的催征文书。
⑧ 迹令追：络绎不绝的意思。
⑨ 欲令四句：意谓贫困的人民已无可搜刮，除非叫他们卖儿卖女，但这话一出，立刻就会引起变乱。生资，生活资料。
⑩ 王官：朝廷派来的官吏。
⑪ 为：语助词，表反问。
⑫ 安人二句：上句说：皇帝派官吏治理地方，主要是为了安定人民的生活；下句说：自己是一州之长，应该负起这个责任。符节，古代军事或行政长官出征或出任时，皇帝赐以兵符旌节，作为凭信。唐时，刺史加号持节，而实无节，但颁铜鱼符。
⑬ 州县四句：上两句说：因催征租税而造成州县人民的变乱逃亡，则自己罪有应得；下两句说：倘因催征不力而蒙受责罚，倒反感到心安。即序中所说"吾将守官，静以安人，待罪而已"的意思。逋，豁免。缓，延缓。都是指催征租税而言。所，一作"其"。
⑭ 守分：照着自己的本分去做。
⑮ 守官：严守官位，尽自己的职责。
⑯ 顾惟：顾念。　　孱弱者：指穷困的人民。
⑰ 采国风：即采诗。旧说周王朝为了了解社会实际情况，改善政治，曾派专职人员（行人）到各地采辑歌谣。被采的诗，就是现在编入《诗经》里的《国风》。

【评】

　　"供给岂不忧，征敛又可悲"二句是一诗之眼。境陷矛盾，故其情哀而婉；关锁全篇，故其章曲而深。老杜所谓"微婉顿挫之词"，可由此窥入。

贼退示官吏

　　原序云："癸卯岁，西原贼入道州，焚烧杀掠，几尽而去。明年，贼又攻永破邵，不犯此州边鄙而退。岂力能制敌欤？盖蒙其伤怜而已。诸使何为忍苦征敛？故作诗一篇以示官吏。"《新唐书·南蛮传》："（西原蛮）余众复围道州，刺史元结固守不能下。进攻永州，陷邵州，留数日而去。"这里故作谦词，说非己"力能制敌"，而是"蒙其伤怜"，其用意在于揭露使臣征敛之残暴甚于敌寇。诗人的心情，是十分沉痛的。诗以此为主题，尽情地抒写了自己的满腔义愤。在黑暗的封建时代里，像元结这样贤明正直的官吏，和当时的统治集团是格格不相入的，其结果只可能走上洁身引退消极不合作的一条道路。诗的结尾处，正反映了作者思想上的矛盾和苦闷。唐永州州治在今湖南零陵。邵州州治在今湖南邵阳市。

昔岁逢太平，山林二十年。
泉源在庭户，洞壑当门前。
井税有常期①，日晏犹得眠。
忽然遭世变，数岁亲戎旃②。
今来典斯郡③，山夷又纷然④。
城小贼不屠，人贫伤可怜。
是以陷邻郡，此州独见全。
使臣将王命⑤，岂不如贼焉？
今彼征敛者，迫之如火煎⑥。
谁能绝人命，以作时世贤⑦！
思欲委符节⑧，引竿自刺船⑨。
将家就鱼麦，归老江湖边⑩。

【注释】

① 井税：据说：古代行井田制，八家为井，井九百亩，中间的百亩为公田，八家同耕，用以缴纳赋税（见《孟子·滕文公上》）。此借指唐代前期所实行的按户口征收定额赋税的租庸调法。
② 忽然二句：元结于乾元二年（759）二月奉朝命在唐、邓、汝、蔡等州召募义军，参加对安史叛军的作战。上元元年（760），充荆南节度判官。次年，领荆南兵镇九江。戎旃（zhān），军帐。

③ 典斯郡：指任道州刺史。唐道州又称江华郡。典，管理的意思。
④ 山夷：指"西原蛮"，即文中所说的"西原贼"。均为封建统治者对少数民族侮辱性的称呼。
⑤ 使臣句：参见前《舂陵行序》。使臣，指租庸使等。元结本年所作《奏免科率状》云："臣自到州，见租庸等诸使文牒，令征前件钱物送纳。"将王命，奉皇帝之命。
⑥ 今彼二句：慨叹其他州郡的官吏，只知横

⑦ 征暴敛,而不顾人民的死活。之,指人民。
⑦ 谁能二句:用反诘语,表示自己决不能这样做。时世贤,当时所认为有才能的人,即上文说的"征敛者"。
⑧ 委符节:意指弃官而去。委,丢掉。
⑨ 刺船:用篙撑船。
⑩ 将家二句:按:元结的故乡,当时正在混乱状态中,此云"归老江湖",意指回到他所曾经住过的瀼溪(参看前《喻瀼溪乡旧游》)。将家,带着家眷。

【评】

　　以"昔岁"照今世,"忽然"四句是枢纽,由昔而入今。末片"归老江湖"应开首"山林二十年",见得入仕之非、希望之破灭。哀愤之情,溢于篇外。次山诗深沉顿挫似杜,而取径不类,丰采不逮,故气高而韵短。阅上三诗可见大体。贞元后韩孟部分诗作颇类之。

孟云卿 一首

孟云卿（生卒年不详），河南鲁山县（今河南鲁山）人。天宝年间，试进士，不第。大历初，官校书郎。

他同元结生同州里，交谊最深。元结曾选其诗入《箧中集》。杜甫和韦应物对他也很推重。其诗多抒写沉沦于社会中下层的知识分子的感伤，大部分是五言古体。不尚文采，意深词苦。高仲武说他"祖述沈千运"，"渔猎陈拾遗"，"当今古调，无出其右"（《唐诗纪事》卷二五引）。张为作《诗人主客图》，以他为"高古奥逸主"。胡应麟曾指出这种诗风，对后来孟郊一派，颇有影响（见《诗薮》内编卷二）。

《全唐诗》录存其诗一卷。

古 别 离

《古别离》，乐府"杂曲歌辞"旧题，是"别离"十九曲之一。这诗用思妇语气，写离别的哀愁，其中充满着乱世人生的感慨。

朝日上高台，离人怨秋草①。
但见万里天②，不见万里道。
君行本迢远，苦乐良难保③。
宿昔梦同衾，忧心梦颠倒④。
含酸欲谁诉？辗转伤怀抱⑤。

结发年已迟,征行去何早⑥!
寒暄有时谢,憔悴难再好⑦。
人皆算年寿,死者何曾老⑧?
少壮无见期,水深风浩浩。

【注释】

① 离人句:乐府《饮马长城窟行》:"青青河畔草,绵绵思远道。"此化用其意,故下云:"不见万里道。"怨,一作"愁"。
② 但见万里天:一作"如见万里人"。
③ 苦乐句:言苦乐不可知,意思是说,忧苦定所不免。良,诚。难保,一作"谁保"。
④ 宿昔二句:化用《饮马长城窟行》"远道不可思,宿昔梦见之。梦见在我旁,忽觉在他乡"句意。宿昔,隔夜。同衾,谓同床而睡。意谓因日夜忧念,以致有"同衾"这样与事实颠倒的梦。
⑤ 含酸二句:一本在"君行本迢远"句之前。辗转,一作"转转"。
⑥ 结发二句:追溯别离之苦。言结婚很迟,婚后不久,丈夫就远出。《文选》伪苏武诗:"结发为夫妻,恩爱两不疑。"
⑦ 寒暄二句:意谓时光流驶,青春的容颜,一去而不可复返。寒暄,即寒暑。有时谢,即互为代谢的意思。难再好,一作"亦难好"。二句化用古诗《冉冉孤生竹》"伤彼蕙兰花,含英扬光辉,过时而不采,将随秋草萎"句意。
⑧ 人皆二句:意谓人的寿命长短不齐,死者又何尝都是老年。算,一作"美"。二句变化古诗《回车驾言迈》"人生非金石,岂能长寿考"句意。

【评】

　　语句、章法、意思均酷效古诗。杜甫《赠孟云卿》云:"李陵苏武是吾师,孟子(云卿)论文更不疑。一饭未尝留俗客,数首今见古人诗。"可见云卿趋尚。《箧中集》中多此类作品,有泥古不变之嫌。

刘 湾 一首

刘湾（生卒年不详），字灵源，彭城（今江苏徐州）人[1]。天宝十载（751），应怀才抱器科制举，全场皆落第。他的试卷，被认为答非所问，勒令还郡学习。安史乱后，曾官御史。永泰中，流寓衡阳，与元结相唱和。

他的诗粗犷豪健，直起直落，饶有沉着痛快的意味。元结说他，"尝欲变时俗之淫靡，为后生之规范。"（见《刘侍御月夜宴会诗序》）引以为同志。其诗虽未选入《箧中集》，但就其作风而言，则是属于这一派的诗人。

《全唐诗》录存其诗六首。

出 塞 曲

将军在重围，音信绝不通。
羽书如流星①，飞入甘泉宫②。
倚是并州儿③，少年心胆雄。
一朝随召募，百战争王公④。

---

[1] 高仲武《中兴间气集》题作"西蜀刘湾"，此据元结《刘侍御月夜宴会诗序》，当然是可靠的。可能刘湾后来曾避乱入蜀。

去年桑干北⑤，今年桑干东。
死是征人死，功是将军功⑥。
汗马牧秋月，疲卒卧霜风⑦。
仍闻右贤王⑧，更欲围云中⑨。

【注释】

① 羽书句：言发出告急的文书。如流星，形容疾速。
② 甘泉宫：汉宫名，在今陕西淳化西北甘泉山上，此借指唐朝的宫廷。
③ 并州儿：指北方边地的勇健少年。并州，古十二州之一，辖今山西及河北西部地。唐以并州为太原府，治今山西太原。民俗勇猛。
④ 百战句：意谓幻想从百战中建立功名。王公，泛指最高的官爵。
⑤ 桑干：河名，源出山西马邑县北洪涛山下，与金龙池水合流，东南入芦沟河。
⑥ 死是二句：按：此与李白《塞下曲》的"功成画麟阁，独有霍嫖姚"（见前选），曹松《己亥岁》之"凭君莫话封侯事，一将功成万骨枯"（见后选），用意略同。一则以咏叹出之，一则一针见血地直截道破，语言风格迥然各异。
⑦ 汗马二句：上句言国防上的威胁还没有解除（参见前《哥舒歌》注②）；下句言守边的士兵，已十分疲困。
⑧ 右贤王：匈奴部落首领的称号，此泛指。
⑨ 云中：汉郡名（参见前陈子昂《感遇》第五首注①）。

【评】

　　起似急电星火，结似悲风远扬。中片插叙阑入议论，警策岸兀。诗气尤健，有腾跃之势。

韦应物 八首

韦应物（732？—789？），京兆长安（今陕西西安）人。早年尚豪侠，以三卫郎事唐玄宗。后由比部员外郎，出为滁州、江州刺史，改左司郎中，官终苏州刺史。世称韦苏州。

他于天宝乱后，当州郡残破之馀，长期担任刺史之职，诗中对人民疾苦有所同情。其描绘田园山水，亦多优秀之作。语言简淡，绝去雕饰；而风格秀朗，气韵澄澈。白居易曾说："近岁韦苏州歌行，清丽之外，颇近兴讽；其五言诗，又高雅闲淡，自成一家之体。"（《与元九书》）后人论唐诗的艺术流派，往往以王、孟、韦、柳并举。

有《韦苏州集》（一称《韦江州集》）。

杂 体

五首选一

这诗慨叹于豪门贵族的荒侈，把两种不同的社会生活作了鲜明的对照。陈沆曰"悯民力，思节俭也。"（《诗比兴笺》卷三）杂体，此即杂诗（参看前沈佺期《杂诗》题下注）。

春罗双鸳鸯①，出自寒夜女②。
心精烟雾色，指历千万绪③。
长安贵豪家，妖艳不可数④。

裁此百日功⑤，惟将一朝舞⑥。
舞罢复裁新，岂思劳者苦！

【注释】

① 双鸳鸯：指罗上图案。
② 寒夜女：寒夜里织罗的劳动妇女。
③ 心精二句：意谓织罗费尽了她们的心思。轻薄的春罗上织出精细的花纹，望去如空中的烟雾一样，故曰"烟雾色"。丝头叫做绪。
④ 妖艳：指贵族豪门的歌姬舞妓。
⑤ 百日功：经过很长时间的劳作成品，指春罗。
⑥ 将：用作。

【评】

"裁此"二句正反相对，为一篇之警策，"舞罢"二句更进一层，意至沉痛。可与杜甫"彤庭所分帛，本自寒女出"一节对读。

郡斋雨中与诸文士燕集

这诗作于贞元五年，时韦应物任苏州刺史。诗写吴中人文之盛，宴游之乐，对人民生活，也表现了一定的关怀。此诗在当时已有很大影响，顾况由长安贬饶州，有和作，顾况由苏州又经杭州、睦州、信州，三州刺史房孺复、韦瓘、刘太真亦均仿韦，作有郡斋宴集诗。后来白居易深喜此诗，他晚年为苏州刺史时，曾刻此于石，而以己作附后，认为："韦在此州，歌诗甚多"，而以此"最为警策"（见《吴郡诗石记》）。郡斋，指刺史衙门内的斋舍。唐苏州又称吴郡。燕，字同"宴"。

兵卫森画戟①,燕寝凝清香②。
海上风雨至,逍遥池阁凉。
烦疴近消散,嘉宾复满堂。
自惭居处崇,未睹斯民康。
理会是非遣,性达形迹忘③。
鲜肥属时禁④,蔬果幸见尝。
俯饮一杯酒,仰聆金玉章⑤。
神欢体自轻,意欲凌风翔。
吴中盛文史,群彦今汪洋⑥。
方知大藩地,岂曰财赋彊⑦。

【注释】

① 兵卫句:写刺史的尊严,州府仪仗之盛。森,罗列众多貌。画戟,即棨戟。《中华古今注》:"戟,以木为之。后世刻讹,无复典刑。赤油涂之,亦谓之赤戟,亦谓之棨戟。王公以下通用,以为前驱。唐五品以上,皆施棨戟于门。"
② 燕寝:公馀休息之室,即诗题所说"郡斋"。古天子及诸侯皆有燕寝,刺史为一州之长,相当于诸侯,故称燕寝。
③ 理会二句:意谓自己能遣外形迹,不计世俗的是非毁誉。会,通。遣,排除。
④ 鲜肥:鱼肉之类的美味肴馔。 时禁:当时禁止食用。古代遇到灾荒,每断屠,禁酒肉。
⑤ 金玉章:《孟子·万章下》:"集大成也者,金声而玉振之也。"原意指乐声之和,这里以"金玉"借指文章之美。
⑥ 群彦:许多贤士。美士曰彦。
⑦ 方知二句:意谓吴中人文极盛,不仅是财赋丰饶之区。按:苏州唐属江南东道,为上州。大藩,犹言大郡、大州。藩,取屏藩之义。

【评】

　　韦诗多学陶,陶体冲淡中寓自然放逸之气。韦则得其冲淡而参以敷纡舒徐之致,而"兵卫"四句正可为韦诗此一总体风格作写照。唐人学陶,素以王孟韦柳并称为四大家,而四家均各具特点,各有个性。参前王孟诗与后柳宗元诗及按语,比较以读之,当有神会。

幽 居

这诗写罢官归隐的生活情趣，表现作者超然物外，消极避世的思想。但他并不以此自鸣清高，而归之于自安蹇劣，则流露有仕途艰险、事与愿违之意；朴质的抒情之中，又涵有愤世嫉俗的感慨。诗中写景，着墨无多，皆与幽居之情适相凑泊。风格和陶潜《归田园居》、《饮酒》等诗颇相近似。

贵贱虽异等，出门皆有营①。
独无外物牵②，遂此幽居情③。
微雨夜来过，不知春草生。
青山忽已曙，鸟雀绕舍鸣。
时与道人偶④，或随樵者行。
自当安蹇劣，谁谓薄世荣⑤？

【注释】

① 贵贱二句：意谓贵人追逐功名，贫贱困于生活，都不免有所营求而出门奔走，不可能幽居。贵，指有官爵的人。贱，指平民。异等，谓社会地位不同。
② 外物：身外之物，指功名富贵。
③ 遂此句：意谓幽居之情得以如愿。
④ 偶：相遇。
⑤ 自当二句：意谓自己幽居不仕，乃是由才能不够，并非鄙薄荣利。蹇劣，犹言笨拙，一作"蹇拙"。跛足叫蹇。《先贤行状》："（徐）幹轻官忽禄，不耽世荣。"（《三国志·魏志·王粲传》裴松之注引）

【评】

"无牵"而"幽居"是诗眼，中片句句幽居意；而"夜来过"、"不知"、

"忽已"、"时与"、"或随",又处处点出"无牵"之致。三句"独"字对一、二句世人言,由议论入情景;十一句"自"字,又收中片情景,复入议论。二论相对,馀意无穷。章法浑成,故得情、景、意自然浑成之妙。

赋得暮雨送李胄

这诗写暮雨中送别,即以暮雨为描写对象,通过景物和环境气氛的渲染,衬托出离别之情。唐时,凡指定、规定的诗题(如应试之作),例加"赋得"二字。这类的诗,大都紧扣题意,构思严密。本篇在写作上具有这个特点,故题目上亦加"赋得"二字。李胄,一作"李渭"。

楚江微雨里,建业暮钟时①。
漠漠帆来重,冥冥鸟去迟
海门深不见②,浦树远含滋③。
相送情无限,沾襟比散丝④。

【注释】

① 楚江二句:写建业江边送别时的情景。长江流域,古为吴、楚地,故称"楚江"。建业,即金陵(今江苏南京)。东吴孙权建都时,改名建业。建业多佛寺,傍晚的钟声,分外显得清冷。
② 海门:指建业以东长江下游入海之处。《读史方舆纪要》卷五:"扬州之海门,为大江入海之口。"
③ 浦树:江边的树。 滋:绿油油的潮润之色。
④ 沾襟句:以泪下如雨作结,与首句"微雨"相呼应。张协《杂诗》:"密雨如散丝。"原意用"散丝"比拟密雨的形象,此以之作为密雨的代称。

【评】

"微雨"、"暮钟"、"漠漠"、"冥冥"、"深不见"、"远含滋"、"无限"、"散丝",满纸暮雨,一片惆怅。

寄李儋元锡

这首寄友诗,抒写仕宦中的矛盾和苦闷,反映了作者关怀人民疾苦,而又感到无可奈何的空虚寂寞心情。李儋和元锡都是韦应物的好友。从韦和他们投赠往还的诗中,知李字幼遐,曾官博士和御史;元也做过御史。馀不详。

去年花里逢君别,今日花开又一年。
世事茫茫难自料,春愁黯黯独成眠。
身多疾病思田里,邑有流亡愧俸钱①。
闻道欲来相问讯②,西楼望月几回圆。

【注释】

① 邑有句:意谓自己拿了俸禄,而没有替朝廷尽到安民的责任,深感惭愧。意同钱起诗"顾惭不耕者,微禄同卫鹤"(《观村人牧山田》)。按:唐代安史乱后,均田法完全破坏,人民不堪徭役赋税之苦,大量离开本土,逃亡外地,故云。邑,小县。此泛指州境之内。
② 问讯:探望的意思。

【评】

起联复沓回环。三句"世事"云云应上"去年"、"今日"。四句"春愁"云云应上年之春"花"。三联点明愁思之因。至此愁闷万难排遣,则又寄望于故人来讯,而望月西楼以待之。"相问讯"应起联"逢君别";"几回圆"应起联"又一年"。诗势流利中见细密,见出中唐七律之特色。

滁州西涧

  滁州,唐属淮南道,治清流县(今安徽滁县)。州城群山环绕,西涧在西门外。韦应物于唐德宗建中二年(781)任滁州刺史,常在西涧游息,集中有《西涧种柳》。涧,山间小溪。

  独怜幽草涧边生①,上有黄鹂深树鸣②。
  春潮带雨晚来急,野渡无人舟自横③。

【注释】

① 幽草:一作"芳草"。 生:一作"行"。
② 黄鹂(lí):即黄莺。 深树:一作"深处"。
③ 春潮二句:此二句历来传诵,多为后人效法。如宋寇准"野水无人渡,孤舟尽日横"(《春日登楼晚归》),史达祖"还被春潮晚急,难寻官渡"(《绮罗香·咏春雨》),均由此化出。

【评】

  幽草潜生,深树鹂鸣是动中静。春雨晚来,野渡舟横是近中远。静意,远意,均须意会,是以意蕴深密,意境悠远。此诗设色颇重,而境象不滞,所谓"一寄秾鲜于简淡之中"(宋濂《答章秀才论诗书》),由此可见一斑。

观 田 家

微雨众卉新，一雷惊蛰始①。
田家几日闲？耕种从此始。
丁壮俱在野，场圃亦就理②。
归来景常晏③，饮犊西涧水。
饥劬不自苦④，膏泽且为喜⑤。
仓廪无宿储，徭役犹未已。
方惭不耕者⑥，禄食出闾里⑦。

【注释】

① 惊蛰：农历二十四节气之一，约在公历三月五日至六日。据说到此节日，可以听到雷声，它把蛰伏在地下的虫类惊醒。它告诉人们，自然界生机舒发，已到耕种的时候了。
② 场圃：住宅附近的场地和菜园。 就理：整理完毕。
③ 景常晏：经常到天色将晚之时。景，日影。
④ 劬（qú）：劳累。
⑤ 膏泽：指春雨。春雨及时，像油脂一样润泽着土地，故称。
⑥ 不耕者：做官的人，作者自指。
⑦ 出闾里：来自民间。

鼙 鼓 行

鼓是军中乐器。鼙鼓，军中所用小鼓，有朔鼙、应鼙等名称（见《仪礼·大射》）。鼙鼓的音调悲壮苍凉，诗中就此加以描绘。结尾处联系到社会生活的现实，抒写了穷民困苦无告的心情，是因物寄兴，有感而发的。诗的意境沉郁，而语言奇崛，于韦诗为别调。

淮海生云暮惨淡①，广陵城头鼙鼓暗②。
寒声坎坎风动边③，忽似孤城万里绝，四望无人烟；
又如虏骑截辽水④，胡马不食仰朔天⑤。
座中亦有燕赵士，闻鼙不语客心死⑥。
何况鳏孤火绝无晨炊，独妇夜泣官有期！⑦

【注释】

① 淮海：泛指扬州地区。《尚书·禹贡》："淮海维扬州。"古扬州幅员辽阔，横跨淮河，东滨大海，故云。
② 广陵：古县名。唐时为扬州广陵郡，属淮南道，即今江苏省扬州市。 鼙鼓暗：鼙鼓音调悲凉，使人有风云惨淡、天地失色之感，故曰"暗"。
③ 寒声句：言鼓声坎坎，有如边地寒风吹动。坎坎，鼓声。《诗经·小雅·伐木》："坎坎鼓我。"
④ 骑：读去声。 截辽水：被截断在辽水之上。
⑤ 胡马句：意谓归路断绝，胡马仰天向北悲鸣。《古诗》："胡马依北风。"
⑥ 座中二句：安史之乱，起于河北，河北为古燕赵地，这里说的燕赵士，指因战乱而流寓南方的人们。唐自安史乱后，乱祸延绵，鼙鼓为杀伐之声，故闻而兴悲。下句的客，即上句的燕赵士。心死，言内心极度悲哀。《老子》："哀莫大于心死。"
⑦ 何况二句：意谓穷民听到这鼙鼓声，心情更加悲惨。《孟子·梁惠王下》："老而无妻曰鳏（guān），老而无夫曰寡，老而无子曰独，幼而无父曰孤。此四者，天下之穷居而无告者。"独妇，即寡妇。火绝无晨炊，无米为炊，不能举火。官有期，官府立定限期缴纳租税。

【评】

此诗学高、岑七古，而诗人经历、气质不一，故风貌似不侔。以边地之景物喻写江左之暮夜，设想固奇，然而又随处可见锤炼之功，体现出韦应物之一贯风格。如写鼙鼓声，从"暗"字听出，为高、岑诗中所少见。又如章法，从广陵城头，写到犹如胡地朔天，中间以"忽似"二句作过渡，亦不似高、岑七古之纵恣。故此诗虽奇，而力大气遒，总不逮高、岑，而思深语炼，又过于二人。诗人变体，万变不离其宗。读变体诗，常须具此只眼。

钱　起　三首

钱起（722—780?），字仲文，吴兴（今属浙江湖州）人。天宝九载（750）进士，曾任蓝田尉，司勋郎中，司封郎中等，仕终考功郎中。后人因称为钱考功。

钱起为"大历十才子"之一[1]，和郎士元齐名，在诗坛上活动主要是大历时代。他们擅长五言律诗，当时有"前有沈、宋，后有钱、郎"之语。"十才子"中，过去对钱起的评价最高。高仲武《中兴间气集》曾列为首选，认为"芟齐、宋之浮游，削陈、梁之靡嫚"，足以接武王维。他在写作态度上比较严肃认真，洗炼之中，颇饶韵味；清词丽句，往往为人所传诵。但这些诗多半是流连光景之作，并无充实的内容；同时，过多地注意语言的修饰、音调的和谐，风致虽佳，却缺乏深厚的性情和沉雄的气度。较之盛唐，风格就显得平弱而不振了。

有《钱考功集》。

---

[1] 关于"大历十才子"有各种不同的说法：姚合《极玄集》和《新唐书·艺文志》："（卢）纶与吉中孚、韩翃、钱起、司空曙、苗发、崔峒、耿湋、夏侯审、李端皆能诗，齐名，号'大历十才子'。"王士禛《分甘馀话》："唐'大历十才子'传闻不一。江邻幾《杂志》乃卢纶、钱起、郎士元、司空曙、李益、李端、李嘉祐、皇甫曾、耿湋、苗发、吉中孚共十一人；或又云有夏侯审。按：发、审诗名不甚著，未可与诸人颉颃；且皇甫兄弟齐名，不应有曾而无冉；又韩翃同时盛名而不之及，皆不可解。"按：管世铭《读雪山房唐诗钞》所列"十才子"，有刘长卿、郎士元、皇甫曾、李嘉祐、李益，而无吉中孚、苗发、崔峒、耿湋、夏侯审，亦与《极玄集》、《新唐书》不同。

裴迪书斋玩月之作

裴迪,关中(今陕西省境内)人,工诗,和王维相友善。参看上卷王维《辋川闲居赠裴秀才迪》题下注。题一作《裴迪南门秋夜对月》。

夜来诗酒兴,月满谢公楼①。
影闭重门静,寒生独树秋。
鹊惊随叶散,萤远入烟流②。
今夕遥天末,清晖几处愁③。

【注释】

① 月满:一作"月上",一作"独上"。 谢公楼:犹言明月之楼,因谢庄曾作《月赋》。这里借指裴迪书斋。
② 鹊惊二句:意谓枯叶随着栖鸟惊飞而脱落,流萤飞远而没入如烟的月光之中。叶,一作"月"。鹊惊随月散,即王维《鸟鸣涧》"月出惊山鸟"之意。
③ 今夕二句:谢庄《月赋》:"美人迈兮音尘阙,隔千里兮共明月。临风叹兮将焉歇,川路长兮不可越!"此化用其意。遥天末,犹言遥远的天边(参看杜甫《天末怀李白》题下注)。晖,一作"光"。

衔鱼翠鸟

这诗是《蓝田溪杂咏》二十二首之一。诗以精炼准确的语言,描绘出翠鸟衔鱼时一瞬即逝的形象之美,风格和王维《辋川集》中诸作颇相近似,可参看。蓝田溪,即蓝水,在今陕西蓝田境内。一作杨巨源诗。

有意莲叶间,瞥然下高树①。
擘波得潜鱼②,一点翠光去。

【注释】

① 有意二句:莲叶微动,下有潜鱼,引起了翠鸟的注意,故从高树瞥(piē)然飞下。一转眼叫瞥。
② 擘(bò)波:划开波面,飞入水中。

【评】

储光羲《钓鱼湾》诗有句云"潭清疑水浅,荷动知鱼散",是从人看出,此诗则从鸟看出,诗人之性灵则暗蕴于客观画面内。储诗着"动""散"诸词,此诗不着此类动词,而风荷潜鱼活动之状却跃然纸上。从中可见大历十才子,取径盛唐山水田园诗派,而更为工巧,其成功处如所选三首,理致清新,情韵婉转。然而因为过于炼,又埋下了纤弱之病根。胡震亨云:"详大历诸家风尚,大抵厌薄开天旧藻,矫入省净一途……命旨贵沉宛有含,写致取淡冷自送,玄水一酌,群酞覆杯,是其调之同。而工于浣濯,自艰于振举,风干衰,边幅狭,尚诣五言,擅场钱送,此外无大篇伟什岂望集中,则其所短尔。"(《唐音癸签》卷七)读钱起等十才子诗,须由此窥入。

归 雁

这诗是月夜闻雁之作。诗中一系列的联想,都是因雁声的哀怨动人而引起的。

潇湘何事等闲回？水碧沙明两岸苔^①。
二十五弦弹夜月，不胜清怨却飞来^②。

【注释】

① 潇湘二句：意谓潇湘一带，景色优美，雁群尽可栖托，何必飞回北方。衡阳有回雁峰，世传北雁南飞，至此即返。这里的潇湘，是泛指衡阳以北至洞庭湖广大的河流地带。《太平御览》卷六五引《湘中记》："湘水至清，虽深五六丈，见底了了然。……白沙如雪。"水深而清，故曰碧。

② 二十二句：《史记·封禅书》："太帝使素女鼓五十弦瑟，悲，帝禁不止，故破其瑟为二十五弦。"乐府《相和歌·瑟调曲》有《鸿雁生塞北行》（见《乐府诗集》卷三七）。又《楚辞·远游》有"使湘灵鼓瑟"之语。湘灵，指湘水女神。按：潇湘为鸿雁翔集之地，雁群多在月夜长征，这里以二十五弦作为瑟的代称，而把有关潇湘和鸿雁的典故综合起来，意思说，归雁之所以由南飞北，当是有感于水乡清冷，瑟声哀怨的缘故。李益《春夜闻笛》："洞庭一夜无穷雁，不待天明尽北飞。"与此词略同，可参看。

【评】

　　这诗构思精巧，洗炼而意境空灵。首句设问，二、三景语似与首句不续，而末句"清怨"字点出景语神韵，且答首句之问。中二景语位置也一反通常写月色由月而及月下景物之常径，先以"水碧沙明两岸苔"作衬垫，更写哀弦，而以"弹"字托出夜月，遂于月色哀弦中见出孤影高悬。笔致极空灵，而"清怨"之无限，浮溢纸外。

郎士元 二首

郎士元（生卒年不详），字君胄，中山（今河北定县）人。天宝十五载（756）进士。历右拾遗等职，官终郢州刺史。

《全唐诗》录存其诗一卷。

送李将军

这诗是送人奉命出镇北边之作。李将军，名不可考。一作"送李将军赴定州"。唐定州州治在今河北定县。

双旌汉飞将①，万里独横戈。
春色临关尽，黄云出塞多②。
鼓鼙悲绝漠，烽戍隔长河③。
想到阴山北④，天骄已请和⑤。

【注释】

① 双旌：《新唐书·百官志》："（节度使）辞日，赐双旌双节。"旌，军中大旗。汉飞将：汉时李广为右北平太守，匈奴称为"汉之飞将军"（见《史记·李将军列传》）。这里用以比李。
② 春色二句：与王维《送平澹然判官》的"黄云断春色"句同意。纪昀曰："（王诗）以苍莽取神，此诗衍为二句，又以对照见意，繁简各有其妙。"又上句兼取王之涣《凉州词》"春风不度玉门关"句意。
③ 鼓鼙二句：承前"万里横戈"，言扬威塞外。鼙（pí），军中所用小鼓。悲，形容鼓声紧急，有酣畅的意思。绝漠，遥远的沙漠之地。
④ 想到句：一作"莫断阴山路"。阴山，详

见王昌龄《出塞》注③。　　　　　　　　其五注⑤)。
⑤ 天骄：泛指强敌（详见前陈子昂《感遇》

柏林寺南望

溪上遥闻精舍钟①，泊舟微径度深松。
青山霁后云犹在，画出东南四五峰。

【注释】
① 精舍：佛寺的别称。

【评】
　　深微幽远。钟声是"遥闻"；小径曰"微"而松林曰"深"；青山更从霁后看出，故烟岚缥缈中，山峰出于东南而才见四、五耳。宋代山水画家郭熙论山水画有高远、平远、深远三种，此即一幅深远山水图。

张　继　二首

张继（生卒年不详），字懿孙，襄州（今湖北襄樊）人。天宝十二载（753）进士。曾佐戎幕，又为盐铁判官。大历末，入朝为检校祠部员外郎。死于洪州（今江西南昌）。

《全唐诗》录存其诗一卷。

枫桥夜泊

这诗写孤舟夜泊，彻夜无眠的羁旅愁怀。枫桥，在苏州城西。题一作《夜泊枫江》。

月落乌啼霜满天，江枫渔火对愁眠①。
姑苏城外寒山寺②，夜半钟声到客船③。

【注释】

① 江枫：水边的枫树。江南人泛称河流为"江"（详后杜牧《泊秦淮》注①）。　渔火：渔船上的灯火。
② 姑苏城：苏州的别称。《元和郡县图志》卷二六："隋开皇九年平陈，改为苏州，因姑苏山为名。山在州西四十里，其上阖闾起台，外郭城云是伍胥所筑，周回四十七里。"
③ 夜半钟声：欧阳修认为"三更不是打钟时"（《六一诗话》），而宋人吴聿《观林诗话》则曰："《南史》：邱仲孚喜读书，常以中宵钟鸣为限。乃知夜半钟声，不独见唐人诗句。"

【评】

"愁眠"是诗眼,前此是所见,后此是所闻,因愁眠而所见、所闻虽未有愁字,而无非愁。由此可悟出唐人所说"意象"、"兴象"者,实即以意融象而象中莫非此意耳。又"寒山寺"用地名甚工巧自然,易以他名必无如此意境,可谓天然凑泊。

阊门即事

阊门,苏州城的西门。即事,就眼前某些事象抒写自己的感想。苏州是财赋之区,东南著名的大城市之一。这诗写登览时所看到兵乱中的荒凉景象。

耕夫召募逐楼船①,春草青青万顷田②。
试向吴门窥郡郭③,清明几处有新烟④?

【注释】

① 逐楼船:汉武帝击南越,以杨仆为楼船将军。这里是借用,意指从军远征。
② 春草句:田里长着青草,可见田已荒芜。
③ 吴门:即阊门。因苏州是春秋时吴国的故都,阊门是吴王阖闾所建。 郡郭:近郊地带。
④ 清明句:言人烟稀少。清明在寒食后,寒食禁火,到清明重新起火,称为"新烟"。

【评】

耕夫忙而非事畎亩,春田青而非植禾稼;一、二句上下对照,句中又各各对照,沉痛至深。三句稍作舒回,"窥城郭"造成悬念,末句却见当举火而未有烟火,冷然一问,回照一、二句而沉痛万分。

韩翃 二首

韩翃（生卒年不详），南阳（今河南沁阳附近）人。天宝十三载（754）进士。安史乱后，流浪江湖，曾参淄青及宣武节度使幕。德宗时，以驾部郎中知制诰。官终中书舍人，时当为贞元初。

高仲武说他的诗，"兴致繁富"，"讽比深于文房（刘长卿）"；又称其风韵之美，有如"出水芙蓉"（见《中兴间气集》卷上）。但有些作品，不免有堆垛词藻与雷同而少变化之病。

《全唐诗》录存其诗三卷。

送冷朝阳还上元

《唐才子传》卷四《冷朝阳传》："朝阳，金陵人。大历四年齐映榜进士及第，不待调官，言归觐省。自状元以下，一时名士夫及诗人李嘉祐、李端、韩翃、钱起等大会赋诗攀饯。"这诗以秀润清新的笔触描绘江南的水国风光、令人神往的清秋景色。不但诗中有画，而且冷朝阳归隐之意和作者怀友之情，也都在这幅富有诗意的画面里表现了出来。上元，即金陵（今江苏南京），唐县名，属江南道润州。

青丝缆引木兰船①，名遂身归拜庆年②。
落日澄江乌榜外③，秋风疏柳白门前④。

桥通小市家林近，山带平芜野寺连。
别后依依寒梦里，共君携手在东田⑤。

【注释】

① 缆（lǎn）：系船的绳索。 木兰船：诗歌中惯用的词语。木兰，即辛夷，香木名，以木兰为舟，取其精美芬芳之义。《楚辞·九歌·湘君》："桂棹兮兰枻。"兰，即指木兰。一说，浔阳江中七里洲有鲁班刻的木兰舟。木兰舟出此（见《述异记》卷下）。
② 名遂：功名成就，指进士及第。 拜庆：即拜家庆。吴景旭《历代诗话》卷四七："唐人与亲别而复归，谓之拜家庆。"孟浩然《夕次蔡阳馆》："明朝拜家庆，应着老莱衣。"
③ 乌榜：村名，在上元县天庆观西。《清一统志》引《庆元志》："初立西州城，未有篱门，树乌榜而已，故以名村。"
④ 白门：金陵城门之一。《宋书·明帝纪》："宣阳门，民间谓之白门。"
⑤ 别后二句：写相思之情。东田，齐惠文太子立，在上元县东八里（《舆地纪胜》）。梁时沈约在此有别墅（见《梁书·沈约传》），这里借指冷朝阳的住处。一作"别后刚逢寒食节，共谁携手在东田？"按：前云"秋风"，则后不当云"寒食"，误。

【评】

　　写景有层次，由"乌榜"而"白门"，而至中心"家林"，是由远而近；由"家林"而远"山"、"平芜"，复由近而远。"外"、"前"、"通"、"带"、"连"数词当细看，便见情致。

寒食即事

　　《荆楚岁时记》："去冬节（即冬至节）一百五日，即有疾风甚雨，谓之寒食。"寒食正当三月，是春景正浓之时。古代风俗，于寒食前后禁火三天，据说是为了纪念春秋时晋国大夫介之推的自焚而死（见《太平御览》卷三〇引《邺中记》）。这诗描绘长安寒食的节日风光。题一作《寒食》。

春城无处不飞花，寒食东风御柳斜①。
日暮汉宫传蜡烛，轻烟散入五侯家②。

【注释】

① 御柳：宫苑里的杨柳。
② 日暮二句：意谓在节日里受到皇帝恩宠的，只有豪门贵族而已。寒食禁火，夜间不得燃烛，但受到皇帝特赐，可以例外。元稹《连昌宫词》："特敕街中许燃烛。"下句的"轻烟"，即指上句的"蜡烛"。传，挨次递送的意思。五侯，指当权的宦官或外戚。东汉桓帝时，宦官单超、徐璜、具瑗、左悺、唐衡同时封侯，世称五侯（见《后汉书·宦者传》）。又西汉成帝封诸舅王谭、王商、王立、王根、王逢时为侯，称五侯（见《汉书·元后传》）。一说，轻烟系指清明日所用的新火之烟。寒食后二日（即冬至后一百七日）为清明节，清明用新火。《古今诗话》："《周礼》四时变火，春取榆柳之火，夏取枣杏之火。唐时惟春取榆柳之火，以赐近臣戚里之家，故韩翃有诗云云。"按：清明用新火，是唐时民间普遍流行的风俗，杜甫《清明》："朝来新火起新烟。"所指即此。至豪门贵族所用新火，则出于皇帝所赐，以示优异，韦庄《长安清明》："内官初赐清明火。"

刘方平 一首

刘方平（生卒年不详），河南（今河南洛阳附近）人。隐居不仕，与元德秀交善，和李颀、皇甫冉、严维等人相唱和。

他工诗善画。诗多悠远之思，笔意清新宛曲，以韵致胜。

《全唐诗》录存其诗一卷。

夜　月

更深月色半人家，北斗阑干南斗斜①。
今夜偏知春气暖，虫声新透绿窗纱②。

【注释】

① 更深二句：月影西移，故仅半照人家。阑干，横的意思，与斜为互文。星斗横斜，即将沉没。这些都是更深时的景象。更，读平声。《汉乐府·善哉行》"月没参横，北斗阑干"，语本此。

② 今夜二句：意谓窗外虫声，给人带来了春意融和的感觉。春天，虫类才从蛰伏中苏醒。因为"新透"，故曰"偏知"。

【评】

本以虫声而知春暖，而颠倒言之，以虫声作殿，应和开首月色，便馀韵无穷。"新"字，"绿"字传神，切上句"春"；"透"字跳脱，特具情致。

张　潮　一首

张潮（生卒年不详），曲阿（今江苏丹阳）人。盛、中唐间有诗名。未曾入仕。殷璠曾以其诗编入所辑《丹阳集》，馀不可考。《全唐诗》录存其诗五首，都是乐府体。

江　南　行

这诗以游子的行踪无定，把闺中少妇的相思之苦表现得一往情深；景物的描写，在诗中起了标明时序和渲染环境气氛的作用。这种艺术手法，来自民间歌谣。《江南行》，即《江南曲》，乐府旧题，与《采莲曲》同属《江南弄》七曲之一（见《乐府诗集》卷五〇）。

茨菰叶烂到西湾①，莲子花开犹未还②。
妾梦不离江水上③，人传郎在凤凰山④。

【注释】
① 茨菰叶烂：指秋末冬初。茨菰，即慈菇，水生宿根性植物。春生球茎，萌芽生叶。夏季自叶丛中抽梗，开白色小花。入秋霜降，茎叶俱萎。
② 莲子句：莲子花开已是夏季，则游子去已半载馀。花开，一作"花新"。
③ 江水上：一作"江上水"。
④ 凤凰山：今江苏、浙江、安徽、江西、四川各地均有凤凰山，此未知何指。

【评】

　　"菰"谐孤音,"莲"谐"连"音。菰烂西湾,见得幽独神伤;莲开未还,更觉并蒂无望。托之于"梦",已属虚幻;闻之于"传",更见缥缈。离思总在有望无望间。状离人心事,空灵中见出真切。

顾 况 三首

顾况（727?—820?），字逋翁，海盐（今浙江县名）人，一说苏州人。至德二载（757）进士。贞元三年（787）官著作郎，贬饶州司户参军。晚年隐居茅山与海盐故居，自号华阳山人。

他为诗敢于大胆尝试，富有创造精神。皇甫湜为其集作序，称其"骏发踔厉。……出意外惊人语，非常人所能及"。

有《华阳集》。

囝

这诗是《上古之什补亡训传》十三章中之一。原序云："《囝》，哀闽也。"自注："囝，音蹇（jiǎn）。闽俗呼子为囝，父为郎罢。"唐时，闽中一带，盛行掠卖奴隶的风俗，这诗写被掠卖者的痛苦。《上古之什补亡训传》沿用《诗经》四言体，内容多反映当时的社会生活，语言生动有力，是唐代优秀的四言诗。

囝生闽方①，闽吏得之，乃绝其阳②。
为臧为获③，致金满屋；
为髡为钳④，如视草木。
天道无知，我罹其毒；
神道无知，彼受其福。

郎罢别囝:"吾悔生汝!

及汝既生,人劝不举⑤。

不从人言,果获是苦。"

囝别郎罢,心摧血下⑥:

"隔地绝天,及至黄泉⑦,不得在郎罢前。"

【注释】

① 闽方:犹言闽中。闽,古代种族名,居今福建省一带,秦时置闽中郡。
② 绝:这里是阉割的意思。
③ 臧获:扬雄《方言》"荆、淮、海岱、杂齐之间骂奴曰臧,骂婢曰获,齐之北鄙,燕之北郊,亡奴谓之臧,亡婢谓之获"。又《名义考》卷五引《风俗通》:"臧,被罪没官为奴婢。获,逃亡获得为奴婢。"这里用作奴隶的通称。
④ 髡(kūn)钳:刑罚的名称,奴隶身上的标志。剃去头发叫髡,用铁圈套在头上叫钳。
⑤ 不举:把初生的婴儿扼死。举,抚育的意思。《史记·孟尝君列传》:"君所以不举五月子者何故?"
⑥ 摧:创伤。 血:血泪。
⑦ 及至黄泉:犹言到死。《左传》隐公元年:"不及黄泉,无相见也。"

【评】

钟惺评曰:"冤号满纸。"又曰:"以其理朴,反近风雅。"

公 子 行

轻薄儿,面如玉,紫陌春风缠马足。

双镫悬金镂鹘飞①,长衫刺雪生犀束②。

绿槐夹道阴初成,珊瑚几节敌流星③。

红肌拂拂酒光狞④,当街背拉金吾行⑤。

朝游鼕鼕鼓声发,暮游鼕鼕鼓声绝⑥。
入门不肯自升堂,美人扶踏金阶月。

【注释】

① 双镫句:言两边悬下来的马镫,用黄金制成,上刻有鹘。镫(dèng),马鞍两旁踏脚的用具。鹘,鹰一类的鸟。飞,形容形象生动。
② 刺雪:刺绣着白色的花纹。 生犀束:束着嵌有犀牛角的腰带。
③ 珊瑚:指饰有珊瑚的马鞭。 敌流星:赛过天上的流星,形容疾驰中马鞭的挥动。《晋书·吕纂载记》记胡安؟盗发张骏墓得瑚珊鞭。梁元帝《紫骝马》:"宛转青丝鞚,照耀珊瑚鞭。"
④ 狞:酒气逼人的样子。一作"凝"。按:"狞"字传神,于义为长。
⑤ 金吾:皇帝的禁卫军。唐时有左、右金吾卫。由汉而唐,金吾卫跋扈(参见前卢照邻《长安古意》注㉙)。
⑥ 朝游二句:言清晨出游,深夜始归。鼕鼕鼓,指报时的鼓。《大唐新语》卷十:"旧制:京城内金吾,晓暝传呼,以戒行者。马周献封章,始置街鼓,俗号'鼕鼕',公私便焉。"

【评】

范晞文:张祜《公子》诗云"红粉美人擎酒劝,锦衣年少臂随鹰",公子之高贵可知矣。顾况云"双镫悬金缕鹘飞,长衫刺雪生犀束",不过形容车马衣服之盛耳。然末句云"入门不肯自升堂,美人扶踏金阶月",气象不侔矣。(《对床夜话》)

过山农家

板桥人渡泉声①,茅檐日午鸡鸣。
莫嗔焙茶烟暗②,且喜晒谷天晴。

【注释】

① 板桥句：言人在泉声中渡过板桥。　　② 焙（bèi 倍）茶：烘炒茶叶。

【评】

  晚唐温庭筠《商山早行》："鸡声茅店月，人迹板桥霜。"元马致远曲《天净沙·秋思》："枯藤老树昏鸦，小桥流水人家。"似均从此诗一、二句化出，而境界各别。三、四"莫嗔"、"且喜"深探农家心事，交互为言，别见情致。

戎昱 二首

戎昱（生卒年不详），荆南（今湖北江陵附近）人。早年举进士不第，浪游湖、湘一带。卫伯玉镇荆南时，辟为从事。德宗李适建中贞元（780—784，785—805）年间，历任辰、虔二州刺史。约卒于贞元后期。

《全唐诗》录存其诗一卷。

桂州腊夜

大历后期戎昱曾两度随军至桂州，这诗是寒夜思乡之作。桂州，州治在今广西壮族自治区桂林市。腊，古代祭祀名，在十二月里举行，所以俗称十二月为腊月。

坐到三更尽，归仍万里赊①。
雪声偏傍竹，寒梦不离家②。
晓角分残漏，孤灯落碎花③。
二年随骠骑④，辛苦向天涯。

【注释】

① 归：归期。 赊（shē）：遥远的意思。
② 雪声二句：写时醒时睡的朦胧之境。上句是醒，下句是睡。雪洒在竹林上，因风时而传来一阵飒飒的声响，分外给人以寂寞凄凉的感觉，故云"偏傍竹"。在断续的寒梦中，总是梦到家乡，故云"不离家"。

③ 晓角二句：承前写长夜辗转。上句是闻，下句是见。漏壶是计时的器具，壶中的水不断地滴着，到了深夜，漏水滴残；角声一动，天色便已破晓。分，谓结束了长夜，进入了清晨。

④ 骠（piào）骑：骠骑将军的略称。汉武帝时，霍去病曾为嫖骑将军。嫖骑，后来作骠骑。唐时武职中有骠骑大将军，这里借指自己的主帅。骑，读去声。

【评】

一、二总领，"三更"点时，"万里"点地，中二联承"三更"而直写至破晓。末联接"万里"而明客居之由，"辛苦"字总绾，点出诗旨。章法井然。

移家别湖上亭

这诗写湖上风景，一往情深。孟棨《本事诗·情感》记这诗云："韩晋公镇浙西，戎昱为部内刺史。郡有酒妓，善歌，色亦媚妙，昱情属甚厚。浙西乐将闻其能，白晋公，召置籍中。昱不敢留，饯于湖上，为歌词以赠之（即此诗），且曰：'至彼令歌，必首唱是词。'既至，韩为开筵，自持杯，命歌送之。遂唱戎词。曲既终，韩问曰：'戎使君于汝寄情耶？'悚然起立，曰：'然。'言随泪下。韩令更衣待命，席上为之忧危。韩召乐将责曰：'戎使君名士，留情郡妓，何故不知而召置之，成余之过？'乃答之。命与妓百缣，即时归之。"今按韩滉（晋公）任浙江东西节度为大历十四年（779）十一月，至贞元三年（787）春卒于任。今无资料可证此期戎昱曾任其属内刺史，且诗题与《本事诗》所记内容不合，故未可据信。

好是春风湖上亭①，柳条藤蔓系离情。

黄莺久住浑相识,欲别频啼三五声②。

【注释】
① 好是:一作"好去"。　　　　　② 三五声:一作"四五声"。

【评】
　　有情惜别者唯树、鸟而已,则反见世情之冷漠寡淡。机杼与杜甫《发潭州》"岸花飞送客,樯燕语留人"相类。

卢　纶　四首

卢纶（生卒年不详），字允言，河中蒲（今山西永济）人。安史乱起，他避寇南行，客居鄱阳。大历初，屡次举进士，不第。宰相元载素赏其文学，得补阌乡尉。迁监察御史。建中初，为昭应县令。浑瑊任河中同陕虢行营副元帅时，聘为元帅府判官。终检校户部郎中，时当贞元十五年（799）前后。

他在"大历十才子"中，年辈较小，诗才较为雄放，不穷于篇幅，也不仅以秀丽见长，惟有时未免流入俗调。从中可见大历诗风在贞元时已开始转化。

《全唐诗》录存其诗五卷。

晚次鄂州

本篇是卢纶避乱南行时途中所写的诗。原注："至德中作。"鄂州，今湖北武昌。

云开远见汉阳城①，犹是孤帆一日程。
估客昼眠知浪静②，舟人夜语觉潮生。
三湘愁鬓逢秋色，万里归心对月明③。
旧业已随征战尽，更堪江上鼓鼙声④！

【注释】

① 汉阳城：在汉水北岸，鄂州之西。
② 估客：即贾客，指同船的商人。
③ 三湘二句：写远望中的心情，上句指南，下句指北。三湘，沅湘、潇湘、蒸湘的合称，这里泛指湘江流域，即洞庭湖一带。愁鬓，一作"衰鬓"。
④ 旧业二句：意谓旧时产业已在战争中荡尽，只得避乱南来，不料在江上又听到宛如战鼓的潮声，叫人怎么受得了呢！鼓鼙，指潮声。枚乘《七发》形广陵之涛，"声如雷鼓"。辛弃疾《摸鱼儿·观潮上叶丞相》："望飞来、半空鸥鹭，须臾动地鼙鼓。"其时，永王璘兵败，由丹阳奔晋陵，以趋鄱阳，所以诗人"一朝被蛇咬，三年怕草绳"，听见潮声也会心惊胆战。

腊日观咸宁郡王部曲婆勒擒虎歌

这诗是卢纶在浑瑊戎幕时所作。诗中写壮士擒虎，刻画细致，而生气淋漓，精彩四射，能见出作者的笔力。咸宁郡王，浑瑊的封爵。部曲，部下（详见李颀《别梁锽》注⑤）。婆勒，擒虎壮士名。腊日，十二月初八日，一作"腊月"。虎，一作"豹"。

山头曈曈日将出①，山下猎围照初日。
前林有兽未识名，将军促骑无人声②。
潜形踠伏草不动，双雕旋转群鸦鸣③。
阴方质子才三十④，译语受词蕃语挥⑤。
舍鞍解甲疾如风，人忽虎蹲兽人立。
欻然扼颡批其颐，爪牙委地涎淋漓⑥。
既苏复吼拗仍怒⑦，果叶英谋生致之⑧。
拖自深丛目如电，万夫失容千马战⑨。
传呼贺拜声相连，杀气腾凌阴满川。

始知缚虎如缚鼠，败寇降羌在眼前⑩。
　　祝尔嘉词尔无苦，献尔将随犀象舞⑪。
　　苑中流水禁中山，期尔攫搏开天颜⑫。
　　非熊之兆庆无极⑬，愿纪雄名传百蛮⑭。

【注释】

① 瞳瞳（tóng）：红光映照貌。
② 促骑：催促猎骑前进搜索。骑，读去声。无人声：众人心情紧张得屏住了气息。
③ 潜形二句：上句写虎潜伏草间，准备和人搏斗；下句写虎虽伏而未出，但鸟类却已发现虎踪，故雕盘旋而鸦聒噪。屈著足叫踠（wǎn）。二句脱胎于潘岳《射雉赋》"虽形隐而草动"。
④ 阴方质子：咸宁郡王部下一员番将，即娑勒。阴方，泛指阴山一带的少数民族地区。古时国君派遣子弟住在别国，称为质子。质，有质押取信，表示不相背叛之意。《史记·始皇本纪》："庄襄王为秦质子于赵。"
⑤ 译语受词：通过翻译，娑勒知道了咸宁郡王叫他去擒这只猛虎。蕃语揖：用蕃语回答咸宁郡王，行长揖礼，表示接受任务。
⑥ 歘（xū）然二句：言娑勒出其不意地扼住虎颡，又猛烈批打其面颊，虎昏绝过去，四肢无力地牵拉在地上。歘然，疾速貌，指出其不意。颡（sǎng），前额。颐，面颊。涎，虎口里流出淋漓的唾液。《文选》班固《西都赋》："搤獑猱，抶猛噬。脱角挫脰，徒搏独杀。"二句化用其意。
⑦ 既苏句：谓虎苏醒过来，虽被绑缚，仍然在怒吼挣扎。拗，抑。《文选》班固《西都赋》："蹂躏其十二三，乃拗怒而少息。"李善注："拗，犹抑也。"此亦可解作拗折肢体以绑缚之。
⑧ 叶：符合，实现的意思。 英谋：咸宁郡王的意旨，与上文的"受词"相应。
⑨ 拖自二句：失容，因恐惧而变色。战，战栗，颤抖。《西都赋》："挟师豹，拖熊螭，曳犀犛，顿象罴"。二句化用之。
⑩ 始知二句：意谓如擒鼠般擒得老虎，是一个好的征兆，它预示着战争的胜利；强悍的敌人，将和虎一样束手就擒。在眼前，一作"皆目睹"。
⑪ 祝尔二句：尔均指虎。二句言作表章，上献此虎给皇帝，作为宫囿的玩物。嘉词，指庆贺表彰，因获虎是佳兆，故云。犀象舞，皇帝的禁苑中饲有驯服的犀牛和大象，经过训练，能够舞蹈。
⑫ 期尔句：意谓猛虎以攫搏娱乐皇帝，也像犀象的舞蹈一样，能够使皇帝开心。期，希望。天颜，皇帝的颜容。
⑬ 非熊句：周文王有一次出去打猎，事先卜了一个卦。卜辞说："将大获，非熊非罴，天遗汝师以佐昌。"（见《宋书·符瑞志》）果然在渭水北岸，遇见吕尚，辅佐他平定了天下。这里借用这个有关打猎的典故，进一步颂祝皇帝辅佐的得人，天下即将太平。
⑭ 愿纪句：自明作诗之意。言纪述擒虎之事，将使咸宁郡王的雄名传播远方。百蛮，对四方少数民族带有侮辱性的泛称。

【评】

　　这诗叙捕猎，颇得力于汉代大赋，状猎前景象则变化潘岳《射雉赋》而得其理，尤见创新之功。后韩愈《雉带箭》诗复有取于此诗而变化之（见后录），取以共读之，可见诗人通变之妙。

塞 下 曲
六首选二

《塞下曲》，乐府诗题，解屡见前。一本作《和张仆射塞下曲》。

其 一
原第二首

林暗草惊风，将军夜引弓①。
平明寻白羽，没在石棱中②。

【注释】

① 夜引弓：指夜间射猎。引，拉。
② 平明二句：写将军的武勇。汉朝名将李广有一次夜间出猎，深草中有块石头，他误认为虎，一箭射去，箭镞没入石中（见《史记·李将军列传》）。白羽，箭名。箭杆上插有羽毛。石棱（léng），石缝。凸出的角叫棱。

其 二
原第三首

月黑雁飞高，单于夜遁逃①。

卢　纶

　　欲将轻骑逐^②，大雪满弓刀。

【注释】

① 单（chán）于（yú）：泛称北方民族的君长。

② 轻骑：快速的骑兵部队。骑，读去声。

【评】

　　二绝起警结远，雄浑劲凝，有盛唐风骨。

司空曙　三首

司空曙（生卒年不详），字文明（一作"文初"），广平（今河北永年）人。家境贫困，性情耿介，不愿干谒权贵。德宗时，官水部郎中。

他是"大历十才子"之一。其诗于声律藻丽之外，能以情词真切见长。

《全唐诗》录存其诗二卷。

云阳馆与韩绅宿别

这诗是旅途中所作。作者与韩绅多年阔别，偶然在驿馆相逢，共宿一宵，第二天又须分手，诗中所写是见后别前的情景。云阳，县名，故城在今陕西泾阳北。韩绅，生平不详。一作"韩升卿"。"升卿"，当是他的字。

> 故人江海别，几度隔山川。
> 乍见翻疑梦，相悲各问年①。
> 孤灯寒照雨，深竹暗浮烟②。
> 更有明朝恨，离杯惜共传③。

【注释】

① 乍见二句：有三层意思：兵乱之中，消息隔绝，会见出于意外，故"疑梦"；因会

见而勾起往事的回忆,其间经历,各有无限酸辛,故"相悲";由于多年阔别,彼此音容俱变,故"问年"。翻,义同反。
② 孤灯二句:写驿馆寂寥,黯然相对的情景。夜雨连绵,孤灯照壁,光线显得特别清冷,故曰"寒"。夜雾迷茫,窗外竹林,望去杳冥深幽,故曰"暗"。
③ 更有二句:更有,承前"几度"而言。恨,离别之恨。由于想到明朝分手,又将和过去几度的别离一样,飘零江海,隔绝山川,因而共传离杯,互相劝饮。惜,谓依依不舍的惜别之情。二句机杼同杜甫"更为后会知何地,忽漫相逢是别筵"(《送路六侍御入朝》)。

【评】

此诗与后录李益《喜见外弟又言别》历来以情真语切、善写别意并称,而细味之,又有所不同。李益与外弟是"十年离乱后,长大一相逢",司空曙与韩绅是江海游宦,几度恨别。故李言"问姓惊初见,称名忆旧容",而此言"乍见翻疑梦,相悲各问年";因暌隔时间不同,故惊疑程度亦不同,相互易换不得。惊逢后又均写景寄情。李云"别来沧海事,语罢暮天钟",其景于平大中见怅恨之情;此云"孤灯寒照雨,深竹暗浮烟",则于明灭幽暗中见凄切哀婉:二联分别体现了二人不同的创作风格,亦相互代替不得。二诗对读可以悟出,诗之所以为佳,必须情称其时,笔称其人。

峡口送友人

这诗写离乱他乡,客中送客,用意颇为深曲,作者于此,略无藻饰,但以胸臆语出之,倍觉真情流溢,亲切动人。

峡口花飞欲尽春,天涯去住泪沾巾①。
来时万里同为客,今日翻成送故人。

【注释】

① 天涯句：司空曙是北方人，因避安史之乱和这位友人一同流寓南方。天涯对故乡而言，去，指行者，住，自指，泪沾巾彼此都觉伤情。"天涯去住"四字，逆摄下二句意。

江村即事

这诗写江村闲适情趣，从"不系船"三字生出新意。景物点染之妙宛如画图。

钓罢归来不系船①，江村月落正堪眠。
纵然一夜风吹去，只在芦花浅水边。

【注释】

① 系船：泊船时，把缆系在岸上。

【评】

即禅家所谓"无住无执"之意，而以如画景物出之。

畅　当　一首

畅当（生卒年不详），河东（今山西太原附近）人。少时，曾应募从戎，经历过一段相当长时期的军事生活。后弃武习文，登大历七年（772）进士。德宗时，为太常博士。和李端、司空曙交谊最深。官终果州刺史。

《全唐诗》录存其诗十七首。

登鹳雀楼

鹳雀楼，在蒲州（今山西永济）城上。详见王之涣诗题下注。

迥临飞鸟上，高出世尘间。
天势围平野①，河流入断山②。

【注释】

① 天势句：辽阔的原野，在天空覆盖下，望去四面如一，故曰"围"。

② 河流句：奔泻的黄河划开了绵延的山岗，故云。

【评】

　　一、二状楼台之高峻，三、四见形势之宽远。状高峻二句，下句较上句更高一层；状阔远二句，上句重在开阔，下句重在远势。"天势"字金针暗度，由高而入远。是均为以楼头为中心，眺望之所实见，而形于纸间，则将读者渐次引向更高更远处。较之前录王之涣同题诗针线已见细密，而襟怀略逊之。同为雄阔之作，细味亦可见盛、中唐诗各自特色。

柳中庸 一首

柳中庸（生卒年不详），名淡，以字行。河东人。著名诗人萧颖士之婿，柳宗元之族叔伯。早年曾居江南。大历年间进士，曾任洪州户曹参军。与卢纶、李端、皎然为诗友。

《全唐诗》录存其诗十七首。

征 人 怨

题一作《征怨》。

岁岁金河复玉关①，朝朝马策与刀环。
三春白雪归青冢②，万里黄河绕黑山③。

【注释】

① 金河：即伊克土尔根河，在今内蒙古自治区呼和浩特市南。唐时其地设金河县，隶属于单于大都护府。
② 三春句：意谓在冰天雪地的边塞里，春光的透露，只有这青冢上唯一的草色。青冢，王昭君的墓，在呼和浩特市南三十里。相传塞外草白，只有这里的草是青色。
③ 黑山：即杀虎山，在呼和浩特市境内。

【评】

寓怨哀于悲壮，结句有浩渺无尽之慨。可与杜甫"白水暮东流，青山犹哭声"（《新安吏》）对读。

李　益　八首

李益（748—829?），字君虞，陇西姑臧（今甘肃武威）人。大历四年（769）进士，授郑县尉。郁郁不得意，弃职游燕、赵间，幽州节度使刘济辟为从事。又历西北边地，参佐戎幕。宪宗时，任秘书少监，官终礼部尚书。

他写边塞题材的作品最为有名，各体中尤以七言绝句见长。《旧唐书·李益传》说："贞元末，与宗人李贺齐名。每作一篇，为教坊乐人以赂求取，唱为供奉歌词。其《征人歌》《早行篇》，好事者画为屏障；'回乐峰前沙似雪，受降城外月如霜'之句，天下以为歌词。"他的诗能从乐府民歌里吸其生动活泼的精神，用俊伟轩昂的笔调和奇异独特的构思，写出实际生活的体验，意境阔远，不为篇幅所限；而又声调铿锵，富于音乐美。胡应麟评唐人七绝，以李益为盛唐以下第一人，认为："可与太白、龙标（王昌龄）竞爽。"（见《诗薮》卷六）

《全唐诗》录存其诗二卷。

边　思

《唐才子传》卷四《李益传》云："（李益）从军十年，运筹决策，尤其所长。往往鞍马间为文，横槊赋诗，故多抑扬激厉悲离之作，高适、岑参之流亚也。"这诗是作者的自我写照。激昂慷慨的词气，表现出踔厉风发的精神。他曾录其从军诗赠卢景亮，前有序云："五在兵间，故为文多军旅之思。或因军中酒酣，或时塞上兵寝，投剑秉笔，散怀于斯文，率皆出乎慷慨意气。武毅果厉，本其凉国，则世将之后，乃西州之遗民欤！亦其坎轲当世，发愤之所致也。"（见《唐诗纪事》卷三〇）序中所言，正可与此诗及下选有关各篇相印证。

腰悬锦带佩吴钩①，走马曾防玉塞秋②。
莫笑关西将家子，只将诗思入凉州③。

【注释】

① 吴钩：指锐利的兵器。《吴越春秋·阖闾内传》："阖闾命于国中作金钩，令曰：'能为善钩者，赏之百金。'有人杀其二子，以血衅金，成二钩，献于阖闾。……王曰：'何以异于众夫子之钩乎？'钩师向钩而呼二子名：'吴鸿、扈稽，我在于此！王不知汝之神也。'声绝于口，两钩俱飞，著父之胸。吴王大惊，乃赏百金。遂服而不离身。"杜甫《后出塞》："少年别有赠，含笑看吴钩。"
② 曾防玉塞秋：唐时每当秋季，西北边地常有外族侵扰，调兵防守，称为防秋。《新唐书·陆贽传》："西北边岁调河南、江、淮兵，谓之防秋。"玉塞，即玉关，玉门关的简称。
③ 莫笑二句：意谓自己从军西北，非仅为了吟赏边塞风光。《后汉书·虞诩传》："谚曰：'关西出将，关东出相。'"李益为陇西人，陇西在函谷关之西。陇西李氏，是汉朝名将李广、李蔡之后，故自称"关西将家子"。唐凉州武威郡，治武威（今甘肃省市名）。按：凉州地区音乐发达，唐时《凉州曲》极为盛行，诗人所作歌词，多取材于当地景物风光，故云。思，读去声。

从军北征

天山雪后海风寒，横笛遍吹行路难①。
碛里征人三十万②，一时回首月中看③。

【注释】

① 行路难：乐府曲调名（见前李白《行路难》题下注）。
② 碛：沙漠。
③ 看：读平声。

过五原胡儿饮马泉

原注云："鸊鹈泉在丰州城北，胡人饮马于此。"丰州，在今内蒙古自治区鄂尔多斯境内。五原，丰州的州治。北方沙漠地带，行军时，遇到有水的洼地，可以饮马，就称之为饮马泉。鸊鹈，是这个饮马泉的专名。题一作《盐州过胡儿饮马泉》。

绿杨著水草含烟，旧是胡儿饮马泉。
几处吹笳明月夜，何人倚剑白云天①！
从来冻合关山路，今日分流汉使前②。
莫遣行人照容鬓，恐惊憔悴入华年③。

【注释】

① 几处二句：上句写边地辽阔荒凉，用月夜笳声，点出戍卒思归之情；下句慨叹于在这国防要地，没有真正能够捍卫祖国、雄镇边塞的英雄。伪宋玉《大言赋》："长剑耿介（光亮），倚天之外。"
② 从来二句：写由冬入春旅行的过程。意谓在旅行中，不觉已到了春深的时候。北方苦寒，冬天大地冻成一片，到了春天解冻，才能看到绿水分流。汉使，自指。
③ 莫遣二句：因春兴感。意谓临水不敢照影；照了会从风尘憔悴的面容中，感到自己的青春已经在暗中消逝。华年，一作"新年"。

春夜闻笛

寒山吹笛唤春归,迁客相看泪满衣①。
洞庭一夜无穷雁,不待天明尽北飞②。

【注释】

① 迁客:指被贬到外地的人。 看:一作"逢"。
② 洞庭二句:写笛声哀怨,感动雁群,用以衬托春归而人未归的感慨。雁群秋冬南来,春天北返,而迁客则一经贬谪,欲归无期,对照见义。

【评】

　　从以上所录可见前人以益诗直承王昌龄,洵为的评,其尤为神似者,在于起句之态度宽远,结尾之情韵悠长。然益诗之所短亦在酷似龙标。若取其《夜上受降城闻笛》、《暮过回乐烽》、《夜观石将军舞》诸边塞诗与龙标《从军行》较读,便可见出明显之模拟痕迹。其《宫怨》诗(露湿晴花春殿香)亦与龙标《西宫春怨》类同,此则未可为贤者讳。至于气韵有萧瑟之感,又不复有盛唐边塞诗之雄阔景象,则时代不同,气运使然,反不当指以为弊病。

夜上受降城闻笛

　　唐时有三受降城,高宗时张仁愿所筑(见《旧唐书·张仁愿传》)。中城在朔州,东城在胜州,西城在灵州。这里指的是西城。唐灵州治灵武(今宁夏回族自治区市名)。

回乐烽前沙似雪①,受降城下月如霜②。
不知何处吹芦管③,一夜征人尽望乡。

【注释】

① 回乐烽:回乐县附近的烽火台。回乐故城在今宁夏回族自治区灵武西南。烽,一作"峰"。
② 下:一作"外"。
③ 芦管:即胡笳。《太平御览》卷五八一引《晋先蚕仪注》:"笳者,胡人卷芦叶吹之以作乐也,故谓曰胡笳。"管,一作"笛"。

喜见外弟又言别

这诗写聚散离合之情,妙处在于能把乱世人生的感慨,久别乍逢这一刹那间悲喜交集的心理状态,真实而动人地刻画出来。宋人范晞文《对床夜话》卷五:"'问姓惊初见,称名忆旧容'……唐人会故人之诗也。久别倏逢之意,宛然在目。想而味之,情融神会,殆如直述。前辈谓唐人行旅聚散之作,最能感动人意,信非虚语。"诗的意境和司空曙《云阳馆与韩绅宿别》大致相同,可参看。外弟,姑母之子。

十年离乱后,长大一相逢。
问姓惊初见,称名忆旧容①。
别来沧海事②,语罢暮天钟。
明日巴陵道③,秋山又几重。

【注释】

① 问姓二句：初见问姓，怀疑可能是亲戚。等到说出了名字，方确知是外弟，便渐渐回忆对方旧日的容貌。这二句通过对方的容颜已变得连至亲也认不出这一细节，点出分别之久和长期战乱对人的影响之大。
② 沧海事：即第一句所说的"十年离乱"。《晋书·王尼列传》："（王尼避乱江夏）常叹曰：'沧海横流，处处不安也。'"此暗用其语。
③ 巴陵：唐郡名，即岳州（今湖南岳阳）。

江　南　曲

　　《江南曲》，乐府《相和歌》旧题，和《采莲曲》同属《江南弄》七曲之一。这一曲调来源于江南民歌，内容多写男女爱情。这诗用一贾客妻子的口吻，写出由于商人重利轻别，造成少妇心情上的寂寞空虚，并表现了她对幸福生活的热烈向往。语意简质而流转自然，饶有歌谣风味。蒲松龄《聊斋志异·白秋练》篇，用此诗作为爱情媒介，叙述了两个爱诗成癖的青年男女曲折离奇的爱情故事，可见此诗感人之深。

> 嫁得瞿塘贾①，朝朝误妾期②。
> 早知潮有信，嫁与弄潮儿③。

【注释】

① 瞿塘贾：指入蜀经商的客人。瞿塘，瞿塘峡，三峡之一。
② 朝朝句：谓瞿塘贾的无信。误妾期，误了和自己约定的归期。朝朝，见盼切之久长。
③ 早知二句：从上句"误妾期"三字生发出来；以"有信"与"误期"相对照，把"潮"和"弄潮儿"联系起来，是说悔不当初嫁个有信义的丈夫。潮水的涨落有定期，称为潮信。弄潮，是水上的一种运动和游戏。潮水至时，谙悉水性的年轻人，撑着小船，迎潮而入，在冲激的浪花里，表现熟练的技巧和勇敢冒险的精神，称为弄潮儿。儿，读 ní。

写 情

这诗写失恋的悲哀，以淡语见深情取胜。

水纹珍簟思悠悠①，千里佳期一夕休②。
从此无心爱良夜，任他明月下西楼③。

【注释】

① 水纹句：独宿时的回忆，下句是回忆中当时的情况。水纹，簟纹细得像水纹一样。悠悠，遥远貌。思，读去声。
② 佳期：指和对方的约会。《楚辞·九歌·湘夫人》："与佳期兮夕张。" 一夕休：有约不来，空空等了一夜。
③ 从此二句：写失恋后对景伤情，并点明约会是个风月良宵，地址在西楼。

【评】

古今情诗如林，而此诗独出机杼。全诗不着力写盼切之殷，而"一夕休"正见盼切之久长；不着力写情意之深，而"无心""任他"正见其情意之挚着，正意而以反写出之，弥觉深长。欲溯其源，则《诗经·伯兮》、《汉乐府·有所思》又有类似笔法，可参阅。